莲花落子

胡西淳 ◎ 著

长春出版社

全国百佳图书出版单位

图书在版编目（CIP）数据

莲花落子 / 胡西淳著. -- 长春 : 长春出版社,
2025. 1. -- ISBN 978-7-5445-7634-5

Ⅰ. I247.7

中国国家版本馆CIP数据核字第2024SS7847号

莲花落子

著　　者　胡西淳
责任编辑　褚晓璇
封面设计　宁荣刚

出版发行　长春出版社
总 编 室　0431-88563443
市场营销　0431-88561180
网络营销　0431-88587345
地　　址　吉林省长春市南关区长春大街309号
邮　　编　130041
网　　址　www.cccbs.net

制　　版　长春出版社美术设计制作中心
印　　刷　长春天行健印刷有限公司

开　　本　880mm×1230mm　1/32
字　　数　300千字
印　　张　14.25
版　　次　2025年1月第1版
印　　次　2025年1月第1次印刷
定　　价　69.80元

目 录

中篇小说

莲花落子

（一）

早先梨园行流行"地方学艺，天津唱红"一说。有人抬杠问：唐山北平唱红不行吗？不行！唐山北平你唱得发紫，也不算红，只算独占一方，属于小河沟撑船——没见过世面。你得到江河湖海走一遭，得拿看家本事在津门台子亮一嗓儿，是金是铜，成色自然出来。都说"卫嘴子"嘴刁，天津人看戏眼"毒"。不论是五行八作、贩夫走卒都懂戏，懂板眼腔韵，什么云手起霸，门清呢！连鼓佬儿他二舅住西南角哪条胡同他都知道。

这年，保定一个戏班来天津小刘庄"小来春"戏园子演出，这戏班在上海、南京、沈阳都演过，谁知进津头一场就演砸了。戏班的班主找原因，问过老戏迷和闻人贤达，才知道麻烦出在主角艺名上，这主角艺名叫"小萝卜"。她演技一般，唱功平平，在别处演，也能有掌声，也能连唱几天。她哪知道小刘庄盛产萝卜，名冠京津。观众"挑理"啦：你那破嗓儿，哪有萝卜味儿？！

于是，茶壶飞上台口，倒好一片。

谁知两年之后，"小来春"又来了一个不出名的小戏班，当家花旦艺名"萝卜醉"。戏牌子挂在门外，小刘庄一带的老戏迷情绪炸庙一样，话也难听：吗玩儿，戏没唱，挑号"萝卜醉"？你真醉，咱没的说，要是干巴棒槌，别怨咱扔马粪包！咱不管别的，糟践咱刘庄萝卜，没完！

这天戏园子人满为患，两边过道、墙根、台口挤满观众。是看戏的，可也巴望出点乱子。谁知开戏锣爆响之后，当家花旦台口一嗓子，将戏园子人全震住了："玉堂春起解泪纷纷，思想以往事好不伤心。"拖腔之中飘带浮云，似由远至近，清晰可触，缥缈含烟。那嗓那音儿，山泉清冽，干干净净，无半点毛刺，真是甜润爽口萝卜醉。众人发喊：好！

两个戏班都和萝卜有关，一个被砸场子，一个被热捧，小刘庄观众怎么总和萝卜"较劲"？这话还真有说道。小来春戏园子紧挨海河边，确切说是紧挨海河刘庄码头。海河是一条真龙大脉，流到哪里哪的人气旺、生意火、财源盛，不信你沿海河或逆流而上，或顺流而下，什么公司、商号、酒楼、洋行、旅馆、钱庄，都借水脉而发达，老天津渔行常言道："水漫河沿儿——发了"。小刘庄有两宗宝：渡口快、萝卜好！早在明朝万历十六年，在天津设渡口七处，小刘庄渡口便是之一。从河西到河东，即小刘庄到大直沽，因这里河道窄，来往摆渡极为快当。小刘庄另一个著名的就是萝卜，小刘庄萝卜赛梨，皮青肉绿，肉细有纹、脆嫩多汁，落地即碎。天津吃萝卜是一种风气，不论小戏园子还是大剧场，听戏看玩意儿，座位前一溜长案，摆得满满的，除了茶壶茶碗、瓜子花生米碟子，还有几盘切成薄片的萝卜。街头有谚语："萝卜喝热茶，气得大夫满街爬。"可见萝卜之功效。有人打听：小刘庄萝卜为吗好？小刘庄人会告诉你一段历史轶闻。

明代嘉靖年间，有个受宠的皇妃爱吃南方的荔枝，但因交通不便，难以保鲜，于是宰相严嵩献计将南方荔枝树连根土挖出，装船运到天津小刘庄码头。荔枝树在小刘庄卸船，荔枝树根大坨土要敲掉，之后改陆路运输到京。荔枝树的余土就倒在小刘庄附近庄稼地里，日积月累，土换土，一亩顶两亩。后来小刘庄这片沃土上萝卜长得格外出息，色翠味佳。清代诗人为小刘庄萝卜赋诗夸赞道："叫卖长街巷东西，瓜藏杏躲桃哑谜。胭脂唇红口生翠，刘庄萝卜赛鸭梨。"至清末年慈禧太后爱吃刘庄青萝卜，引得巴结她的人一车车包成贡品献上去。小刘庄萝卜由此更获美誉，老佛爷喜欢，哪个敢说三道四？！

小刘庄是一个穷地方，可一个萝卜给这里人打了腰，提了气，难怪这一方百姓这么维护着。你唱戏的叫"萝卜醉"，唱得真叫人沉醉，没的说，没糟践咱萝卜，咱也不慢待她，看戏捧场就是。于是"萝卜醉"在小刘庄一带猛然走红。观众一认可，接下来一切都顺畅了。其人扮相也美了，戏范儿也足了，举手投足都说你带劲儿。喜欢上一个名角后，也包括喜欢她的缺点，比如罗绫念白有吐字不清的，梅香的"香"，她念"桑"，人们不仅不计较，还成了特点，还有票友专学这一口。

"萝卜醉"何许人也？她姓曹，名落灵，张家口曹林庄人，自小失去父母，七岁那年投奔滦县三姑家。三姑也不是富户，三姑夫有个手艺，会刻砖，就是大户人家建新房，他能在砖上瓦上雕刻吉祥图案。手艺是从天津学的，学不到家，只会粗劣图案，但糊口却没问题。三姑夫也算有点文化，见着侄女就说：把名改了吧，"落灵"二字不吉利，叫"罗绫"，绫罗绸缎的绫罗，听着也富贵。

三姑夫常年在外忙于活计，三姑却大小病不断，一年中有半年卧床。三姑是心疼罗绫的，就让三姑夫在天津为罗绫找个饭辙有个事做。三姑夫在津郊李七庄林家干活，林家祖上做官，在津门管理盐务，后家里破落，只经营布匹小店。三姑夫头脑活络，得知林家老太太要雇一个小保姆，他立马推荐自己的侄女。就这样罗绫一脚迈进天津卫。

罗绫小小年纪就会察言观色，没爹娘疼的孩子立世早。她一进林家后屋，就见一位老太太躺在床上，花白头发散在枕上。罗绫猜想，自己来这里肯定是照顾这位卧床不起的老人，心里也打怵，可脸不带着，暗想就这命。她马上进入角色，倒痰盂，洗衣服，整理床上床下，帮老人擦身子，把被角四下掩好，梳妆台物品一一归位，趁势将圆镜擦拭干净。林老太太看在眼里喜欢在心上，这之前也来过伺候她的人，是个中年妇女，心眼倒好，只是眼里没有活儿，走路转身笨得像牛，哪像眼前这小丫头，身轻如燕，穿梭飞往，没见怎么费劲，将屋子收拾得利利索索。那样儿倒像自己年轻的时候，心里舒坦，气色也好起来。家里人都说：这小丫头带来喜兴！

闺女，快歇歇，扶我起来说话。林老太太招呼她。原来老人并没瘫痪，而是不久前起床后下地时摔了一跤，伤了大腿骨，虽没骨折，可走路一瘸一拐的。林老太太没架子，和罗绫说话慢条斯理，和气样儿就像祖孙俩。两人都觉得投缘，老人讲：这丫头大眼睛、长睫毛，多像我年轻那会儿！这孩子长得招人疼！

罗绫在林家站住脚，虽然每天忙得手忙脚乱，可她小脸红润，头发油光，俏模样儿也显现出来。林老太太人性好，没事也不折腾罗绫。倒是老人心清气爽时，一定要招呼罗绫挨着坐，听她咿咿呀呀哼哼戏曲。罗绫听不懂，感觉是有腔有调的，好听。

大户人家年节生日庆典都唱堂会。本地的戏班来演，演过之后，那着迷的家属们常常请戏班的名角到家里教戏。主要是教女眷们，一段唱腔一出小戏，教的放松，学的不拘束，大户人家，余兴一乐。

那天罗绫问：奶奶，这是啥戏啊？罗绫不用人指教，嘴儿自来甜，从进门那天就叫"奶奶"，叫得林老太太十分地喜欢。老人愿意有人和她搭话，便兴致高地和罗绫说起剧情来。罗绫听得入神，老人寻到知音，兴致被调动起来，讲得入戏，绘声绘色，不时击掌唱上两句。罗绫夸耀人也不失时机，也不乱捧，往往一语中的：奶奶，您唱得比戏匣子里还好听。老人被夸得高兴，她看罗绫长相秀气，动作麻利，便把自己学戏的心思寄托在罗绫身上。原来这林家林老太太早先学过几出评戏，是坐家里跟评戏艺人学的，喜欢唱戏，也做过唱戏的梦，可那终究是梦。此时似乎罗绫唱好了，自己早年唱戏的梦想也实现了。她没事便让罗绫给她讲戏文，不时念叨台词哼唱曲调，有个爱好相同的人在身边，开心着呢。

没想到罗绫学唱模仿力极强，几天学下来一段唱腔有板有眼。接下来林老太太领着罗绫看了几出戏，让林老太太吃惊的是，罗绫那眼神身形也像模像样了。林老太太腿脚也好了，俩人能在胡同里边唱戏边溜达了。后来罗绫曾对人说：我学戏是小胡同溜达出来的。

（二）

半年过去，林家上下对勤快、懂事、知礼的罗绫很满意，林老太太更是离不开她。她们说话不像主仆，倒像祖孙俩。没过多久林家又唱堂会，罗绫看得如醉如痴。早先在乡下听说，谁家的媳妇看戏看得跟戏班子跑了，她还不理解，看过堂会后，罗绫的心被曲调腔韵拨弄活了、拨弄乱了，真恨不得跟着张生、崔莺莺们远走他乡。痴迷如果是一种病，她病了。之后林家女眷们跟戏子学戏，罗绫学得忘情忘我，晚上躺在床上硬是睡不着，脑子里全是唱腔和身段。她觉得自己像冰块，融化在滚烫的戏中。

罗绫每天下午搀扶林老太太沿后胡同散步。后胡同细长，有一百五十多米，方砖铺的路，多年失修，时有凹凸，但这里幽静。林老太太每天下午要沿胡同走几趟，这天林老太太对罗绫说：我看出来了，你喜欢学戏，我想成全你，你瞧见了吗，这后胡同就有个"角儿"，他能教你。奶奶，我跟你学就行。奶奶一笑：我那是瞎哼哼，你跟坐科的学，不走样，兴许你就是唱戏的材料。

这天下午，林老太太领罗绫走进后胡同徐家。这胡同的"角儿"，就是徐世银老先生，他早先唱旦角，也红过，后来腰摔伤不能登台了，只能在家教戏。她们到徐家时，客厅三位中年妇女正在学戏。罗绫悄声问林老太太：这学戏得多少钱呀？林老太太一笑道：咱学，不要钱，我认识徐老先生，说一声就行。你学吧，每天我睡午觉时，你来这学两个小时。

从那天起罗绫拜徐世银徐老先生为师，戏曲大门从此朝她敞开。

来徐世银这里学戏的都是闲适阔太太，玩票而已，能粉墨登台许是最大奢望。所以她们学戏的劲头没法儿和罗绫比。罗绫是沉浸其中，她们只是凑趣。罗绫感到世间最美妙的事就是下午这两个小时，似乎生命重新开始，往日丧失双亲之痛，饥饿、劳累等忧伤全在这里化解了，只剩下唱念做打。演唱天赋是掩不住的，罗绫没去多久就上道了，而且难唱拖腔也唱得收放自如，这让教过许多学生的徐世银大为吃惊，他对林老太太说：罗绫这孩子条件好，好好练，将来能成！凭我多年戏台的折腾，看不走眼！

这年冬天，眼瞅过年了，城里大户谢家的儿媳生子，特邀请徐世银前去唱堂会。徐世银对罗绫说：咱去唱堂会，我领你见见世面。罗绫一听堂会就兴奋，她根本没想带她去还有别的目的。这天她兴冲冲和林老太太请了假，便和徐世银一起去老城里。那时老城里已有电车，可徐世银硬给罗绫叫了一辆洋车，两辆洋车一前一后，忽忽悠悠地走，让小罗绫又惊又喜。

到了谢家，徐世银才对罗绫说：今儿，你清唱一段《茶瓶记》，就唱我教你那段。

我行吗？小罗绫内心慌乱。

师傅在你身后坐着呢，你就当唱着玩儿。之后你听听人家怎么说，你是长见识来的。听师傅这么一说，罗绫不慌了。是呀，我是唱着玩儿，人家才是演出，我得好好唱，也许下次有堂会师傅还带我来。

锣鼓家伙响过之后，大角儿还在上妆，众亲朋还在闲聊。这时也来参加的俞庆班班主主动上前和徐世银说话，论关系和辈分，班主要管徐老先生叫师哥。他道：师哥，您看看，是不是可以开始，请您徒弟来一段，热热场子。所谓热场子，就是给观众提个醒，戏马上开，该把手头话头的事结束了。所以罗绫就在闹哄哄的气氛中开唱。谁知一句："春红带路走慌忙，偷看夫婿出绣房，转过了月亮门，绕过影壁墙，右边你小心这芭蕉树，左边你别碰上养鱼缸。"而且是连唱带舞，彩蝶飘飘，满场翻飞，各个角落齐刷刷静下来，人们都伸长脖子看这小丫头表演。

罗绫不知道，她这次来唱堂会，其实是俞庆班班主的主意，他就要戏班里人看看，一个十二三岁的小丫头票友已唱到这种程度，让班里混吃喝的人知道：门外尽是能人。也算给他们点儿颜色看看。

这次堂会的赏银也是事先说好的，对于一个戏班来说数额并不多，所以俞庆班班主也就是应付一下，谁知罗绫这一唱情景大变。一段清唱，稚气飞扬，小丫鬟活脱脱呈现在众人眼前，惹人疼爱怜爱，让许多人咂嘴慨叹。耳熟能详的唱腔，也可以这般奇花异草般的惊艳，慢板有条不紊，快板纹丝不乱，口齿清透，气息贯通。一曲唱罢引来掌声一片，那谢家主人见开场就有好，当场就破例喊道：赏！

两块大洋往罗绫手里递，罗绫不敢接，看着师傅。徐老先生忙道：快谢谢主人！意思明了，快接着！罗绫攥着大洋，涨红着脸，冲大家来了三鞠躬，结果又是一片掌声。

正是这次堂会的展示，让罗绫走进俞庆班，也使她受到最正规的训练，有了真正的学艺的机会。一个票友再聪慧，只能是某一方面精灵，只凭好嗓子唱一段，可以糊弄出掌声和喝彩，可真站在台上，再弄那两下子，便没人看了。可以说罗绫到俞庆班最初就是学徒打杂，台上没她什么事。到戏班里，新拜后台老侯为师父，老侯小时候便学戏，嗓子天生沙哑，一条腿骨折后没长好，结果一腿长一腿短。这身子条件，只能在后台做事。但他会的戏、懂的戏比谁都多，戏班大小事包括班主，也愿意听他意见。他教罗绫压腿、下腰、翻跟头、走场、起霸、刀枪靶子。一年四季，老侯像对自己孩子一样，帮罗绫补上没有的功夫。让老侯暗自满意的是，这丫头练功流多少汗、磕碰多疼也不叫苦，又唱又笑，一副没心没肺的样儿。看得出罗绫喜欢这一行，而且一练就有股子兴奋劲儿。老侯对班主说：这孩子天生是吃这碗饭的，老天给了嗓子，自己又上心练，走红出彩儿是早晚的事！

可是接下来罗绫领略了各种尴尬。一个人真端唱戏这饭碗，行里人看她就不顺眼了。首先她就没有唱戏人的"范儿"。她是伺候人出身，人是勤快，可嘴巴甜度不够，特别是对男士不会娇媚，和姐妹们说话也直来直去，不会婉转。虽然她学了几出戏，唱得也有模有样，可是真上台规范地演出，她那点儿灵性东西都淹没在锣鼓点儿里，几乎什么也不是。最恼火的是她再从头学习时还增加额外的难度，即把以前的统统忘掉再学新的。一些随意唱的毛病已经形成，学新东西老毛病顽固不化，这让老侯也暗暗摇头。可是人也来了，老侯自己话也说了，不能打自己脸，他背后对罗绫说了"狠话"：我给你一年时间，行，你站下，不行，你就回家！

罗绫咬着嘴唇点头！

她知道自己必须从头开始。眼睛就是尺子就是秤，看着别人掂量自己。练功在悄悄地给自己加码。别人还在梦乡，她咬牙爬起来，摸黑下床，挣扎到门外，也不管不顾地把腿放上高台上，一压就是两个小时。别人赶起床，她已到河边吊嗓子了。晚上别人上床睡了，她也躺下，可人家睡着了，她起来靠墙倒立。练家子都知道，不论你是唱戏的耍武艺的，谁都靠倒立"净身"。所谓净身就是周身无赘肉，利手利脚，腰腹强健，臂膀有力。罗绫一立就数1000下，直立得手脖子发麻，周身打战，才瘫软下来。这还不算，每天她还抽空跑圆场，嘴里叨咕着锣鼓点，一直跑上三十圈后背汗渍渍才停下来。之后是走路念白，哼哼唱腔，脸上带着表情挂着戏，见人也不收敛，以致人见这丫头神神道道，像中了邪。晚上，她面向小院一角，把一天所学所练的温习一遍，弄不明白的，就在花盆里插一根木棍，一根就是一个疑问，明天拔了棍便去问师傅师兄，问那些比自己明白的人。半年之后她技艺大增，几次跑龙套的戏几乎没有瑕疵，老侯脸上有了笑容。那天他对罗绫说：行，能吃这碗饭，是这里的虫。好好跟几位名角学吧，把他们本事都学过来。这话也让罗绫心头一热，转身走开时，泪竟流下来。

林老太太这年秋天忽然来看罗绫，祖孙俩见面就拉手来说话。老太太说话间从腰间摸出一把五香花生仁，一包糖炒栗子，那情景就如同奶奶疼孙女。林老太太看着罗绫心里就舒坦，因为她身上有自己的影子，灵性、聪明，身段好，活脱脱就是四十年前的自己。她悄悄找到老侯，道声辛苦，多指点罗绫。这孩子不周到的地方，您多担待！说着竟往老侯衣兜塞了五块大洋。老侯连连向老太太作揖：老人家，您放心，这孩子，错不了！包在我身上。哪知道林老太太没过多久就病逝家中。罗绫知道信儿前去吊唁，见着棺木号啕大哭：奶奶，为了您，我学戏，也得学出个样儿来！

戏班练功，就是块大镜子，照得出别人也照得出自己。谁练得好赖、谁擅长什么也相互知晓。小小的戏班当是也有几位"角"，旦角"九月菊"也是这帮人中名气最大的，她善于表演和唱功，大段唱腔常常掌声不断；"小桃红"三十岁了，可演喜庆戏活泼异常，动作夸张伶俐，她一出现就有碰头彩；还有"丑婆子"上台就有笑声，时常后边人感冒发烧了，她去垫场救场，也为她赢得许多人气和口碑；还有狗子刘、三棒子都有哭笑的绝活。这些人身上的功夫让罗绫着迷。她照葫芦画瓢，跟在人家身后一样样地偷偷学。清晨河边上，她一一演练，她自信很像人家的模样。三个月之后，从有点皮毛，到像模像样。她知道自己肚里有货了，似乎学谁像谁。可是在老戏迷眼里，她依然什么也不是。老侯骂她：穿人家的破衣服，怎么看也是臭美！

把人家活儿扔了！琢磨自己的！

　　渐渐地罗绫有了悟性，也渐渐琢磨出自己的戏活儿。虽然大戏排不上她，但她的"龙套"，有了特点，既准确又生动。罗绫知道，新人要"熬戏"，自己没资历，半路上的船，就甭想站船头船当中，给了落脚的地方就不错。罗绫心宽，不让当角就跑龙套，龙套好，正好在一旁学戏，看人家怎么演，暗自揣摩。她把看戏当观摩，把龙套当成学戏的最佳距离。

　　也就三年，罗绫也算熬过许多关口，当上大配角，临时替个角色，也能顺利担当。罗绫渐渐被人知道，但仅仅是知道，她还没唱红。

（三）

　　别看罗绫戏没唱红，可她已知道江湖上的"道"，知道怎么捧身边的"角"。

　　眼里有"活儿"的人你不用告诉，她就知道该怎么做，这感觉是用心衡量出来。一到晚场，有大轴戏的演员都不敢吃饱，甚至不敢肚子有食。你想，翻跟头打把式，肚子瘪瘪的才翻得溜，大段唱更要胸腹收放自如。每到晚上七八点钟，大戏正酣，他们早饥肠辘辘。这时，罗绫捧着几块烤得热烂的香喷喷的地瓜送到几位"角"的手中。这种活儿她默默地做了一年多。她天天给师姐师哥买地瓜，认识了戏园子不远洛阳街口卖烤地瓜的大老宋。大老宋五十多岁，面黑红矮胖，一口山东腔，他轻易不说话，说出来还竟是道道。他见罗绫就直呼：大妹子来啦，我给你留了四块，都包好啦，你先吃一块。说着将一块牛皮纸托着的滚热红皮地瓜递给罗绫。罗绫正是馋嘴的年龄，嘴里说声谢谢，接过就吃。大老宋笑眯眯地看着她，比自己吃还香甜。罗绫每次要给他钱时，他只收那四块地瓜钱。罗绫也会调皮：你总让我白吃啊，吗意思？

大老宋也不正经说话：你给旁人买，我得要钱，我妹子吃她哥地瓜，哪能要钱吗?!

我叫您叔吧？罗绫知道生意人爱充小辈儿，自己可不能装大。管大老宋叫叔自己感觉舒服。

叫啥我都高兴，天天来买地瓜，你叫啥都成！

大老宋一个烤地瓜的，既能看见戏园子演的，也能听见门外议论的，他看人看戏竟也有不一般的见解。那日他对罗绫说出自己的"高见"：这一片的戏园子，就属"九月菊"红，她嗓子好，唱功亮堂。可她年龄不行了，台上身段不灵，全靠花花绿绿戏装晃眼。来看戏，有三成是听戏词儿的，有三成看热闹，三成来捧她的。你呀，就瞅着她的戏，一招一式地学，把好玩意儿都拿过来。老辈子学戏都这样，偷艺不算偷。把身上的玩意儿攒足了，你就有出头的日子。听叔的话没错！

罗绫吃着烤地瓜，听着大老宋"门外说戏"。话虽然粗糙可都在理上。从此罗绫有事没事就盯着"九月菊"，她的眉眼神情、唱腔板式、走路姿态，以及在台口和观众交流招式她都一一默记在心。

罗绫这种"偷艺"在行里是不被人待见的，这叫作"捋叶子"，即将别人长得枝繁叶茂的树叶捋到自己的口袋里。有人骂她：小死丫头，你这偷艺可缺德啊！她眨着眼睛愣愣地听，训斥什么都惶惶接受。别人说：你这样可招人烦！她慌张地直说对不住您，对不住了。可是罗绫待人真诚劲儿和学戏的痴迷劲儿，竟让行里人宽厚看她：一个小丫头能这样也不容易。纯粹和真挚打消了人们对她的偏见。在晨练时，甚至有师姐说：来，姐告诉你，得这么唱。更有师哥师姐放下手里的事，一招一式地教他。

她不仅在自己戏园子学，还跑人家梆子剧团看戏，到越剧戏园子看戏，这一走动眼界大开，之后便闷头练。人有悟性也是挡不住的，一年多下来，罗绫在戏台上有光彩了，哪怕跑龙套，也是有板有眼，稍稍给个小角色，竟也活灵活现抓观众眼球。

罗绫对大老宋说的话是认真听的，不识多少字的他竟看透世间许多道理。这不，晚场一散戏，大老宋到后台找她。这个老宋，在别人那里从没得到这样的尊敬，罗绫一口一句叔叔叫着，他就不知怎么回报。

晚场罗绫首次主演配角，一出《茶瓶记》，她演的春红很是卖力，但观众掌声稀稀拉拉。这影响她情绪。大老宋一旁说宽心话：不错，真不错！你看今晚戏园子观众多满。

满有什么用，尽是不识货的！

也是。不过慢慢来。一种地瓜一种口味，你得让人家慢慢吃慢慢品。

罗绫不接他的话茬儿，只是说：我也不知道，哪儿不对头？

大老宋知道此时再说多少过年话也没用。他说：你想让叔叔说实话吗？

那当然，您照直说，骂我都行！

你光琢磨戏了，你怎么不琢磨，怎么招揽有名头的观众？

怎么招揽，让我八抬大轿去请？

赶紧邀那有头有脸的来看戏呀！大老宋一番苦口婆心，一番语重心长：你这么唱下去，一百年也红不了。你是不知道，多大的名角也是私下邀人看戏捧场。整个戏园子，真懂戏的也就四五个，真起哄的可有四五十，真图热闹的一二百不止。你就抓住那四五个，我保证你有几百人的热闹和红火。

罗绫轻轻点头，的确是这样。大老宋继续劝道：你得沿这街拜访头面人物，不管他看不看戏，都一一拜到，拜到的就兴许来，看了戏就兴许捧你。退一步说，没来看戏的也会私下捧你，背后说你懂事，也赚好名声。你七街八巷都拜到，人就熟了，熟人是宝，捧熟人他脸上有光，人都这样。都拜到了，到时候想不红都难！不信咱打赌？！

一个卖烤地瓜的就有这样的见解，让罗绫暗暗吃惊，她觉得自己怠慢了这位衣着不整其貌不扬的大老宋。自己真该请他上座，给他磕个响头。

其实这"拜码头"不是新花样，从老辈就这么做，这几乎是唱戏人跑江湖必做的。可七街八巷地拜，还有这么多说法好处，她没想过，也没试过。罗绫笑着接大老宋话茬儿：叔，我和您打赌了，真应了您的话，我晚上不吃饭光吃地瓜；没应验，没人捧我，您得花钱雇人看我的戏！

好嘞，就这么着！大老宋高兴，他的一番话罗绫听进去了。

罗绫不仅听进了还认真去做了。拜访之前，她先把几条街该去的人家打听清楚，起码知道人家在哪高就，做什么买卖，有什么背景。罗绫心细，想得也周到。自己一个姑娘家上陌生人家，会让人起疑，也不知会遇上什么歹人。她叫上小云姑娘和春来。这两人没少吃罗绫买的烤地瓜、糖葫芦和柿饼子，此时罗绫让他们帮忙，俩人满口答应。十四岁的小云姑娘天生长得一副小骨架，小鼻子小眼小孩子样儿，是专演小孩的龙套。十六七岁的春来是个孤儿，自小没名没姓。姓张一户人家曾收留他，他便姓张，那年正是春二月，张家为他起名张春来。春来面色微黑，却也是眉清目秀，身材匀称，看上去尽是一表人才。可是他天生不是吃开口饭的料，不仅嗓子粗哑，说话还结巴。可就愿意干这一行，干活极其勤快，几乎一个顶三个，是戏园里全能打杂的。罗绫感觉带这两人出门好应付事，遇到大户人家，春来上去叫门，看门人一看小伙子穿着体面，模样俊秀，不敢怠慢。到小户人家门户浅，小云姑娘去搭话就方便多了。

罗绫先去了木器行、老云昌鞋店，之后去渡口水铺。按买卖家眼光看，水铺本钱最小，两口大锅，一堆煤面就可以开张，一天也就赚得两壶醋钱。小云那天穿着新鞋，走几段路脚痛，对罗绫说：姐呀，咱还去小水铺吗？这样问无疑是说那儿不用去。罗绫说：小水铺咱也去，多一位观众就多一碗饭，多一个捧咱的，没错！

西街口有一家宝祥估衣铺，店铺门脸虽小，生意却好。铺子里一位掌柜带个伙计。掌柜的谭宝祥，刚四十岁，长得慈眉善目，说的都是过年话。有来店里呛火、赌气、耍横的，他三言两语就能化解。有人进店来就骂骂咧咧：什么破烂衣服，也敢吆喝着买?!

卖估衣不吆喝根本卖不动。可见来人是找别扭的。谭掌柜笑着上前施礼：您来啦，的确都拿不出手，不好意思，哪天适合有大爷的，我给您留着，价要不是最低的，你砸店门。一番对方的气势全消，骂着进来的，笑着出去。有人看中一件衣服，衣服已明码标价，可他非便宜买下，小伙计不卖，这人就开骂。谭掌柜上前拿起这件衣服，话让对方没脾气：您是老主顾了，小店全仰仗您这老主顾，这么说，衣服您拿去穿，值多少钱您看着给！说话时店里还有几位顾客，他故意说给大家听，顾客在瞅这位买主。有掌柜好听话横着，买主不好意思，按价付钱买这件。可交钱时谭掌柜硬是给他打了两折，临出店门时，这位买主冲谭掌柜连连点头。

街面上流行一首儿歌：谭估衣，没脾气，噘嘴来，笑着去。宝祥铺，笑眯眯，不生人气，生财气。人们说，这个谭掌柜忒会做买卖，见人三分笑，张口送你便宜。其实他是薄利多销，口碑好生意一直不错。

小老百姓就图少花钱买好东西，一来二去都先到这儿看货，再往别的店去比较，之后仍要返回宝祥估衣铺。人们私下更佩服谭掌柜的为人。谭掌柜在店铺里言商，诚信买卖；走出店铺，一身儒雅气，谈吐不俗。那天罗绫专门登门拜谭掌柜，那天已是下午，罗绫一身长衫进店来，施礼说话，声音异常甜美：久闻谭掌柜大名，我能在这儿站住脚，全仰仗您这样的商家照应，我请您去听戏，您有什么要求说一声，我们卖力伺候您！

罗绫登门送戏票，这让谭掌柜对她刮目相看。谭掌柜的话也极周到:我是不大懂戏的,可我懂先生的心思,我一定去观赏。只是您再别送票,我买票。您唱戏卖票,我卖估衣,都不容易。咱不必客气,我一定去!谢谢您啦!

以前谭掌柜只陪送货的买卖人看戏,说白了他看戏就是陪客。可自从和罗绫见过这一面,再看戏感觉不一样了。谭掌柜看戏看上瘾,几乎天天晚上去。确切说他喜欢上了罗绫。你想,一个如仙如画的女人走到自己跟前,央求自己去看她的戏,明媚皓齿,声似甜婴,身有异香,影如仙动,哪个男人不喜欢不动心,能和这样的美人结识,前世积了多大的德?!

(四)

对谭掌柜的为人罗绫早有耳闻,一见面她暗暗吃惊,他哪像商铺掌柜,活脱一位教书先生:中等身材,四方脸,眼睛不大,鼻梁子却像刀削得一样高而直,笑吟吟说话,不慌不忙,文绉绉的。初次一见。他们似认识很久。接受一次送票,谭掌柜就天天来捧场,买最前排正中的座位,捧人就捧在明处,这让台上的罗绫身上发热发紧,也只有卖力演出才算不辜负这份人情。

谭掌柜喜欢罗凌,但他不会演出后献花,也不会跑后台说肉麻话,他用自己的方式让罗凌高兴。那时电影院正上演美国好莱坞的电影,女主角的穿戴打扮让谭掌柜上心。他是做估衣生意的,知道租界洋女人什么式样的服饰最时髦。他先买了一顶女式紫色呢子帽,让伙计二贵直接送到后台。二贵把帽子送给罗凌时,话也说得好听:宝祥估衣铺新进一些洋货,我们掌柜的说您戴这个最适合，就让我送来了。那时演艺界都爱看美国电影，更爱跟时髦，罗凌眼大睫毛长，戴上这紫色呢子帽简直就是一个大洋妞。不仅她自己觉着好看，谁见了也夸一句：太漂亮了！真洋气！

见罗凌痛快收下了，没过多久二贵又送来一件海蓝丝绒披肩。罗凌对着化妆镜一看，高兴得跺脚。她一个劲儿问多少钱？二贵说：不要钱，是掌柜送你的。在罗凌收到又一件米黄洋风衣后，她一个人来到宝祥估衣铺。对谭掌柜说：我是专门来致谢的，收了这么多东西，我一直过意不去，我得把钱给您！

谭掌柜一摆手：我送你的，哪能要钱？也就你能配穿戴这个，别人穿没您这洋气劲儿。再说，便宜收的，没几个钱。我喜欢你的戏，一高兴，就想送您点什么，您得给我面子！

你也是花钱买来的，这开店铺的买卖，哪能……

家门口住着，谁跟谁呀！咱别提钱，提钱外道！

那、那我就谢谢大叔您啦？

别叫叔，我有那么老？叫哥哥！

好，那我就，就谢谢哥哥您啦！

谭掌柜乐啦，忙说道：妹子，不瞒你说，我家里还有一个兄弟，这辈子就没有妹妹，我多想有你这样的一个好妹子啊！

罗绫在江湖上行走，不仅知道礼数，更会抓住时机，上前双手叠在腹右弯背屈膝，郑重其事道个万福，接着说道：我知道您这是抬举我，我也就不讲究了，哥哥在上，那就容小妹一拜。说着一抱拳，苗条身子像面条一样柔软深深弯了下去。

一看这情景，喜得谭老板直搓手，不知如何是好，他连忙上前轻抚罗绫双臂，大声笑道：哎哟，我得请客，告知众亲友，我谭掌柜前世积德，让我有了这么漂亮的妹子！

从此，谭掌柜总和身边的买卖人显摆，我有一位会唱戏的妹子，我那罗凌妹子，戏好人好，难得啊！哪天我给您送票。他这么说的，还真自己掏兜买票，请身边的买卖人去看罗凌的戏。在戏园子里，他也是格外向人家介绍罗绫唱得怎么精彩，台上一段唱腔将完，他总是就带头鼓掌叫好。许多买卖人就因为谭掌柜而看上罗绫的戏，更有买卖人就是看罗凌的戏而结识谭掌柜。人以群分，一时间，"小来春"戏园子看戏的尽是些买卖人。

也就半年的时间，罗绫将七街八巷商家和大户一一拜到，礼仪简单，话也不絮烦，可人情厚了，小刘庄、三义庄一带，都知道有这么一位谦恭的会唱戏会做人的姑娘。一进戏园子，往往见着罗绫倍感近乎，台下交流过，再看台上人就不一个味了。

世间许多事，都是巧合加机遇在成全一个人，也就在这时，成家十多年的"九月菊"怀孕了，之前她曾有两次流产，老中医诊断，气血两亏坐不住胎。这两年她吃了许多药方，终于有了身孕，一家人都欣喜，为了保胎，她不得不暂时离开舞台。没有"九月菊"，"小桃红"挑起大梁，可老天不照顾她，一场伤寒使她在舞台失声，赶紧去治病。一下子戏园子没了两大主角。后台老侯此时的名头相当戏园子主事，他一看票都卖出去了，急了，对罗绫说：你给我顶上去！

我心里没底？

谁也没底！你就撒开了演吧，唱不好算我身上，唱好了，从此你就挑大梁！

主事一番话，如同给那拉车的小青马狠抽一鞭子，小青马可就使圆劲了。

台上罗绫那是精神，唱得行云流水，舞得天女散花，耍得满台出彩。也是功夫到了，没压力、没包袱、尽情发挥，加上这两年多积攒下无数人情，那叫好声真是此起彼伏，掌声也爆豆一般。戏园子的热烈程度让后台老侯一个劲儿地猛拍戏箱子，嘴里想大叫却压低音喊：真他娘来劲！来劲！

每到周末，谭掌柜都要请罗绫到聚贤庄酒馆吃饭，罗绫每次都欣然前往，每次哥哥点的都是她爱吃的家常菜，什么鸡肉蘑菇、山药炒木耳、虾仁油菜、豆皮素菜卷，还有麻酱烧饼、三鲜云吞。吃着这可口的饭菜，听谭掌柜说观众这阵子的反映，而且好的孬的都说。那天她喝了三杯黄酒，微醺之时，对谭掌柜说：哥，你这个人，给我的最好印象，就是让我松快，对，就是舒心！

谭掌柜不以为然地说：做小买卖的，不让顾客舒心你就没买卖做。

演员唱红之后，捧场的多了，好听话不绝于耳，包括送吃的穿的戴的，戏园子上上下下也格外照看，小心哄着都给笑脸。可是时间一长罗绫内心也不是总快乐。比如你是个"角"，人家帮你跑腿办事，你就得给赏钱。给多点人家不吱声，给少了私下骂你。再有，就是那八竿子打不着的亲戚都来找你，你稍一慢待就骂你六亲不认。还有更难言的是不管什么德行的男人都来后台找你，明说是献花，是热捧，实际是搭讪。人家给你面子，你不能总驳人家面子。可就有不知羞臊的臭男人献花就要握手，握住手就不撒开，惹得后台老侯一个劲儿地敬茶。更有肉麻的，六七十岁的糟老头子了，每天除了献花还写信，粉红信笺，肉麻话诗句几行，气得罗绫把信都撕了。罗绫冲着化妆镜骂：天下男人都死绝了，我也不嫁比我爹还大的糟老头子！

由恼到怒，罗绫几乎排斥一切无聊男人的殷勤邀请，一律以演出很累了予以拒绝。可这种拒绝被那些无聊男人视为端肩膀、拿架子，耍名角脾气，招致更为密集的献花写信和邀请。罗绫问后台老侯：这难缠的，该怎么办？后台老侯一笑道：送来啥都收着，要请吃饭就叫上我和春来，还有后台这几位，狠吃他两次，看他还请不？！罗绫一试，果然灵验。

这一年，卢沟桥事变爆发，7月30日天津被日本军队占领了。街面上是荷枪实弹的日本宪兵，戏园子里有贼眉鼠眼的日伪特务，有心看戏的人也常常被这帮人搅乱心境，闲心捧名角的心思也淡了。这还不算，特别是市公署警务处特务科唐立德科长也来找麻烦。

唐立德三十七八岁，早先他是税务所收税员。因为爱打麻将结识了几位狱警，日本占领天津后急需警特人员，几位狱警麻友，拉着唐立德一起被招募进市公署警务处。唐立德收税多年，地界商界人都熟，办案子道道多迅捷麻利，特别是几件离奇的盗窃案被他一举破获，这让他初进警务处便一展身手。日特机关为笼络住人才，立刻提拔他为科长。早先他曾经和一位舞女生活两年，后来那舞女吸食大烟过量猝死，如今他一个人混日子。好在他收入不低，外快也不少，馆子吃窑子睡，除了上班执行公务，下班就是吃喝玩乐，尤其是喜欢河北梆子和评剧。早先他看过罗绫的演出，只觉得这女孩喜兴活泼，这二年再看感觉变了，仔细一瞧，多了诸多迷人处。女大十八变，小姑娘一下变成极富媚气的女人。本来唱戏的就会眉目传情，一个撒娇一个媚眼，让他心里七上八下的。这人一痴迷就易出现错觉，罗绫一切风骚表情，那本是剧情规定动作，可唐立德觉得台上耍娇气、使风情都冲他来的，这也是他没法克服的多情心理。说来他也见过各式风尘女子，这会儿就想找一位又有姿色又能踏实过日子的。旧家庭妇女式的不行，文艺烂漫的最好。自从当上科长，他特别注意自己的身份和身价。在许多游乐场见过各式各样的女服务员、女招待，一一排队，不是年龄大，就是气质长相不过关。之后他眼睛一定神，落在台上罗绫身上。这实在让他兴奋:对呀! 这才是他要找的人。他觉得自己的名分、地位、年龄和长相，和她最为般配。人还在台下看戏，可心已不在戏上，看着罗绫不错眼珠，一时竟浮想联翩。

这个女人大方，不娇气。对了，说话也和气，最重要的是脾气好，没见她和谁急眼的。人漂亮扮相当然好。真要是和这样的女人结婚，市公署那帮人该怎样高看我，要是带着这样的女人去上峰家里喝茶、打牌，那该多风光! 有这样的女人陪好上峰，自己当个处长，就是一句话的事! 他恨不得立刻找罗绫，立马挑明自己的心思，早成好事。可是当戏一散场，他心一凉，感觉迎娶罗绫不是件容易的事。她是个戏子，哪能成天伺候你?! 不让她唱戏不可能，她身边还有一帮指着她吃饭的人呢。

再有，戏园子里那么多捧臭脚的，她能看上我吗？他开始自卑，也感到为难。可是人的欲望也会生长，也会逐渐膨胀，特别是他总去听罗绫戏，台上那一招一式，一个眼神、一个笑靥分明就是冲他来的。没错！这样一痴迷，想法忽然变得简单了。

唐立德开始行动，没新招法，还是送花。他不亲自送，在花店订购一个月花，花店小伙计每晚演出之后，去后台献给罗绫。鲜艳花束上当然有唐立德先生的大名。然而这举动只给罗绫带来两天的晃眼和惊喜，之后也不想问为什么送、谁送的。

小春来由最初戏园子里搬搬扛扛，长到大春来时也还是跑腿办事的材料，只是在戏园子呆的年头多了，又是一位壮劳力，谁也不敢小瞧他。因为性格倔，他看见不顺眼也敢站出来说话。有小混混小流氓到后台想占女演员的便宜，这时他往往出现"挡横"。这小子腿脚利索，翻跟头打把式他全在行，一个对一个打，真少有对手。这天他从侧面仔细瞅唐立德，看得出这位笑眯眯神情里有让人畏惧的霸气。这霸气其实不来自脸上，而是他雪白的手套和腰后斜挎的手枪。他也是来看戏样子最文明的挎枪的人。春来抱着戏装包袱从罗绫身边经过，他下巴点了点桌子上花束，调侃道：这可是狗尾巴花，骚着呢！送花的，没安好心！

不只是春来，后台老侯一咂嘴一摇头，只说：这小子，有点过头，甭理他。

之后唐立德亲自后台献花，罗绫接过花只说：谢谢！面无表情。转天再接花时，又说：让您破费了，能来看戏就是捧我了，我谢谢您啦！

唐立德一脸谄笑，表情做作，却也脉脉含情：我就喜欢您的戏！

而两天之后，他把"我就喜欢您的戏"变为"我就喜欢您"，再之后变为"我就喜欢你"。并追问一句：一会儿卸妆，我请您吃饭好吗？

今晚不行，我有事。

那明天，我来接你。

明天我的师叔来，我得去看他。

是这样，你哪天有空？

实话跟您说吧，我不和观众吃饭。

唐立德凑近罗绫：我也算观众吗，咱是朋友了，吃饭也是交往嘛！

面对步步紧逼罗绫仍一脸笑意，但话已柔中带刚：我不想高攀，谢啦您！

天津话就是绝，这句"谢啦您"听似致谢，其实那是"歇啦您"，即"拉倒吧"！唐立德当然能听出来，但他装，也要装不懂。他也知道罗绫不是能轻易得手的，两句谢绝的话根本不往心里去。他在冷静判断：这后台一帮人不知他的威严，或者说没领教过他的威风，包括罗绫也把他当成文弱书生，不给他们点儿颜色看看，他们不知马王爷有三只眼！

一旁的春来早恨得咬牙根，虽然姓唐的有枪，可是动起手来，没等他掏枪我就把他打趴下。好几个晚上，后台侧目而视的春来，用意念已把唐立德揍扁七八回了。

（五）

之后，唐立德忽然出差去了沈阳，一个多月后唐立德才回来。他偶尔还来戏园子看戏，但花不送了。罗绫照旧唱戏，戏园子的人都加倍小心。此时的天津已不是昔日的天津，东北的一批批难民带来的是国破家亡的消息。老百姓感觉手里的钱越来越少，有钱的人都慌慌张张往南逃。日伪政权已成立，除了建立施行保甲制，就是日伪的粉饰宣传，建立东亚共荣太平乐土。市和区伪文化部把电影院戏园子老板主事都找去开会，会开了两天，其实就一句话：多演电影和大戏，营造歌舞升平景象。那时伪政权需要人气、需要热闹，没有比组织老百姓看电影看戏更热闹、更显太平了。

这天，唐科长突然出现在后台，这次他不着便装，而是一身黑色的警服。他不是一个人来的，身后是四名荷枪实弹的宪兵。本来他该找后台老侯，可他偏直接找到罗绫，走到罗绫跟前，微笑着，但这种微笑有些冷，说话声音不高但已不是商量，而是命令：上峰有令，从明天开始，剧场戏园子得上满座，今天特来通知你们，马上派人到附近商号旅馆大小买卖家，让他们都来看戏，是赠票、送票我不管，我只看明晚上戏园子上座如何。上座满员，咱都相安无事，上座不好，我们可要组织伤兵们前来看戏。明白了吗？

这时后台老侯挤过来，对唐立德连连点头：我明白，明白！一定照办，一定照办！老侯急接话茬儿，就是怕罗绫说呛话，让戏园子吃眼前亏。那四位背大枪的军人就是小鬼和阎王，现如今谁敢惹他们?!让戏园子人坐满不难,送票呗,赔本赚吆喝!

那时节,街面上最难缠、最豪横的就是伤兵,身上脑袋缠着绷带,军装满带血污,一瘸一拐,到哪儿都是吹胡子瞪眼,四下伸手,白吃白喝。店家一般都得好生伺候,赔笑脸供吃喝,好生打发了。如果哪家的伙计不开眼,找伤兵要饭钱酒钱,那伤兵凶猛异常,上去就抢拐杖、砸玻璃、砸柜台、砸脑袋,他才不管三七二十一,并破口大骂:他妈的,老子前线卖命,敢要饭钱?!街面流行一句顺口溜:"嘎达鞋,狗皮帽,马拉巴子是钞票。"如果伤兵进了戏园子,不但白看戏,闹不好就砸场子。伤兵砸场子,警察都躲得远远的,伤兵的伤疤就是道理,伤胳膊残腿就是尚方宝剑。

此时戏园子人看出来了,唐科长带四名宪兵要威风找别扭来了,如果伺候不好,肯定是砸场子抓人。一看这情景,老侯冲罗绫使眼色,低声道:就你能平复,快去!罗绫不敢怠慢,亲自沏茶双手捧上,强装笑脸说:让您费心了,您是我们这儿老戏迷了,还得您帮我们把事圆了。

老侯随之上前,将手中的几块大洋往他制服兜里一放,满脸堆笑:唐科长,全仰仗您啦,给兄弟们喝碗茶。往日有伺候不到的,您多多包涵!

唐科长内心已经满足,公事私事都办了,也让罗绫这娘们儿见识了自己的威风,他要的就是这个效果。可是后台的阴影里分明有人低声骂,虽然听不清楚,可骂声肯定是冲他来的。他想把骂人的拎出来,彻底杀杀这帮人酸臭脾气秉性。他一摘白手套,冲后台深处说:里面出声的,有种就出来,别总缩在壳里!

像这种无赖叫板根本不必理睬，他叫唤一声就会转身走了。可就在这时。后台阴影处竟出来两人，直不愣登奔唐立德来了。前面的是春来，后面小云姑娘。小云是在往后拉春来，可她拉不住春来，更拦不住春来放炮：我说唐科长，你也是戏迷，家门口住着，咱别把事做绝!

呦呵，有种! 怎么的? 我冲你，就把事做绝，你敢怎么样? 唐立德斜眼看春来，他知道后台有这个愣小子，也知道这小子一直不拿好眼瞅他，他决定就拿这小子开刀。

老侯和罗绫都拉春来，这一拉使他气更盛，话更噎人：看戏是自愿的事，政府还管这个?

当然要管! 维新时期，享受太平。怎么，你反对?!

你不能用刺刀顶着人家后背来看戏吧?

唐立德恼怒了，春来这些话就是挑战他的权威，是对四个宪兵一个警官的蔑视，他凑上前发狠道：你再放屁，我关你大牢，一把火烧了戏园子，你信吗?

我不信! 这春来牛犟劲上来了，脖子梗梗着，像牤牛顶架。

其实唐科长今天就想要耍威风，不想动刀弄枪的。可冒出这么个小子，不给他点厉害也没法收场。此时面对戏台后二十多位看热闹的，不杀他气焰戏园子一带他没法来了，这身警服也白穿了! 他走近春来,戏耍道：挺犟啊,我让你犟嘴! 说着"啪"一个大嘴巴打在春来脸上。春来顺手拿起一把木扎枪举起就打，老侯上前紧紧抱住春来，连喊：找死啊你找死! 因为大家看见，唐科长已掏出手枪。不容置疑，春来一杆子打过去，唐科长肯定开枪，吃大亏的肯定是春来。

罗绫把气哼哼的唐科长拉至一边，又是晃胳膊又是摩挲手背，好言说尽，终于把他劝走了。可蹲在后台的春来在生闷气，他口腔内有咸涩东西，嘴角有血。他一脚把木扎枪踹成两截：他奶奶的，我让你不得好死！

唐立德打了谁一个嘴巴很快忘了，可春来又扇了自己两个嘴巴，骂道：窝囊，你他妈窝囊！他心在流血。

春来一直能在后台不离不弃地这么干，就是冲着罗绫。罗绫比春来大两岁，春来私下总叫她姐姐。那年月日子艰难，当生活悲苦袭来，能抵御焦虑不安以及无奈无望的也只剩男女情事了。他们也是情投意合，姐弟俩在相互慰藉中无意也延伸了戏台上剧情中的感觉，不觉龌龊，倒觉情趣盎然。彼此情事生发，唐突中只觉得太少太晚，于是更珍视一个眼神一个手势，更看重私密空间的一刻千金。这两年，春来一直帮助伺候罗绫，而罗绫也一直爱着春来并依赖他。她并没把春来当成丈夫，只是在那个时刻她一心让弟弟高兴舒服，让弟弟像个大男人一样开心，她也像小女人一样温存。每当春来心里不痛快了，罗绫就悄悄来到他的小屋去，和他长久地搂在一起，相互抚摸着说话。罗绫发现自己在安抚他同时，自己也有意想不到的安慰，这是唱多少大戏也没有的兴奋和舒逸。她觉得一切剧情都没私密的情事来得实在生动。她心中时常生出郁闷的磊块，在肉体的缠绵中，这些磊块渐渐消融。春来对罗绫说：我可以为你去死！这个美似天仙的姐姐让他成为真正的男人，他在姐姐面前永远是弟弟一样温顺的男人，让姐姐开心宽心他可以付出一切。

他们的事很难骗过大家的眼睛，但人们只视为那是私交，时间一长，也不足为怪。后台人和春来开玩笑：你小子啥时候能娶媳妇？春来知道他们说话啥意思，笑着摆手。有师傅私下问罗绫：这么大了，有你中意的就结婚吧？罗绫摇头。罗绫私下对春来说：咱这样挺好的。春来也点头说是。

一连几天，春来觉得那一巴掌已打伤他仅有的尊严，不揍唐立德一顿，自己简直活不下去。当着罗绫姐姐的面打我？他太在意自己在罗绫面前的形象，他极力扮演伟丈夫，可那一巴掌把一个伟丈夫打成窝囊废！

罗绫看出春来精神恍惚，也知道他的心思。一个唱戏的挨打还不是常有的事。她安慰他：咱不惹他，听话！不能去冒险报仇干傻事。可是这一切更坚定春来要报复的决心。他嘴里答应姐姐不干傻事，也装模作样，傻吃傻睡，像什么也没发生过。可是他私下里在寻找唐立德，像猫寻找老鼠那样执着。

一连几日春来在后台唱窦尔敦几句唱词：窦尔敦在绿林谁不尊仰！大丈夫，仇不报，枉在世上，岂不被天下人耻笑一场，饮罢了杯中酒，换衣前往！闯龙潭入虎穴，某要走一场！

这天春来终于寻到唐立德的踪影。原来这唐立德常去一暗娟家。这暗娟住在三义庄后身，本来唐立德可以坐洋车走大道，可市公署最近整肃风纪，发现逛妓院的一律开除。唐科长去暗娟家不愿让人看见，他悄悄从大营门下车，抄近道走小胡同。小胡同是沿着后墙形成的，曲曲弯弯，拐角处也多。谁知这曲弯的胡同成了春来隐身的最佳地方。

　　春来在戏园子多年，刀枪把子功也练过，身手也算利索。唐立德这胡同走了小半年了，这里偏僻没人，他也根本没防备。春来闪在胡同拐角处，对来人瞅得清楚，只一闷棍，正砸在唐立德头上，当时人就一个倒仰。其实这一棍子未必能将人打死，倒是这唐立德命该着，他在倒地瞬间太阳穴正撞在墙角上，登时七窍出血。春来打算打完就跑，也太顺利了，他竟不慌张，翻唐立德衣兜，把钱和怀表揣起来。刚要起身，一眼看到唐立德腰间的手枪。奶奶的！你小子不就是靠这唬人吗，老子缴你的枪！说着把枪从套里抽出来，之后又摸摸他心口脉搏。看看前后没人，急忙溜走。

　　那年月死个人是稀松平常事，但唐立德这非正常死亡还是让市公署警务处恼火，人被打死，枪被抢，身上钱财洗劫一空。警务处处长急眼了：令治安科限期破案。治安科撒下全部人马侦破，唐立德办案这么多年，得罪人的事不会少，现场几乎没留什么线索，只能推测是报复杀人。两天之后治安科的人该干吗干吗去了。

　　假如不是唐立德那块怀表不出现在大亨表店，这个案子就成了死案。麻烦还是出在春来身上。最初几天，他几乎不出戏园子，白天收拾后台，晚上忙乎演出，没事在后台眯着睡觉。那把手枪他用油布包好藏戏台底下，怀表他塞进枕头里。最初两天，他神情慌张几日，总爱朝窗外张望，看外面有没有便衣警探。戏园子有人议论唐立德之死，之后再也没人提。春来渐渐地把心放在肚子里。一周之后的中午，他悄悄去了劝业场附近的大亨表店。这个表店不仅卖各国手表，也收购二手表，不过价钱压得狠，开店挣的就是这个差价。春来不知道这怀表什么价，也不敢随便找人看。他就直接拿到店里。店里伙计都是表业专家，拿起怀表一看，这是一块彩色烤瓷金壳顺全隆高级怀表，当即报出价来：大洋22块。

春来不懂表，甚至在这之前根本没摸过怀表，听说能卖这么多，故意板着脸问：太少了。伙计一口京腔：不少啦，别的店铺给不了这么多。您这是旧表，就这个价。春来故作勉强出手的样，拿着大洋迅速离开。

其实警务处治安科就是制造这种外松内紧的样子，看似各忙各的，其实已派专人侦破这个案子。他们知道唐立德有块值钱的怀表，作案人定会到当铺、店铺出售，他们早布置了眼线。春来出售怀表的第二天，两名便衣警探就盘查跟踪到戏园子。也是春来心虚时时防备，那天中午他刚吃完饭，在后台小窗口透风时，一眼看到戏园子门前的情景。这一看他看得心惊，两个便衣正和街口卖烟卷的老头说话，卖烟卷的老头儿分明在指戏园子后台。

春来在戏园子里做事多年，对各色便衣特务几乎一搭眼就能认出来，他心想，他们也许就是例行公事。可没过多久，那卖烟卷的老头忽然到后台找他，神色紧张地说：两个便衣刚才打听你，还问你在不在？一个说去找车，另一个说要找些人来，好像就是冲你来的！

是吗？谢谢您啦！肯定又是后台防火的事。春来和卖烟卷老头儿敷衍两句。忙跑回后台。两名便衣显然知道春来手里有枪，不敢贸然抓人，这也给了春来唯一的机会。春来连想都不想，迅速爬进戏台底下取枪，匆匆打开后院小门，飞快穿过大街，钻进一片小胡同里。他知道此时码头车站都不能去了，去了就是自投罗网。他早瞄好了路线，轻松地穿过郊区稻田和菜地，穿过铁道走向长满茂盛庄稼的乡间。春来这一走，从此下落不明。

（六）

春来走得急，没和罗绫打招呼。

在便衣和警察来戏园子搜寻春来时，罗绫开始也跟着着急，之后暗暗高兴，他们找不到春来，说明他已经逃走，而且猜测出他的逃走定和唐立德死有关。罗绫心说：春来，我没看错你，有血性！也真给咱戏园子争气。你跑远点，我求菩萨保佑你！罗绫真的双手合十，默默念叨。但一到晚上，她倍感孤独，她不知此时春来怎么样了。她甚至想和春来私奔，真那样，她认命，她也能放下现有的一切！最让她苦恼的，是自己少了一位诉说衷肠的人。

那天谭掌柜看出她的心思，劝导她：春来命好，走到哪儿都错不了，你不用惦记他。等风头过去了，他说不定哪天会来后台看你！你信吗？反正我信！

这话让罗绫舒心。她看得出来，每到自己焦虑发愁时，谭掌柜准能出现在身边，说上三五句话，自己的烦恼就减轻了就没了。这个生意人不仅仅会说话，知道疼人，更知人的心思。几次她都想问：你这么会说话，怎么不找个嫂子，跟她去说！

几次她都没说出口。对这个哥哥，她只有敬重的份儿。

小来春戏园子此时天天客满，这和邀人看戏无关。原来河北河南山东有大批灾民移民到小刘庄、土城一带，他们生存能力极强，干多累的伙计也能承受，拉家带口竟在天津郊区扎下根。这帮人喜欢看戏，尤其是评戏，内容词曲也容易接受。戏园子的生意好，拉动四周饭店酒馆澡堂子剃头房开水房等店铺生意。城里一些戏班也看出这里钱好赚，也往这里挤。这就有了竞争，对罗绫和戏班是个挑战。

罗绫知道，今天你唱《玉堂春》，一帮人把你捧上天，好像你最红、最能，可明天还是这帮人，你唱《牧羊圈》他们可能把你贬得一子儿不值。那年月捧戏子情景不一，有的出于爱好，就听你是一口酥还是一口脆；有的就看你的扮相，上妆亮下装浪，彩裤褂、巧手帕，喜欢你水袖的掷、挥、拂、翻；有的是唱词唱腔耳熟能详，就如喝惯了家门口的豆腐脑，再喝别的地方的，总觉不对味，眼前家门口的玩意儿才正宗。当然也有人人云亦云，自己没主见，比如，老戏迷连齐掌柜、刘襄理、署长都说这位"角"演得好，那就错不了，玩命跟着鼓掌吧！生怕自己捧落后，叫起好来底气比谁都足。然而，抱着坏心思来捧你，特别是"道儿上"的人物来捧，便是麻烦。

青皮混混儿来捧你，一帮一伙来看戏，台下的动静不比台上小。他来捧你没别的，就一句潜台词：这地界是爷的，爷给你面子啦，专捧你，你看着办吧！那份月银子、保护费你得利索掏。对了，你得识相，能捧你就也能臭你，这两样功夫他全在行！

权大势大的人来捧戏子，闹不好是盯上了人。市府部长主任，军界长官，或丧偶或续二房，偏爱往女戏子身上使劲，戏子多貌美，情致非凡。自己喜欢听戏，一入迷便利用权力想入非非。岂止是想，行动来了：先是找人透个话就说某某看上苏三啦、看上秦香连、小红娘啦。接着就有头面人保大媒，连唬带吓的，许以娘家金银房产田产，大多扭捏一番也就应下。也有女戏子就是不从的，给戏园子带来一系列麻烦。这年夏天罗绫演出最红火、人气也最盛，可她也遇到麻烦，朱祥瑞朱团长看上了。

需要说明的是朱团长不是国军团长，而是汪精卫的团长。两年前他还是个营长，在山西被阎锡山队伍打败，有心投奔东北军，可当年他曾从那边溜走，再去投奔熟人，熟人也瞧不起他。想来也不会重用他。他属于老派军人，瞄准时机，席卷军饷和浮财，只身偷偷跑到天津，潜在英租界私宅里当寓公。几个月之后，感觉外边没什么动静了，他才一身儒雅装束走出家门，在戏园子茶馆露面。按说一个营长哪来这么多的钱财，这是他盟兄副师长私财，副师长战死，这钱财自然全归他，金银珠宝和古玩，足足五大箱子，就藏在私宅地下室里，开一箱子吃喝几年没问题。本想过平静日子，可政府有人知道他，日伪军界里的熟人登门劝说，劝他出来做事。他深知给日本人当差是要挨骂的。可朋友的朋友也拐弯抹角威胁他：他不出来做事，他的生命和财产没有保障。挑明了说，不合作就是反日，就上黑名单。他混事多年，京津也有仇人，真当一个不拿枪的寓公，说不定哪天来个刺客，自己就一命呜呼。想了想，这年头还是穿上军装保险。于是他出任第二保安旅独立团团长。

那年月，租界里旧军人多的是，拉出一个就是旅长团长的。在荣园门口，有一位晒太阳瘦老头儿，他竟是云南督军的少将高参。劝业场天津二楼有十几间算卦屋，其中有一小屋里坐着一个黑胖子，那就是一位少将副官，当过总统侍卫长。不过朱团长和这些人稍有不同，那帮人都六十开外的老人，心里就是想干些大事，身子骨也不给劲了，只好吹嘘一句：想当年我如何！可朱团长不到五十岁，内心还想着有朝一日光宗耀祖。可出来做事不久，他就暗暗后悔，他也发现，团长当得不开心，军队大头目都是日本人。表面看他们彬彬有礼，可他们根本不信任自己，自己就是奴才。最让他感到难堪的是，昔日保定军校的一些同窗好友，听说他在天津依附日伪做事，轻的骂他糊涂，重的骂他认贼作父。他感到无形压力和耻辱。但他已缩不回去，他的财产在天津，那是不义之财，让老上司抓到，足够枪毙两三回的。每每想到这些，他长叹一声：混吧！混日子就不想今后和未来，今朝有酒今朝醉。所以除了军部有事，平时都是一身便装，坐茶馆、泡戏园子、逛鱼市鸟市。

朱团长长方脸，头发稀少，脸瘦而黄，看上去像戒了烟的烟鬼。让人过目不忘的是他的眼睛，圆而亮。他出生在河南朱家庄，而朱家庄大户人家却不姓朱而姓葛。朱团长家境一般，父亲朱洪玖就是一个教书匠。葛家看中老大朱祥瑞。朱祥瑞应下这门婚事，但他想去军校，盼着有朝一日也能让朱家像葛家一样发达。葛家看新姑爷有志气，就先办婚事再去军校。可命中妻子葛玉清多病，两年后给他生了一女就抽羊角风病逝。朱祥瑞军校毕业之后去了西北、东北，在军界的枪林弹雨里十多年，大小战役也上百。他走南闯北，都市繁华也见过，什么上海的金枝玉叶，北京的时髦女郎，高档妓院、低级窑子馆都去过，可是没有一位能和他结为秦晋之好。同学中已娶二姨太三姨太的，他也花心眼热，可四下瞄看美貌女子，却总感觉不对劲儿，哪儿不对劲儿，自己也说不清。可自从那天无意溜达到小来春戏园子，见到罗绫，他眼直了，这就是他要找的女人。

早年戏园子所有茶桌座位都围台而设，观众离演员很近，近到演员上了妆，有个红疙瘩、浅麻子也能看清。一个转身，颈项肌肤白皙，一道念白，朱唇明齿如玉。高亢时，青筋如绳一缕，低眉时，羞涩和媚色十足。唱戏的就是让人欣赏，声腔美色，秀色可餐。演员自己也门清，所以不仅是化妆精心，皮肤保养得十分金贵。台上台下离得近，交流也方便，一个叫好的，感染台上，一曲含泪唱，台下抽泣声。眼睛是窗口，台下无数窗口敞开着，台上人一扫，春风入窗来。可有那目光是刀子，不光看人，还要剜肉，这种眼光，很蛮横，似狼的大口，是撕咬是吞噬。这种眼光，女演员都不敢碰，一碰心惊肉跳。朱团长看戏时眼里就飞出了刀子，罗绫感觉得到。

朱团长军界多年，他自己也知道，他骨子里是不愿意带兵的，他喜好收藏古董，喜爱诗词歌赋，喜欢戏文曲艺，对刀枪战事，实在是"不得已而为之"。他觉得自己是还上辈子债。原来他父亲朱洪玖自小爱习武，长大赴考讲武堂没被录取。其原因是武功不到家，文章诗词也一般。一句话，武无天赋，文不精深，只好回乡教书。教书之余，练习武术，耍刀弄枪，也算博得乡亲喝彩。可在练家眼里，朱洪玖那套武艺就是花拳绣腿。

到朱祥瑞这一辈，父亲一心要把他培养为军人，让儿子去实现他的理想。可朱祥瑞只想当军官，并不喜欢打仗，就如同不合格的厨师，不愿意伺候一帮食客，只喜欢吃自己炒的菜。

朱团长之所以看上罗绫，是看上她的清静。特别是女戏子，凡见达官贵人，遗老贵少，留洋公子，只要热捧几次，便贴乎上来，说肉麻话，使凤眼，身子轻飘靠将上来，任人动手动脚。之后虚作嗔怪，实为鼓动，非要勾搭上才心甘。再看罗绫，不温不火，既不慢待热捧的客主，又不事张扬，毫无媚态。总是微微一笑，郑重颔首。既谦和又尊贵，一派大家闺秀风范。

他深知怎么捧戏子，知道怎么让名角记住自己。戏散之后，他吩咐参谋送上一包银圆，一包多少？五十块。这几乎是戏班三五天的进项。老侯见朱团长这个举动，马上领着大小"角"前来躬身致谢，齐齐站在朱团长茶桌前。老侯会说感激话：谢谢朱团长抬爱，有您来看戏，是我们的福分，愿您福大如天，护佑我们这帮小的更长劲。我们一定好生伺候您老人家。谢您的赏！谢您的赏！说着他领众人鞠躬。

朱团长久经沙场，见过腥风血雨，对儿女情长也不陌生，他知道对待罗绫这类女人，得让她动心，而打动她的心，就得下"文火"，拿出熬"老汤"的功夫，小火煨着。唱戏之人，总会入戏的，总会卸下假模假式的尊贵和自重。于是他每晚必来看戏，只要等罗绫出场，罗绫一段大戏之后，他立马奉上赏钱，然而款款而去，决不后台探望。更无嬉皮笑脸问候。

戏班人都看出来了，这朱团长动心思动手段了，一定要结交罗绫，往深了说，是要娶罗绫做太太。

这天罗绫去了估衣铺。她说是路过就进来了，可谭掌柜看出她有事，也不急着问，和她说演出的事。罗绫沉不住气了，问谭掌柜：你看朱团长那人怎么样？

其实这也是谭掌柜最担心的。他知道朱团长总在最明显的座位上给罗绫鼓掌，更知道朱团长的出手赏钱是最大方的，包括戏园子上下都觉得找到一个大靠山，从此能安稳唱戏。可是他觉得这个道貌岸然的人正给日本人做事，这分明是人人都啐一口的汉奸角色。此时罗绫这样问，分明是心里已活泛，心里已经有了这个人。也许她来问自己，就是让哥哥说他个好。可谭掌柜心里别扭，愣了一下神，说了模棱两可的话：这人有来历。你恐怕照拢不住，怕你吃亏啊！

自从看到朱团长在戏园子那样子，他就极度厌烦这个人，自己也没和他共事，连话也不多，可内心已把他辱骂百次了。对这个人的出现，谭掌柜几乎是不问青红皂白的排斥。尤其他看罗绫那个样子。他自己也奇怪，春来和罗绫如何如何好，自己就没这种酸涩感。

罗绫还是看重谭掌柜的意见，沉思好久才说：你说的是，这人城府很深，再看看吧。她懊丧道：这人，挺难缠的！

谭掌柜还有许多话要对罗绫说，可他这哥哥只能点到为止。

（七）

可就是朱团长看罗绫捧罗绫一个多月的档口，三义庄又有庞老三来"挡横"。

庞老三并不老，刚三十五岁，十年前在南市入的"锅伙"，在混混中并不起眼，无非是和一帮混星子打打杀杀，吃店铺、玩死签，抓些散碎银子。五年下来，没钱没家产，仍是光棍一根。他是聪明人，看出"锅伙"一帮一伙地混没出息，有点钱一顿鸡鸭鱼肉，没钱时两碗稀粥扛着。三年前他装病退出锅伙，到小刘庄找一个事做，不显山不显水，手头渐渐宽裕起来。庞老三知道江湖规矩，传出你发财了，一帮旧友会寻上门来借，说借，其实就是要，你吃糯的，我来碗稀的。你不给，骂你不仗义，惹急眼了，旧友也翻脸，打折胳膊腿的也难免。

庞老三怎么发迹的？他卖荔枝土发的。原来南边广东广西的鲜荔枝要保鲜，他们将荔枝树直接装船，荔枝树根部带着一大坨土，一路上只往大坨土浇几次水，荔枝树便葱葱郁郁，荔枝鲜美异常。运荔枝的船到天津刘庄码头后，要走陆路，再运整棵荔枝树成本太高，一辆马车能装多少棵，这时人们将荔枝大泥坨土打磕下来。要知道，这荔枝船不是一棵两棵，而是成千上万，得磕下多少土？那土能填半边海河。庞老三就瞅准这道生意，占了这块地皮，他雇五辆大车运荔枝土，卖农家，六车一块大洋，两年下来，他就发了。在三义庄买了小四合院，在小刘庄买下一排仓库。人一阔脸就变，包括派头，看昔日街头充横的哥们暗暗撇嘴：这帮人混到死也是穷鬼！他如今也学那大掌柜、大经理，肚腹胸脯一起鼓。还留起八字胡，斜挂一金壳怀表，长衫短褂都是绸缎料，一双德国进口黑皮鞋，觉着周身亮堂。虽然如此，还缺身价，那日忽醒悟，身边缺个姨太太。那时上至官府，下至殷实买卖家，都以娶姨太为荣耀。唯有娶姨太才算社会上混个头脸。

　　而庞老三不仅缺姨太太，连明媒正娶的媳妇都没有，有的尽是临时搭伙的"散鸽子"，不时飞走。身边有女人，但身份贱，丫鬟、用人、老妈子、舞女，甚至缝穷的。缝穷的，街口坐一排给单身汉缝缝补补赚口吃喝钱的乡下女人。虽然也行男女情事，可是没有一个让他牵肠挂肚的。那日他看到唱功扮相俱佳的罗绫，才知道女人与女人差别之大。到他这年龄，也算历尽沧桑，非分之想也该少了，可鬼使神差让他在戏台口想入非非：这样的女人挎着，在码头一走，得有多大光彩！从此谁还说我是混混儿?！老子是大爷！虽说戏子名声不太庄重，可人家是名角。戏子哪能和名角同日而语，就如一块铜料，铸成铜盆，只能洗洗脸，可铸成佛像，就有人烧香参拜。罗绫是块铜，让人参拜的铜。庞老三认准了，开始在罗绫身上用"功"。

　　庞老三知道，像朱团长那样往台上送赏钱，他送不起，也心疼。让他给罗绫送花篮，他又不会浪漫，他能往后台溜达，每天必去后台寒暄。后台老侯早知道这个庞老三，也知道这小子不地道，可是这样的人得罪不得，得罪一次，他不哼不哈的，可往剧场带几摊猫粪狗屎，臭得坐不住人，几天卖不出去票。知道他总来，便把戏箱子摆满过道，演出期间和演出后，这过道几乎封上了，让来人下不去脚。可这样庞老三也往里挤。可他刚要站箱子上，后台老侯发话了：哎哟您啦，您站在那儿，往后边送什么，交给我。庞老三也不搭话，硬是上了箱子，几步迈到老侯跟前，一伸手塞老侯兜里两块大洋，话也热乎：就您辛苦，代表几个戏迷，谢您啦！老侯话头立刻大变：这说哪儿去了，知道您过来，我找人把道儿清出来，让您翻山越岭的，对不住啦！

庞老三虽然装出阔人派头，可眼神不对，贼眼总想四下踅摸，后台几位伙计不敢惹他，老侯不拦他别人不再问，他三步两晃地蹽到罗绫休息的小偏屋，后台小屋没门窗，只是一个隔，桌上除了有补妆的官粉彩墨，还有热毛巾和温热适度的清茶。罗绫此时歇口气，喝茶润嗓。她双腿高搭在另一椅背上，这样虽不好看，但腿胯格外舒服。此时一般人不会惊动，见有人来往往眼皮都不抬，闭目养神时她最烦有人打搅。可门外分明在喊：庞三爷，我给您招呼一声啊，人刚下来，正擦汗呢！

老侯喊给罗绫听的。罗绫只把脚拿下来，眼仍闭着，她装作看不见。如果识趣，看此情景自然会离去。可庞老三就是癞蛤蟆，他哪管你是天鹅心境还是野鸭情绪，硬是轻轻推门，没话搭个话：罗老板，您歇着呢？

那时凡是台柱名角都被尊称老板，戏班子主事却不叫老板，叫班头或班主。

没办法，罗绫欠身起来，并没站起，说声：来啦。便半闭眼歇息。庞老三知道，这时演员是不会客的，能答一句就算给面子，可自己是来"泡人"的，好听话得往外掏，谁不爱听好听的，况且我也是有身份的。他凑到跟前，柔声细语：今儿您是真卖力啊！您刚才那一口"见公子这般景心中难忍"太棒了，铁石心肠的人也给唱下泪来。好，就是好！

罗绫搭话，甚至还没睁开眼睛，她实在懒得搭理他，她心里埋怨后台老侯：怎么啥人都放进来。心里发烦，耳根子还有聒噪：您就是在这个小戏园子，要是在大剧院，叫好声得响及里外。

此时罗绫真不想说话，她想敷衍一句，让他走人。便说：别看台上光鲜一层皮，下台其实一摊泥。我这会儿脑袋正疼着呢，真疼！

她眉头紧锁，也是厌烦得头疼。

庞老三一听，马上搭茬儿：有一种德国的头痛片，管用，我给您拿去，我试过，吃了立刻不疼。

不用了，快疼过去了，我就想一个人清净会儿。

庞老三看出罗绫不耐烦，他觉得这阵子那个伪军阀没少来，这娘们儿被他那身老虎皮唬了。今儿我得恶心他两句。他说：药我改天给您拿，我来是问一件事。罗老板，外边瞎呛呛，说您和那个军阀打连连。这我可不信，谁不知道，那军阀给日本人做事，那就是汉奸！让锄奸队瞄上，有好吗?!

罗绫闭着眼摆手：别人瞎呛呛，你就别呛呛啦。告诉外边人，我谁也看不上！我头又疼了！

好好，您歇着！

庞老三从后台出来，一眼看见一身军服的王参谋，他手里拿着一个扁盒，那就是德国头疼药。

庞老三在后台的举动，朱团长看得真切。他派人打听了庞老三的来历，他觉得这种事就得以爷们的方式解决，偷袭打冷枪不是我干的事。这天，他一身便装，在小戏园街口水货铺门口候着庞老三，他要单独和庞老三聊聊。

刚入秋，天更燥热，傍晚有点难得的小凉风。街上行人也明显多起来，在屋里躲了一天的暑热，急忙出来乘凉透气。吃冰棍儿，喝酸梅汤，买块西瓜，就在道边吃起来。沿街的商铺到了一天销售最佳时机，各种吆喝声急促密实，谁都不放过眼前的顾客。这时，远远地就能听见戏园子锣鼓镲响了起来，虽然响得不急，可奔戏园子看戏的人明显加快了脚步。就在这时，一身灰丝绸褂的庞老三出现了。朱团长一闪身迎上去。他一身青布衣裤，裤腿肥大，足蹬布底沙鞋，褂子可身，袖挽一层露出什锦白内衣，看上像教书先生，或哪个商号的掌柜。他冲庞老三道：这不是庞三吗，幸会、幸会！

庞老三一时没看出眼前是谁，忙笑着躬身，幸会，我眼神不济。这位老兄贵姓?

免贵姓朱，咱们不是总在戏园子听戏吗。

庞老三近前看，猛然想起这就是那位看戏带卫兵的朱团长，他来找我吗意思?

朱团长一笑：看戏就是消遣，找个戏子捧捧，也是乐呵事。这本来谁不碍谁，可有人骂我是军阀，这不好吧?

庞老三一惊，这军阀也不是他公开骂的，怎么随口一说，竟传到他耳朵里。可见他台前台后有耳目。不过混混儿出身的他是不怕事的，刀尖抵胸口上不退缩，锤子抵脑门也敢硬顶！他一脸凶相：怎么的，是我说的！就凭这一句话，你派一个团清剿我?！他一歪脖，一条腿虚晃抖着，混混儿做派端上来。

朱团长冷笑：是爷们！爷们就得以爷们方式解决，别背后老娘们儿似的乱骂。

庞老三道：要单挑，咱开洼地。我随你。

二人不再说话，急匆匆出街口往南走，那里有一片菜地，菜地旁一个场院。

庞老三自小就练过两路拳脚，在南市跟人学了三年摔跤，不抽大烟不喝大酒，身板硬朗。他明白，凡当兵都会两下子格斗擒拿，战场上冲杀玩命，不会防身术也保不住命。不过旧军人那点儿花拳绣腿不顶事，他们打仗全靠有枪有手榴弹，真玩起拳脚，打不了三回合。再说朱团长那样儿，单薄身材，黄白面容，一旁比画也许像武术，真磕真撞，他就露馅。

庞老三轻视朱团长，他身形便不下扎，只微微侧过身来，指指胸脯挑衅道：来，照这儿打，先出手，算是欺侮你！

朱团长知道，像庞老三这样的人本不必自己亲自出马，可是为了自己喜欢的女人，用别的方式不爷们！事已至此，只有靠拳头说话了。他已经让王参谋了解过，对方没什么武功，就是一派街头混打架势，就是敢出手敢拼命罢了。

朱团长也不拉架子，轻轻挪过去，一个仙人摘桃，就等庞老三反应。这手伸得缓，可已伸到庞老三胸前，庞老三不怠慢，左臂往下一砸，右拳直冲朱团长面门而去。

朱团长本不想和他浑打，也不愿让他太丢面子，便顺势拽住庞老三的冲拳，一拧身将拳让进来，庞老三整个身子中心便倾过去，只见朱团长瘦肩微微一抖，庞老三脚便离了地，撞出五米，跟跄后跌差点摔倒。庞老三一惊，这等瘦身材哪儿来这般力量。他拿出看家连环炮锤，这几乎就是双臂车轮战，可朱团长一一化解。庞老三拳越出越快，可朱团长步步为营，轻巧化解。风卷柳梢，好一阵后，庞老三开始喘息，胳膊抡速也降了下来。朱团长忽探步近身，猛一个双推掌，庞老三整个身形腾空了，之后重重仰摔在地。

朱团长伸手去拉庞老三。虽然跌得很疼，庞老三还是咬牙站起来。朱团长说：咱是不打不相识，交过手就是朋友。是吧？

对对，是朋友，是朋友。庞老三的气势全没了。他明白，今天遇见练家子啦，自己再使劲也打不过他，既然人家给咱台阶了，也该顺坡骑驴，马上便把话递过去：您是带兵人，功夫不得了，让我见识啦，承让！他双手一抱拳。

朱团长话干脆的：不瞒老弟说，我看戏看上罗绫了，打算娶她。跟兄弟你打个招呼，有用得上我的，就吱一声！

庞老三江湖行走多年，他不能这么草鸡，便说：咱看看罗绫的意思，问问她跟谁，行吧？！

行！朱团长吐出这个字，感觉庞老三仍不服。

（八）

庞老三到小戏园子摆谱、泡戏子，街边上的兄弟都看得清楚，都说他中了邪，天下没女人了？非找罗绫！兄弟们的眼神和朱团长的身手刺激着庞老三，他觉得不把这女人抓到手，自己就是有座金山，他们也不看重我！他冲街边兄弟放出狂话：妈的，不把罗绫弄到手，我大头朝下从劝业场大楼栽下去。

可一个月过去，庞老三也没动静，别人也不问。这天戏园子已散场，后台几个名角都一起出来，一辆干净的洋车停在罗绫身边，罗绫和众人道声再见，洋车夫拉她起车就走。车夫对罗绫家很熟，走的都是近路。让罗绫稍感到不舒服的是这车不稳，时有颠簸，车杆也晃，一看就是新手。车过大街，灯光晃眼。罗绫闭目养神，待她睁开时，车已拐进陌生的胡同，她刚"哎"一声，洋车已拐进一家后院。车夫放下车，边擦汗边冲罗绫笑。罗绫惊问：这是哪儿？

车夫一摘帽子：我家。

啊，竟是庞老三。院里没灯，月光很亮，照着庞老三的脸。本来慌张的罗绫尽量让心平静下来。她问：怎么回事？你要干吗？

庞老三走近她，侧着脸看，拉长声道：今天我要娶你，你答应也得答应，不答应也得答应！

我不答应，会怎么样？

也是街面上事看多了，罗绫不怕他。而且她知道，这个时候说可怜话不顶屁事，索性来混的。

不瞒你说，我早放出话来了，他们看笑话，不把你拿下，我这老脸没处放了。

你想娶我，咱就来明媒正娶，八抬大轿迎进家门，这样我依你！死心你！

真的？

真的！

你这不是搪塞我吧？那让我试试，你是不是喜欢我。

你这人怎么……

别怪我，我不绅士，我就是实心眼，不会打弯！

说着庞老三一把揽过罗绫的细腰，上去一个贴脸。罗绫本能地挣扎，但她很快不动，她知道此时翻脸炸庙只能更吃亏，于是她乘势做戏，顺势搂住庞老三的脖颈，动作似乎更主动。庞老三对女人领悟颇深，他知道这种浮皮潦草的动作根本看不出心意和情分。在他私宅院里，他没有顾忌，肆意便把手伸进罗绫上下衣裤中，边动作边看她的表情反应。熟悉女人的他知道，几个手段，是敷衍是推脱还是勉强，一眼就看出来。如果翻脸自有翻脸的方式解决，而服帖顺从就有另一种对待。他为此事动了一番心思。这会儿让他没想到的是，罗绫的身子竟藤蔓一样缠绕着他，让他兴奋异常。罗绫知道戏是要一场一场演下去，没必要知道最后结局，眼前让他得逞就是，只要自己反过手来，说不定谁死。

月亮就在头顶上，虽然不圆，四周亮度如雪凝。庞老三喝醉酒似的，嘟嘟囔囔说着自己曾经的窝囊事，无非告诉罗绫，从今往后他庞老三就没有窝囊的时候，是罗绫让他有了志气豪气，也告诉要娶她，让罗绫管理财产。罗绫挣扎在表演的角色里，她希望此时有一把手枪，她可以闭着眼朝他开枪，把所有子弹打光。

庞老三夸张地把罗绫软软身子抱起，放在刚招呼来的洋车上，他亲自送罗绫回家。一切不必言说，这么个名角，把贵重的身子给了我，还能说嘛！赢啦！从明天起，街面上人都会知道罗绫是我的人，是我媳妇！夜已深，路灯昏黄，可是庞老三兴奋得想大声叫唤。而车上的罗绫紧闭着眼，她知道，台上不论怎么光鲜夺目，不论怎么有名气，也不过是男人的玩物。往日戏园子人总糟践窑姐妓女，其实戏子也是，也是被人欺辱之后毫无办法，强装笑脸，连个下贱窑姐都不如。窑姐急眼还叫骂呢!可自己,竟像只小猫小狗一样任人欺辱。一股悲凉袭来,她想嘶喊几声,大哭一场。

罗绫一夜没睡,她没有大哭,只是默默流泪,只是抓自己的头发。之后骂春来,骂他自己跑了不管他,之后她冲着一面墙想着自己的归宿,想着想着,泪又下来。她知道戏还是自己来演,不演下去,自己就得死。

第二天一早,一身男人装束的罗绫去河东兵营。她去找朱团长。虽然他不是最适合的人,可因为有昨天的事,他就一跃成为她最想依靠的人。女人想做的事谁也拦不住,就像一个女人决定嫁人一样毅然。细节都想过了,她知道该怎么说才有效果,更知道怎样刺激朱团长。台词功底,让几句话也能吐露得声情并茂,一声无奈两道呜咽,尽是女人特有的悲怜。罗绫猜度过朱团长闻听哭诉引发的反应,可是她没见过,他竟然是这样冷漠或者冷酷的人。朱团长只是用鼻子哼了两声,只把枪套往身后推了两推。她感觉是异样的,她不知道,真暗藏杀机的军人上战场前是不动声色,甚至闲云野鹤的样儿。只见朱团长轻轻拍拍她的肩,声音也沉稳得令她发冷:你先回去,刚才的话,不要对任何人讲。等忙完这段,我去找找庞老三。声音也是轻轻的,生怕她再说什么似的。奇怪的是朱团长没有派人把罗绫送回去,而是让她自己走。罗绫上了洋车,他冲洋车生硬地点了点头。

从那天起,几乎没有朱团长的消息,他更没来看戏,倒是后台老侯说了句没头没脑的话:听说朱团长一帮人被上峰查办了,说是吃空饷,可能要麻烦。罗绫再细追问,他说是兵营人说的，详情谁都说不准。于是一帮人后台乱猜，猜的结果就是，朱团长这回恐怕是吃不了兜着走。

莫名的担忧一天一天地过去，心灰意冷的最好办法就是忘掉，忘掉一切屈辱自尊和苦楚，之后上台去，演疯子傻子呆子，咿咿呀呀唱心不在焉的古代故事。这天晚上，罗绫满头大汗地从前台下来，这也是她最后一个压轴戏，之后就是谢幕了。后台老侯突然低声对她说：知道吗？庞老三被人杀了！

她一激灵随口问：谁杀的，在哪儿？

刚听外边卖烟卷说的，在南市三庞胡同被人打了冷枪。接着老侯慨叹：三国演义中的凤雏庞统死在落凤坡，庞老三死在三庞胡同，怎么会这么蹊跷！

罗绫匆匆谢了幕。她只说谁别打搅，便仰在长椅上歇歇神。她脑海烟云漫卷，那枪声她知道来自何方。因为没人说出是谁打的，她才确定出是谁开的枪。没错，就是这样的一出戏，不会有别的内容了。她忽有一丝笑意，那子弹也是她亲自擦亮上膛的啊。跟之而来的是她的惴惴不安，自己就这样把自己交了上去，交给一个下手狠的冷面人。迈出去这一步，自己也就没了退路。

谁知这天晚上竟有更让她惊心的一幕。散场好久了，演员观众人都走了，可是罗绫不愿意走，她愿意在冷清的馄饨摊喝碗热乎乎的馄饨，她愿意静静待一会儿。这么晚了卖馄饨的见个人影还在吆喝，这似乎是最后一声吆喝，还真招揽来一个食客。只见他大大咧咧坐在罗绫对面，不错眼珠地看着她。罗绫不认识这个老人，老人很脏，戴一顶破毡帽，和叫花子没什么两样。

怎么，罗老板还没走。老人分明在和她说话。声音这么熟悉，她连忙说：是的是的，您也来啦。她只能客气一句，再也不去想。可是对面那双眼竟然这么熟悉，而且……

他低声道：别出声，我是春来，喝完跟我走。

罗绫深深叹息一声，没错，扒了皮我认识他骨头。这个死鬼终于活着回来了。

在罗绫的小屋里，他们搂在一起，像新婚久别，又像再次偷情，难舍难分，彼此都有超乎寻常的索取和渴望。很久了，都累了，相拥着，听春来讲他的经历。

走投无路的春来，在南郊谷垛里藏了整整两天。一个有官司在身的人，不怕吃苦的，就怕有人注意。春来都是夜间活动。有一天已经后半夜了，一队七八辆拉原木的马车出现在大道上，春来悄悄爬上车，坐在木头夹缝中，就这样马车拉他到了霸县。在霸县他打一个月短工就去了雄县，半年之后又跑到容城。他在容城的西郊帮助人家干木匠活儿，在那里他参加了冀中游击队。两年游击战斗生活，使他这个戏班打杂的迅速转变并成熟。他为人豪爽，无牵无挂，参加战斗勇敢，又是来自大城市，见识和知识明显高出游击战士一大截。很快成为一名小队长。之后游击队和县城党组织完成对他的审查，证实他走进游击队所说的一切都是真实可靠的。县委书记调春来去县城搞兵运工作，因为春来对城里事情熟悉，尤其懂得戏曲，搞策反搞物资会很方便。实践也印证领导的眼力，在保定春来为游击队偷运出大批布匹和棉花。还有一个意外的收获，就是派春来回天津买药。

原来日本鬼子秋季大扫荡，让冀中八路军和游击队遭受损失，他们最大的困难是缺少急救药品。许多战士就是因没有药而呻吟死去。面对几百个伤病员，冀中部队首长下达死命令，让县委派得力人员去天津、保定，打通药材运输渠道，彻底解决冀中部队、游击队短缺药品的问题。县委书记点名春来去天津，并任命他是三人小组的组长。在出发前，书记问他有啥困难？他说：天津买药不难，随身带的大洋金条足够了。就是运输难，我想办法！

县委书记和他熟了，说话也不客气：你小子回老家了，熟人多，道道多，挖门子盗洞也要完成任务，拿不来药材你就甭回来见我！

书记放心，完不成任务，我没脸见您！

县委书记喜欢机灵又会说话的春来，为了确保这次买药任务的完成，他把县委平日舍不得用的封存银圆金条全给了春来。

春来他们三人坐火车、坐马车一道走下来，三天后到了天津。一路上到处是路卡、碉堡，每到一处新地界，都有一道道交通沟，有当兵设卡的检查站，对过往车辆盘查严密，有特别通行证的车辆才畅通无阻。春来意识到，药材怎么运出去是难点，搞到一张特别通行证才是眼前最紧迫的。

春来马上去找到罗绫，她能帮自己。果然罗绫说：通行证我来想办法，你出去时要小心。春来点头。

这天罗绫穿上艳丽的紫花旗袍，又使官粉，坐上洋车去找朱团长。对于庞老三之死，二人心照不宣，只是朱团长更无障碍，可以慢条斯理和罗绫谈情说爱，可以有条不紊地坐在戏园子捧自己喜爱的女戏子。虽然在团部，二人见面也像恋人一样相拥相吻。罗绫告诉他：我弟弟春来为我杀人逃走的，现在在外地做买卖。他要一张特别通行证。办证，只能姐夫帮忙！

谁是姐夫？朱团长故意嬉耍地问。

谁能办谁就是姐夫！罗绫噘嘴故意赌气说。

好吧，我争取当姐夫！朱团长一本正经地说。

两天之后，朱团长把一张特别通行证交到罗绫手中。罗绫接过来时并不看证，而是深邃地看团长的眼睛，这让朱团长十分开心。他说：什么时候我见见他，让他叫我一声姐夫。

你想得美！罗绫用特有的姿势枕着朱团长的肩，撒娇道：下次他来再见吧。

春来和小组成员利用五天时间，把计划买的药品全部买齐，之后雇用一辆马车，把药品和医用器材装车捆绑结实。春来知道罗绫能搞到汽车，可是上级领导指示，汽车目标太大，一定要用马车。领导考虑果然细致周到，京津的军统和日伪特高科，都对出城的所有军车卡车都记录在案，这些关键细节也只有地下党知道。大车凭着一张通行证中午出城去，转天半夜时分已经到了八路军游击区范围。冀中派出十个采购小组，只有荣城组和天津组完成任务，而天津组采购的药材最多最好。春来把这次采购经历向县委书记做了汇报，县委书记听后很兴奋，毫不掩饰地夸赞春来：知道吗？你小子打通了一条购买药品的大渠道，军区首长都知道了。果然八路军军需部门发布嘉奖令，嘉奖春来小组。

（九）

春来明白，上级嘉奖就意味着要他们继续前往天津买药。他知道买药会越来越难，在县委组织的大会上，领导这么隆重表彰，这么信任，自己让那么多人佩服，任务再难也得去。他觉得有罗绫帮助，一切都会变得轻松。

春来三人依然是潜伏进城，依然是悄悄雇用一辆马车。通过罗绫打听这张特别通行证可以继续用。因为有上次购买经验，这次购买轻车熟路，到河东药材仓库，一手交钱一手交货。卖货的掌柜见是大买主又来了，又是上茶又是递烟，亲自陪三位到碧玉池澡堂子洗澡。伙计服务更加周到，不用他们动手，药品全装好车，将大车停靠在客栈的院子里。这次出发前县委有交代，在天津执行任务，可以把伙食搞好点。于是三人到了大饭馆，点了一盘油焖大虾，一盘干烧鱼，还有几盘家常菜，放开肚子吃。春来喜欢自己的两位助手。两人在参加游击队之前是保定学生，高个子的叫冯朝，矮个子叫赵之臣。他们觉得买药品很刺激，也很有成就感。刚参加执行任务就受到嘉奖，兴奋得睡不着觉。这次买药，任务也没问题了，此时他们心里都很乐呵。这天晚饭，他们破例喝了酒，酒足饭饱之后，赵之臣问春来：领导，听说你在戏园子干过，领我们看出戏方便不？冯朝也接话茬儿：对呀，啥时看戏去？他见春来犹豫，又说：要是为难就算啦，别耽误任务。

春来想了想说：我去戏园子看看情况，你们等着。春来悄悄来到后台，找到后台老侯，问问情况。老侯说：这半年戏园子一直挺安生，朱团长总来，那起皮捣乱的都去别处了。叫你朋友来，在后台在场子里都行！

春来担心他们去后台引戏班人注意，便买三张戏票，在戏园子角落里坐下。这天有罗绫的戏，春来还从没正经坐下来看她的戏。两个伙伴挺兴奋，坐在那里边嗑瓜子便低声说笑。他们三人很扎眼，很快被日伪特高科特务瞄上。

他们模样、穿戴打扮让人生疑。说是学生吧，却是苦力的衣着，说他们是苦力，那脸那脖那手细皮嫩肉的。因为三人都喝了酒，他们竟没发现有人盯梢。戏散之后，春来到后台和罗绫道别。之后便到客栈收拾行李，悄悄来到院子里，大车趁着月光之夜出城。这张特别通行证仍然特别管事，走到哪儿，递上去检查站的人就一挥手。大车拉什么几乎不看。大车继续往前走。谁知最后一道卡子出麻烦，一辆吉普车、四辆摩托车正停在那里。春来一递过通行证，所有军人一起发喊：站住，不许动！他们将春来三人捆了个结实。三人连问：怎么啦？怎么回事？坐在吉普车里的人对他们说：甭问，到地方就知道了。三人被推上吉普车，吉普一直开往公署特高科。

在路口设卡的是保安旅独立团一营二连，团参谋长向连长交代过，有一辆拉药品的大车照应点。连长见人被抓车被扣，马上把情况急报给朱团长。朱团长知道罗绫和春来的关系，也知道春来买的药品让人生疑。但他不想自己陷进去出问题，也不想让特高科抓住把柄,他和参谋长一合计，决定走一招儿险棋：即让三个人咬定给保定药店卖货，之后马上让罗绫去找特高科的于冠群。

　　于冠群几年前做丝绸买卖,那年在上海遇见表哥,也就是时任汪伪特务头目李士群,表哥说你做买卖不就是为多挣些钱吗,跟我干吧,我保你升官发财。于是他经过半年集训,在表哥下属部门挂职几个月,被表哥派往天津。于冠群表面身份是市府税务员,其实真实身份是特高科外勤督办。此人一身儒雅,一口京腔,金丝眼镜,擅长写诗填词,最爱看京剧评剧,对罗绫的演出达到痴迷状态。只要有时间,他一定是一身长衫坐在戏园子听戏。他捧戏子和其他人不同,他不鲜花也不去后台说过年话,他用"夜禅山"的笔名,给津门小报写戏曲评论文章,而且很有影响。经人引见,罗绫曾一身戏装躬身下台,冲他和身边十几位客人连着三鞠躬,酬谢他文章和客人的热捧。而这些让于冠群觉得极有面子,他眼里的罗绫更不一般。

　　其实,罗绫给于冠群鞠躬,是遵照老侯的意思办。此时的老侯已是戏班班主,负责打理戏班大小事。年初河道税务处看上戏园子这块地皮,已和房主联系他们要给河道收税所。凡是外商轮船进海河都从此经过,内河船只奔塘沽出境也从这儿过,这里是收税的风水宝地。税务处是大衙门口,一个小戏园子哪儿惹得起,为此事老侯正发愁呢!不搬家,人家房主和税务处不干,搬走吧,到哪找一个像小刘庄这儿聚人气的地方,况且培养一个地方的人气也不是三五天能办成的。就在这时于冠群来找到老侯,说东北来了十个客人,让老侯每天留出十个最佳位置,而且要提前把票钱付了。这些客人其实是东北几市的特务头子,他们集中到津开会,特高科负责接待。老侯一看天赐灵机,他脑瓜一转有了主意。他话说得得体:于先生,您是我们常客，您请的客人就是捧我们啊，哪能要钱?! 您就天天来，我保证安排最好的位置，而且我还要安排几位名角和您的客人见面，一定让您满意。几天下来，于冠群对老侯的安排极为满意，也就这个时候，老侯说出河道税务处要戏园子搬家的事，请他从中帮忙。老侯当然要给他戴高帽：您是市府的人，你一句话的事，我们花多少钱跑多少路也办不成……如此这般，于冠群被捧晕了，当即应下：放心，我和他们处长说，让他们另找地方。果然，河道税务处不再找麻烦，河道收税所最终建在河东。

可以说戏园子和于冠群有了"交情"。当罗绫为了春来再找到于冠群时，于冠群已接到朱团长的电话，凭直觉，他觉得这一车药材有问题，他也知道真追究下去，朱团长和罗绫也难脱干系。他不愿意这事得罪人，尤其不愿意让罗绫小看自己。此时罗绫素面淡妆，眉头紧锁的样儿，上百上千人热捧的名角，可怜巴巴地来求帮助，他觉得有趣。这节骨眼儿，他不忘逗闷子：罗老板，您何时到我家唱堂会呀，我可一直等着呢！

大户人家唱堂会都有个名目，如老人祝寿，孩子满月、婚宴婚庆、买卖开张等，引来众人同喜热闹。而于冠群只找同事家人聚会，他要的就是这个做派，也是变相和罗绫表示爱慕。罗绫找他来办事，心里一百个不愿意，也不好当面拒绝，只说：尽量给您安排。

他微微一笑：尽量，怎么个尽量?

罗绫知道，这一年津京沪戏曲大名角们都发话：不给日本鬼子唱堂会。日本鬼子占我国土，杀人放火。这个时候你给鬼子唱堂会，就是巴结鬼子，就是汉奸！可眼下罗绫急着救人，也顾不上许多，她说：您什么时候需要，我们就什么时候去，行吧？

于冠群对这样的回答很满意，而且他觉得这样的女人很容易就攥在手里。至于特高科那些破事，只能化解，化解没了拉倒。现如今不捞金条不捞女人就是傻瓜。他要帮罗绫，也是成全自己。可是他忽想到一个人，心里生出疙瘩。他凑近罗绫，脸上露出轻佻的笑：是朱团长让你来找我吧？

他知道朱团长和罗绫私交很厚，他为此发酸很久。在他眼里朱团长就是一介武夫，只配战场冲杀，在情场几乎不配做他对手，以自己目前的能力权力，除掉这个武夫，不是很难的事。他怀疑这一车药品很可能是给抗日队伍的，他要这样送人情也是担责任的。他要找个替罪的。于是他客气地对罗绫说：这种物资是禁运的，除非有军队头面人物作保，比如朱团长这样的。

我是来求您的，他朱团长还不是听您的，是吧？您可别挑我们小民的礼，"不知者不怪罪，你的海量放宽。"罗绫来了一句戏味儿十足的唱词，把于冠群说笑了。于冠群一个电话打过去，朱团长立即对于冠群大包大揽：这就是亲戚药铺用的，我可以作保。

于冠群微微一笑，随后又拨通一个电话，吩咐道：放车、放人！

他放下电话，随之戏弄地把手搭在罗绫肩上，附耳道：我等你，快去我那儿，咱们堂会……

春来一伙人有惊无险地走了。老侯对罗绫说：你别干这玄事啦！知道吗？不光戏园子人跟你揪心，连估衣铺谭掌柜都问我这事，他是怎么知道的？罗绫也奇怪，自己为难事总瞒着他，可他竟都知道。上次春来买药，就是谭掌柜告诉她河东仓库药品最全，而且价格便宜，更绝的是他竟然知道仓库掌柜的是专做走私生意的。有谭掌柜点拨，河东买药果然顺当。罗绫没多想，她知道这哥哥一直为她操心。

这天中午，在饭馆雅间里，罗绫对朱团长说：我又欠你一个人情，怎么还啊？

朱团长说：为我唱一出《夜思夫》吧。罗绫脸微微一红，她知道男人心里怎么想的，更知道他们要什么。可直接给，会没意思，总不给，会薄情意。她要恰到好处。而朱团长也是知道适可而止的人，他办事稳中求奇。罗绫的眼神早暴露她的心思，朱团长顺势把她搂在怀中。罗绫絮絮叨叨说着感谢的话，朱团长实质的喜欢放在她的嘴上，额头抵着她的额头，柔声道：有你，我这一辈子知足了！

就在朱团长定下迎娶罗绫，为自己筹备婚礼时，秋季扫荡开始了，华北方面军电令京津部队配合。京津司令部下令保安旅独立团配合山本联队下乡扫荡。每次出征朱团长都没犹豫过，军人就是要打仗的。可这一次走得并不远，但战事险恶，是要和八路军游击队交火，是中国人打中国人，他心里不是滋味。这话他说给罗绫，罗绫突然说：咱不去，实在不行，咱一起逃走吧，走得远远的！

不行，那是下策！等我回来，咱结婚过日子。朱团长口气坚决。

他告诉罗绫，半个月他准回来，说着他把一串玉珠项链送给罗绫戴上，并说：这是吉祥辟东西邪，大师开过光的，灵验！

罗绫只觉得朱团长一下子变得婆婆妈妈的，她没来得及细想，朱团长已出门上车走了。谁知这一走他再没回来。

只有于冠群知道，这姓朱的此去绝无生路。在扫荡的战斗中他必然被流弹打死，那流弹是于冠群安排人施射的。半个月队伍回来，送朱团长家去的是一口楠木棺材。

一连几天罗绫唱戏无精打采，伴奏的师傅也看出她无心唱戏，老侯知道怎么回事，也不便说，只对戏班人说她身子不舒服，大家将就点。

罗绫对朱团长之死是真伤心了，之前她并不在意这段感情，觉得对方就是玩玩儿，就是捧戏子的勾当。就如同有人爱好养鸟、爱养蛐蛐一样。虽然台上台下还有一批热捧的戏迷观众，也不乏冒出个追求者，可和朱团长一比，他们太小家子气。朱团长追求她，不酸、不粘、不火、不俗、不野，就是这么静静地看戏说话，搂在一起也柔情似水，拿捏有度，是个君子。她知道像这样的男人不会再有，这也是她最为难受的理由。

这些天她的内心像有一团浑水，搅得她想哭想吐，她六神无主，不知自己归宿在哪。每到无奈无助时，她就想到春来。他两次进城都劝她跟他走，说那里是另一个天地，那里有八路军，是专为穷人打天下的队伍，像你这样唱戏的更受欢迎。罗绫最怕身无住所的颠簸，也受不了枪炮的惊吓。她不说不去，只用肢体的柔情告诉春来，眼下是不行，等以后吧。春来总是理解她，顺从她意见。看似平常的爱抚动作，被他认真做起来让她飘飘欲仙，在欲仙的感觉中她深知有这么一个最爱她的人。有时她也情不自禁地做个比较：朱团长就像深宅大院，一切都是幽深而意味深长；而春来则是小家小户，是煎饼卷大葱，不高级但可口。春来太熟悉了，熟悉便无顾忌，任何场合都能说说心里话。

春来就像一阵风，不知何时从她身边刮过，之后只留下一片空旷和麻烦。这麻烦让她越来越不可收拾。她已经知道这些药品和八路军游击队有关。让她心里稍稍宽慰的是，她也和锄奸团一样，在抗日！出现麻烦就顶着吧，无非是豁出大洋和自己的面子，请他们听戏，家人亲戚一起来。自己像个受气丫鬟似的，赔着笑脸走下台去，点头哈腰像见祖宗一样。一切她都认了。

（十）

春来几次买药品成功，不仅受到军区和县里的嘉奖，他和两位助手也实现了火线入党。部队要求县政府继续购买药品，满足队伍上的急需。春来被县委书记一手调到县里，并任命他为县军需部长。

这天，春来的顶头上司李副县长找到他，催他马上去天津。春来说：可不可以再等三四天，我把手头的事办完就走。

李副县长说：不行，后勤医院催得紧。你去财政老刘那儿领金条，你得马上走。

显然这次只有一根金条十块大洋，数额不到上次的一半，只够买一半药品。

几次到天津买药，春来没给罗绫带去一件见面礼，却给她带去一堆麻烦。这次一定要带给她一件可心首饰，什么碧玉簪、金戒指都行，女人都喜欢这些东西，而这些东西也可表达心情和爱意。可是这些东西一时难找到。

如果春来向李副县长汇报时直接说：为买药咱欠一些人情，我把见面礼准备好就走。另外要多带点钱，好办事。李副县长很可能会答应这些要求，甚至帮助或买或找一两件首饰。

可是春来没说见面礼的事，只干巴巴说再等两天，这让李副县长来气、来火，说出话也难听了：我看你这个同志该批评了，你受嘉奖骄傲自满啦？我这个副县长，指挥不动你这军需部长啦?!

李副县长早先在游击队打游击，腿负伤后调到县城工作，几年后当了主管生活后勤的副县长。他大字不识几个，爱摆官架子，和下级说话爱用命令口吻。也许春来听到基层同志对他的不满，加上他口气生硬，意见没说出来就被扣上"骄傲自满"。县委书记也没他这派头。春来更加瞧不起副县长，好赖自己也是有功之臣，哪见过这样的三花脸指手画脚。也是春来政治上不成熟，看副县长发号施令的样子忽然来气，赌气说：这次我去不了，你换别人吧！

李副县长问：为什么？

我不想去！

李副县长火了：张春来同志，你以为革命是看大戏，想去就去，想不去就不去？告诉你，你不去，就是违抗命令，老子处分你，开除你党籍！

那你就处分吧，开除吧，就冲你这官僚作风，我不去！

春来也叫喊起来。二人闹僵了，都骑虎难下。还是县委书记来做春来的思想工作。书记是部队转到地方工作的老同志，政策性很强，说话也讲方法。书记也不提他们闹僵的原因，只说：眼下部队药品缺乏，只有你春来有能力完成这个艰巨任务，你前两次可为咱县争了大光彩，你要继续为咱县争光荣啊！

这话受听，春来二话不说，当即表示：我去，把药品买回来，给咱县给你争光。

书记乐了，随口便问：还有啥困难？说吧。

春来说：这次钱不够。几次去天津求人办事，欠了人情，这次去怎么也得补上，也为以后办事方便啊。

春来从财政老刘那儿知道县里没有钱了，他说这个，就是将书记一军。谁知书记说：县里也没钱，咱找了几家地主老财，凑个药钱没问题。

当县委书记把新凑来的三十块大洋交给春来时，书记微笑着，但话里有话，口气很有刚性：春来，我要提醒你，革命工作不是商铺做买卖，以后不要跟党讲价钱。书记话说得很轻很慢，但春来听出了分量。

几天后，春来带着两位助手到了天津。此时他们到河东仓库才发现，要买药品都被定为禁卖物资，根本不再零卖。而市里药铺，对进口的盘尼西林（青霉素）和磺胺嘧啶等消炎药物更是限量控制。特别是大药店都有特务分片负责，每天都来店铺看流水账。因为特务已破获八路军后勤医院药品的来源。春来小组面临前所未有的困境。

春来本不想惊动谁，可是药品买不到，任务要泡汤，也只好硬着头皮找罗绫。最难堪的是，此去又要两手空空去见罗绫。

包袱里有大洋和金条，可那是买药用的，动那个钱是要掉脑袋的。两个助手知道春来的苦楚，冯朝一直在身边安慰他，该花的钱得花，人情不能差，人家帮咱多大忙。赵之臣甚至出主意说，实在不行少买一些药，争取再来一次。组织要怪罪，处分我俩好了。春来说：等等，让我再想想办法！

两位助手觉得副县长和书记太为难这位军需部长了。他们知道以前的老办法已行不通了，朱团长死了，没人罩着，想拉一大车药品出城根本不可能。春来把两位助手安排在旅馆里，叮咛不许外出，他一个人出去想办法。

一连两天，春来回来只给两人带回十几个烧饼和一把大葱一罐大酱。春来让他们吃，也不说别的。两个助手从他阴沉的脸上已知道情况，也不再问。转天一大早春来又走了。此次来天津，春来又去求罗绫，不过这一次他没空手去见罗绫。二人在小屋缠绵相拥时，春来从身后拿出一个晶莹的小首饰盒，罗绫惊喜：给我的？她脸上闪烁少女的天真，这让春来十分开心。他说：打开！罗绫看了他一眼，轻轻打开盒盖，啊，是给我的？！

那是一枚硕大的金戒指。春来说：只有我的罗绫才配戴这个。

罗绫问：你发财了？哪来的钱？

你为我们做了这么多，还不该给你吗？

罗绫以念白的声调，故意挑刺问：哦，不是你给我买的啊，是你们掌柜买的啊。是你买的，我还客气客气，掌柜买的，不要白不要！罗绫一脸调皮相。

春来说：好哇，好心不领情，我是该让你知道知道，我怎么给你买的！说着手伸向她的腋下，罗绫最怕痒，顿时翻倒在床上，二人似抓似挠缠在一起，激情顺势而发，肌肤渴望，畅然而就，彼此都有说不出的愉悦和甜美。

春来是有心计的，也是动了一番脑筋。如果就这么空手去求罗绫帮助买药品，也不是不可能。但他清楚，罗绫最看不起不讲"礼"的人。而这枚金戒指，买药品的五分之一钱是花上了，为的就是讨罗绫喜欢，而她高兴了，事也许就好办了。这一回春来是孤注一掷了。他也知道钱不够了，他决定走一步看一步，总会有办法。

多大的女名角，在私密空间，她就是个普通女人，这女人没装饰，也喜欢男人哄，喜欢自己男人送的金银首饰，喜欢宠爱和温存，喜欢内外都舒逸。这时的女人，就像一只温顺的小猫。春来说：这兴许是最后一次买药，还得你费心帮我，真的，我从心里感你！

罗绫知道没有朱团长帮助一切会很难，她身心愉悦的潮汐还没退去，一个爱自己的人在床头仰着脸央求，哪有理由拒绝。她的话不说满：你放心，我尽力去办！

我要的就是你这句话！春来一个跃起，又把罗绫揽倒在床上。

春来半夜才回旅馆，两位助手在等他的消息。俩人一边吃烧饼一边细观春来的脸，春来脸上有了笑容，两人觉得任务有了着落。可他们都不问，只等春来说。可春来却说：从明天咱得省着花钱，都在屋待着，只吃一顿饭。说罢他感觉累了，倒头就睡过去。

这天罗绫一直在后台张望，看见于冠群来看戏了，她一身便装走进戏园子。老远和他打招呼，之后便说：你家唱堂会的事，我可还惦记着，啥时候啊？

戏园子一起进来许多观众，这样场合只和于冠群一个说话，让他极有面子。他笑道：罗老板，就这几天吧，看您情况定。

罗绫一脸娇嗔：到这边说话。她把于冠群引到后院，凑近他轻声道：我可有一个要求？

什么要求，说？

唱堂会我不要钱。

为什么？我仗势欺人？我是那样儿人吗？！

不，我求您帮个忙。

说吧，能做到的，我一定帮！

我家亲戚来天津买药了，可咱这的药铺都不让卖啊！眼瞅着，不让你挣个辛苦钱。

不就是买药吗？我帮你亲戚办。除唱堂会，咱私下还得加演一出，鸳鸯配对唱，行吧？于冠群一双圆眼色眯眯地看着罗绫。他就喜欢老猫戏弄小老鼠的感觉。罗绫知道于冠群会提非分的要求，一个女戏子常在险恶的江湖走动，哪躲得开一只只黑手，而最佳保护自己的方法，就是用一只黑手，挡住所有的黑手。罗绫点点头：您是明白人，我是这样，再有人欺负我，可就是欺负您！

没错！谁欺负你，就是打我的脸。打我的脸，我就让他死不了活受罪！于冠群说得轻巧，伸出食指在罗绫脸蛋划了一下。

堂会鸳鸯配不必赘述，无非是于冠群得意的奸笑和罗绫逢场作戏的无奈和麻木。可是罗绫最为宽慰的是她慷慨地帮了春来，帮了春来身后那些抗日的队伍。她记住谭掌柜说过这样的话：

小鬼子长不了，你这样身份的人，做点抗日的事有好处，你的良心和德行，别人都看得见！

由于冠群亲自护送，一车药材顺利出城而去。可一路上春来乐不起来，这次买药动用罗绫私蓄，老侯悄悄告诉春来，罗绫去了当铺，当了一个清代罗汉床。这让春来想抽自己一个嘴巴。你算什么男人，办事由女人出面，女人为你花钱，你算什么东西！骂完自己，他又骂李副县长，他们哪知道买药有多难！回去第一件事是找县里要钱，想办法把罗绫送当铺的罗汉床赎回来。

谁知他这一念头，竟酿成杀身之祸。说来事情也是蹊跷，春来小组又一次买回药品，军分区后勤部给春来三人记了二等功。县委书记知道他们辛苦，也多次为本县争了光彩，决定每人奖励十块大洋。可李副县长不同意，并把春来不服从命令一事汇报上去。春来已经和上级部门熟悉了，前去申述一番，上级部门平衡一下，对副县长说，立功的事已成事实，就这样了，奖励大洋的事，还是要县委决定。由于县委书记坚持，最终还是三人每人奖励十块大洋。这事让李副县长私下大骂：妈的，临阵脱逃还要立功奖励，这工作没法干了！

这时期日本鬼子在太平洋上失利、在中国战场处于守势，八路军举行大反攻，拔除鬼子伪军据点，正面打击日伪政权。接连的胜利，让春来这位县军需部长的仓库饱满起来，一时地主还乡团员、汉奸家产、鬼子仓库的资产都进了军需部仓库，春来成了县里掌握物资最多的人。也就是在这个时候，春来有了一个想法，他要给罗绫攒两件可心的首饰。查抄老财、汉奸的家，浮财很多都登记造册后送到军需部，那年月一切为了前线，钱财物都先由军需部长支配，方便前线使用。

春来在福贵衣帽店老板那儿看见一只翡翠手镯，他去了两次最终价格大洋十五块。他找到赵之臣，朝他借了五块大洋，当赵之臣知道要给罗绫买首饰时，慷慨地把五块大洋给春来：你拿去用，以后再还我就是。春来买下这只手镯。

这时李副县长越发看不惯春来，他私下找赵之臣谈话，告诉他春来仓库的账有问题，准备让他接替春来军需部长的工作。

冯朝、赵之臣和春来喝酒时，冯朝趁着酒兴对春来说：部长你要注意，月底副县长，可要来查库了，他这人爱找你别扭！

查呗，老子不怕他。

这时的春来就恨不得上级马上来命令，派他再去天津买药，到时候他可以把准备好的首饰交给罗绫，他多次想象罗绫拿到首饰的兴奋样儿。

李副县长对春来买首饰有所警觉，他又派人盯梢，得知春来在福贵衣帽店老板那儿买了一只翡翠手镯，还在豆腐王吉那儿买了一支银簪子。军需部长哪来的这么多钱，李副县长感到问题严重。这当口偏偏县长和书记去军分区开战前会议，他和武装部长一商量，决定突击检查军需仓库的库存和账目。找来查账的都是有文化有经验人，很快查出问题。一笔数目不小的大洋对不上账。李副县长下令把春来软禁起来，连夜突审春来。

春来最初认真解释，详细说明自己用什么钱，买了什么东西，可是人家不听这个，一再质问他怎么贪污的，只交代贪污问题。他不说，就吊起来打，打到后半夜，春来说你们让我说什么吧，我说就是了。春来肋骨被打折两根，他实在受不了了，他只想活命，等县委书记回来再翻供。于是他开始编造怎么贪污、怎么偷仓库的金银首饰……

李副县长和武装部长如同打了胜仗一样兴奋，李副县长指着春来拍桌子大骂：王八羔子，老子早瞅你不像好人，你他妈哪像共产党，像国民党，刮民党，大贪污犯！

该怎么处理，他是立过功的……武装部长悄声问李副县长。

狗屁功！李副县长吼道：前线战士和鬼子拼命，他个军需部长后边贪污，该千刀万剐！

他扭身问武装部长和县独立大队副队长，枪毙这样的贪污犯，你们有意见吗？

两人看着李副县长冒火的眼睛，像表明立场一样，立即表态：没意见！

春来被五花大绑拉出去，就仓库后院执行枪决。战争时期就是非常时期，枪毙叛徒、临阵脱逃者和贪污分子，几乎不需要什么法律程序，几个人点头就可决定。虽然第三天归来的县委书记和县长都责怪李副县长，责怪他不该这么着急毙人，可看看春来的供词，他们沉默了，也不再说什么，就像什么都没发生过一样。而天津的罗绫却一直惦念着春来，想着他什么时候能来找她。

赵之臣又来天津买药，还是要找罗绫的关系。临出发之前，县委书记找到他，送他一个棉手套布包裹的东西，对他说：我们研究了，天津女戏子的没少帮咱，这次去天津，咱别空手去，好好谢谢她，把这手镯送她。

到天津后，赵之臣见到罗绫对她说：春来去执行别的任务，他让我们带给你一只手镯，他说你就喜欢这个。

这就是春来花十五块大洋，在福贵衣帽店老板那儿买的手镯。罗绫果然欢喜异常，马上戴在左手腕上，手镯粗大，绿光盈盈，喜得她嘴里不住啧啧，右手不住抚摸。由罗绫出面，这次买药没费周折，当他们马车就要上路时，罗绫急匆匆地走来，她带来一个包袱，里面有两双鞋和两件衣服，这是她带给春来的。

当时赵之臣心里很不好受，他本应该继续说谎继续蒙骗她，可是那样做他觉得不道德。仍然满身学生气的赵之臣对她说：别带了，春来，已经不在了。他编造说：他在鬼子扫荡突围时，牺牲了。罗绫不相信，于是赵之臣又详细地编造一番春来牺牲的过程。

罗绫蜷缩的身子在颤抖，她神情痴呆，眼里却没有一滴泪水，轻轻摘下手镯，双手捧在心怀不住地摇头、摇头。

（十一）

日本鬼子投降了。国军浩浩荡荡开了进来，所有的伪军被改编，接收大员开始查没日伪汉奸资产，一批汉奸被处决，一批汉奸被逮捕判刑。于冠群早在军统特务视线中，也是最早逮捕最早处决的一个。罗绫因为与伪政权人物瓜葛，特别是到汉奸于冠群家中唱堂会，也被关进城北监狱，罪名是汉奸艺人。对于逮捕罗绫，小刘庄几家商号去市府联名作保，一家小报记者也给城北监狱写信，为罗绫鸣不平。可是联名作保没起作用，记者信也没答复。人就这么被关着，戏园子一片荒凉，主角没了，戏园子上下都在找关系救人，没心思演戏。

老侯见识广，虽然心里也急，可他知道越是这个时候越要沉住气。他把能想到的关系一一捋了一遍，忽然脑子里突然跳出一个人：宝祥估衣铺的谭掌柜。早听人说他是"真人不露相"，点子多，交际广。别看他一个小店铺小生意人，可市府官府他都能进去，而且都有熟人，这得多大本事?! 对，找他去!

有病乱投医。老侯拎一盒点心去拜访谭掌柜。谁知谭掌柜做事极爽快，说我马上找朋友帮忙，罗绫肯定被冤枉了。您听我信儿，我就是生意不做了，也要把罗老板保出来。听这话老侯乐了，可谭掌柜看看老侯，迟疑了一下，又说：我找朋友出面保她出来，到时候您得帮我说句话。

说啥。你尽管说。

谭掌柜变得吞吞吐吐：您老帮我说句话，成不成没关系，我就要您一句话。

哎呀，你说呀! 老侯心里一紧，他怕对方找他要钱。眼下戏园子没演戏，家家揭不开锅了，要钱就是要他老命! 结果一听，不是提钱。

原来谭掌柜老婆死了五六年了，他早就看上罗绫。虽然她哥哥叫着，可这个哥不是亲的，真要是情郎哥，那不更亲。他希望老侯亲自出面保个大媒。

老侯知道自己主不了罗绫的婚事，可眼下救人要紧，有什么罗乱回头再说，他一拍胸脯满口答应。

果然，谭掌柜四下去找朋友游说，还找到市府几位议员、处长家里去说情。没过多久，罗绫还真放出来了。老侯和戏园子人包括各个商号和老戏迷们，都认为这是谭掌柜奔走的结果，都说谭掌柜可积了大德啦！

罗绫从心里感激老侯，感激谭掌柜，虽说是冤枉，可蹲了几天大狱才知道，比她冤的还不少都在押着呢。还是戏园子和街坊人情厚，有机会一定要报答。不过罗绫知道，春来所在八路军那帮抗日的人也在帮她。释放时，监狱法官曾低声对她说：有大人物保你，因为你帮助抗日队伍买过药品。这是抗日爱国行为，功过相抵，没事啦。

罗绫和戏园子人不会知道，罗绫能顺当出狱，得力于春来的战友赵之臣。此时的赵之臣已是天津地下党一个区的负责人，当他得知罗绫被抓之后，立即汇报给上级组织，说明情况，请求组织设法营救。情况汇报到军分区，有关部门立即采取措施，通过内线关系，一个秘密电话打到军统局办公室，很快军统办公室一个电话打到天津站，如此这般，罗绫被释放。

罗绫出来了，老侯却为大媒之事犯愁。不说吧，自己已答应谭老板，说吧，罗绫要是给他几句难听的，他面子下不来。思前想后，老侯觉得豁出老脸啦！他找到罗绫，拐弯抹角说完为谭掌柜保媒之事，小心翼翼看罗绫的反应，他知道自己"越界"了。可罗绫听后愣了愣，嘟囔一句：我都叫他哥哥了，这事，真是……

老侯看出罗绫不反对，而是犹豫，他立刻运用三寸不烂之舌，历数谭掌柜的为人、能耐、长相、品行、财力，这几乎就是老一点的白马王子。听完老侯的话，罗绫静静想了一会儿，缓缓说：我一个唱戏的，早晚要嫁人，嫁吧，嫁了踏实。

罗绫知道自己已不年轻，监狱一场，心境冷落，一切似都看透，无所谓了，结婚也不声张，也不举办婚礼，只想有个清净人家，过安生日子。日子真的按罗绫想的过起来，谭掌柜对她是那种不多言的疼爱。那天谭掌柜叫了一辆双排座洋车，拉着罗绫去了东北角，那儿有专卖外国名表的得瑞轩表店，他为罗绫选了一块美国宝路华镶嵌宝石的女士手表。罗绫说：太贵了。

谭掌柜说：不贵。你戴上这个，后台看点方便。罗绫十分喜爱这块表，她没事总用手抚摸表盘，像抚摸一块美玉。谭掌柜不会谈情说爱，可那份爱意她能感觉到。晚上演出全是唱功戏，罗绫一回家就累得不想吃东西。谭掌柜变着花样为她备下薄荷香茶，一块烤地瓜，一碗豆腐脑，两个麻将烧饼，还有蜜橘，哄着她吃。罗绫起得晚，谭掌柜怕一早街上有吆喝声惊扰，自己在街上，看见有做小买卖的、赶大车的经过，马上过去招呼"别出动静"。罗绫的衣服鞋袜更是有人专门到家定做，可身可脚可心。虽然罗绫对谭掌柜年龄和生活习惯不很满意，对他也说不上爱，可身边有如此周到的男人，她渐渐地也知足了。每逢谭掌柜喝点酒早早歇下，罗绫也会柔情似水照顾，在她高兴时，三分表演但七分尽心地服侍丈夫。二人虽说不上举案齐眉，但也算鸾凤和鸣。

小戏园子戏还在唱，新老观众不断交替。罗绫人气是不温不火，已没有记者写吹捧文章了。她还在台上认真表演，哭笑嗔闹，可风光不再，那个水灵灵的劲儿没了，只剩下熟悉的唱腔和昔日扮相玲珑的回忆。接着内战四起，战火虽在千里之外，可街上的伤兵、报纸上的战况人们都看得见。街上人们的脚步越来越慌乱，东西越来越贵，厚厚一摞钞票却买不到东西。东北的流浪汉说，东北是共产党的天下了，一批批国军在退败在南逃。接着不断有炮声传来，街上各种消息和谣言混杂着疯传，闹得人心更慌更乱。只觉得日子不像日子，吃的用的东西都要断绝了，饥饿的人群也没力气挪动脚步了。这时城内城外的枪炮声忽然停了，不久街上喧喧嚷嚷："解放了，解放了！"人们都跑出屋外，满街都是红旗和标语，还有一群秧歌队。军管会的同志在招呼人们去开会。戏园子里的演员们都随着人流在大街上游行联欢。

罗绫感觉到新的日子来临了。只是谭掌柜已不像商人，他已经不做估衣买卖了，他总关注时局，也爱在夜里跑出去，说是和朋友做点投机生意，而且越做越大，有时一夜不归，这在以前是很少有的。罗绫自从嫁给谭掌柜就从不过问他生意上的事，渐渐地她觉得谭掌柜有什么事瞒着她。

戏园子又热闹起来，观众比以前任何时候都多，各单位在戏园子开会，而会后就是罗绫这些名角演员的演出。每天演出后，又有许多人到后台给罗绫献花。军代表也到后台，向他们敬礼，并送给她两袋子小米。

那也是在初冬的一个夜晚，罗绫坐洋车回家，到家门口时，门口围了一堆人。下车才知道家里出事了，谭掌柜被抓走了，是市军管会公安局抓的。罗绫进屋之后，派出所民警来了，告诉罗绫：谭富贵是潜伏特务。

没弄错吧，他怎么可能是特务？罗绫不相信。不只是她，邻居们也不信。

可是随着电台的挖出，三只手枪从墙洞里掏出，罗绫傻了。她一个唱戏的，只知道舞台上的情节，却不知道发生在自己身边的离奇剧情。谭掌柜似乎知道这个结果，罗绫去探视他时，他神情一点也不慌张，只对她说：过这一阵，就有结果，我跟你说实话，没事。你别问，知道越少越好。罗绫真的不再问，她不知如何是好，只默默流泪。

谭掌柜被抓走，几乎没人为他说话，甚至也没人来安慰罗绫。邻居们只说：真没看出来，他是个特务！公安局早就盯上了，还是特务头子呢！真得提高警惕！

解放初期被抓的特务，不论职务大小，几乎都是一个结局，那就是枪毙。四天之后，派出所的民警突然告诉罗绫：谭富贵被镇压了，你也不要去领尸首了，从今你要和他划清界限。

罗绫强压悲痛问：我去他那儿料理一下……

民警口气强硬道：不用了，装棺材掩埋了。你不必多问。说罢就走了。

罗绫所在的戏班进行了改造，三四个演出剧社合并在一起。上级派党支部书记组织学习，一学就是一个月，每人谈心得写体会，彻底清算旧社会的流毒，改造灵魂，进入新社会。

罗绫在学习中态度是积极的，因为平日人缘也好，还当上学习小组长。但是最大的阴影还是谭掌柜造成了，她成了一个被镇压的反革命家属，没抓起来就不错了，再冒充积极。积极给罗绫带来麻烦。在学习会上，一些青年人开始批判旧剧团习俗，也把罗绫讲吃讲穿的生活方式做活靶子，你一言我一语地批判。这让罗绫很不服气。她始终把戏班的人当作亲人，几位发言的年轻人小张、小王、小赵，平日关系好得吃喝不分，怎么一开会就翻脸了呢？

批判是无情的，而罗绫的种种解释只能被视为抗拒改造，被视为旧戏班的封建顽固分子。于是罗绫的一切演出都被取消，而靠演戏生活的罗绫一下子不知怎么生活了。这时罗绫刚刚37岁，她还没唱够啊！开始剧团领导还根据罗绫的特长，让她教学生。这也算是废物利用，请教师也是要花费的。可就在这时，忽然来了上级精神：清除革命队伍中的反革命家属，不允许反革命家属登台演出。

于是剧团领导找到罗绫，和她反复讲革命道理，动员她"下放"劳动。领导对她说：组织上会根据她的实际情况，安排她新的工作，也希望她自己去联系一个适合的工作。她这个镇反家属被清除出革命演出团体，彻底告别舞台。她没有手艺，也没有多少文化，除了唱戏她几乎什么都不会干。她去了纺织厂，那里招收女工，她上纺织机，只试了几分钟，就头晕目眩，手都不知怎么动。招工人当时就说：你不行。她去商店，商店经理看她身材苗条，模样还算清秀，很招人喜欢的样儿，一听是唱戏的，说挺好的！可一听是镇反家属，脑袋摇成拨浪鼓：不行不行。对于反革命家属，没有哪个单位愿意接收。

罗绫在家里默默待了一年。这时街道委员会总组织各种活动，见她在家也是召集她去开会。街道会搞爱国卫生大扫除，搞勤俭节约，搞扫除文盲。罗绫感觉街道活动挺好的，不批判谁，也不用心惊肉跳。不过街道开会的像她这样年纪的不多。罗绫会唱歌，也会跑腿学舌，不怕辛苦。街道的老头儿老太太开始喜欢她，也隔三岔五就问她：你要找啥工作？你说你适合干啥？我们帮你联系。

也是老头儿老太太的热心，真找到罗绫合适的工作。原来离小刘庄码头不远是康瑞小街。那里新中国成立前就是拉胶皮聚集地。新中国成立了，区里认为该把三轮工人组织起来，于是请示上级成立了向阳运输社。运输社规模不小，有一个主任两个副主任，拥有五十多辆三轮车。这是个男人世界，需要两名女工，一个是负责仓库保管，一个负责内勤，就是烧水、热饭、打扫会议室等零星活儿。仓库的活儿主任媳妇张姐负责了，人们一想也是，仓库那么多东西，也唯有主任老婆最可靠也最值得信任。而干零星活儿人要腿脚灵便，最好年轻点，帮助搞个接待什么的。所以来试女工的七八位，不是岁数大就是腿脚不麻利，其实最重要的不便说，主任要招一个长相顺眼的，起码不丑。你想，运输社五六十个男人，好不容易找一位女的，长相得好点，也让这三轮工人对运输社有吸引力有亲近感。罗绫一来试工，三个主任异口同声：这个行！她认真地和主任说，我是镇反家属，你们考虑。

主任说：你是反革命吗，你不是。明天就上班吧。

就这样，罗绫开始在运输社里上班。

唱过戏的人，走路说话自带风情，普通衣服到了罗绫身上也可体受看，一个抬手投足也优雅。两个副主任总在罗绫身边晃，除了问寒问暖，就是扯闲篇。你想一个运输社苦力，哪见过这么风姿绰约的女人，而罗绫只稍稍打扮，在这帮粗线条人眼里也生动异常。副主任对罗绫说：以后你不用做饭了，只管烧水打扫会议室主任室就行了，做饭让打更的老刘头干。老刘头，腿脚不好，听说是在运输社成立不久出的工伤，在工地拉活儿铁杆砸折腿骨，留下残疾。他死活不回家，主任没办法，就让他干杂活儿。

罗绫感觉到了危机，这是多年少有的，这就是孤身女人常遇到的骚扰。不仅仅是主任，一些老光棍儿也往她身边凑，说一些不咸不淡的话。说我们是邻居，你不住在老城里夏家胡同吗，我认识你姐。罗绫说：不可能，那儿我没住过。他说怪了，咱肯定见过，你帮我想想，咱是有缘分的。还有的人找到罗绫，不打弯就说：新社会了，时兴自己搞对象，我看你不错，你看我咋样？这样直接就问，比唱戏还热闹还滑稽。还有一个麻烦是罗绫想不到的，那就是主任的老婆张姐，自打罗绫一出现，她就认为来了一个狐狸精，罗绫收拾办公室她认为是勾引人，和主任说话她认为是调情，就连罗绫到各屋送水她都认为是卖弄风情。一句话，她看见罗绫醋劲儿就不打一处来。每天回家她都找丈夫的别扭，话题一扯就骂狐狸精。主任开始忍让，可最终火气爆发，上去抽打媳妇两下，媳妇哭闹撒开大泼。

这天主任对罗绫说，快找个合适的人，再成个家吧，这样麻烦会少许多。

主任你帮我找一个吧，只要人好，知道疼人就成。罗绫对主任说出自己的想法。她想透了，只要自己嫁出去，就再也不是镇反家属了，自己也就没麻烦了。

就这样罗绫嫁给了五十多岁郑关山。郑关山是山东人，身材魁梧，之所以主任给罗绫介绍他，就是因为最早成立运输社时，上级让郑关山负责，因为老郑新中国成立前入的党，解放天津时，地下党派他给尖刀连带路，他领着尖刀连钻过一条暗沟，提前进入市里，为总攻部队打开一个通道，可他也被地雷炸伤左腿。因带队负伤，他荣立二等功。像这样的人新中国成立了当然重用，可是郑关山不识字，领导一个几十人的运输社没文化哪行，于是郑关山当上车队长，其实就是拉货时由他分派谁去哪儿而已，他自己也要蹬三轮拉货。说白了，就是领着干活的头儿。

一见郑关山，罗绫就觉得这人还行，起码这人说话直性。他说：我比你大许多，我会事事让着你。搬我家去吧，做我的媳妇。能找你这样的媳妇，我死去多年的娘也该闭眼啦。你有啥要求，就说，我想法子办到。

罗绫几乎没要求，只说：你生气时，可以骂我，别打我，行吗？

咳，我疼你还疼不过来呢，我要是动你一根头发丝，老天打雷劈死我！

郑关山发了毒誓。

罗绫的身份变了，由一个镇反家属变为工人家属，她搬到郑关山住的土城胡同，两人住在一起，也就算结婚了。罗绫给运输社所有的人送了喜糖，运输社三个主任和几位老友当天晚上登门贺喜，带去脸盆、红双喜字的手巾，还有面板和鸳鸯图案的床单。运输社主任看到穿着紫色夹袄一脸喜气的罗绫，对老郑说：你这猪八戒，娶了个嫦娥！

（十二）

然而不到一年，猪八戒和嫦娥平静分手。猪八戒看不惯嫦娥的娇气、臭讲究和干净，嫦娥也受不了猪八戒的不洗澡不洗脚不刷牙。本不是一路人，走到一起就非常勉强，最为关键的也是罗绫无法启齿的，是郑关山无法过夫妻生活，他不仅是腿负了伤，还伤了男人器官。开始是相互赌气，渐渐生分，最终的结果是只有分开。郑关山是个汉子，对罗绫说，咱好聚好散，你跟我一回，土城这小屋给你了。我老城里还有一间，我去那里。

和郑关山分手，罗绫的工作没了。她只好去捡废纸去捡破烂，维持一个人的生活。一个苗条的、轻盈的女人，在垃圾堆忙碌三年之后，她的腰身已没有苗条的影子，取代的是一个水缸的身子，而这样的身子，才能身挑肩扛，才能对付沉重的手推车和鼓鼓的麻袋。生活的艰难，再也无法让罗绫有台步一样轻盈，一年四季的寒暑，她风湿关节炎很重，脚步变得滞涩而沉重。如今，那个唱莲花落的唱蹦蹦戏的唱评戏的名角罗绫不见了，只剩一个家住土城胡同的捡破烂为生的脏女人。

平静的生活一天天过去，这样日子很匆忙也很麻木，谁也没时间琢磨什么苦与乐。可是一个迟到的慰问打破了罗绫小屋平静。这是夏季的一个星期天，罗绫背着一袋子废纸回来，就见家门口站着四个穿制服的男人，其中一个是派出所的小邱。小邱忙代为一一介绍，说这位是北京来的领导，这位是市里领导。罗绫疑惑看着他们，他们竟主动和她握手，拿小耙子拎袋子的手和他们一握，很矜持也很别扭。罗绫在门口犹豫一下，还是请他们到小屋中坐。北京领导婉转地告诉罗绫，曾和她生活四年多的谭掌柜谭富贵同志，不是军统特务，而是打入敌人内部的共产党员。

其实在谭掌柜被军管会公安局错抓的当天，谭掌柜就要求单独见到军管会负责人。当时负责人没时间见这样一个小特务，就由一名内勤干部"代见"，而对谭掌柜谎说是负责人。谭掌柜说出自己的真实身份代号"骑兵马刀"，并请他们直接联系38局，顺嘴批评他们抓人草率，让潜伏设想前功尽弃。内勤干部不敢怠慢，马上联系38局，谁知谭掌柜属于"特殊潜伏"档案，38局值班科长竟不知情况，进城干部，官气十足，一口否定"没这个人"。于是谭掌柜成了一位"被错杀的已见到胜利光芒的革命者"。

错了就要纠正，抚恤家属。可报上的材料说谭掌柜只和一个女戏子同居，也可以算家属，也可以不算。事情一拖竟三年过去，上级偶然过问"骑兵马刀"的家属情况后，勃然大怒，大骂：冷血！官僚！责成有关部门领导立即"落实政策"。于是才有了莫名其妙的几位干部，和这出莫名其妙的慰问。

那位干部讲了许多革命就有牺牲的大道理，也讲了地下党秘密斗争的残酷性和新中国成立初期敌特斗争的复杂性，说了半个小时后，将一张红彤彤的烈属证书送到罗绫手中。市里领导又问到家里有什么困难，有什么要求。罗绫木然地摇头，木然地接过一笔烈士抚恤金。

好久好久，她无法从惊诧疑惑的、难以置信的云团中走出来。一整天里她不吃不喝，到夜晚时她来到河边，看着滚滚流动的河水号啕大哭。她不知道是哭谭掌柜还是哭自己。罗绫决定不去捡破烂了，要捡回过去的生活了，她几经周折找到市里领导，她对领导说，我有个要求，我还想唱戏。

她这个要求，就是烈士家属的要求。领导一个批示，各个部门忙去落实。于是派专人去办理这件事。事情不复杂，把人事档案调往文化局，签字盖章只用几分钟。罗绫转眼之间又回到小刘庄附近的一个剧团。

此时的剧团已不是她昔日的剧团，青年人占了一半，人们已不知道她是谁，站在演员面前的，是一个头发花白、衣衫破旧的中年妇女。罗绫是憋着一口气上舞台的，她在海河边吊嗓子，晚上在路边练身段，半年之后，她登台了，唱腔还是那么委婉动听，板式腔调也不差，但演出气氛沉闷，几个老观众很给面子，都说当年的"萝卜醉"回来啦，只要一张嘴那几位就叫好。可是许多新观众并不买账，尽管罗绫也练身段，但此时她身材已是上下直筒，腰身发硬，走在路上不明显，上了舞台缺陷放大，怎么也美不起来。几天之后，那几位老观众也不叫好了，只说：是不行了。

罗绫看得见大镜子里的自己，她起早贪黑练走场、靶子、身段。一脸一身汗水洗得一般。一年的刻苦练功，让罗绫找回了自信，在台上她演最擅长的小丫鬟，动作依然活泼异常，连唱带舞，满场纷飞，不虚不喘。不丢板眼。可戏园子没有期待的掌声喝彩声，干干巴巴下台，气氛沉闷得让她委屈落泪。老观众也叹息：年纪不饶人啊，没办法！

听见这话，罗绫陷入深深的苦恼中。

已经中风退休在家的老侯，那天挣扎着看了她的演出，话说不利索，却一字一句对她说：萝卜，辣甜味，苦脆的，你就，来苦脆！老侯知道她这几年的艰难，也想帮她在台上重新站稳。罗绫虽然没全悟透老侯的话，可她愿意试试。这多年离开舞台，生活带来的全是悲苦，经历使她内心丰富，用心体验悲剧人物，一下就捉住人物的魂。往日练功的苦熬、剧场的鲜花、生活的五味一起涌上心头，巴结上台，混混儿威胁，还有朱团长的儒雅，于冠群的阴险，春来的真情，谭掌柜的噩梦，郑关山的无助、捡破烂的煎熬……这些影像似一群鸟儿一起在她脑际不住飞旋，使她眩晕呕吐。她压抑着上台去，她最为流畅的腔调里忽有了滞涩和呜咽，就像一条平静的小溪流，因坎坷和崎岖，有了漩涡和跌宕，最为擅长喜庆欢快唱腔，一下添了悲切与凄婉。她的唱腔一下子抓住新老观众，人们都愣住，身不由己地掉进她的唱腔里。罗绫演的秦香莲见皇姑的一段唱，只听她唱道："皇姑就在辇上坐，好一个美貌女婵娟，看看她来再看看我，我们二人不一般。她好比一轮明月圆又亮，我好比乌云遮月缺半边；她好比三春牡丹鲜又艳，我好比雪里的梅花耐霜寒；她在皇宫享尽人间的福，我跋山涉水受尽艰难。"

如吐如诉，颓丧悲怆，脆生的萝卜有苦有辣，丝丝甜味里还有一层辛涩。泪水损坏罗绫脸上的妆，观众的眼泪也止不住，激动的人索性站在长凳上，起劲地鼓掌叫好，戏园子里爆出少见的热烈。而这热烈竟持续了十几天。市里的晚报就为罗绫的演出发表评论文章《萝卜美味又归来》。罗绫的名气比昔日更响亮。

罗绫的身子越来越笨重，脸也越来越大。渐渐地化妆成了难题。只有她自己最清楚，她周身无力，每次上台，她都是硬挺着。为了身材，她不吃饭，只吃青菜，她不愿意告诉人，她不是胖而是肿。这天她从台上下来，汗水把她泡起来。到医院检查：她得了严重的肾炎。住院几天病情没见好，她很快住进危重病房。医生对剧团领导说：病人不行了，让家属准备一下吧。

故事在此就该结束，哪怕是极度悲伤，也快些结束吧。可生活不让轻易结束。这天一早，剧团领导陪着两位拎公文包的中年人来到罗绫的病房。罗绫神志还清楚，她看见其中一位坐在床边拉住她的手：罗老板，我是赵之臣啊！当年我和张春来一起来天津买药，我是他的助手。

罗绫仔细看他，点点头，问道：还有一个？

那个叫冯朝，在上海工作。我来跟您说个事。

这个事，对于罗绫，不知是好消息还是坏消息，只是让人感觉悲伤，难以言说的悲伤。如一道过去的疤痕，现在又重新撕裂再让它愈合。赵之臣说：当年张春来不是死在鬼子扫荡，而是死在一个冤案。经过我们多年多方的查证，张春来没有贪污行为，当初对他的处理是错误的，现在彻底更正。组织派我一定要告诉慰问张春来的亲人。他是立过功的。这是张春来的奖章，那是一枚褪色的曾经金黄色的奖章。

罗绫浮肿的脸上毫无表情，她呆滞的目光像夜火闪了一下，只闪一下。

当天夜半时分，病房传出压抑唱腔，没有凄婉，没有悲怆，甚至没有感情色彩，只是平铺直叙地吟唱，声音像水流，更像风声，更大冤屈后的长叹："见公子这光景心中儿难忍。你本是宦门后上等人品呐，吃珍馐穿绫罗百般称心。想不到你落得这般儿光景，算起来我苏三命薄的人。"

附近病房也有戏迷，连连说：你听，莲花落子，莲花落子！

好像是苏三在庙中见到王公子的一段唱，你听。

两名护士急匆匆走进罗绫病房时，一切归于死寂，罗绫平静地走了。双手放在胸前，紧贴胸脯的是一只宝路华女士表、一个绿莹莹的翡翠镯子。地上还有一枚曾经金黄色的奖章。

小街甘白

（一）

　　甘白是我们小街的名人。甘白其实叫甘玉白，这大名没人叫，大人孩子包括派出所的民警都叫他甘白。天津人吃早点不怕铺张，煎饼果子一套套的，可叫个名儿，极兴节俭，抽冷子给你省个字儿。豆腐脑儿，叫"豆脑儿"；派出所儿，他叫"派所儿"；北京糖葫芦，到天津叫糖堆儿，可卖糖堆儿的，愣吆喝一个字，带儿化韵——"堆儿"。甘玉白，顺嘴一叫就是甘白。

　　甘白不是小街老户，六一年搬来的，自打他来了，小街就有了"戏"。那正是度荒年代，几乎家家没到购粮日子，粮食就断顿了。每月25号卖下月粮这天，人们一大早就到粮店门前排队，队伍长长的。但更多的时候，队前面秩序总乱，一些人凭身板硬朗，无赖穷横，拼命一挤，就"夹个儿"；你夹我也夹，人都向前挤，老的弱的被挤边上、挤后头去了，起个大早，白排队了。被挤出去的，由嘟嘟囔囔到骂骂咧咧，队伍开始混乱，粮店门口挤成一个人群疙瘩。

也就这个时候，咱小街甘白出现了，老的弱的如见到观音菩萨，连说好啦好啦！只见甘白披一件半新不旧的警服棉袄，一脸官司，眉头拧个疙瘩，大冬天的，帽子手套全不戴，他站在队前炸雷般吼一声：咳！闪开！都闪开！

接着两位老者高声道：来了，来了！管事的来了，看谁还敢起刺！混乱嘈杂的人群忽然出现片刻的安静，挤人的、被挤的都扭着脸，看个儿头不高干巴瘦的甘白。在乱哄哄中各显"挤能"时，终有一位豪横人士从天而降，维持秩序。

只见甘白眼瞪着手挥着，对往前拥的每个人发出不容置疑的命令：你，站她后边，你，挤进队里，你在哪的？都靠墙排成一排，谁乱挤，不排队，跟我走一趟，咱派所见！

哦，派所儿的，官家来人啦。排好！快排好！早就该来，咱这儿的人，就这德行，怕管事的！

此时人们像久旱逢甘露一样，拥戴甘白现场维持秩序，几乎都是边看着甘白，边使劲向队伍里挤，一个人群疙瘩，忽然慌乱地变成一条长蛇队伍，并迅速地向后蜿蜒。那情景好像粮店是甘白的，他说给谁就给谁，看谁不顺眼，能饿他个好歹。

有人蜷缩在队中嘀咕：这位，是干吗的？

管事的呗！你没看见吗，小街人领来的。

硬茬子，别人还真管不了！

八点才开始卖粮，可此时刚七点半。甘白清楚，这排好的队如没有一定的约束，开门前肯定还会大乱。于是他眨眼工夫办了件事，废报纸裁成一大沓小条，每个条都盖有甘玉白字样的图章。他冲大家喊道：就按现在的秩序，开始发号，一会儿买粮，就凭号的顺序买，好不好！好！人们几乎没寻思都赞成。发号顺利进行，是在两位老者帮助下完成的。这里有两个细节特别交代：一是甘白给两位老者留两张 12、13 号，自己留 3 张 25 以后的票。两位老者干得异常积极兴奋，人们都攥着小票，队排成一根绳。

当粮店开门时，甘白第一个挤进粮店，他和粮店经理一说，经理马上大声冲售货员吩咐道：今天就按发的号卖，没号的，就是亲爹也不卖！

每次卖粮都有吵嘴的，打仗的，踩脚的，扭脚脖子，甚至丢粮本的，可自从甘白出现，卖粮既不吵也不嚷，队伍井然有序。粮店经理说了：下次您还得来，这里人都服您。

从此甘白 25 号一早必出现在粮店前发号。得到方便的邻居见甘白辛苦，也顺嘴夸他：哎呀甘白，多亏您啦，为大伙，您可积了大德啦！听这话甘白心里舒服，可话轻描淡写：吗积德，我就是爱掺和事！

甘白心里明白，小街一带的人爱惹事也怕事，尤其怕公家人站出来管事。现如今管闲事也得有身份、有名头，不然你就是猛张飞在世人也不怕你，你就是有诸葛亮的本事人也不服你。眼前说话灵，灵在自己的行头上。那天在谦德庄买的那件旧警服棉袄"顶硬"了，加上口气吓人，唬倒一片是肯定的。这也不是唬一两天了，灵验！粮店附近人家认为，甘白是派出所不着装的警察；街区四下的人，都认为他是公安局的便衣；只有小街老邻居们知道甘白的底细，可老邻居既不更正也不说破。

其实，甘白就是看自行车的。像甘白这样的显赫人物，怎么会干上看自行车这一行？是他爱掺和事，结果把原先正经工作掺和丢了。甘白家在天津小街，可工作地点却在蓟县冶炼厂。他原先是锅炉工，后来只给厂里澡堂子烧锅炉，并负责看管澡堂子。澡堂子设施简陋，两个泡澡大池子，还有几个淋浴喷头。冶炼厂男职工占绝大多数，女职工只有三十多人，而且多是后勤人员。澡堂子每周开六天，男职工天天下午五点开池，可洗到晚七点。而女职工只有周三下午三点到五点可以洗。周三这天，男职工开池时间五点十分。洗澡是关乎职工福利的事，甘白对水温、浴池清洗、更衣箱等管理得挺井井有条。

也该着出事，那天是周六，县长的媳妇领着四个银行的女同事又来冶炼厂洗澡。在这之前，厂长和甘白交代过，县长媳妇来洗澡，你就想办法安排好。甘白满口应承。银行五位女人三点半进澡堂子，甘白把门一锁，就去小礼堂看象棋比赛。那天厂里正举办县级象棋赛，一千八百多人的厂子，竟有几位象棋高手，还在省市取得好名次。这次比赛，其实就是县里几位高手的对决，一时间吸引全县爱好者前来观战。而棋艺平平的甘白，竟是这次棋赛的副裁判长。他这个"长"，其实就是张罗桌椅板凳、白开水之类的事，可他现场张罗得像办喜事一样周到。他太投入，把澡堂子五位女士在洗澡的事忘个干净。这天四车间主任到赛场找到甘白，他说：四十多人刚卸完二十车废铁，想提前洗个澡，帮忙，把门开一下。甘白和主任很熟，当时他连想都没想，顺手把澡堂钥匙给了他。

接下来就出大乱子：四车间这帮小伙子老爷们，涌进澡堂子就洗，可五位女士还在里面洗着呢。白花花，黑乎乎，比西洋镜直接，比黄色录像真切，尖叫嬉笑，呼号乱叫，无法描述。

麻烦，乱子，事故。反正责任都在甘白身上，追究起来甘白难脱干系。厂里不少人为甘白说情，厂里也准备扣他两个月工资，算是对他的处罚。可县里过问此事，厂里不严肃处理也不行，只好把甘白开除公职。

甘白灰溜溜回到天津小街，有人问他：怎么不在冶炼厂干啦？他神情不屑：早就不想在那儿干了，条件差，工伤多，这不又赶上媳妇闹病，孩子小，没办法，只能回来。那时他媳妇正患肾病，女儿小英刚六岁，家里日子紧紧巴巴，媳妇曾是区教育局里的清扫工，是临时工性质的，这一病两年，工作也没了。媳妇为他的事着急，可又不敢深说。那天只说了一句：钢厂你熟，到天津钢厂干临时工，收入恐怕不比蓟县少。当时他心里憋屈得像个煤气罐，听这话沾火就着：你不知道？钢厂尽出工伤，盼我早死怎么着?! 他冲媳妇瞪眼。媳妇知道他正为难，在蓟县时丈夫省吃俭用的，工资一分不少往家拿。她轻咳一声，不再说什么。

甘白知道，全家过日子全指着自己，自己挣不回钱就得挨饿。命运不济，可不能窝囊自己，还得和命较劲。我得混出个人样儿来，不光日子不错，还得人前走动惹人瞧。我就不是一般人！甘白发现了一个不起眼的新兴行业，属于群众性密集型行业，而且可以直接挣现钱，吗行业？看自行车。

那时一辆自行车可是家中重要的大件财产，要是丢失了，简直是一件天大的堵心事。人们骑车办事都要把自行车放个妥当的地方，于是看管自行车的行业应运而生。他直接到公园最大的存车点儿，凑到老头儿老太太堆里，帮助归拢自行车。他有力气，手脚麻利，嘴上一份，手上一份，一个人顶他们俩仨，很快他成了其中一员，工资也不比蓟县低多少。他见过世面，能说会道，组织力强，谁有难事他都伸头帮一把。没多久，他竟成了一帮看自行车老人的头头儿。

看自行车的都是老头儿、老太太和一些没工作的家庭妇女，开始都是自由设点，立个杆绳一圈，就是存车点了。后来街道接管，再后来区公安局治安科过问，召集街道办事部门，成立一级管理自行车的组织，即自行车管委会，区公安局徐科长每月给管委会的人开一次会。甘白也成了管委会成员。所以甘白和人说：我们这行属分局治安科直接领导。这话似拉大旗作虎皮，可没毛病。你想，街区里那么多自行车，一辆没丢，大家相安无事；真丢了，就给公安部门添乱。你别不信，那个时期，公安部门考核一片地方治安状况好赖，就看那地方丢没丢、丢多少自行车！

甘白那时三十七八岁，虽身子单薄，却浑身都是肌肉。早晨练跑，晚上练单双杠，夏天人们可以清晰看见，他窄窄胸前和瘦胳膊上满是肌肉疙瘩。街道的女人们常说甘白总那么精神。他的女儿小英曾对小街的孩子说，我爸在厂里演过话剧。人们细品发现，甘白最醒目的最周正的是他那直挺的高鼻梁，鼻梁上是小圆眼睛。他肤色微黑，夏天太阳一晒，黑得冒油，更显人硬朗。他身体太好了，以致显得小英妈身体又太弱了，人们记忆里，小英妈好像一直吃药，从甘白家院子飘出的总是中药味，他家门口的街道边上，总倒满中药渣子。人们总能看见小英正拎着热气腾腾的药罐,把药渣往道边倒。一个大小子说小英,倒胡同口垃圾箱多好。她白了那小子一眼,嗔道:你这都不懂!大小子和小英同在一个小学校,他真的不懂,药渣倒路上,就是让千人踩万人踏,把病人的病气带走。这是迷信,小英家总在道边倒药渣,可她妈的病总没好。

小街这一带的孩子都不招惹小英,不怕小英,怵甘白。甘白的工作就是骑车在各存车点儿巡视,看有没有丢车的,有没有什么纠纷。在人们眼里,他是处理解决各种事的能手,往往两人吵吵得马上快爆炸了,他三言两语能让双方的火药全浇上水。

小街上有两位骑车的撞一块儿了,两人吵得不可开交,围观人聚了十多位。这时甘白出现了,他也不问原因,冲一位说:我说兄弟,一看你就是有学问的,看我面子,少说一句,车多街窄,磕磕碰碰也是缘分,毛病不在您,您先走,忙您的去!他劝走一位,回身又冲那位说:我不用打听,一看您就是大度的人,都是干事业的,您也别在这儿耽搁,快忙去吧。给我面子。嘿,刚才二位还吵得热火朝天,他三言两语,顿时让俩人火气烟消云散,这叫能耐!

存车站点出现纠纷,往往是车主丢东西,如铃铛盖儿、气门芯、车座套等小件,这大多是贪小便宜人顺手牵羊,也不排除孩子淘气所为。而这常常让看车的和存车的大嚼口舌。这时要是甘白赶上了,他一顿白话,马上屁事没有:我知道您铃铛盖儿丢了,您瞧,看车的老同志比您还急呢!这么多车,不眨眼珠看着，也有扫不到的，看车大爷大婶一把岁数了，赶上咱父母年纪了。您看，能不能将就一次……这样吧，下次你来，我们给您配一个……要不这样，您这月存车费全免啦，谁让我们没看好您的车呢！

一般的主儿，都消气了，也就算啦。可遇见隔路的"幺蛾子"，没完没了，甘白也会治他。比如，丢铃铛盖儿的人坚持赔偿，甘白也会拆东墙补西墙的办法从别的车上拧下一个，把这位难缠的人"打发"了。不过那不进言语、不通人情、死缠烂打坚持赔偿最终得到赔偿的人，他的自行车也骑不顺当，起码他骑不多远就得到修车那儿补胎，甘白会给他车胎扎了一针，什么时候扎的、怎么扎的，谁也不知道。只听甘白诡秘地说：这主儿，我就不信一锥子扎不透啊！

（二）

存车站点的老人都称甘白为领导，背后称他"我们管委会的头儿"。因为存车站点遍布影剧院、商场、饭店、机关、学校，所以甘白认识人多，而且一致误认为他就是公安局"老便"。"老便"就是便衣。那年月，公安局便衣很神秘，是有本事、有特权，是可以在任何场合拘捕罪犯的特殊人。说甘白是老便是有根据的。首先，他和区里所有穿警服的人都特熟，熟到叫得上名、喊得出外号、开得了玩笑的程度；再就是抓小偷、扭送小流氓上派出所，那擒拿动作，干净利落，专业极了。

那时，小街一些半大孩子还知道甘白令人惊骇的细节，就是甘白有子弹，没错，手枪子弹，两发，常被他捏在手里把玩，就像一些老人玩铁球、玩核桃一样，子弹被他捏玩得锃亮。当然这种把玩只有少数人才能看到，传出去也更显神秘。

老邻居们知道甘白不是公安局的，可也不否认他那工作和公安局有关并有联系。甘白冬天有警服棉袄，夏天时他穿胸前印有猩红"公安"二字小背心。那背心颇有来历。原来各派出所之间一到夏天就举行篮球赛，比赛很正规，有场地有裁判有观众，上场队员一律运动短裤、大背心、回力鞋，而且竞争激烈，一场赛事过后，十天半个月不够议论的。那时派出所也就十来位民警，也没几个是大个儿，说白了吧，也没几位有篮球队员素质的。开始那两年，比赛往往都是浑打乱抢，可后来分局主要领导喜欢打篮球，喜欢举办篮球赛，于是分局各科室之间、派出所之间开始鏖战。随着赛事热度升级，有的派出所开始"借人"，而且借得理直气壮，上河派出所在辖区，悄悄找工厂保卫科借人，道东派出所也向棉纺厂保卫科借人，大房派出所想到自己所管辖的存车站的甘白，于是甘白披挂上场。谁也没想到甘白篮球打得好，别看他一米六八的矮个头儿，可他体力好跑得快，特别是远投篮，投十个能中六七个，一场下来竟得二十多分。

分局长是军人出身，看甘白个儿小投篮准，管他叫"小钢炮"，还问：这小钢炮哪部门的？有人告诉他，说是治安科管辖自行车管委会的。局长连说：这家伙厉害、厉害，我就愿意看他。

因甘白的参与，大房派出所那年出奇地连赢三场，成为到分局参加第二轮决赛六个队之一，最终大房派出所也创造历史纪录：获得区分局篮球赛第三名。大房派出所金所长说：甘白，你劳苦功高，我奖励你一身运动装。

运动装是前年市公安局运动会发的，他找分局管后勤的多要了一套。这运动服藏蓝色，没什么奇特的，可上衣胸前和后裤兜印有"公安"二字，这让甘白兴奋好久。一到夏天，甘白到哪个站点儿巡视，都穿比赛时穿的红字"公安"大白背心，哪怕天冷些，他穿件蓝衬衣时，也露出里面白背心。"公安"二字影影绰绰；到了深秋，他那藏蓝运动装是不离身了，身上"公安"两字，让他走到哪儿都自信，也确实总惹人多看他两眼。那情景就如同屁股后鼓鼓囊囊有把枪一样。白背心和运动装、大棉袄，简直成了他的工作证。无论派出所的所长还是内勤外勤户口警，都称兄道弟，人家也老远和他打招呼，最近又打球啦，明年还看你的啦。甘白在分局篮球场已成明星，全局上下都认识他。

也就在甘白成为分局篮球明星之后，甘白的心理发生了变化，确切说是他听说尚楼派出所新增一位民警，而这位民警他认识，就是曾在街区负责卫生检查、防火治安的郑万生。郑万生比甘白小两岁，平日喊他小郑，也是一位经常在派出所走动出力帮忙干事的人。甘白打听了，小郑这次进派出所，一是派出所急需人手，二是他工作得力，说说写写还都行，当然最重要的是派出所上下熟悉他，招收他，上下没意见，很快通过分局审核，身子一晃，穿上警服啦。这对甘白刺激太大了，他内心从此惶惶起来，穿件棉袄破背心算个屁！咱得戴顶大壳帽，当真警察！他能我也能，论能力能量我比小郑强。他下决心，努力，当警察！他甚至幻想出当了警察该如何生活，如何走路，如何说话办事。

生活一旦有了目标，精力和劲头大不一样。甘白就是让所有人看看，我甘白做的事情，比警察还警察。人民公园门口的一次斗殴，让人们见识了甘白的非凡能力。每逢入夏，人民公园都放露天电影。傍晚时分公园门口已是人山人海。两伙地痞流氓斗殴，竟然选在这个地方这个时候。两边人马已较上劲，撸胳膊挽袖子就要开打。

这时，有人将此情况报告给在休息室下象棋的甘白。甘白虽然在管理站工作，可在公园里有他一间休息室。平时那屋锁着，放一排柜子，自从那年他向公园管理所提出建治安室，公园领导见不花钱请来为他服务解忧的，极爽快应下，随之在售票室旁边倒出一间。所谓治安室，就是公园发生些治安问题，如打架斗殴、破坏公物等事件，统统到治安室解决。也就是交由公园负责治安的复员军人大张解决，而一旦甘白来公园巡视，大张甘心"让贤"，让甘白坐镇执法。甘白也不客气，而且处理事极干脆，一来二去，公园人都敬他，把他视为公安局驻公园的特勤了。

甘白也敬业，听说有流氓滋事，一推棋子，说看看去，还追问：哪来的？谁也说不上来，只跟他匆匆来到公园门口。他在门口侧身凝视，小圆眼睛紧眨几下，之后猛一大敞怀，冲两伙正叫板的人走过去了。为何敞怀，对了，一解怀两个"公安"大红字袒露出来，这比两把匣子枪管用。两伙人眼都尖着呢，知道这个时候能冲上来管事的肯定是"公安"，都怯了，像商量好似的往后退。

甘白知道他们会退缩，上去揪住左边一伙的头目，拽着往右边来，伸手又揪住右边一伙的头头，冲两人骂：小流氓、小混混儿，找别扭，对不对?! 给这儿添乱，对不对?! 想到小号吃大眼窝头，对不对?!

刚才还像两只公鸡一样梗脖夯愣毛的两个流氓头儿，顿时成了雨浇的草鸡，不断点头：怨我们，您原谅这一回，决不再犯，就这一回……

众人看得清，往日下巴上扬样子极冲极横的人，在甘白有力一揪后，就像抓两条破麻袋，拎得七零八落。甘白乘胜追剿，不依不饶：你们这是和政府过不去，知道吗？破坏治安，知道吗？两人脑袋如捣蒜：知道、知道。

猛一发力，左手往右拽，右手往左抢，两个小流氓脑袋"咚"的一声重重地撞在一起。他接着骂，你们知道？那就是明知故犯，无理取闹!两个小流氓几乎同时捂脑袋，甘白也觉得解气解恨了，松手把两人推一边，骂道：小王八蛋，你们听着，赶紧带你们那帮混蛋走人，远远地走，再让我看见，就往局子里送，不信咱就试试!

小流氓冲他作揖：我们走，一定，走、走。两人冲自己伙人一摆手，都鼠窜而去。公园门口好几百口子人看到这一幕，都说这公安老便真厉害，看甘白教训小流氓，解气，痛快!

人们议论：看见了吗？公安老便，身上都是功夫。有认识的，更是帮助唬：这是甘白，他一个人打他们十个都富富有余，你没看他身上，都是肌肉块儿，那是练家子!

总之，这一回，甘白更让公园四周的居民对他更加敬重。

从此甘白出现的时候，人们都愿意和他打招呼，都以能和他打上招呼为荣，他回应一句半句的，那人脸上都有光。甘白去早点部吃早点，往那一坐，服务员就把浆子果子端上来，往往一碗浆子快完时，卖早点的人便拿大勺子又添上半碗，有时他没带钱，吃完起身时说：明儿一块算吧。店里人马上一句：好说，您慢走！

街口卖菜棚子前排了一队人，他经过时只要在棚子前看一眼，卖菜的看见了，马上殷勤地问：甘白，您来点吗？甘白也不客气：五个柿子，两棵白菜。

那时正是买什么都排队的年代，供需缺口大，菜少人多，可他就能在众目睽睽下不排队。当然也有那性情外露不认识他的人，从队中闪出身来冲甘白嚷嚷：别夹个儿，排队去！

这时队里有人就替甘白回答了：吵吵吗？这是甘白，管这片治安的，你不让他买，他都有权把这卖菜棚点给撤了，人家是管这片儿的，买点菜算个吗？

顿时叫喊的人息声了，甘白和排队的熟人打着招呼，拎着菜走了。

其实甘白不止买菜有特权，买肉买鱼都花最少钱买最肥最好的，包括小英妈吃的中药，他都能少花钱多拿药。连他女儿小英的老师对小英都高看一眼，对这孩子犯了错也是好言好语，她们也都知道，甘白是甘小英的爹。甘白工作舒心，活得自在，这缘于他在公安系统有良好人缘。附近四个派出所里的人，见面常和他开着玩笑说话，熟悉的程度有的已是无话不谈，甚至和他发发公安内部的一些牢骚。

为吗能这样？他们这样评价甘白：这人义气，讲究，人好。甘白，够朋友，你有事，他头拱地帮你。甘白那人有水平，干什么都是把好手，那家伙脑瓜儿灵，反应快。几乎没说他不好的，这太不易了。没人细品，为吗他们都说他个好，这评价又是怎么来的？他的口碑，是用东西砍出来，是舍弃实惠砸出的！

（三）

在度荒年代，人不及温饱，谁能帮着谋个吃喝，那人就是大爷，那人就是观音菩萨。而甘白就有这本事。用他话讲，是弄这些玩意儿，小菜儿！别人求他帮助买点肉。他低调答应：我办着看。嘿，还真办成了。

公安局派出所的人穿上制服是执法，脱了衣服也是百姓无二，况且都有老婆孩子，都居家过日子，柴米油盐酱醋茶一样也少不得，物资匮乏的年代，政府工作人员清苦得厉害，弄吃喝办法更少。偏偏甘白此事精通，门路颇多，似不费多少劲儿就办成事，这让所有"大壳帽"对他只有敬礼的份儿。

一到秋天，甘白骑自行车去一趟南郊，没过多久，两辆马车进了城，到公园附近四个派出所送去土豆、洋白菜、大葱，不论大小脑袋，有一个算一个，每人五十斤土豆、五个洋白菜、三十斤大葱。在买什么都凭本凭票的年代，有人冒出来为单位买来这么多东西，哪个单位的领导不像敬神一样敬他。所以大车一站，派出所的所长、指导员都是握手递烟上茶，搂脖子抱腰地和甘白热乎地聊。这哪是送的土豆大葱，简直送去秋冬两季一家家的菜篮子、菜盘子。所以那些民警们见了甘白老远就打招呼：甘白那土豆也太面啦，你可真够意思！还有更够意思的，那年月缺的是肉，可甘白就有办法给派出所这帮人买肉，怎么买？在国庆节的时候，他给每人一张自己写的盖有他甘玉白大名的图章纸条，拿着这纸条就可以每人买八斤猪肉。所以民警们见他打招呼又有新话题和内容：甘白，那肉太棒啦，真肥，一等肉，你也是一等好人呵。

还有更"一等"的，他在春节期间和海河边罐头厂联系，为四个派出所和分局治安科每人办了一份年礼，只交五块钱，就在罐头厂，买一小盆鸡蛋黄，一小盆蜜桃罐头。这都是罐头厂所谓不合格产品，其实就是专给职工分的。甘白就有能耐从中卡出这批东西来。所以大年下，民警和甘白各种场合见面后，那招呼打得更热烈，内容话题更丰富：甘白，真有你的，服啦！

那鸡蛋真黄真香，那桃，我们孩子从来没吃过这么好吃的，他奶说啦，得谢谢你，怎么谢呢，哪天到家咱喝二两，给面子啊！

够意思，一等好人，赏面子，甘白成了活济公，他家和左邻右舍也借光，问题是他不是官，不管饮食供应，他哪来这么多道行？哪来这么多路子？

这就是甘白的社会哲学，人家运作本事大着呢。如果甘白自己到南郊买菜，人家肯定不卖，他就是公安局局长，人家硬不卖，他也不敢抓人。甘白自有办法让他们卖。

南郊生产队要钢管盖奶牛棚，那时这钢管是紧俏物资，没市里批件，钢管厂根本不卖。甘白知道这一信息，便对生产队长说，我帮你们买，可你们得供应两车菜。生产队长一听，机会难得，两车菜算个啥，立即应下，并问：啥时能拉钢管？甘白说：先把这两车菜定下，下周你们找我，咱到钢管厂买钢管，你先打听好价钱，我帮你买的，保证是全天津最便宜的。生产队长仰脸看甘白，如敬神仙，马上请他到家中喝酒。为确保这事不拖延，二人谈妥当，拉菜车就进城。顺便就把钢管拉回来。至于那两车钱，一车只收50块钱，两车一百，纯粹朋友价。

甘白落实完两车菜，返回城里，转天直奔离他家不远的钢管厂。钢管厂有一半车间是露天作业，其加工成品不断增加，所占的地盘也不断扩大，在不太宽的小街旁已堆起一垛垛钢管。他在钢管厂传达室打了个电话，没多一会，派出所袁大海骑着摩托车到了，他们在厂门口见面，没说几句话，二人直奔厂长室。

厂长秘书挡驾，说：我们况厂长正开会。秘书请袁大海到办公室坐等。一身警服的袁大海说话挺冲：我们没工夫。你快叫你厂长，有个急事，真耽误了，你可得负责！秘书也怵头穿警服的，听这话不敢怠慢，忙进会议室对厂长耳语。况厂长是个微胖的中年人，他马上宣布散会，出来会见二人。三人进了会议室。甘白先说，他的话很有条理，也颇艺术：最近市治安处到基层调研，其实就是私访，察看哪个区哪个派出所辖区治安情况差，谁知他们查到咱钢管厂，查到咱厂堆的成品堵塞道路，处长质问区长和分局领导，一旦胡同里失火，消防车进不去怎么办？一旦钢管垛散了，挤伤行人怎么办？处长发火了，所以我们才感到问题的严重性，这不，派出所袁同志亲自来督办这事，要求贵厂限期时将街边面积腾出来。

在甘白讲述过程中，况厂长脸色一红一白，特别听说市里处长、区长、分局长的官衔时，感到问题的严重，似乎感到已闯下了祸。没等他表态，袁大海的粗嗓门再给甘白的话茬儿加钢：通报批评是肯定的，现在不是你改不改正，而是你们必须纠正。无视人民生命财产安全就是犯罪。这事弄不好，咱可吃不了兜着走。

袁大海说完话，一摘警帽，眼向上翻了翻，好像随时要翻脸。况厂长已明悉利害，张口就是谦卑和检讨：我们这小厂给你们添麻烦了，真对不住啦。我们思想有毛病，认识不够，光想自己啦。这个错误一定改正，一定。我完全接受批评，希望你们监督我们改正错误。

况厂长态度诚恳的样儿不是装出来的，不住地点头躬身，让袁大海一时不好意思再深说。还是甘白不失时机地将况厂长往圈里带。他和颜悦色地说：这件事只要厂里重视了就好办，咱就是先看看厂里的态度。我们见过硬气的，结果工厂吃亏，厂长被上级撤职。一看你这厂长就开明，这就好商量。我们俩也是例行公事，都家门口住着，谁愿意撕破脸。

况厂长忙向甘白问：您家住在附近？甘白道：小街耕耘里，不远。

况厂长连连点头：咱是邻居啊。于是话题变长了，又闲扯一阵，况厂长说下周拿出整改措施，一周之后保证将小街钢管垛全部清理出来。甘白握着况厂长的手，一副大仁大义的姿态：两周三周都行，咱也体谅厂里的难处。其实我早就想来你们厂，我亲戚家在南郊，想买些废管子盖棚子，也不知好不好买？你说怪不怪，越是邻居，越不好意思张嘴问。

况厂长也正想打发他们高兴，忙接话茬儿：买废管子，没问题！这东西一般不卖，可您用点儿，我可以特批呀。特批。哪天您过来。

好，明天我过来，麻烦啦！

交往一次就是朋友。我们干企业的脑子不活泛，以后全凭二位多照应。今天二位不能这么走啦，咱到鸿起顺，吃点饭，赏脸赏光。小赵！况厂长喊秘书：安排车，你先去"鸿起顺"饭庄安排一下，生产、财会、保卫科长都去陪。

甘白不仅完成钢管换蔬菜的交易，他更完成了钢管换猪肉、换鸡蛋、换小米、换土豆等紧俏品的一切铺垫。结识了况厂长，并从此常到厂里坐坐，顺手批些廉价的钢管。这一步骤，是完成他人际联络链的重要一环。任何关系都需要环环相扣，也正是这一环环，使他办起事来从容不迫。多难办的事，只要甘白静下心的筹划，这个事就不难了。跑一趟腿，动一番嘴，表演一出小戏而已。

其实人生就是一场戏嘛。至于罐头厂的罐头食品，得来的办法纯属意外。那天中午，甘白正推自行车往公园门外走，清扫工老李气喘吁吁地跑来，说：河边有流氓打架，其中一个已掉进河里，岸边人朝河里扔石头，甘白你快去吧，不然非出人命不可。甘白一听，没说话，飞身上车，往河边方向猛蹬。远远地就看见四个人站在河边往水里扔石头，河里有两个人，衣裤湿着朝河对岸爬，石头不时打在身上，两边人都狂喊大叫乱骂，那情景就好像几条没拴住的狗在狂吠撕咬。

都住手！不许打！甘白一发喊，都震住了。其实小流氓并不怕他这一嗓子，是惧他这个人，显然他们知道甘白是干吗的，所以顿时老实了。

岸上的四人想溜，甘白又一嗓子，就像抽打的鞭子，把四散的马匹全收拢了：我认识你们，要跑你可没好！跟我到屋说清楚了，咱就没事，我也得下班回家吃饭，知道吗？

四个小子一对眼神，都站住不动了，老李去河对岸带那两位，甘白推着自行车到治安室，处理很简单，训斥一顿，吓唬一番，再看见你们打群架，公安局来车抓人，一律拘留。训得四个小子低头认错，甘白放他们走了。那另外两个都一身湿衣服，问家住哪，让家人送衣服来。这其中一位就是罐头厂厂长的儿子。一个电话打到罐头厂，一会儿工夫，罐头厂的食品车来了，车上下来的是厂长，一看儿子浑身精湿，一问情况，厂长冲甘白连连致谢，说您要不及时到现场，可能就出大事。

老李在边上使劲渲染：甘白再晚去五分钟，就得出人命！信不？这甘白成了二位的救命恩人。甘白想结识厂长，来回就几句，就能把关系拉得近近的，这确实是甘白的本事。你贵姓？哦，是吴厂长。孩子都是好孩子，关键得管，刚才要是一石头打脑袋上，一下晕水里，就可能呛死，真悬！我已训了那四位一顿，这两个孩子也得教育，这种事再不能发生，再发生，可真要出大事啦！

真是谢谢您啦，您是在这儿工作的吧？

不，我巡视到这，自行车管委会的，也管这片儿治安。咱有缘呵，一下认识个厂长，还是罐头厂的，以后我吃罐头是不是方便了？甘白以开玩笑的口吻说心里想的事，不管对方接不接话头儿，他都将这意思抛给对方。

对方也是精明人，看儿子只是衣服湿了，没伤着没呛着，还真多亏眼前这位，就凭今儿这事，感谢人家是必须的，况且不是什么过分要求。他随口便说：吃罐头没问题，有事到厂里找我，孩子的事我得谢谢您，真的，这个儿子太让我操心了。

行了，哪天我再帮你说说他，往往淘气的孩子聪明，慢慢就懂事啦。就这样，哪天我到厂里麻烦您，派出所的朋友想吃罐头，我听说你们月末总卖给职工鸡蛋黄儿什么的，这东西不错。

没问题，哪天你去，我给你批点。那太谢谢啦。事就这么简单促成啦，当甘白去罐头厂时，是带着分局食堂用的搪瓷大桶去的。

（四）

郑万生行，我就应该行。这是甘白最简单的想法。眼下实现不了自己的愿望，那就是功夫下得不够，他认为必须给派出所里的关键人物加加温。那年月就是给人"上贡"，上得不显山不露水，接受者心领神会，别人全不知道，这也是本事。

吴所长是部队复员的干部，文化不高，原则性很强，对拉拉扯扯送礼这套很烦，但这人有爱好，换个新词儿叫有生活情趣。这么一位常年身穿警服的人偏偏爱养蛐蛐。别人玩蛐蛐，听听叫声，斗一斗看谁的厉害；或逮个出奇的，养个上好的虫儿，卖个好价钱。可他玩蛐蛐就是喜欢。喜欢这词儿用他身上不够劲儿，应叫酷爱。每到下半年，他心里就长草了，屋里硬是坐不住了，一定得去到花鸟市场转转，看看蛐蛐罐，和人家聊一会儿蛐蛐。还没立秋，他住房两间，有半间屋子放满、摆满大大小小的蛐蛐罐，每年自己捉的有二十多个，花钱买的有三十多个。在他眼里，是蛐蛐就是好东西。一下班他就蹲屋里摆弄那几十个蛐蛐罐，喂食、垫土、换罐。

甘白知道，派出所里吴所长当家，自己要当上警察，必须和吴所长套近乎拉关系，不然你就是全所的人都说你好，所长不吱声、不真帮你，你也是白忙乎。看人下菜碟，投其所好，这甘白最明白。开春时，他到同学王宽和家串门，带去两条大黄花鱼。

宽和一见甘白，忙着沏茶倒水。他说：你、你现在混得，不错，都说你是个官儿，管事儿，有能耐，上学那、那阵儿你就有组织能力，总为大家张、张罗事，现在，大扯啦！

宽和小时候就口吃，这么多年过去，磕巴没厉害但也没治好。甘白说：我就是瞎混，有嘛能耐，成天和老头儿老太太打交道，没劲！不过有时候能弄点儿紧俏东西，这不，关系户送来半袋子鱼，正好路过你这儿，我给你拿两条。

其实这鱼是甘白在郊区花六块钱买的，可他话说得溜，像白来的一样轻松。

宽和忙说：谢谢，老、老同学没见面了，见面就收你东西，太、不好意思。

客气吗，谁跟谁，上学那会儿，咱俩不是总一块儿走吗?忘了，张大牙，骂你磕巴精，我还帮你揍他。咱是嘛关系，老铁！

对、对，没错！宽和一脸笑。

宽和爱养蛐蛐，而且从他爷爷那辈就爱玩这个，家里有许多他叫不上名的好蛐蛐罐。今天甘白就是奔这个来的。话题聊了半天才聊到蛐蛐罐上。甘白想好了，对宽和这样实在人不用太绕，就直奔主题。他说：我遇上点麻烦事，得求人帮忙，可那人就喜欢个蛐蛐罐，我有钱也不知买吗样的，更不知道哪个好哪个赖，我寻思你家这东西多，从你这儿买一个，省事。

甘白说着，就往兜里摸，急着掏钱的样儿。宽和一听愣了一下，脸上的肉一紧，但还是从嘴里憋出一个字：行。说完转身进了里屋，爬进床底一顿忙乎。

老半天他从床底下抱出一个发绿的蛐蛐罐，脸憋得通红道：你、你告、诉他，这、这、都是，老东西，老玩儿家，正、正经货。

这得多少钱？甘白问。

送、你的。谁让、咱是同学，你又遇上事，快、快去，办事吧。

甘白抱着蛐蛐罐回了家，之后去派出所。为吗不直接给吴所长送去？他心虚，不愿意让其他人看见，太明显的巴结，别人会撇嘴。

吴所长正开会，好像是案子分析会。这半年公园发生一起抢劫案，因为罪犯作案没规律，线索也没有，案子一直没破。分局开会点了派出所名，实际是严重批评，吴所长脸上挂不住了，回来就开会，拿出大力气，一定要把这案子破了，不然自己在局领导那里印象太差。会终于散了，吴所长看见站在办公门口的甘白，说老甘有事吗。甘白说我找亲戚要了个蛐蛐罐，样儿挺好看的，我不养蛐蛐，送你吧。

一脸阴沉气的吴所长顿时眉毛向上挑了挑，说：哪啦？我看看。

在我家呢，您下班到我那儿拿。

甭等下班，咱现在就到你家。说着吴所长穿上衣服，戴上帽子，匆匆往外就走。

一看蛐蛐罐，吴所长眼已经直了，只见这罐呈淡绿色，罐表层有浆皮亮光。他说你这亲戚可是有"门头"的吧，家里竟有这么好的蛐蛐罐。说着抱在怀里把玩翻看，突然他说：啊，这是赵子玉的罐啊！只见罐底有款"古燕赵子玉造"。吴所长常年和蛐蛐友交流，当然知道赵子玉是清代制作蛐蛐罐名手。他知道，自己那半屋子的蛐蛐罐，也换不来这一个。知道吗？这是清代"瓜皮绿"罐，老物件，咱鸟市根本没有，都是大玩家东西。太好啦！太好啦！这几天案子压得我喘不上气，心里别扭极了，一看这罐儿，我心里舒坦多了。吴所长乐啦，他一拉甘白：不行，我得请你下馆子，走！

二人在"鸿起顺"回族酒馆喝上了。几杯酒下肚，甘白就把话头往郑万生当警察事上引，生怕吴所长不理会，还把这几年自己怎么辛苦怎么有能力叨叨咕咕叙述一遍，当然也穿插他亲戚家养蛐蛐趣事，如那年他家一头蛐蛐换了一台永久牌自行车；那年他家一个蛐蛐接连咬败二十多个蛐蛐，说是每天喂虾肉，神了！

吴所长爱听这个，酒在兴头上话也大：你的事我肯定放心上，基础已经有了，就看机会了。

（五）

人一门心思干一件事，十有八九能成。心诚则灵，甘白的诚心也渐渐感动派出所的所有上帝，包括以往看不上甘白的老赵和袁大海。吃人嘴软，拿人手短，总接受一个人带来的好处，没法不说那人好。都也想开了，所长说甘白这人行，众人随声附和：不错，不错！

那天吴所长和袁大海说，咱所里人手少，就缺老甘这样的。袁大海顺情说道：真是，这小子身上有股子劲儿，来咱这儿，借劲！袁大海是派出所的骨干，内勤外勤、是说是写、打枪格斗，都是一把好手。连袁大海都这么说，吴所长感觉自己的眼光没看错。心里也就这么定下了。

每次上分局，吴所长有事没事走进治安科，和徐科长聊一会儿。这种聊，看似扯闲篇，好像没实质性工作和效益，实际作用大着呢。吴所长文化不高，初中补习毕业，可社会这门大学他读得透彻。他认为：人一交流，就加深了解；一了解，就有感情；一有感情，就好说话；一好说话，就好办事。这是铁的规律。原来这徐科长和局长是老乡，参加革命的时间比局长都早，市局还有几个处长是他战友，他平日在局里说话硬气，局长也让他三分。这基层增加编制进人，都要在局党委会讨论，徐科长是党委委员，他这儿点头了，会顺畅许多。

吴所长几次三番地来，徐科长也知道嘛意思，话也直截了当：老吴，甭绕弯子啦，不就是进个人吗，你看中的，我这儿，全是绿灯。

吴所长捧着来：到时候您得和局长直接说，你们可都是大部队下来的干部，说话随便，别人既没这个资格，也没这个力度。

好，帮人帮到底，我直接和局长说。徐科长手一挥，似乎马上可以定下来。

我先谢谢首长啦！吴所长笑了。以往各派出所进人难，就卡在局长那儿。而徐科长是能在局长那儿说上话的人。

徐科长在部队也是正团级干部，按说到地方，也得按处级安排。可当年有个土政策，复员到县城，可享受处级安排和待遇；在天津复员，就得按科级使用。所以很长时间，徐科长心里有怨气，和谁说话声都高，局里人都怵他。分局有三台绿吉普车，其中一台局里没大事，基本供徐科长使用。虽然特殊，可别人不敢有意见。局长曾私下对身边的人说，像徐科长这样的，在解放初军管时，到市局就可以当处长。徐科长参加过剿匪，是立过功的，咱得尊敬他。

连局长都这么说，别人更不招惹他。不过徐科长毕竟在部队当领导多年，素质水平在那儿摆着，局里治安科工作一直是全市的模范单位。

吴所长能和徐科长搭上话，源于吴所长在锦州当过五年兵。他知道徐科长爱说部队上的事，特别爱说当年带领全团出操训练比武的事，一派过五关斩六将的豪气，特别还有极忠实的听众，让徐科长说得兴奋痛快。

而吴所长也会在关键话的缝隙，插上一句，如：8 分钟全团集合完毕，真是训练有素！再如：你这么骂几个营连长，他们服吗？你真厉害，师参谋长也敢顶撞！如此插话，既有惊叹的佩服，又有急于知道下文的期待，让徐科长如遇知音一样热乎。所以他看吴所长特别顺眼，对吴所长这样的，当首长的当然要扶持下属。派出所增人的事情一下子变得顺利了。

几天以后，徐科长的电话更让吴所长心里踏实。徐科长说，他已和局长谈过大房派出所增加编制的事，局长原则同意，只说走人事组织程序，搞好审核，别出问题，材料齐备了，上局办公会。

一连几日，甘白都处在兴奋之中，晚上必喝二两直沽高粱酒，和媳妇吹一气，之后便晃着到街口，和老邻居和闲人聊一个多小时。甘白和人聊天，十有八九听他一个人白话，他愿意说，别人也愿意听。话头多是他经历的事，有的还有详细的地名人名，听着既熟悉又陌生。一双圆亮的眼睛，一张酒后红扑扑的脸，一手叉腰一手比画着，声音忽高忽低，听着比书场热闹。往往深夜11点了，还有人围着他，他困了，说一声：太晚啦，咱明儿再继续吧。甘白一走，一圈人意犹未尽地散去。闲人边走边议论，甘白真是咱小街的人物。

就在这个时候，有件事让甘白遇上。这本该是他大显身手的事，他也确实展示了身手，谁知后来，倒霉就倒霉在他这次展示上。

正是入夏时节，公园游人如织。特别是晚上，青年男女谈恋爱更是都往公园来，这也难怪，园中林木茂盛，花香四溢，月上枝头，湖水潋滟，人在花前月下，气氛甜甜，如梦如醉。就如有蜂蜜的地方也有苍蝇，也就在这里，竟有罪犯。在6月2日，就发生一起强奸案。吴所长为这事挨了局长批评，前不久的抢劫案子没破，又来个强奸案。局长骂：怎么的，都是吃干饭？再出案子，通报批评！

吴所长恼恼的，上个月的抢劫案子，所涉金额不大，是一个乞丐流窜作案，虽然没破，但影响不大。但这强奸案不一样，影响太坏，闹得上公园的妇女人心惶惶。他连夜召开全所会议，部署警力，一定要破获 6 月强奸案。除了两名内勤值班，其余两人一组，分别在可能出没的地方蹲守，时间是连轴转，两人换班休息。甘白也主动找到吴所长，说公园地形我熟，需要我干吗您就吩咐。

吴所长说正缺人手呢，和袁大海一组的老赵阑尾炎犯了，便说：老甘你替老赵，听袁大海的，他让你干吗就干吗，去吧。从吴所长分配任务那口气里，甘白听出了信任和器重，人家没拿自己当外人，这无疑说明自己已成为派出所一员。想到此他心里一阵激动。

袁大海对甘白的到来挺高兴，他知道甘白这人愿意充能，眼下正是考验他的时候，他多干点也应该，这样自己可以轻松一下。他和甘白讲清这一组蹲守的范围、注意事项。他说：你就在这两棵大树后藏好，对，背贴树干，除了上厕所，任何时候都不许乱走乱动。只要罪犯从咱这儿过，咱就逮住，要是从咱这儿跑了，我得挨处分，知道吗？

知道知道，我就听你的，保证不动。这是吗时候，我懂。好，那我找个地方歇会儿，两小时后我来替你。放心吧，你多歇会儿，这类事我干过，错不了！袁大海悄悄走了。可甘白周身的血都热起来，他心说，6 月强奸案要是早点出，自己也许早就当上警察了。老天长眼，让我也露一手，把这强奸的小子抓住。

头一天没一点儿动静，也许是因为下了小雨，连游人都少。转天两人蹲坑是从晚上五点半开始。甘白提前到了，他带了两

个糖饼，一张给自己，一张准备给袁大海。六点袁大海才来，
他说刚在所里开了碰头会，说着递给甘白一包花生，说是所里
给的，每人一包。所里没钱，补助费得月底发，这包花生就算
夜宵了。甘白接过花生，把一张糖饼递给袁大海，说：快吃吧，
还有点儿热乎。

哟，这么多糖，你媳妇饼烙得真好，好吃！

蹲守枯燥无比，时有蚊蝇袭扰。袁大海对甘白说：你盯好
这边，我去别处看看。袁大海为了扩大监视范围，一个人去公
园外墙附近监视。

甘白对蹲守是认真的。他耳朵竖着，眼睛大睁，随时准备
出击。可是公园里除了一对对恋人走过，很少有单独人出现。
一天两天过去，甘白心里憋了许多想法，他知道此时说不妥，
你才蹲几天，不耐烦啦！别人肯定这么看。

可这天后半夜他和袁大海撤离时，甘白随口说：我觉着这
么蹲守也不是事，你说罪犯现在怎么想的？袁大海愣住了，他
一下子觉得这个甘白有话说，便问：他怎么想的？他早离开公
园远远的，他也许来过公园，早看到想到咱们在等他。袁大海
觉得甘白脑瓜不简单，两句话分析得透彻，开始蹲坑时，他劝
自己别瞎操心，所里怎么布置就怎么干得了。可又一想，要抓
住罪犯，傻等也不是事，得来点智谋。可怎么动作？他想听听
甘白的。甘白似受到鼓舞，逞能心切，几乎没考虑就说：咱都
撤了。暗着布置一个口袋，对外说是流窜犯作的案，分局也不
追究了，一放松，真正的罪犯兴许又来，那时咱就扎口袋。

有道理。袁大海心里同意这观点，但不愿意表示赞同，便说：

有这个可能，可咱们要撤，得所长同意。我说不合适，你说可以。你就是说不对了，他也不能责怪一个帮忙的。

袁大海想，所长不同意你的观点，批评的是你，同意你的意见，就少遭这个罪。

吴所长一分析，觉得甘白话在理。马上布置，并放出风去，所里人轮流去分局学习，6月强奸案放放再说。的确这个时候，上级这时布置了学习任务，派出所内外穿警服的少了许多。

一连半个月没动静，可甘白没闲着。他冒出的那句"对外说是流窜犯作的案"，不是瞎说的。强奸案发生在公园西隐蔽处。他仔细看了，现场是一片树丛，在树丛中，可以看到小桥道路。最让他吃惊的是，树丛五六米远，就是公园的围墙。公园围墙是砖砌的花空格，因墙外搭临时施工建筑，将这一段花空格封堵上，受害人说，眼睁着罪犯从这里翻墙逃走。不熟悉本地情况的人，根本不知道翻过墙是一条清净的胡同，顺胡同走不多远就是人流出没的大街。罪犯得手，走哪里也不如翻墙逃脱安全，而这条路附近胡同小街的人大多知道。进公园是要买门票的，尤其是放映露天电影时，公园管理更严，而附近的半大小子为了省钱，便从这里翻墙入园，然后在树丛中潜行至小桥附近。

甘白隐隐感到，罪犯离公园不远，甚至他一直在监视着自己。放松，彻底放松。猫捉老鼠，此时就扮演个瞎猫，没捉鼠能力的傻猫。他每天晚上六点多钟在公园存车点打个照面，他面红耳赤，满嘴酒气和人聊上半个多小时，就说困了，之后晃晃荡荡回家睡觉。一连数日如此，连公园存车点上的人都说他：甘白你可添毛病啦，天天喝酒，上瘾啦！甘白嘿嘿一笑，不语。

公园关门前，甘白早潜入公园隐蔽起来。甘白功夫没白下，这天老猫终于捉到大鼠。这个大鼠就是东楼余升里的朱有训。

朱有训三十七八岁，瘦高个儿，五官周正，面白净，单身一人。多年来他一直照顾有病的老娘，孤儿寡母，全凭朱有训在运输厂当搬运工的工资，日子艰难。朱有训孝顺，在邻居中口碑不错。别人给他介绍对象，他说：得啦，哪个姑娘愿意进满是药汤子味的家。三年前老母亲去世，他整个人变了样，喝大酒、没黑夜没白天地玩牌，别人问他怎么不上班，他说请了长期病假，人一下子潦倒起来。也不知什么时候，他常到玉川居胡同买水果，渐渐地看上了卖水果的女售货员肖小凤。这肖小凤模样清秀，如果没结婚和他也算般配，可肖小凤是有夫之妇，丈夫在河东冷冻仓库工作，全年几乎都是夜班。朱有训请肖小凤看过两场电影，也算有说有笑，拉手揽腰她也没拒绝。可朱有训的手动敏感部位时，肖小凤总半真半假地扭身拒绝。这拒绝竟突显娇嗔，让朱有训屡试屡战，欲罢不能。

经过朱有训一顿周密策划，也动用一些皮鞋脂粉花布的诱惑，可肖小凤硬是不收这些东西，不受这些诱惑。假如肖小凤守妇道讲贞洁也就罢了，让朱有训恼火的是，肖小凤竟和百货店送货员小庞眉来眼去的，这不仅吊着他的胃口，也蔑视他的感情。这天晚上不到七点，小庞在公园门口等肖小凤。朱有训知道肖小凤和他约会，心里不是滋味，转悠好久，来到小庞跟前说，兄弟，你在等肖小凤吧？小庞愣了愣，点点头。

朱有训轻松道：我是她表哥，她让我告诉你，她今天来不了，他爱人感冒发烧刚回家了，她怕你着急，让我来告诉你！

小庞脸上抽搐一下，忙说：谢谢！便神情黯然匆匆走了。

没多久，肖小凤远远地来了，她穿一条浅绿色碎花长裙，身上还有淡淡的香气。在售票口，朱有训喊：肖小凤！肖小凤！肖小凤一看是朱有训，有些慌张，但很快神色平静，说：来公园玩啊，怎么就自己？

你也是自己呀！不，我和一位朋友。肖小凤毫不隐瞒，慢悠悠地说。这逗着朱有训的火气。你的朋友小庞来不了了，他刚才崴了脚，上小医院了。他让我告诉你。

你和小庞认识？

岂止认识，我们一起出车送过货，没想到这小子这么有艳福，挎上你这小美人！今儿个他不来，你陪我走走，行吧？朱有训手指捻着两张门票。肖小凤故意沉着脸，但她忍不住，笑道：真会钻空子，走吧。她的线条分明的下巴，往一侧扭了扭。这在朱有训看来，动人至极。此时的公园有散步的老人，更多的是恋人。朱有训喝了酒，仗着酒蒙脸，他随口说着发黄的笑话。肖小凤只觉得好玩，听他一人说，装作不懂，不置可否，只是偶尔一笑，笑得复杂。这更吊朱有训的胃口。

一晚的蜜语甜言，让肖小凤醉意朦胧，她身不由己地跟着朱有训往黑处走，一个多小时后，朱有训把肖小凤领到公园西侧树丛中，他太急切了，不顾过程，不顾肖小凤的感受，硬是搂过来动真的。肖小凤开始蒙了，之后就是激烈地拒绝，之后是厮打，之后她是下意识地喊了一声：你强奸！再之后，甘白出现了。甘白感觉自己立功的时候到了，猛扑上去，猛抢一拳，重重砸在朱有训后脖子上，当时朱有训像根电线杆子一样倒了。

接下来甘白掏出篮球比赛的铜哨,铜哨在黑夜里显得格外的响。再接下来,事情发展极其简单,袁大海和公园值班的大张很快赶到。看得出袁大海比任何人都兴奋、冲动,他边往哨音响处跑边和大张说:我有预感,准能抓住那小子!

袁大海麻利地将半昏迷的朱有训铐上。甘白低语和袁大海汇报所有经过,袁大海边听边神情凝重,嘴里连连说:干得好、干得好!

甘白一把拉住神情慌乱想要离开的肖小凤,说:跟我们走。

当晚大房派出所内勤小宋在值班,见有案子,便把一楼二楼的灯全都打开。袁大海沏一杯浓茶,把一包恒大烟拍在桌上,他要趁热打铁,突审强奸犯。

接下来审讯极不顺当。朱有训除了说脖子疼,神智已很清醒,对姓名年龄住址职业对答如流。可说到强奸,他一口否认,而是说我们在谈恋爱。袁大海知道,这个缺口不打开,案子就没法破。他动用浑身解数,把隔壁肖小凤的口供加工取舍,把朱有训逼到不能自圆其说的死角。说谈恋爱,又说事先没约女方来;说认识,很熟,可女方根本不承认有恋爱关系;说对你有好感,可你搂女方,女方喊强奸……如此种种,袁大海把手铐紧了两扣。当时朱有训脸上的汗就下来了。

汗下来了,可口供没下来。袁大海很焦急,他原以为很简单的审讯,此时变得僵硬,硬是啃不下来。袁大海敬业,可这其中也有心理背景,那就是最近所里要提拔一名副所长,而他和老赵都是热门人选,说白了,就是两人中肯定有一人提拔。按工作能力和群众关系,袁大海比老赵强一截,可要是论资历和分局里的关系，袁大海甘拜下风。眼下如果把局长都着急的强奸案拿下来，自己当副所长的天平上肯定增添很重的砝码。

他豁出一切，也要把这案子拿下来，而且要在今夜，等到明天说不定吴所长让谁插进来，那时功劳可要让别人劈一块。不行，还得加加钢！

最初他让甘白在屋外转转，他解释道：人一多，罪犯不愿吐口，待会儿我再叫你。门关上了，声音也该是关住了，可没多久，屋里传出一阵哀号，接着哀号变得沉闷，一声的尖叫，再一声尖叫忽被呻吟盖住。

没过多久，袁大海开门出来，面色铁青。他使劲抽着烟，之后对愣神的甘白郑重道：我现在叫你老甘，和同事一样称呼，你能不能穿上警服，就看今晚上了，我到所长那推举是肯定的。咱拿下这个，就全赢了。要是今晚一无所获，一切好事，全是屁泥！

时间已是深夜十二点，袁大海累了，他告诉甘白，无论如何不能让朱有训休息，一定要把他意志摧毁，眼下是关键！

甘白进审讯室，看到朱有训一手轻揉肚子，一手轻抚大腿。甘白猜测，这两个部位也许和刚才的哀号有关。甘白又是一番追问，又是一番启发。一个小时后，朱有训身上隐隐作痛，疼痛嚼碎他的怠慢和矫情，朱有训终于忍不住了，终于承认来公园不是正经恋爱。不过他意志仍在挣扎着，用他那浑浊的大眼，故意翻了翻，拉着长声，叹息：我不是强奸，你们要非逼我，我只能说，强奸未遂。未遂二字故意变调，挑战审讯者的耐心，逗着甘白的火气。

甘白感到自己的心在咚咚地跳，跳声正从胸内向外击打，打得他头皮发扎，气喘吁吁。什么，未遂？你再说一遍？！

朱有训对膀大腰圆阴沉着脸、话不多的袁大海有些打怵，可对神情外露一声高一声低的甘白根本不惧，他翻了翻白眼，冲甘白轻声说：我可以说八百遍，强奸未遂、未遂、未遂……

啪啪，两个耳光，甘白打得突然果断，精彩纷呈。那满是肌肉疙瘩的右臂发出的电光一闪般的爆发力。朱有训总爱仰的头耷拉一边，他眼前不一定漆黑，但大脑肯定呈一片空白。

两个耳光换来长久的沉默。甘白感觉右手指尖钻心的疼，接着胳膊发麻，紧跟着半个身子都偏坠，神情恍惚。自己怎么会这样，自己不是审问的主角，怎么随便打人？他神情一下子沮丧起来。

袁大海从身后拍了他一下，耳语道：遇上欠揍的啦，该打！

甘白舒了一口气，但不知为什么，自己右肋骨下方隐隐作痛。

没等天亮，流着鼻血的朱有训终于承认强奸肖小凤。接着六月强奸案朱有训也招了。最初作为审讯者也怀疑口供的可靠性，但接下来让袁大海和甘白兴奋了，朱有训口供里充满宝贵的细节。一般的屈打成招，都是按你葫芦意思我说出个瓢，顺着你的胡同跑到底就是了，肆意发挥的不多见，也发挥不准确。可这朱有训出奇，他不仅说出六月强奸的细节，还把其中的过程说得极其详细，这让帮着记录的小宋不仅耳热心跳，健笔如飞，生怕落下一句话。朱有训说那女人面相微黑，可胸脯挺白，乳罩扯断了，还说是自己脱的。

最让甘白着迷的是介绍公园围墙的细节：翻墙前，他怕刮破毛料裤子,用砖砸碎支出的一块瓦。甘白曾到现场看过,在那儿的确有半块残破的瓦。

天亮了,内勤小宋嘟囔着困死我了,之后钻进二楼值班宿舍,衣服都没脱就睡着了。袁大海和甘白却一点不困,6月强奸案一夜间就破了,人证物证口供齐备,这成果让二人眼睛发亮。

这活儿干得漂亮!吴所长见到袁大海第一句就是这话。之后听袁大海详细的汇报,接着翻看审讯记录,吴所长突然说:还差一个环节,让受害人指认。立即有人去办,很快受害人来了,让朱有训站在亮灯下,受害人在暗处辨认。受害人仔细看了半晌,才说:个头儿和胖瘦,不差,只是不是分头,是背头。袁大海往朱有训头上弹些水,用梳子把头发往后背着一梳理。

受害人连连点头说:像是他,是他。语气犹豫一下,忽坚定起来。

吴所长真是感到一阵轻松,脸上顿时有了满意的笑。他的大手狠狠拍在桌子上,他喊道:袁大海,你小子真给我争气,我他妈要给你请功!

太好了,太好啦!这回,咱所轮流放假三天!吴所长兴奋得像个孩子。

袁大海也够意思,真在所长面前把甘白着实一顿表扬,说:没老甘同志协助,根本不可能这么快破案。而且老甘这一个月,每天晚上都去潜伏,实在辛苦,让人佩服!吴所长正在兴头上,话也大:我看老甘进咱所来,是十拿九稳了,老甘啊,是个干事的人!

朱有训收拘留所关押,6月强奸案的卷宗上报分局,案子似乎结了。

甘白也兴奋异常，回到家还哼哼西皮二黄。之后，喝四两直沽白酒，边喝边跟小英妈说着昨夜的经过，絮絮叨叨，反复地说着，之后没了声音。小英妈一看，甘白倚在床边睡着了。

（六）

6月强奸案的告破，大房派出所的人腰杆直了，吴所长说话声都高了。

在人们觉得袁大海板上钉钉当副所长的时候，人家有了更高的升迁，到分局当刑警队副队长，虽然和副所长一个级别，可公安系统的人都知道，分局的干事也比所长说话硬气。刑警队副队长一旦办案，要哪的派出所配合，那所长得乖乖听候调遣。所以吴所长送别袁大海时，拍着他的肩膀，有点牢骚有点酸地说：我们这茬人是没出息啦，看你的啦！你年轻，反应快、脑瓜灵。今后局里有吗消息，对咱所有利没利的，多透点儿风！

袁大海知道，这次提拔吴所长到分局没少说他的好话，包括徐科长那都做了工作，不然光凭破一个案子，也难这么快的提拔。所以他的话也很动情：吴所长，不论嘛时候，我袁大海也是大房派出所的人，是您的兵！有吗事，找我，我头拱地给您办！

袁大海调走了，从分局调来一个年轻人。吴所长找到甘白：老甘，明天你就到派出所上班，手续之后办。

甘白兴奋得说不出别的话，连说：是、是！

甘白开始每天都到派出所上班，不过工资暂时还是原单位发，人们都知道他马上就当警察了，对他愈加敬重。包括所里人也不拿他当外人，开会时都招呼他：老甘，开会了。

我是不是先别开吧？甘白不好意思地说。

开会有你，所长说的。吴所长说：办手续是有过程的，工作不能耽误。于是甘白跟着老赵，到机关、学校、娱乐场所，进行秋季治安防火检查。

老赵和甘白很少说话，甘白也不便问什么，只是跟在老赵后面，说上哪就去哪。老赵在检查结束的路上，突然问甘白：那个朱有训开始不交代吧，你们下手够重的。

他不说打没打，而是直接指出打了，而且很重。也不等甘白回答，跟着又追问一句：你们俩谁打得重？此话又有机巧，不说谁打人了，而是认准两人都打了，其区别只是谁打得重。老赵眼睛盯着甘白，如剑剜着他发虚的心。

甘白知道老赵和袁大海关系犯拧，老赵这样问，其实就是找袁大海的毛病。于是甘白干脆把所有锋芒都揽过来，他说：气头上，我动的手。这小子也是欠揍！不过，稍一"修理"，全招了。

老赵深邃一笑，点点头，没说话。

那天甘白刚到所里，内勤小宋对他说：吴所长找你，到他办公室。吴所长板着脸问甘白：大袁审讯时，你一直在场吗？

甘白说我在，怎么啦？

审讯打人这是违规违纪的，而且打出毛病，本来是百分之百的好事，可现在，大打折扣！你们呀……

吴所长边说边无奈地摇头。原来在案情似乎了结时，出现意想不到的事故，即强奸犯朱有训在拘留所忽然站不起来了。

开始警察们以为他要赖，连骂带损，可当看到朱有训拼命挣扎想站起的痛苦样子，觉得不对劲了。送医院一检查，颈椎受伤，下身近于瘫痪。大小便自己知道，但不能控制；脚也有知觉，就是不知道痛。

麻烦，大麻烦。不仅朱有训身体出现麻烦，送审的案子也有了麻烦。首先是朱有训和肖小凤的口供情节不符，再审朱有训，他先推翻6月强奸案先前的口供，再接下来，又推翻强奸肖小凤的口供。朱有训有了鱼死网破的念头，他在往绝处想，反正自己快瘫痪了，破罐破摔，吗也不在乎了！

接下来，情况更让甘白和派出所人难堪。罪犯曹某在红桥区公园持刀尾随女青年，被公园治安员和游人一举抓获。红桥公安分局一审，罪犯曹某全招认了，还意外供出六月强奸案。大房派出所怕情况有出入，特意派人带着受害人前去核实。也许受害人知道上次可能错认，这回受害人特别紧张，但是，当她看清曹某时，没有丝毫犹豫，果决地说：没错，就是他。

大房派出所民警提醒她：看准了，再仔细看看。没错！他的门牙中间，有一个明显的缝隙，他咬破我乳房时，门牙有血，我清清楚楚记得他的门牙……受害人抓住了这一特征，而且接下来曹某口供和受害人讲述时间细节严丝合缝，包括在曹某住处搜出的受害人的钱包。人证物证旁证齐备，六月强奸案真的告破了。也由此证明，朱有训不是强奸犯。

朱有训被无罪释放。问题是朱有训释放也走不了，是用担架抬上车，送回家中。

邻居半月前还骂朱有训"挨枪崩的"；这时他们又骂派出所"瞎狗眼"；骂小街甘白为当警察错抓好人。

小街人也很快知道甘白的事，他们首先想的不是甘白警察没当成，而是甘白怎么会这样？真让人看走眼！可惜可恨。这人平日多好，怎么一下子就变味啦！

邻居们说，他这人爱巴结，出风头，臭显摆！

没错。他也没大能耐，纯粹借横！

"借横"是天津土词儿，意思是借着别人的势力发威充横。邻居说话敢肯定人，也极敢否定人，他们觉得甘白以前所做的一切，都是婆媳妇打幡——跟着凑热闹。现如今的甘白，真他妈"狗食玩意儿"。

"狗食玩意儿"，天津老城里的骂人话。也可以简洁骂成"狗食""臭狗食"，语气很重，表达对这个人的蔑视。你想，骂你是狗吃的东西，其实就是骂你是屎。

这回甘白算臭了。很快，吴所长很正规地找甘白谈话，谈话在会议室进行。

四周很静，吴所长为甘白沏了一杯茶，他第一次称呼"甘玉白同志"，之后，就把自己几年来对甘白的好印象全端出来，并且说到甘白身上难得的热情和一心助人的优秀品质，几乎全是报道先进人物词汇。

甘白猜到了下文，他打断吴所长的话：您别说了，我知道，干这行，我没戏！放心，我知道该怎么做。我已经给所里添乱了，我想办法补救补救。没等吴所长再解释，甘白站起身，可吴所长将他按坐下。显然他的话还没说完：老甘，这事已经出了，最好不要扩大影响。甘白觉得吴所长话里有话，他觉得有更坏的消息。吴所长停顿了一下，注视甘白的表情，继续道：袁大海那天审讯可能有不妥的地方，咱能承担尽量帮助承担下来。你打一拳一个耳光，不过是小错误，可换成穿警服的，麻烦就大了，是违法违纪，是要追究责任开除公职甚至判刑的。

吴所长的脸已是铁板一块，他的话中，故意掩藏一个尾巴：即无论如何，你也不能把袁大海审讯违纪的事说出去，而且要自己担当起来。

甘白也算老江湖，他懂得其中利害，如果自己不仁，把袁大海递出去，袁大海吃不了兜着走。这样做自己未必能解脱，可打人的罪名、打人带来的一切麻烦，还得承受，最终自己就甭想在街面上混了；要是责任麻烦全揽下来，自己也许得蹲拘留，赔医药费，留个骂名。可成全袁大海，成全了吴所长和派出所相关人。想到此，他豁出去了。人没事不惹事，摊上事也别怕。顶不济，我还去看自行车，当我的小市民。可人家是国家干部，这一倒霉，可就全完了。得，我得像个汉子，让这帮穿警服的人说我是爷们儿。倒霉一次怎么的？破费点钱财怎么的？转天我还是在街面摇膀子上横晃！

想透了，他对吴所长说的话也到位：放心，到最高法院我也是这话。人是我打的，袁大海还骂我不该打人，他没动过一个手指。

吴所长铁板脸松弛了，刚有笑意又收敛，他朝甘白胸膛轻轻打了一拳，不说话，却连连点头。

（七）

事情的发展没有那么严重，甘白又到自行车管委会上班，又骑着自行车四处溜达。有熟人问起当警察的事，他说，咳，卡在岁数上，没办法。别人替他惋惜，他说：那碗饭也不好吃，起早贪黑的，又是学习又是讨论的，忙得饭都吃不好。还不如我现在随便，真的。有人知道些内情，也不直说，也不再问，大多数人见了甘白还是老远打招呼，他出现在哪，吆喝一声，还是有人听，是他管闲事，仍有人在一旁助威。

可这时的甘白有件事一直放不下，对，他惦记着瘫痪的朱有训。那天他找到朱有训的家，随着叫声，他进了朱家，这是两间平房，很低矮，样子也不正规，像是十年前自己盖的那种。不过这种房屋最终也被房管所批准，发了房证。朱有训身体恢复得不好，本来是挂单拐，现在已挂上双拐，头发蓬乱，脸色发黄，似乎营养也跟不上。朱有训一看是甘白，脸色一变，下巴突涨得发红，眼大大瞪起，只说这三个字：你出去！

甘白张张嘴想解释，迎着他的是如炮轰般的吼：你出去！没办法，甘白急忙退出来。他心中想骂一句，想了半天不知该骂谁。

也许朱有训和他聊上几句，如果能容他说出一番道歉的话，他心里会没有疙瘩，也许时间一长，渐渐忘记，他可能又回到从前一样的生活。可朱有训的影子总在他眼前晃，那涨红的脸和恼怒怨恨的圆眼睛，就在他眼前晃。白天还没晃够，一直晃入梦中。那天晚上，他梦见自己和朱有训下棋，自己每走一步，

都很慢很慢，似乎哪一步都不合理；朱有训却走子如飞，并不
断催促他快走。他犹豫着，设想了五六步骤，竟都是被"将死"
的结局。他内心发急，手脚却被绑住。朱有训瞪着眼睛，使劲
往他嘴里塞棋子，最后的一个棋子砸在自己脑袋上，他心想真
的被"将死"了。

他猛然醒来，想梦里的事，想不明白吗意思。可有一点甘
白想明白了：好汉做事好汉当，朱有训现在这个样儿，是自己
打的、自己造的孽，自己就得担当，就得帮他把病治好。人活着，
得活在理上，不然自己在小街做什么，人们都撇嘴。想到这里，
他看闹钟，刚五点。他轻轻推了推还在熟睡的小英妈，小英妈
说，怎么的，你睡不着啦，那你就起来，买早点去。行，我去，
我想跟你说个事。

吗事？

我想帮朱有训治治病。小英妈叹息一声：帮吧，谁让咱摊
上这事呢！这钱该花，本来要存钱给你换辆永久车，不换了，
治病吧。

登朱有训的家门，成为甘白的难事。不给好脸，骂着往外赶。
这让常在人前露脸走动的甘白受不了。可他又一想，他有病在身，
有气在心，见了最烦的人，能有好话吗？事是自己惹的，挨骂活该。
这一回，在朱有训说"你出去"时，甘白不理睬，他把带来的两
棵大白菜和四斤猪肉放进外屋小桌上。屋里昏暗，窗帘没全拉
开，被子散在床上，碗筷摆满桌子，是用过没清洗的。单身男
人的窘境，因不能自理而更加潦倒。朱有训坐在床边，背倚着
墙，头发鸡窝般凌乱，眼睛无光地看着甘白，似乎用蔑视辱骂，

用漫不经心拒绝他的到来。甘白拉开窗帘，阳光斜射进来，屋里顿时有了生气。

甘白坐在朱有训身边，他不知先说什么，便说：还没吃早点吧，我买了一个煎饼果子。你走！朱有训仰着脸闭着眼说。我请你快走！

甘白想好了，他说什么也不恼。咱不和病人一般见识。你该洗澡了，真的。咱们一起去洗个澡。你没听见吗？门在那，你就朝门口走，别回头。朱有训脑袋低着指着墙喊道。

我要是不走呢，你能把我怎么样？甘白笑着看他。

朱有训说，你看看我那面墙上是吗？

甘白一扭脸，只听啪的一声，甘白脸上重重地挨了一耳光。

朱有训喘着粗气：你少来这套，你滚！

还打吗，我让你打个够，只要你消了气，就好。甘白脸上出现四条红痕，可他不动声色，慢悠悠地说话，好像朱有训打的是别人。

我对不住你，害了你。本来你也该和别人一样过日子，可我那一拳，把你毁了。我欠你的，我慢慢还你，兄弟，得让我还啊！甘白的话似在自语，可语气里透着悔过和自责，眼里空洞而茫然，除了到他朱有训家来登门道歉，他再也找不出更合适的办法。

朱有训紧闭双眼，咬着下唇，周身微微抖动。甘白的话他听进去了，一股巨大的委屈在他胸口里乱窜，咽喉发紧，鼻子酸楚难挨，两颗枯泪滚落下来。

甘白说：咱们先治病吧，你听我的，把病治好了，一切都会好起来。朱有训没点头，也没摇头。

事情开始顺理成章，几乎每天甘白都抽时间来朱有训家，帮他买菜买酱油等日常生活用品。小英妈是个最体谅丈夫的人，那天一早买回许多菜，甘白随口说：买这么多。小英妈头不抬眼不睁地说：拿一半给猪吧。给猪？给姓朱的。小英妈瞥了他一眼。我还买了一些饼，带给他。甘白连连说好。每天小英妈把甘白要做的事担当下来，虽然朱有训走路仍需挂拐，可他三餐有人帮助做，基本生活有了保障，渐渐地脸色开始红润，感激之情也渐渐流露。那天他把三十元钱递给甘白：给你，天天给我买菜买吃的，我身上就这么多，这肯定不够，我有了再还你。

我说有训，现在不是我帮你，是你帮我，知道吗？钱你留着，等我不够时找你要。

甘白！朱有训声音拔高了：你要不拿着，我饿死也不用你给我买东西！他眼睛瞪瞪着，真的急了。

甘白知道，他这种人顾脸面，他扭着也不好。便说：那好。说着接过钱来，把十块钱塞进朱有训的衣兜。我先拿二十，你身上也得有点儿钱。朱有训还要说什么，可甘白已走出门外。

日子虽然过得忙碌，可没了非分之想，甘白心里踏实多了。那天他刚吃一碗饭，正准备出去溜达，忽然邻居喊：甘白，有人找！甘白出门一看，是肖小凤。他心说，她来干吗？不是撒泼找麻烦吧？不像，神态平静，还怯生生的。肖小凤说：我也叫您甘白吧，我知道您总到他那儿，也够麻烦您的。

甘白说不麻烦，他有病。

甘白，您是长辈，知道的见识比我们多，我就想和您聊聊。

人怕恭敬，甘白也吃这个，便冲肖小凤点点头道：屋里热，咱边走边说吧。出胡同拐小街，朝公园方向走。肖小凤说：其实当天我就知道朱有训被冤枉了，他哪是那种人。不说这些了，我想说，和您一起帮他。他这人自尊心强，我去他那不方便。

甘白内心一阵欢喜，如果朱有训身边有这么一个女人，他的生活会是另一种样子。可肖小凤怎么个情况，他全然不知道。肖小凤是个心里装不住事的人，她和甘白说了自己不想被人知的隐情。她离婚了。其实几年前她就知道丈夫在河东常和郊区一寡妇姘居，丈夫说自己爱上夜班，其实是和寡妇聚会方便。她娘家在蓟县农村，因为嫁给丈夫她才有了天津户口，她不想离婚，就是怕丢人现眼地回到农村老家去。她对丈夫的事一直装聋作哑。可自从认识朱有训，她内心掀起大的波澜，但她一直压抑着，不是不敢，不是不想，是她想到自己的妹妹。妹妹小她五岁，长得周正大方，她一心想着把妹妹带到城里，她一眼相中朱有训，这个人能伺候有病的母亲十年，可见他的孝顺。百善孝为先，妹妹能嫁给这样的人，也是肖家的福分。她怕朱有训喜欢上别的姑娘，自己便主动和朱有训接近，和他亲近，为的是到时候自己说话他能听进去。谁知男女岁数相当，日久生情，这是难以控制的。百货店送货员小庞总帮她送货，也很老实，她也想自己将来有个投靠。谁知发生公园那种事，而发展又让人无法预料。被抓，被审，轮番逼供，翻脸揭短，种种诋毁，让人生分。但此时肖小凤没有埋怨，她只愧悔，她想为朱有训做些什么，弥补过失。这也是她来找甘白的原因。

甘白说：有你帮他，太好啦。眼下我是治他的病，大医院也去过，效果不明显，大夫也说，药力达不到。弄得他没信心。咱应看看中医。肖玉凤说：我认识利民道济世堂老中医刘先生，我去求他，给咱好好看看。性急热心的肖小凤当天就去了。说来肖小凤和刘老先生有缘。那天肖小凤在卖水果，收摊时候，想把货架子上的半筐菠萝抱车上去，可她伸手一抱，筐下面有一把锋利的大水果刀，刀刃正切划手腕，当时就出了很多血，她急忙用手绢缠了缠，也没理会，谁知两天后，手腕肿起来。她想卖完那堆草莓再去医院，草莓爱烂，卖不完明天就得扔。

这时刘老先生和徒弟来买水果，徒弟挑水果，老先生站在一边看。在肖小凤称完秤收完钱后，刘老先生说：你这手腕发炎啦，跟我走，我帮你上点药。

这时她才知道买水果的是济世堂的先生。她把水果摊交给别人照看，到了济世堂，换了药，还打了破伤风针。她要交看病钱，老先生一摆手，咱们都是街坊，这钱不要。

转天，肖小凤手腕消肿不疼了，她带了一书包水果去谢老先生，水果经过红彩纸包装，上面一个大大的寿字。老先生高兴，痛快收下水果，连说：这闺女，讲老礼！

肖小凤说：老先生，您的水果，我包了，想吃吗，让人到我那去拿！

天津人会说人情话，谁拿能白拿，这等于多了一个买主。

话中听，还能得实惠。

老先生笑道：好！全天津的水果，我谁的也不买，专买闺女你的。

甘白每天都用自行车推着朱有训，到利民道济世堂那里治病，老中医刘先生医术果然高明，他言：瘫痪是指肢体痿软，创伤可致，但体内寒湿热毒瘀痰，也阻滞经络，精血亏虚，筋肉失养，唯有疏风清热、舒筋通络才行。每天晚上，小英妈都帮着熬中药，甘白把汤药倒入瓷罐里，之后送到朱有训家中，帮他把药汤喝下去。

一连六天，六付汤药吃下去，朱有训感到下半身发热了，腿脚动作幅度也大了。接着刘先生又给朱有训进行针灸疗法，这种方法效果更好。半个月过去，朱有训已经丢开拐杖，自己一挪一挪地走路了。刘先生让甘白继续熬药给朱有训吃，并告诉病人必须坚持康复训练，这样药性才发挥得好。于是肖小凤成了朱有训康复训练的最好监督和帮手。朱有训难得有好心情，他也看出大家都在帮他，他每天也咬牙坚持练习走路，这种坚持天天有突破，天天有惊喜，他一下子觉得日子有滋有味起来。不到一个月，朱有训竟可以慢慢地走几里路了，虽然走不快，可他心里已没了瘫痪，走得很累但有劲儿，他感觉似乎再往前走，他就能彻底走出好身板来。

（八）

这天，甘白和自行车管委会主任吵吵起来。主任原是修车铺的，他也算管委会发起人之一，他爱张罗事，也会私下搞些小恩小惠，他让自己关系铁的老人去临时存车点，那儿的收入，他一摆手不入账了。现在的管委会办公室，就是他家的房子，所以一些老人还是买他的账。当初甘白来这里上班，也是他一句话，而现在他看甘白极不顺眼，甘白在抢他的风头，他总想找机会把他挤走。

这次是甘白求主任帮忙，他想让朱有训到公园景点上班。主任一听恼恼的：不行，咱这是单位，不是疗养院！

甘白说：他一个人，生活困难，除了腿脚不便，身体还行，人也年轻。咱帮他一回，积德了。

主任急了：你积德，你去帮他，我这里不养瘫子。包括你，不想干，走人！

你逼我走，对吗？

主任拗上劲：没错儿，我早看你不顺眼，一天到晚，装他妈便衣，你也不撒泡尿照照，哪儿公安是你这德行。有种,你走！

我走，我不伺候了。甘白真的头也不回地走了。管委会其他人，当着主任的面说：甘白这人怎么啦？

存车点上的人说：甘白太犟，稍微说句软话就得了。这下，工作没了，一家老小吃吗？

小街上的人说：甘白是个好人，可命不济。

老熟人见着甘白，也说直来直去的话：主任说那话，当时你怎么不揍他，揍了白揍，到派出所你也有理。

肖小凤也知道了。那天甘白经过她水果摊，她喊住甘白。拿出早就买好的两根火腿肠：给你，拿着。见甘白接了，她嗔怪道：

我说你这年龄了，还这么拧，话赶话的，你怎么说不干就不干，一家人喝西北风啊？

甘白说：过几天我去县城，有挣钱的事。放心，都饿不着。谢谢你啊。

那天傍晚，朱有训在路灯下等甘白，他说：甘白，你为我……你可真是！朱有训很动情，似有许多话，可又说不出来，他眼里有亮闪的东西。

小英妈说：别上火，凭你的本事，干个临时工的，钱也够咱吃喝了。

还是你了解我，我明天就去蓟县。看我的吧，保证挣钱回来给你。甘白拍着小英妈的肩头，他心里真的没有多少愁苦。

然而，第二天甘白蓟县没去成。甘白还没走出家门，公安分局绿吉普车已在他家门前等候了。司机老康对甘白说：治安科徐科长请你去谈事。

吗事？甘白纳闷，徐科长当然认识，他是自行车管委会的顶头上司，每季度召集管委会委员开会见一面，可从没单独聊过。徐科长找我干吗？甘白客气地和老康点头，笑着套近乎。

老康也客气点头说：我真也不知道。肯定有重要的事，不然不会派我出车接了。甘白心里画弧。也许徐科长帮老主任出出气，会骂我一顿，杀杀我的威风？咳，由他去，反正我也不在这儿干啦，死猪不怕开水烫，吗也不怕了！

老康一直把甘白送到治安科，徐科长微笑拉着甘白在办公桌前坐下，又倒一杯水，之后才慢悠悠地说：咱们总开会照个面，也没机会聊聊，我今天请你来，就想征求一下你的意见。

甘白看着徐科长的脸，心里发毛，他听吴所长说过，徐科长是老资格干部，在分局说话有分量。他心说，我一个看自行车的，有吗能耐，还跟我商量。他怕听错了，忙说：有吗商量的，有事您就吩咐，我们去干就是了。

此时徐科长一挺身，说：好，我就愿意听痛快的。我简单说吧，经有关领导研究，咱自行车管委会主任年龄偏大，准备换个年轻点的。甘白点点头，心说这回老主任该回家了。暗想，这事你们定呗，根本不用征求意见。他突然想到自己是管委会委员，也许徐科长正在征求每个委员的意见。这徐科长有所不知，自己已和老主任闹翻，已是大腿贴邮票——走人啦。

可接下来徐科长的话，他彻底蒙了：你来当自行车管委会主任。

我、我，主任我哪当过……甘白一时回不过神儿来。

你行，领导也说你行！干吧，错不了！

我没当过领导，也不会……

你能干好，有难事，我帮你。徐科长大手按在甘白的肩膀上。

说原来的主任年龄偏大，那是借口，是给他留面子，真正让他下台的原因，是他的经济问题。他私设小金库，贪污。袁大海侦破一桩案子牵出了他。若真公开处理主任，分局治安科面子也难堪。于是马上让他走人。徐科长和袁大海商量，袁大海说：甘白行。徐科长点头。他又打电话给吴所长，吴所长话更直接：甘白最合适，他当主任太够料了！

甘白一下子成了自行车管委会主任。他召集开会，到各存车点了解情况，和各个点儿上的职工聊天，谁都和他很熟，谁都不惧他，可谁都敬他，谁也没想到，甘白这个主任当得松松快快、有条不紊。

最高兴的是朱有训，他已到电子元件厂存车点上班。一个工厂看车点。厂里在附近胡同盖了车棚，一千五百多辆自行车，自行车占了两条胡同。这么大的看车点，一个人是看不过来的，而别人也不愿意和这么个腿脚不好的人搭伙。

甘白找到肖小凤，他说：别卖水果了，到我那钱挣得不比你现在少。朱有训和肖小凤在一个存车点上班，比翼齐飞，成其好事。俩人乐得不知如何是好。

那天，小英妈问甘白，姓朱的上班啦？甘白说是。

小英妈接着说：你把我也弄存车点吧，我比那姓朱的强！

甘白瞪起圆眼：得了吧！我是主任，光想自家，你让人背后啐我?!

小英妈说：我逗你呢，你还认真了。

甘白当主任两个月，各个存车点都盖起了简易的小屋，职工可以轮流休息；在公园和影剧院存车点，他找关系买来废脚手架杆子，盖起遮阴的席棚；他和天香浴池联系，每月为每位职工发五张洗澡票。如此这般，上下都说他个好。

小街人都说甘白有能耐，小英妈也说：他爸，你是有本事。

那天，甘白喝了酒，他醉意微醺：我有嘛能耐？狗屁！都是人家袁大海、吴所长帮我，没他们我嘛也干不成！

甘白每天上下班，仍骑着半新不旧的自行车，不过他车把上挂着一个公安局统一发的黑色公文包。对了，还有他穿的裤子，很显眼的、一侧带红条的干警穿的制服裤子。有人在喊甘白，甘白应了一声，自行车没停下来，他匆匆说道：回来再说，来不及了，我马上到分局开会。

有事没事

（一）

当赵一达知道自己要参加这次局后备干部考核之后，感觉一切都不对劲儿了。

一早上班，综合室小柳就冲他笑说：好事来了，你得请客，赶紧当上副局长吧，我们也好借个光。到时候你得帮我把高级职称整上，否则白跟你干了。

小柳其实不小了，已是三十五六岁的女人了，可她总自我感觉十七八，说话不时发发嗲，尤其跟比他岁数大的男人。赵一达身为综合部长，平时不和她多过话，她也知趣，不太凑前，可此时，竟急急凑过来，套近乎说这个，好像赵一达欠她人情似的。这会儿赵一达心情好，属下说啥，他不会恼。不过刘科长一个反常举动让他不舒服。设计部前天宴请了上海协作单位领导，局里有规定，部门宴请，一律在新大酒家，而且必须由他签字，他一旦出差才授权给刘科长。今天设计部小沈来签报销单，当时干事小张一看单子，提醒刘科长：宴请不是在新大，这能行吗？刘科长大包大揽：他这情况特殊，我跟赵部长说一下。

他们说话时，赵一达正在隔壁接电话，结果这一幕他看得清清楚楚。在刘科长报销单找他签字时，他一看是"阳升日本料理"，便问：你答应的？刘科长看着他的脸，答道：是。

谁让你答应的。你怎么带头违反规定？赵一达脸板板的。

我事先是应该和您打个招呼，可那天局长去了，我就破了一次例。

审计查得严，到时候局长和我都难堪。行啦，以后别去了，把票据换成新大酒家的再签。

刘科长看出上司恼了，心想接下来就是劈头盖脸挨批，没承想赵部长放过他，他连说：这次错了错了，下不为例。他再次意识到，眼下部长们正在考核，谁也不愿意得罪人。不过自己也得明白：买别人的好，不如买自己上司的实在。

刘科长曾是叶局长的司机，这人给领导办事还行，叶局长一手把他提拔成综合科长，但群众关系一般，文字能力很差，不过有局长袒护和曲意逢迎的灵敏，帮他弥补许多缺陷。

其实，赵一达不在乎让刘科长同意部门在"阳升日本料理"的宴请，无非是违反制度送个人情，他在乎这人情是送给设计部徐正文主任，刘科长也许已从局长那里探听到徐主任当副局长的概率大，他提前买好。

叶局长见赵一达也一改往日微笑，很古板很认真很严肃地对他说：小赵，这次考核有你，我也是刚知道，看来上边对你印象不错，你得认真准备；另外你也别有压力，我觉得你还是属于后备，真正考核的，恐怕是冯助理和徐主任。

叶局长主持全局工作，对上下情况烂熟于心。此时，赵一达怎么想的他猜个八九不离十。赵一达肯定是兴奋的，不过这小子会内敛，能绷得住劲儿。三位考核人中，属他年轻资历浅，不过他这几年工作挺"抢眼"，是局里的"消防队长"，哪儿"失火"到哪儿，到时候还真解决问题。局里办公费用偏高，上级批评、审计部门亮红灯，叶局长把这头疼的事交给他，他实施"集中采购、个人费用归自己支配"措施，仅此一招，一年节省九十多万，解决十几年没解决的难题；再有，食堂伙食大家意见最大，叶局长让他想招儿，平复大家意见，他制定职工福利补贴方案，从福利费和补助费中每月给食堂贴补 3000 元，更换了一位极会采买的人当管理员，定出午餐标准，两类，一荤两素，两荤一素，菜谱提前公布，职工钱仍没多花，饭菜质量却上去了，大家连说好。成绩归成绩，可以表扬评劳模，可当领导是要走程序的，程序的核心内容就是排队，就是次序。他这次能挤上来，说明上层有关系。排上也应该，可见这小子以后也不能小视。考核本身就充满诸多变数，这不是一个人努力能改变的，也不是群众支持度高天平马上就倾斜的，往往是上边或左右局势的人，一两个小动作，局面就出现意想不到的变化。不过叶局长想，这种变化不可能出现在赵一达身上，他的关系往往都是自己打拼出来的，至于高层关系，还没听说过。他仅仅就是后备，"陪绑"而已，不过今天"陪绑"，明天兴许入围，后天脱颖而出，这都难说。

刚刚 41 周岁的赵一达常被酒桌的朋友称为"少帅"，局里几位部长级干部中属他年少帅气。他中等身材，靠着大学练体操底子，身板溜直，特别是人近中年竟不发福，小腹平展，走路一阵风。连叶局长在对外单位人介绍时都说，赵部长是我们局的帅哥。赵一达非徒有其表，他会看事，有自知之明，特别能看几分大势。他也认为，这次考核，没戏！不是自己能力不行，不是关系不行，是顺序不对。冯其时当局长助理多年，工作能力、群众关系都不错，按常理、按一般人的观点：轮也轮上了。老冯今年四十八岁了，这个机会一错过，他恐怕到退休也是个助理。

徐主任也许机会比冯助理更大。他有专业知识，有成果，有业绩，特别是当今强调提拔有专业知识人才到领导岗位，这次选副局长更好像是冲他来的。他这人简单，心里咋想的，脸上都能带出来。唯一不足的是个人名利思想重了些，去年春局里要开设计审核会，德国那边要开什么学术会，他为了去德国，硬是说服局长和有关部门，让审核会推迟二十天；再有就是群众关系和社会关系差点。不过一切都很难说，他真当上副局长，也许很快会处理好这些事。

如果这次选副局长让赵一达说了算，他宁选冯助理也不选徐主任。为啥？徐主任是有能耐，可太自负，说话噎人，他从不考虑别人的感受。上次现场会，综合室少打了一个人名标签，补上就完了呗，他当着叶局长的面，反复说综合部干工作粗心；再有，他到国外搞技术交流，须将五份资料用"特快专递"传给国外五家单位，这事由小柳到邮局去办，邮局人都和她熟，办完"特快专递"顺便有一封信由小柳捎回局里，而这封信恰恰是国外寄给徐主任的邀请函。那天她将这函件放在提包一侧内兜里，回局里一忙乎，竟忘得死死的。这期间局里休假组织旅游，小柳也跟着休假去了，待她休假回来收拾提包时才发现了这份邀请函，急忙送到徐主任办公室，可徐主任出国技术交流的事还是给耽误了。小柳知道自己疏忽，带着哭腔儿找到赵一达，说赵部长我惹麻烦了，一五一十说了经过。赵一达知道这种严重失职，弄不好是要处分的，可见属下哭着找到自己，他想了想，决定把事儿摆平。他先把小柳批评几句，之后说，你去邮局，把发文日期调一调，咱就这一回，再出这种事，我得罚你！你去吧，剩下的我帮你圆。

结果徐主任真的发了火，查问邀请函谁收的，最后还真打电话查到邮局，邮局得到赵一达事先的电话，推说国际邮路出了差错，给徐主任一顿道歉，这事不了了之。可他总觉得是综合部给耽误了，但没证据，心里憋气，就对综合部的人不满意，包括综合部上报的高级职称名单，他一口否决。他是局职称评审组副组长，组长是叶局长。他对局长说，这次高级职称名额有限，我觉得还得往一线科室倾斜，综合部还是暂不考虑吧？我听听您的意见！

叶局长顺水推舟说，就按你说的进行吧。结果综合部上报的两名高级职称都被否决。

这叫什么事?！一句话，徐主任这人难相处，难相处咱不处，行吗？所以赵一达没事很少和他联系，包括设计部，除了业务用车，开会用会议室以及办公用品电脑易耗品发放，几乎不和综合部有任何联系。赵一达心想：徐主任要是当上副局长，说白了，综合部一半工作是伺候局长、副局长的，你想不联系都不行，除非你小子走人！

明天就考核了，全局都像往常一样，只有赵一达感觉异样。

可就在这有感觉异样的时候，汪春非要见赵一达。

他感觉汪春有点麻烦，可麻烦是自己找的。

汪春五年前就在综合部，当时局里正搞人员精简调整。那天下班，他刚走到地下车库，刚拉开车门，汪春忽然出现在车前。汪春说：部长我找你，私事。他本来想搪塞说我有事，明天一上班谈吧，看汪春强调是私事，他觉得硬敷衍不太好，便说，上车说吧。他边开车边听汪春说事。

汪春遇到了麻烦，这次人员精简调整，人事部对全局所有人的学历进行审核，用的是现代手段，网上查询。汪春最早是师专毕业，之后又读函授本科学历，大专学历不合局里用人规定，而函授本科学历局人事部不承认。汪春说，我当初填表时感觉学历差，就填了华林工大本科，这次上网查询，肯定会露馅，所以我找你想办法。

赵一达一听就发急，心说你是够讨厌的，可脸上微笑着保持领导固有的平静：我有啥办法？我连上网查询都不会，咋帮你？

你帮我和人事部疏通疏通，再就是从华林工大找找人、想想办法。

赵一达心说，你把我想得太神通了，我是你什么人？你为难时，凭什么也让我为难?！

他轻拍一下方向盘，迟疑一下才说：我真没办法。

汪春看着车窗外不吱声了。好久，赵一达从侧面看她，她脸上满是泪水。她说：好吧，我认命了，往前一个路口我下车。

赵一达不怕女人翻脸，更不怕女人跟他吵闹，就怕这种无声的落泪，就怕似有委屈心甘承受。他一直觉得汪春和他保持某种距离，她不漂亮，但不失文静，说话悄声细语，总静静地做事，尽量躲开和领导的多余接触。他对汪春既无特殊印象又无恶感，有时还觉得像汪春这类女人比部里任何人都可靠。可眼下自己真这么一推托，一句没办法，可能将这么一个女人推上绝路。这么个自尊内向的女人能找到自己，之前肯定思前想后，下了一番决心，肯定是实在没办法了，才硬着头皮找他，这么让属下失望，自己也太不爷们儿。于是他把车一停，说：汪春，既然你求到我，那就让我想想办法，你给我三天时间，我试试，行吗？

口气极温和，不是推托，而是善意征询。这不像赵一达的口吻，让他一改过去谈话风格的，是那清秀消瘦的面颊，是悄然淌下的泪水。此时他内心忽增几分侠义，他就是让汪春知道，我不能看自己的属下这么为难。

那三天赵一达用尽了心思：他想通过人事部门想办法，但他合计好久觉得这不是上策，人事部门就是一时帮助蒙蔽过去，以后怎么办？再者人事部部长是冯助理兼着，这事若让他抓住话柄，自己也难堪，这事不能招惹他们。那就得在华林工大那里使劲。自己的同学没有在工大的，一个同学的妹夫好像在工大，他马上找出电话本，查出那同学电话，一问还真是。晚上请同学吃饭。事还算顺，他妹夫就是负责招生的，可以帮助操纵工大学历名录。于是他找来同学妹夫又是吃饭，对方终于答应，改后名录只能在网上登一个月，一个月后就恢复原状。赵一达说行，也就这阵子局里核对，核对之后一切也就结束了，档案都记了，这辈子恐怕都没事了。赵一达办事礼仪周到，综合部有应急的礼品，如车模、名牌钢笔、皮包等。他选了两个仿普拉达真皮女挎包，一个给同学爱人，一个给同学妹妹。

汪春还没来得及谢谢赵一达，就赶上评定中级职称，凭着学历和综合部表现，汪春又极顺利评上中级职称。赵一达事办得顺利，自己心里也觉得敞亮，之后他出差又去忙别的，几乎没和汪春碰面说话。可赵一达心明镜似的，汪春这人讲情讲义，感觉她是麻烦，可她从不制造麻烦。

让赵一达没想到的是汪春的感谢方式，这方式让他措手不及。那天下班前汪春到了部长办公室，她不让赵一达开车，只说到西餐厅请他。西餐一套套程序繁杂，什么餐前开胃酒、沙拉、汤、主菜牛排、焗蜗牛红酒甜点等等都可忽略不计，唯独要说的是他们喝干两瓶红酒。二人都觉得酒意微醺，心境极佳。让赵一达没想到的是西餐后间便是客房。赵一达进屋后，汪春就真情告白，说今儿我不叫你赵部长，我叫你赵哥，你这么帮我，我用我的方式感谢，你不要让我没结婚的人感到难堪……你再帮我一次，让我感谢你……

赵一达是过来人，可他还是愣了，说心里话，他从没有过情人，他更没想到汪春会这样。他觉得唐突，手脚不知如何动。

汪春对赵一达的了解超过任何人，她常在内心研究他，演绎他的故事。她发现赵一达对女性多是宽容，责怪也是轻描淡写，总之他有善心。他喜欢不显山不露水的女人，喜欢淡雅的静悄悄、从不生事的女人，而自己就是这样的女人。汪春在来之前就想过几种可能，但最终一种可能让她有信心，那就是赵一达喜欢自己这类型的女人，而自己也喜欢他，这就足够了。

汪春拥着赵一达，目光直视着，忽眼皮垂落道：赵哥，你瞧不起我。

没有，确切说，我喜欢。

赵一达自己也说不清，平日里一走一过时，自己为何总注意汪春。她在淡雅的服饰中总有奢华的点缀，素面颈项有暗紫色高档围巾，无一丝亮甲油的无名指有一白金戒指，地摊买的牛仔裤，二十元的衬衫，可脚下是不起眼的意大利高档名牌平跟皮鞋，夏天是普通布面凉鞋，职业裙，白色 T 恤却是地道的耐克。精致都在不经意的细节处。

汪春抓住赵一达的手：我知道，你眼睛比你说得明白。最明白的还是相拥的肢体、紧握的手。

此时赵一达觉得说什么都虚伪，因为这么近距离接触汪春，才知这女人不同寻常。他感觉就在一只顺水而下飘摇摆动的船上，此时是跌倒船舱还是落于水中都无所谓。汪春不属漂亮女人，她瘦瘦的，平时看去高大苗条，可在客房里却娇小可人，头发柔顺光泽，皮肤不白，但光滑如水。那天赵一达只想到一个词语准确给了汪春，那就是"妩媚"。

感谢是汪春主动的，赵一达都是被动的，被动得有些慌乱，是汪春贴耳轻柔的话语，让赵一达渐渐松弛下来，看到新的景致，随之进入状态。领略女性倾心时的情致和全新的动作姿容，只有全身心倾注于感激才能做到，一切动作都让他安心让他真情流露，最终让他们相互赠予相互索取，领略另一种风情，并一起跃上峰峦。

许多人有了这种鱼水之欢之后，关系就变异。一种是难舍难分，不在一起好像活不下去，以致都贪吃，暴饮暴食，最终吃腻反胃而厌食。始乱终弃亦不能排除这种多食生厌的因素。关系变异的另一种状态，是女人往往凭"身心零距离接触"的关系，对男人进行不介意的要挟，恣意指使，呼来唤去，不计场合；没有尊重对方心理状态，只想零存整存的回报，这种结果，往往是让男人反感以致翻脸。而女方也倍感男人不绅士、不仗义，撕破脸形同陌路也是必然。汪春的高明在于，她收放有度，好过之后就像什么也没发生过，水过地皮就不湿。仍是当众找赵一达签字，没人时也不和赵一达搭讪；路上遇见，有人没人，也是简单问候，擦肩而过，不露一丝亲昵之相。开始赵一达还不适应，一个和自己同睡过的人，怎么连个眼神手势动作都没有？他希望有，满足他的成就感。可是汪春就是不给他。没过多久，赵一达渐渐悟了出来：这种冷处理，是对他最真切的疼、最硕大的爱，是本质的保护。因为局里不久就传出这样的事，冯助理和人事部年轻女干事朱小丽关系过分密切，两人在办公室调笑，下班也是膀子挨膀子地走。群众有了反映，还有人写了他们的匿名信。叶局长专为这事专门找冯助理谈话，让赵一达心悸的是，叶局长在谈话中还提到他：你看看人家赵一达，身边好几位年轻女同事，关系处理得多好，平平静静的，从不生事，怎么你这把年龄，还整出绯闻啦?!

叶局长不容冯助理申辩：不论这种事有没有，你自扫门前雪，不能让人议论，我也给你交个底，我不相信这个，我只信你冯助理人清白，你是我的助理，能不能给我争个脸，我看你的了！

一番话让冯助理低头落泪，他跺脚捶胸一番，又激动表示一番，内心也痛下决心一番。为了前程，冯助理还真把身边的事"了结"了。

去年区委招公务员，善解人意的汪春竟悄悄报名，谁知怎么一考还考上了，竟调到区工委。这让赵一达又伤感又松口气，伤感的是身边再也遇不到这么知心知意的人了，松口气的是自己唯一的把柄没了，从此在单位也不必考虑自己怎么和汪春交往了。

刚过一年多，汪春忽然找赵一达。他心里七上八下，各种猜测拥挤心绪：汪春肯定爱怀旧情，这种女人如老酒，陈酿越香，离开越久，情感越瓷实；也许是找他办事，女人遇到大难处了，往往最先想的是对自己好的人。你看作保险的，搞传销的，一律"杀熟"，情人更"杀熟"，往往杀得理直气壮、兵不血刃。他最先想的是求他办事的，可电话中的口气又不大像；也许就是想见面，无非说说苦闷，因为她去年结婚了，综合部绝大多数人参加极为排场的婚礼，此时来找他，莫不是丈夫不忠，或二人闹矛盾吵架，让自己帮助调解，或让自己帮助分析利害，帮助拿主意，也许……各种猜测都有又都不确定，索性嘟囔一句：去他的，爱咋样咋样！

一见面一番话，让赵一达领略汪春的另一面。汪春面色比以前红润了，无疑是和谐婚姻在滋润。她和赵一达在咖啡馆见面，也不用客套，话题直奔赵一达后备干部考核的事，那语气那见解,让赵一达既吃惊又惭愧。汪春喝了一口咖啡,侃侃而谈:赵哥,你可不能轻视这次考核,既然让你参加,你必须全力以赴,我通过内部人打听了,对外说有次序,既先冯后徐,之后是你,其实根本没次序,谁够条件谁上,谁优秀谁上。你得有自信,你是最优秀的,和冯助理比年头,你输他,其他都超过他;和徐主任比业务你输他,可别的他不能和你同日而语。最有意思的是,主持这次考核的两位都是老同志,他们就相信水平能力,相信群众满意度,而你这两项都遥遥领先,我有预感,只要你努力,这次晋升副局考核你能成功。我就是来给你鼓劲儿的,并和你商量要办几件事,咱俩得联手,谁让你当初帮我的……别总看我,说话,我可是跟你掏真的!

赵一达说了自己的犹豫,说了一些年龄、资历、局长认可度等不利因素,没想到话没说完,就遭汪春激烈打断,她大包大揽地说:现在不是你检讨自己的时候,现在是你得和我一起办这么几件事!

一下子,汪春语气已是居高临下、发号施令了。赵一达丝毫不烦,反觉得这才是真正的知己,自己在享受这种严厉关爱。汪春一口气说了十一条该办的事,有几条赵一达连想都没想过,此时他只有满口应下,才对得起眼前这位仗义侠女,这位比亲妹妹还疼人的人。原来市组织部中有一位汪春的中学同学,汪春直接让他帮忙,起码有直接的消息,而这种消息说是不透露,而最终总能在单位小范围传播。

赵一达有些内疚,往日我也太小看汪春了。汪春这样的女人,若给她机会给她平台,她能干成大事,能力胸怀她都够。

赵一达在满口应下汪春的所有提醒时,内心有一个字没叹息出来,服!

赵一达遵照汪春的叮嘱,一一照办,他也觉得照办了心里踏实,就是考核不上,自己也不会后悔,也对得起汪春的一番苦心忠告。

(二)

赵一达低调准备述职报告,高调地准备局内改革设想,开始对局内困难户进行逐户走访慰问,对全局话费报销方案提出具体修改意见,对夜间司机行车补助提出实施办法,包括因贪污判刑的原李副局长家,他也去了一趟,送去局里两月前分给自己的大米和豆油,包括两条烟、一张千元购物卡。他对家属说得低调,东西都是他个人的,李局长当初对我不错,现在家里日子肯定艰难,你们看李局长时,把那两条烟捎去,说小赵挺想他的,有机会我定去镇赉看他。

一番举动一番话,让李局长老伴泪眼婆娑。

其实这些都是汪春叮嘱他做的,他在争取时间,争取舆论,提高自己在群众中的满意度等等。而对李副局长他是发自内心的,当初赵一达来局里时,李副局长就欣赏他办事能力强,帮他介绍对象,虽然没成,可两年后他执意提拔他为办公室副主任,成为局里最年轻的中层干部。李副局长是负责一项工程时,帮家乡工程队中标,之后收受工程队好处费,而工程队队长犯事,理出了李副局长受贿情节,李副局长被撤职判刑7年。赵一达不是研究心计的人，他常常简单地认为，自己多帮助人就没错，成全人就是成全自己，特别是对自己有恩的人，他更是想着法儿回报，这样做心里踏实。汪春的话击中他内心要害，你不是爱行善、爱成全人吗？当了副局长你可以用权力多行善事，成全更多的人。

一个小自己十一二岁的女人，说话竟有几分禅味。

局里考核还是给自己家里带来负面影响。小童从那天知道这事之后，就再也放不下，几乎每天晚上吃饭时睡觉前，定要帮他分析单位的事，叮嘱他无论如何不能放弃。妻子每天絮絮叨叨，搞得他回家后大脑也歇息不下来，神经兮兮，第二天脑袋还浑浆浆的。赵一达和妻子小童讲了考核一些事，女儿芳芳插话：爸爸，你也考试呀？赵一达知道和这上小学三年级的孩子也说不清楚，顺嘴应道：是，爸爸也考试，跟你一样，得抓紧学，还得复习。

小童一看丈夫总心绪不宁，生怕压力大生出什么毛病，便说，你下班喝点小酒吧，放松放松，不过，你不许开车。

赵一达有个隐性的毛病，爱喝酒。这在别人眼里不算毛病，包括汪春也不认为这是缺点。可他和妻子知道，这是大毛病，是既误事又坏名声的大毛病。去年三月到五月，仅三个月时间里，赵一达两次被交警罚款扣分，原因就是一个，酒后驾车。赵一达能找出一千个理由，证实这个酒必喝，必须亲自陪好客人喝，必须替领导解围主动出击喝，那酒不能不喝，真不喝，你赵一达挪个地方吧，我们换个能喝的。喝了，开车了，就有被交警抓的可能。赵一达天天开车。没办法，尽等罚款。罚款倒好办，从别的经费中解决一下，扣分不能总去找交通队的人帮助换驾驶证吧，况且总酒后驾车也易出事故，关乎两条命，自己的，人家的。真出了命案，没人听你那酒如何该喝，一切解释都是屁话。是关押是判刑，可不问你是部长，还是后备人才，你就是英模、栋梁人才，酒后开车撞了人，撞了法律红线，也难逃罪责。赵一达认识到了，不过他的认识，是妻子小童帮他提升上去的，每天絮叨是关键。每天拉下脸来的一串难听话，也不能不让赵一达寻思。每逢下班前，小童便来电话，除了问些说些别的事，其实重要内容便是，你今晚要喝酒就别开车。有这样的贤妻能出横事吗？的确不能。这半年多赵一达没一次违章。当然交通法也定得吓人，酒后驾车，可以拘留。凭这条就拘留，谁敢撞高压线！

局里考核和群众测评程序进行到"白热化"程度，白是看不见的，热你也感觉不到，因为升迁和你无关，你当然迟钝。冯助理、徐主任和赵一达最清晰这种感觉，尽管还是上下班，各忙各的，没事人儿似的，可都在自己的运行轨道上为自己前方铺路架桥，为一个好结果耗心血、多努力。冯助理每天在食堂吃饭，一吃饭身边保证有个中层干部，每天都不一样。当然是他找人家说话。他明白，考核测评打分时，往往绝大多数中层干部都参加。吃饭聊天，就是吃近乎，套近乎。不敢说聊过天的百分之百投他的票，但他敢保证，聊过天的人都认为他冯助理这么多年不容易，没功劳有苦劳，有水平、有贡献、有能力、有精神头，反正人不错。他知道，多数人心里一动，顺水人情便做了。后来局里搞后备干部测评时，冯助理果然获最高分数，连叶局长都连连说：

难得、难得!

除了中层干部那里拿到可观的分数,冯助理在叶局长那里也下了功夫,包括和叶局长私下保证,一旦当上副局长,在局长那里他永远是个助理,老局长指东绝不打西。这点叶局长信。所以叶局长感觉能把冯助理提拔上来,对自己更有利,既做了人情,又多了帮手,现如今上哪儿找一心甘当绿叶的副手啊!

那徐主任"塑造自己"别具一格。他早看见冯助理在食堂和人套近乎,也知道人家当局长助理这么多年,上下早"助理"出感情了,自己"现上轿现扎耳朵眼儿"也不灵,像赵一达用现有的权力笼络人他也办不到。他倒干脆,既不套近乎,也不搞关系,更不来他认为的下贱的"临时动作",他认准自己长项,那就是钻专业,与其千方百计补短,不如把长处抻长。他把自己业绩打造得格外显眼。上半年同行业中,徐主任引领团队在国内排上前三名;让他得意是,一篇论文在美国《科学试验》上发表,并接到美国CTF邀请通知,请他参加年会,费用由美国CTF全包。这几下子,让外行看得眼花缭乱,让内行羡慕不已。徐主任觉得,只要上面有精神,选专家型领导,自己想不当副局长都难。心里这么想,再看冯助理,再和他遇见点头时,那微笑中便流露一丝冷意,只要注意徐主任的嘴角,才能发现嘲笑的微痕。见到赵一达他更不以为然,在他眼里,小赵,根本不是对手,还年轻还嫩,和冯助理比,无论是知识、能力、贡献、经验,那就是他这24K的纯金和18K金的对比;至于赵一达那儿,就是他这真金和黄铜比较,根本不是一码事!

人们看摇奖机,各种数字球在机器运转下翻转变化,球乱滚,人乱想,买奖券的人心乱跳,谁也说不清哪一下球会跳出来,更说不清跳出的是个什么数。此时全局上下都感觉摇奖机运转了,巴望立刻跳出一个,跳出来了也就解脱了。

在人们感觉中,胜算最小的是赵一达,可这天刘科长到规划局取报表,规划局秘书科长问他:听说你们赵一达部长要当副局长啦?刘科长说:我真不知道,消息哪来的?

来自区里市里呗,还能哪儿?

刘科长把规划局秘书科长那番话向叶局长做了汇报。

叶局长眯眼摇头一笑:这种瞎传,都是扯淡!刘科长附和道:我看这是故意放出的风,测测民意。叶局长正色道:小刘,这事你别跟着瞎议论、瞎传。刘科长连连点头称是。叶局长不希望自己都不知道的事,下边人倒先知道了,这简直是对他局长的侮辱和蔑视。可偏偏各个渠道消息传来,都说赵一达最有可能是副局长。叶局长纳闷,这都谁散布的?往往最先说是谁,不一定是,他凭多年经验就这么认为。但不久证明他是错的、过时的,是跟不上行市的。

十天之后,后备干部测评综合指数出来了,排序名单已到了叶局长手里,他不得不承认自己老了,考虑问题肤浅了,顺序是赵一达、冯助理、徐主任。他没法儿问上级,更无法和下级一起议论,他只知说这句该说的话:这不是最终结果,一切都由上级组织来定。他看着名单冷笑,心说,兴许这只是烟幕,结果就是自己想那样。叶局长没散布排序名单,可消息很快传遍全局,人们一下子也认为赵一达荣升的概率最大。

可就在这节骨眼上,就在三个人都小心翼翼上班,谨慎说话办事时，赵一达出事了，出在酒后驾车上。人要是在同一个地方同一姿势一次次摔倒，不是故意愚蠢就是真蠢。事出得颇具戏剧性，可毕竟出了，谁也没办法。这天赵一达陪上海来的同学吃饭，都九年没见面了，白天见了面，说好晚上好好聚聚。聚聚就是喝一顿，这对爱喝两口的赵一达是双重的快乐，会同学喝畅酒，那心情自不必说了。没等妻子小童打电话，他先告诉小童，今晚我不开车了，打车到富豪酒家会同学许仁亮。那许仁亮包括他妻子小童也都认识，小童想把女儿芳芳安排在她大姨家，她也过去。赵一达说，你甭来了，你一来，我们放不开喝；该你喝时，你又不喝，还不是由我代劳，到时候遭罪还不是你老公吗？

小童一听是这个理，说不过去了，让他捎个好，并邀请许仁亮和他妻子有机会来这边玩，她说你问清许仁亮什么时候回上海，咱提前买点土特产带上，哪天他走你一定要送送他。赵一达满口应承，心说妻子想得比自己周到。

一下班，赵一达拎着包打车去了富豪酒家。他拎了两瓶五粮液。同学相聚话投机，酒尽兴。话无遮拦，无利益之争，无经济计较，更无往日口角，尽情尽兴一叙衷肠，酒干了，话更密了，情谊更浓，彼此酒量也放开。从五点多一直喝到晚上十点多。醺醺醉意分手，赵一达招来两辆出租车，一辆拉上同学直往宾馆住处，他自己上了一辆回家。

这酒喝得畅快，赵一达感觉自己一直很兴奋，而且是在最兴奋点上。一上出租车他就坐在副驾驶位上，情绪终于放松下来，随着车的开动，窗外灯光闪闪，景物匆匆后移，两眼便花花绿绿，眨动几下眼睛，眼皮像铅一样重，重得再不想睁开。之后脑袋往后一仰，便甜甜睡去。迷糊中身子随车轻轻摆动，那感觉似在船上，觉得头枕着摇摆的桨，他想躲开，可身子拖不动。他任随脑袋依船桨摆动，身子随波涛起伏，大小浪花在拍打船舷，拍打得有节奏，忽然打得很急很重，直至把他震醒。迷瞪瞪睁眼，只见窗外灯光大亮着，围着一群人，似乎有很多警察。他寻思，前边可能出事了，他使劲揉揉眼睛，看明白了，也听明白了，是交警设卡查酒后驾车的。他一仰头又睡去，可没过多久，窗外有人大声喊：下车、下车。司机下车，说你呢，你咋还不动？！

赵一达感觉那声音是在叫自己，自己装没听见，也不是个事，他心说下车就下车，能咋的，酒喝了好长时间了，测也测不出来。咳，这都是给他们领导看的，对了，再说自己也没喝酒呀，怕啥？

他猛一睁眼，随手摸住开门把手，动作极为潇洒地下了车。

下车往前没走几步，就觉得地不平，有些绊脚后跟，他跺跺脚，被人扶了一下，说请到这边来，这边。实际他被人拥着到便道上，他站在十几人的队伍中，不时有人扭头看他，他回应一笑，也回头看别人，他觉得挺好玩的。当那红衣女人的第四次回头时，他竟冲她扮了鬼脸。那女的再不敢回头，但他看清了，那女子分明在压抑着笑。

这时，一位警察走过来，喊道：驾驶证拿出来，驾驶证，拿出来！

赵一达脑子清醒，反应也不慢，他从衣服内兜麻利地拿出驾驶证，双手递过，交警看都不看装进提包里。赵一达排的这支队伍移动得很快，原来这是测酒精含量，冲一根管子吹气，前边一位吹得不认真，引得警察大声斥责，使劲、使劲，你小子故意的？对准，快吹！

赵一达觉得那人猥琐，男子汉大丈夫，连吹个气都费劲，你还能干啥？

终于轮到他了，他顿时感觉腹内豪气十足，他就仿照前面那位，使劲一吹，他的认真态度立刻得到交警首肯和呼应，从警察那大睁的双眼里，他看出刚才那一吹不同凡响，他得意冲人们一笑，别人似各忙各的，没有鼓励他的意思。

只见那胖大警察走向他，冲他冷冷地说，你站那边去！没等他反应过来，那边已有警察招呼他，招呼得挺性急，还过来拉他一把。他站在路边才发现，还有两位和自己做伴，神情已沮丧，目光已浑浊；一个在拼命打手机，让接听话人无论如何尽快找到某某，否则十分钟之后就麻烦大了。

是失火了吗？十分钟家里一切都能烧光了！他感觉好笑可气。他不明白，刚才交警让谁吹，谁马上就得吹，吹完了那人便走了。轮到自己吹了，吹完就该回家，可吹完后，他觉得不太对劲，尤其是看到刚才那女的看他的眼神不对劲，分明在笑话他、在说他，没错，还冲他指指点点，他听不见说什么，若听见一定损她两句。当然此时最要紧的是要弄清，为啥交警不放他走？问询处是没有，最方便问询的，就是身边沮丧那位。听他一问，那人狠狠白了他一眼：傻子，还没醒呢！

你骂谁？你骂谁！他火了，十多年没见一位敢这么骂他的，要不是一个警察推他一把，他立马踢沮丧那位一脚。这主儿，欠踢！

再没人和他计较，相反，都安静下来，一排排车也疾驶而去，看热闹的人也纷纷散了，忽有一辆高大的警车开来，警察招呼他们几位上车，赵一达犹豫一下，还是被拽上车了。他想再问一问怎么回事！可没机会问，一上车，车内一片漆黑，汽车启动，猛地摇晃，他又上了船，又听浪花四溅，身子飘飘，那感觉还真舒服！

接下来就不舒服了。赵一达酒醒了，从漂泊的海上回到陆地，让他感觉可怕的是，他已站在阴冷的拘留所里。一切问询简洁成电报语式，姓名、年龄、单位、职务、开车时间、什么车，他一一回答，没一丝醉意。让他难堪的是警察电脑中竟有他以往的违章记录。警察只对他说了一句总结性话：你是屡教不改了！之后让他把身上东西都掏出来，就被人带走。他被带进一间光线浑浊的屋子，屋里好像还有两位，他没顾得看。

这时他在自问：怎么回事？我怎么到这儿了？他大脑飞快转动，像倒录像带一样，把发生的一切全都倒了一遍。他必须这么做，否则他弄不明白怎么回事。酒醒了，录像带倒得清晰顺畅，而越清晰他越发急，越顺畅他越感到麻烦和委屈，胸口因不平而大幅度起伏，起伏的最高点变为一股气，气从胸腔直喷而出，他大吼起来，吼得直截了当：我没开车！我没开车！

铁门外的小警察踢了一下铁门，冲他也喊：叫唤啥？你没开车，我开的？还没醒！怎么没喝死？

我真没开车，警察你听我说，我真没开车！

小警察一瞪眼，没开是吧，明儿跟上边说去，现在睡觉，不许出声，知道吗？赵一达明白了，跟他说没用，此时怎么闹也没结果。

赵一达哀求着问：我能打个电话吗？

小警察说：这事我见多了，你现在找省长也不行。

我给家里打，我不打电话，家里人不睡……

这句话不知怎么触动小警察的怜悯神经，他犹疑一下，最后说：给家里打，行吧，说号码，我打，说什么？

他脑子飞快转动，应快点儿找交通队的熟人。看现在不好办，他知道自己几乎走了一步死棋，谁来他今晚也走不出去了，不能让妻子小童知道，她和芳芳知道这事就睡不好觉。他说给我弟弟打吧，顺嘴说出的是刘科长的电话，他觉得此时电话打给他最为妥当，他会处理好一切。警察终于打通刘科长的电话，说了赵一达是你哥吧，我是交警中队，我正式通知你，你哥酒后驾车被拘留。刘科长在大声问：在哪？怎么回事？

还有许多话，可小警察不想听，无情而迅速地关机，说：这回你该消停了。转身走开。

赵一达能想象刘科长发蒙的样儿。他会想办法，他会变着法儿告诉妻子小童，会变着法儿帮自己，不过也不能乐观。反正都这样了，一切皆由他吧。

赵一达只盼这一夜快过去，明一早说个明白。这一夜比半生难熬。他首先担心的不是小童骂，他担心这件突发事件对他的仕途产生极坏的、不可挽救的影响，多年精心盖起的大厦会被一张拘留票打得粉碎。眼前的冤枉和误会该怎么化解？谁来帮你化解，谁信你的？怎么能让人信服？头发被抓得散乱，一夜无眠。

第二天，没人搭理赵一达，尽管他叫唤得嗓子发哑，可没用，就是没人理。倒是同室人劝他，先认了，回头再说，这也不是判死刑，总有机会解释。人生这点沟坎算个啥？他静心想想也是，情绪渐渐安静下来。妈的，无非是不当那个破官，干啥还不是活着。他觉得自己干别的、做生意一样活得挺好！这一天他已不再喊叫，也不想拼命申述，他已在想，因为这次拘留，单位混不下去时该有哪些下策、下下策。他一下想到汪春。他后悔电话没打给汪春，打给汪春比打给刘科长好，刘科长只会和局长汇报，而汪春会去想办法。可又一想，自己这大老爷们，怎么好意思开口求人，求女人，吃软饭！他一时又觉得不让汪春知道是对的。他叫着自己的名字，赵一达，一切你得扛起来，天塌下也要硬扛。没啥了不起！他一下变得自信十足，是无欲望后的自信，是无奢望的自强，他真的彻底安静下来，靠在墙上一眯，没心没肺地睡着了。

赵一达在拘留所安静睡了，可局里有了骚动，这骚动许多人感觉到。听说赵一达被拘留，让人如听梦话。先吃惊，又惋惜，之后叹息！男女老少表情，几乎如出一辙。生活中总有这样的现象，许多人希望生活平静如水，可真如此，便恍然难受，日子过得死寂无聊，恨不得发生点什么事，不然连谈资都没有。当然发生什么最好与己无关。对了，就想看别人的热闹，评价并欣赏热闹，自己不跌进热闹里，不被热闹所"侵扰"。

赵一达被拘留本身就有戏剧性，一下子满足局里人看热闹的愿望。

你看，这赵部长，一个喝酒都不能自控的人，你能指望他有什么责任心!

不是碰到倒霉事,是他素质不行。

一个酒徒,能成多大事。

早暴露,好事!

也有打圆场的,为赵一达开脱:没多大的事,不就是喝点酒吗,谁没点爱好,爱这一口儿,喝酒本身没错,真的没错,就是开车了。

开车也没错,关键是赶上交通队突击大检查。

就是"走字儿","点背"。

也有人说,这就是乐极生悲,这两年他尽摊上好事了,来件"孬"的,掺和掺和,对赵一达是个教训,也许不是坏事。

更有人调侃:依我看,这根本不算回事,等下回测评我还投赵部长的票!为啥?人家活得真实。

总之赵一达被拘留的事,就像一颗石子扔进湖水里,溅起几朵浪花。

此时拘留所里的正在为走活一盘死棋而绞尽脑汁。就在第二天上午,表现规矩平静的赵一达,对新值班民警说了这么一句话:我不想说别的,我只想告诉我的律师,我现在被拘留了,只这一句话就行。

那警察刚接班,他听说这位昨天表现异常,他也感觉这其中也许有什么差头,给这律师打了电话,而且就这么一句话,也不犯忌讳,便替赵一达拨了个号,把手机递给赵一达,你说吧,别说犯忌讳的。

赵一达这是"病重乱投医",树有枣没枣,敲一竿子,电话还是打给汪春。他说：小汪，昨天我没开车去喝酒，乘出租车回家时我醉了，也跟着去测酒精含量，结果误会啦，我现在被拘留了，你赶紧帮我。

手机打过去了，汪春那里有多大希望他不去想，内心倒是安稳许多。

谁知第三天上午，警察就招呼他到办公室。进了办公室，他一眼就看到汪春。

他内心一阵激动，鼻子竟有些发酸。一切出乎他的预料。

给汪春打电话绝对正确。汪春一听，便知道怎么一回事了，她立刻通过交通队里的朋友了解赵一达被拘留的全部经过。聪明的汪春，并没急于帮赵一达找人如何减少拘留时间，也没找上层关系如何"捞人"，而是运用她的手段，迅速到出租车公司，查找那天晚上拉赵一达的司机。出租公司的联网话机帮了大忙，很快找到赵一达乘坐的出租车司机，有了出租车司机的证词，又找到区治安科朋友，汪春来拘留所时，她已办完一切手续。

赵一达脸上一下子有了笑容，对汪春说：你动作可真快，这里度日如年。

汪春笑了，说：我都办好了，咱马上出去。

真的？

真的。接下来拘留所手续更为简便。两位警察的话让赵一达的脸一红一白：赵一达，你这可是起哄！没开车你也挤过去酒精测试，那玩意儿不花钱，是吧？在这儿待两天，也是对你喝酒起哄的教训！这事，不怨我们吧？

赵一达连说：不怨、不怨。

反正事情都这样了，这警察中也许有汪春求的人情，当着汪春的面赵一达没心情和他们斗嘴。临出门警察的话让他内心一热：没事啦，快跟媳妇回家吧。汪春瞪了赵一达一眼，眼睛又调皮地眨了眨。

一出拘留所的大门，他才知道往日自己吸的都是新鲜空气，感觉外边这么好，阳光和煦，手脚能自由地动，可以自由支配时间，可以干自己喜欢的事。

汪春将一辆奥迪开了过来，问他：去哪？

他说：这不是出国回来了，不是凯旋，从拘留所出来，知道的人越少越好。回家。

他坐在副驾驶位上。汪春的笑是收敛的，其中有嘲笑，有调皮看热闹的笑，不论笑中有何等内容，脸上的光泽告诉赵一达，这个女人的心中有他，而且占据很重要的位置。他忽然想起什么，说：我还是去单位吧。

这时，手机响了，打来的是刘科长，他也到拘留所接人来了，他说：弟妹小童那我当天就安排好了，我说局长派你到深圳出差了，是招标谈判的事，招标有纪律，所有参加人员的手机一律关机。我这瞎话编得挺好吧？

编得好，有水平，我得好好谢你！今天不行，我和朋友在一起。

赵一达一直担心小童，怕她着急上火，谁知这刘科长处理得这么妥帖。

赵一达恨不得马上回家去，可汪春说：快中午了，先吃饭。我耽误不了你单位的事……汪春的目光里有果决的柔情，而此时赵一达也觉得肚子空落落的，包括嘴中干涩，他只好点点头，半讨好半首肯：好，我听你的！

　　赵一达不想扫汪春兴趣，况且她为自己付出这么多，怎么也得谢谢她，起码让她高兴吧。于是他们去了较为清静的格兰西餐厅，一边吃一边闲聊，赵一达一说到拘留上，汪春立刻拿话岔开，她说：咱把这页翻过去，说这个影响情绪。她把话题往单位现状上引。她和赵一达商量一阵，竟有了共识，那就是让赵一达马上做好这三点，一是低调做事，放出风来，自己不可能和那两人竞争，就干具体事，干好，干得实实在在；二是到叶局长那里表态，自己还年轻，还得历练，提拔也得过几年再说，目前这综合部工作挺适合我，让叶局长从心里觉得这赵一达有心胸，顾大体识大局；三是继续和一些骨干联系，加深感情，投入精力，给人好印象。因为不久，又有新的一轮测评就会到来。这三点虽是辅助手段，但也有效。现如今用人手段本来就不健全，所谓对照条文选拔，进行民主测评，其实又是一种不科学。无记载或无真正长期准确的系统的评价，就是没有量化指标，其结果就如同"抓阄"。

　　赵一达感觉到，汪春已不是那当年的汪春了，上级机关里的"三昧"已熟知，他服气，也庆幸有这么一位可心女友在时时帮衬自己，真是前世修来的福。

（三）

　　这天下午三点多钟，赵一达回到单位。他先去了叶局长办公室，叶局长正和一个人谈话，他刚要退回来，叶局长说：进来吧，我们聊完了。说你真让我担心，没事就好，也给咱提个醒，任何时候，任何情况下，咱都不能酒后开车，好啦，没事了。你来正好，有件事交给你，你给想想办法。

赵部长，你好，我是老吴，老综合科的，给您添麻烦来了。那人满脸堆笑，不住地欠身鞠躬。

和叶局长谈话的是吴立本，人长得清瘦，也算精神，这也是综合部的前任，不过那时不叫部长，而叫综合科。吴立本是副科长，主持工作，原综合科老科长胃癌去世了。赵一达早听说过这个人。吴立本可以说是局里的风云人物，能说会写，还会唱，干工作有个快当劲儿，手上一份嘴上一份，但这人德差一点，用叶局长话讲：吴立本的最大毛病，是他的本没立住。本就是德。

综合科负责全局的杂事，接来送往，钱物许多都从他手上过，可这人贪财，大小钱看上就眼红。这个科负责接待来往客人，那时客人一来就往局里"挂账点儿"兴隆酒楼领，因为局里在那放了支票，每季度一结算。这个吴立本不仅自己常在那吃喝，还悄悄带上家人，带情人和同学大吃，当然都是吴立本一笔结账。局里哪个部门请客人吃饭，也得经过吴立本同意，没他的电话酒楼不挂账。吴立本的事渐渐地反映到叶局长那儿，叶局长倒也有办法，一是换了酒家，二是每次一结账，报销单据都得叶局长签。接着又一件事让吴立本"丢分"。局里给二十个科室房间装修，当然是综合科负责。他找工程队，谈材料价格，谈装饰标准，出效果图，工程进度很快，质量也都挺满意。可一封检举信也送到上级纪委那里。原来吴立本利用局里装修之际，给自己家的住房、妹妹家的住房也来个彻底豪华装修，工料几十万，这也算工程队送他的人情费。如果吴立本不贪得无厌，不再揩油，这事也就烟消云散无人知晓，吴立本把局里分期付的工程款全部截留，一共270多万，他截的目的工程队清楚，就是要回扣。工程队负责人咬咬牙，说也行，把钱付清给你7万，可吴立本坚持要10万，不拿10万这钱不打过去。南方施工队没办法给了10万，可他们一赌气，一封检举信也发往市纪检委，信中有名有姓，有时间地点，包括装修房的图片，把个吴立本"裸体曝光"。纪委下来人一查，情况属实，责成局里拿出处理意见。

这吴立本平日鞍前马后地给叶局长办了许多事，也送上许多人不知的好处，叶局长手下留情，对吴立本撤职处理，仍分配到行政科，不叫副科长，可干的是副科长的工作。但吴立本已没脸在单位继续干下去，出去混一段也生存艰难，又求叶局长，叶局长见风头已过，仍让他回了行政科。像吴立本这类人，有生存之道，就找人少的行政科后勤组"眯着"，他这一"眯"就是五年，老人退休不少，新人不知他怎么回事。他又开始人前走动走动，他能讲会写，也愿出头，还成了行政科职工代表，前不久测评，他成了活跃分子，为冯助理拉了不少票。

叶局长让赵一达帮吴立本办一件事，啥事？原来是吴立本求叶局长想办法安置他的女儿。他女儿吴艳妮，学的是美术专业，到局里根本不对口。叶局长问赵一达，你学校有没有关系，帮助老吴联系一下，最好把孩子安排到学校，孩子的事是大事。

赵一达从没和吴立本有什么工作联系，根本不熟悉，现如今他借局长的面子张嘴就求他办事，凭什么？我是办事员？他从心里往外烦。当然脸上表情没带出来，仍是笑呵呵听局长说话。

叶局长认真地说：赵部长，你把手头活放一放，下功夫把老吴的事办一下，这也是咱局里的事。

他知道这个"老吴"和叶局长关系不一般，自己硬顶不办，得罪的可是两个人。他忽然想到，他既然能为冯助理拉票，我要是帮他办成事，他也能帮自己，投桃报李，帮他也许能成自己的事。

于是赵一达爽快地对二人说：我可不敢保证结果，但我一定全力去办，真的，全力！

叶局长说：你小子，我知道，肯定行！

赵一达从局长室出来，吴立本也跟了出来，他一把抓住赵一达的手说：赵部长，全仗你了，事办得成不成我先谢你，孩子的事，成天在我心口堵着，你年轻有为，省市熟人多，有路子，我们艳妮的事全托你啦，拜托！拜托！

几天后，吴立本见到赵一达，也不催问事办得咋样，只说咱俩儿得喝一顿，好好聊聊，你太忙了，也得找机会歇歇啊。赵一达明白是在催他，可心里说我啥时候欠他的了？真烦人！

赵一达嘴上应下的事，都是真心办，这回不是真心，是顺便捎带着办，看叶局长面子办，是能办就顺手办了，实在办不了也就办不了，因为人情事理都不欠他的。他在具体办艳妮工作时，几个电话打出去，他感到了难度。

可接下来的事情，让赵一达感觉这事不办不行。

又接到通知，市组织部将进行第二次考核，而且是直接打分。据内部消息说，这种测评科学依据最强，已受到考核部门领导认可。近日考核组就到局里来。赵一达并没瞧上眼吴立本，可瞧上他的那一票，更得高看这人的影响力。别看这人当官无望，人缘没有，可他能和周围人嘀咕，他那里一嘀咕就有听众，他总嘀咕，总有看法和评价，他那张嘴往往能引导一些人，影响舆论导向。真得罪这种人，损失的不是一个，而是一片或一大块。

就在听到又来考核消息两天后，赵一达在办公室用电话找到吴立本，只说，你到我这儿来一趟，孩子安排的事。从电话中也听到吴立本"啊"的一声，其兴奋度难以言表，他说：我马上、马上到。

没一会，吴立本像风一样旋进综合部，旋至赵一达桌前。让喘吁的吴立本坐定，赵一达说：姑娘的事我基本办啦，到二十七中教美术课，我觉得当个美术老师挺好，不是主课，没丢专业，工作稳定。没等赵一达说完，吴立本已沉不住气了，连连说：好、好！学校好！

这件事赵一达真动了脑筋。现如今大学毕业分配成了难点，到哪儿都满员，急得一批大学生为能有个工作，抛开专业当个力工、服务生都干，否则，只能待在家里"啃老"。

赵一达找到二十七中校长柳兰。这柳兰是在省党校培训班上结识的，赵一达是小组长，柳兰是他这小组的，当然培训的都是各单位的后备干部。无意中赵一达帮过柳兰一次。那是她父亲手术，赵一达问，你们去的是哪家医院？她说市新立医院。赵一达说这种手术省医院做得最好，我认识赵洪礼教授。结果柳兰父亲去了省医院，赵一达请到赵洪礼教授主刀，结果手术非常成功,那柳兰从心里感谢赵一达。可赵一达都说没啥,谁不帮谁呀。结果他这回真去找柳校长,不过柳校长答应得有附加条件,即这个吴艳妮得在校"服务"一年,所谓服务,就是这一年没工资,没福利待遇。第二年吴艳妮肯定进校。一切都按学校标准录取。

情况就是这样。可赵一达向吴立本表述得艺术:学校难进呀,哪都超员啦,我跟校长说,这是我姨的孩子,你怎么也得安排。校长也是想尽办法,说明年学校有一个退休老师,她把名额指标倒出来,就专给咱吴艳妮。可为了堵住学校众多老师的嘴,咱得先干一年,其实没一年,去除寒暑假也就八个月,这八个月没工资,只当实习啦,明年咱就成为学校正式教师,这事儿板上钉钉。

甭管怎么说,吴立本心中一块石头落了地,胸口再不发堵了,他不知怎么感谢赵一达。赵一达是不会错过眼前的机会的,他说:吴大哥的事就是我的事,您是我的前任,是老前辈,帮您是应该的。

赵一达只把话说到这个份上,下面话愣是不说,什么您是职工代表,什么老弟我面临考核,什么到时候您得帮我,这话他决不从自己口中说出。吴立本是明白人,他知道这人情往来是怎么回事。果然,吴立本的话也跟得紧,滴水不漏:这次局里的事您看我的,能耐我没多少,可影响力还是有的,这事我办不明白,我吴字倒写!

这吴立本不说这次考核,说局里事;不说帮你拉选票,说是有影响力;不说我全力以赴,说办不明白,我吴字倒写。哑谜打到这个份上，便成了默契的对口词。

好！真够意思，就凭这句，今晚我请你！

不，我请你！

客气啥？咱好好喝一顿。

好！两人勾肩搭背，竟成莫逆之交。

那天赵一达和吴立本喝得好，谈得开。彼此没有利益之争，却都相互协助，互利成为二人关系融洽的润滑剂。俩人只恨相识太晚，只恨没贴脸地交流，一直到晚上十点半才分手。吴立本喊来出租车要送赵一达。赵一达说：我就愿这么走走，散散步，离家也就两站地，成天坐着，让我走走。

晚上街上行人已少，只是车辆还川流不息。远处近处有霓虹灯闪烁，小商家已上板停业，可灯光依旧亮着，像正在充电的夜眼。

赵一达刚走出一站地，前面就是超市，这家超市二十四小时营业，所以这里的灯光格外耀眼。忽然一辆红速腾停在赵一达身旁，朝摇下的车窗看，竟是汪春。她说，我路过这儿，想买洗发液，遇到了你，你到哪？

刚才有一份应酬，我这是往家走。

你上车。

前边就到了。

你快上车！似是命令，但声音很慢很柔，让赵一达无法拒绝。

可是车并没往赵一达家的方向开，而是急速驶向郊区的林森会馆。这是一台商盖的综合餐饮洗浴休闲会馆。赵一达明白，汪春是带他来玩。他想到家里的小童正等着，便回了一条短信：

吴立本非拉我洗一洗，只好这样，晚回去。发完后立即关机。今儿小童知道吴立本请他吃饭，还力邀小童参加，小童托词说同事晚上到家来，有事走不开，推脱掉了。

让赵一达没想到的是，汪春挽着他进了电梯，直接上了六楼，又径直开门走进一套汪春早日定好的房间。他知道，今晚汪春有意安排，可她怎么知道自己今晚会去那条路？显然不像是偶然遇上，倒像事先安排好的。他知道汪春对他是没的说，苦于无法和她细说从前，况且她已结婚，自己也为了前程、也为她的声誉，毅然割断这段情缘，可几次经历是非，他从心里佩服这个女人，佩服之后暗暗后悔，当初为何不早点遇到她。汪春仗义的心胸，让许多男人汗颜。

（四）

第二次考核又开始，方式如同人们见到的，几乎没有什么创新内容，就是由中层干部和局所属的职工代表举行投票，不过这次票有了新的内容：德、才和群众满意度，这三样下面还有三栏，即优秀、良好、一般、很差四个档位，三位人选，即冯其时、徐正文、赵一达。上面也不定调子，随便选，群众选出的和上级考核，各占百分之五十。填写选票时人们神情都很庄重，但几乎都不商议，似早已考虑成熟，纷纷各自填写，然后投入办公室门前的大红箱内。时间规定为一小时，可十几分钟，票就全部投完。之后上级考核部门将票全部拿走，像谜一样地拿走。

一周之后，叶局长被市里召去谈话，直接听取叶局长对候选人的意见。叶局长见到市组织部张部长时很轻松，因为他们八年前曾在一起支援抗洪，当时张部长还是冶金公司党委副书记，而叶局长是副局长，他们在抗洪前线共事一个多月，彼此都有了解，所以说话也直接。叶局长说：怎么样，我们的副局长该"出锅"了吧，再捂着可熟透了。

张部长笑着应答：快啦，你一来就快啦。咱都别急，再等一会儿，市委潘书记来。

叶局长很吃惊，一个副局长这种人事安排，已惊动了市委潘书记，看来真是"出锅"了。潘书记对叶局长印象挺好，几次到局里都对叶局长的能力和工作给予肯定，他对局里中层干部说，局里有老叶把舵，就不出乱子。的确，多少年过去，无论是评职称，涨工资，还是机构改革，人事变动，叶局长说一句，几乎没有反对的声音。此时叶局长觉得，潘书记是亲自听听自己的意见，然后和组织部拍板定夺。想到这，他内心一阵高兴，感觉自己在人生巅峰时被群众簇拥、被领导赏识，感觉甚好！

潘书记来了，寒暄几句就进入正题，从局里几年的工作到市里系列变化，并对叶局长的工作给了足够的赞美和肯定。这是叶局长想到的，也是最爱听的，但潘书记这样专门地表扬肯定他，是第一次，在极度喜悦时，他隐隐感到有什么不妥或不得劲儿的地方，是不是要调动我？调哪呢？平调还是提升？不像。果然潘书记话头一转说：叶局长，最近市委开了会，对十几个局委的老同志进行一一梳理，你和七名正局级领导，因年龄关系，决定你们从一线退下来，退不是退休，而是专务，专门扶持新的同志，专门干一项重要工作，既可以发挥特长，也能适当休息，继续发挥老同志作用，这一条是不变的。你们局的副局长马上产生，你的工作目标，就是扶持好新的局长和副局长，站好最后一班岗。

情况来得这么突然，叶局长连表态的词儿都没准备过，他望着潘书记和张部长，只说：我服从市里的安排，新局长什么时候到？副局长是谁呀？

新局长将由省里派，这个半年之内解决，在局长没到任之前，先由副局长主持全面工作。这次副局长在局里产生，我们根据测评和组织部进行全面考核，人选确定为赵一达。赵一达年轻，思维敏捷，为人诚实，包容性强，有创新精神。当然也像你叶局长，专业不太强，但一样能抓全面工作，能抓出成效。我知道你要问，为什么不是冯其时，就是年龄问题，他年龄是四十八岁零八个月。他表现很好，测评分很高，我们对他也认可，没办法，岁数还是稍大了些。

那徐正文呢，他可是有成果，有专业知识，有资历，有名望，国际大会总来邀请函。叶局长心里想着，顺嘴说了出来。

徐正文的问题由张部长说吧。张部长接过潘书记话茬儿，他似早有准备拿出一份材料。他表情严肃，声音变得低沉：徐正文我们在考核时，发现他在个人名利与工作关系上处理得不够好，比如局里设计审核会就要召开，德国学术会邀请函也到了，他最终选择了去德国；当然这一件事不能说明全部，局里的同志有看法；前不久我们还收到举报信，举报他在国外期间到红灯区的事。我们最初认为，在测评时来这种举报信，是不是别有用心，可我们深入一查，果然有问题。前年 1 月 17 日，他到荷兰的阿姆斯特丹红灯区看表演……有照片，证据很充分，身为技术干部，知道出国纪律，所以我们正对他进一步核实……

一切都没想到，叶局长感到周身疲惫。车往回开时，他心情坏到极点，以致他感觉脑袋发木，似乎只一小时工夫，他的身体开始迅速老化，老得提不起精神，睁不开眼睛。老了，到站了，早晚会有这么一天，只是来得太急，都没容自己细想。赵一达当副局长，没想到。不过他当也好，起码他听自己的话，也尊重自己。这样一来，自己工作的最后岁月也不至于太别扭。只是赵一达，太意外了，看起来，自己看一个人和上级看一个人，眼光、结论太不一样。

副局长上任，人们议论了一阵，也兴奋、新奇了一阵，便各忙各的。但人们关心冯其时和徐正文的程度似乎超过新局长和赵一达。人们在说，好像这事有些蹊跷，但仔细一想，这种结果，也有道理。

当然也有心里发虚的，那就是赵一达，他总觉得这其中是命运在起作用，甚至有"抓阄"运气的成分，不然怎么会这么大的雨点落在自己的头上。此时他在叮咛自己，稳住劲儿，好好干，千万别出差错，一定要干出个样儿来，让大家认可。

在全局干部大会上，主持会的是赵一达副局长，他第一次以副局长的身份讲话，这个讲话其实就是他的上台演说或施政纲领。赵一达实在是聪明，或者说机敏，跟得住时尚。首先他的讲话全用电脑幻灯片演示，是图是重点话，是全局未来工作目标和分解过程，实施办法和预想的困难对策，都一一列举，说得条理分明，详略得当。你简直想不到他在这之前只是一个综合部部长。他这一抓全面，思路就清晰，也让全局上下不得不承认，上级领导有眼光。之后，全局工作都动了起来，而且各部门都认真落实目标，对分解的任务定出节点，还参照他讲话精神制定奖惩标准，一时间全局沉闷空气被打破，效益利润指标连连突破。

局里接下来的一幕幕，让当了专务的叶局长暗暗吃惊。他心里既佩服又别扭的，是对赵一达处理人事的手段。他慨叹：自己二十多年在职场上混，竟没他这两下子。处理什么人事？都是和赵一达隐性"犯相"的人物，甚至可以说是他曾经的竞争对手，那些失败的竞争者。这些人往往成为他事业潜在的拆台者和对立者。可赵一达长袖曼舞，舒张有致，开合得体，人事玩儿得转，玩儿得精妙。

首先他在冯其时的安排上就高叶局长一筹。因年龄让冯相时再提拔无望，虽副局长只一步之遥，可年龄把他拦得死死的，虽然他对赵一达无可奈何，可一个资历深厚的局长助理就是不买你账，就不"尿"你，你也没招儿！硬碰硬，其结果是两败俱伤，如真这样，新任副局长赵一达还落个心胸不宽广、不容人的赖名声。

再看这赵一达是怎么做的，他是三天两头跑市里，疏通人事局领导，和组织部门交换意见，半年后冯其时的官儿并没升，可行政级别晋升为副局级，就是享受副局待遇，工资也是副局，工资涨了一千七百多元。这回冯其时见赵一达再不板面孔了，而是老远就堆着笑，不管周围有多少人，他都主动上前喊赵局长，有话没话都搭讪几句，其精神头儿和以前大不一样。赵一达布置的事，他四下忙着抓落实，生怕赵局长不满意。看到这些，叶局长心里酸溜溜的，他不禁叹息：有奶便是娘，这赵一达可真会喂。

最让他没想到的是徐正文的安排。简直是一个"八卦图"。徐正文在赵一达当副局长之后，特别是知道自己落败的原因后，情绪低落，人灰溜溜的，就想调走，他一时没找到合适的地方。这人清高，一般人不理睬，倒是赵一达上任后，三天两头找徐正文谈话，不知谈的啥内容，不过几次谈话后，徐正文精神发生变化，他闷头抓业务，早来晚走，甚至周六周日都来局里画图、整理设计方案。

原来是赵一达帮徐正文"了结"了国外红灯区的事。赵一达帮助徐正文整理出一份情况说明，即前年1月17日，在荷兰的阿姆斯特丹，会议主办单位组织四十多与会者参观的荷兰性文化展览，展区连着红灯区，脱衣舞不过是性文化的一部分而已。而徐正文从没有个人去过红灯区，更无违纪行为。这份说明送到市里，市里认为情况清楚，不算问题。一下子把徐正文剔得干干净净。

至于他那次局里审核会不开去了德国学术会，赵一达替他申辩得更精彩：审核会准备不成熟，几位上级领导也出国了，他那次去德国开学术会，论文被 KTT 大会评为一等奖。往小了说这是为中国业界挣足了面子，往大了说是为国争光。一番话说得市人事部门领导点头无话。

人们只觉得徐正文精神变了，变得专心搞技术，说话也格外和气了。人们认为他可能是要证实自己，要干出什么名堂，找回自己的面子。渐渐地人们也不再注意他，感觉徐正文已"自然出局"。也就在这时，局里由徐正文搞的一项成果，获省里发明一等奖，送国家部委又评为二等奖。省报纸头条报道，电视新闻也有徐正文镜头，一时间他又恢复元气。让所有人没想到的，是市里人事部门领导来局里宣布：任命徐正文为局里总工程师。

这年头，总工也就是副总，和副局长平起平坐，在业务上更有权威。而所有这些，都是赵一达一手精心策划的。徐总工程师当然对赵局长感恩戴德，工作和赵局长扭成一个劲儿，事事请示赵局长，赵局长指哪打哪。徐总工程师背后说：咳，我以前太不了解赵局长，他这个人，是真有水平，有大胸怀，是真君子，和这人共事，累死都值！

还有综合部的刘科长的安排，也独出心裁。赵一达不愿意让刘科长身前身后的晃，伺候叶局长行，又来伺候他，他特别扭。刘科长也帮自己干了许多事，又是叶局长的人，前朝老臣不安排好，也是麻烦。可他是司机，文化水平有限。最终，赵一达把他安排到专门和退休干部打交道的局离退办主任。这个主任有车辆、有经费、有活动阵地，也算有实权，刘科长乐颠颠地去了，再见赵一达时，老远就笑着打招呼。

这一切一切，在叶局长脑子里像电影一样闪过，之后他连连摇头，又连连点头，他感觉自己真的老了。

让叶局长慨叹不已的，还是赵一达对他妥善的安置。专务本来就是闲职，专干一项工作那是奉承，人一专务了，几乎只能干自己的事了。赵一达安排他写局史志，写作地点安排在外县森林公园，硬是让他带着老伴，一住一个多月，而每天只是修改一下别人写的史料，改多少写多少没要求，改得好赖没要求，只要求他身体好、心情好！这让叶局长有点受不了。紧接着赵局长安排他去海南三亚疗养。叶局长心存顾虑地说：小赵呀，你这样安排我，别人会有意见的！

赵一达一摆手：没事！谁有意见，跟我说呵！您贡献最大。劳模可以疗养，您这一辈子比劳模贡献大，谁有意见找我来！

赵一达硬是安排叶局长去了三亚，之后叶局长和老伴一商量，退休吧，再不去单位，可赵一达说了，叶局长每年一次、一个月的疗养是必须，我在任，就这么定。这话让叶局长感动。之后他长久叹息：这小赵，我以前没用好他，没重用他！这个人确实有才干，处事比我强！

（五）

但赵一达在处理自己一件事时，让他渐渐感到头疼，这事就是汪春。

在赵一达心目中，汪春是性格内向而情感理智，不知是年近中年还是婚事生活出现什么问题，她特别对赵一达产生了依赖，这种依赖当然有爱慕和性的作用，或者说当两个人再无任何隐私多次赤裸面对时，也再无避讳和顾忌。尤其女人，一旦把身心全部交付之后，她便对依赖或深爱的男人不断提出要求，当然有性的，更有身心安抚和话语的沟通，而一旦这种依赖和沟通成为习惯，便成了瘾，便像一条藤蔓依附树上，只有攀延才惬意，强行拆开，简直无法活了。汪春就是这种状态。其实汪春的丈夫也是个懂得体贴的人，也相貌堂堂，最让她当初看中的是丈夫人正派、正气、正直，长期担任领导职务，使他说话也板板生生，少幽默和委婉，当然也更不善于甜言蜜语。这其实是丈夫的优点，可随着日子一天天过，乏味的感觉日日清晰，尤其是汪春多次和赵一达的深层次接触后，有了更真切的比较，她才知道男人和男人不一样，不止是肉体的，是情趣的，是拨动内心弦动的情趣。往往见面后的一句话，就能使郁郁寡欢的汪春抿嘴一笑；一件小事都能让赵一达说得活灵活现，都让她新鲜，总有新的感觉新的花样儿，回回的过程竟不一样。依赖是生理的，更是心理的。

但此时的赵一达感到了麻烦。这种麻烦在于，每次都想鼓起勇气拒绝，可见到多情的汪春，想到汪春为自己所做的一切，又无法张口。再者，汪春对他早已不顾女性的自尊，而甘愿为他做一切事，他想拒绝，实在不忍。当然这不忍，也有生理的需要。

最让他警觉的是叶局长去三亚度假时，在机场，老局长手搭在他肩上说了体己的话：小赵啊，你哪都好，我也放心，唯一不放心的，是汪春，小汪春不简单啊，她已经调到市机关事务管理局了。为了你们的前程，你一定要处理好这事。这种事我见多了，因为这个，跌了大跤，不值呀！我也年轻过，你一定听我的，当断则断，不断则乱啊！

赵一达脸上布满尴尬，内心在翻了个儿。叶局长已知道这种事，那局里人肯定也有知道的，那没多久，小童也会知道，之后麻烦就大了。是到了结的时候了。

怎么了结？

周五下午三点多，赵一达和汪春在龙泉宾馆见面。在见之前，汪春用手机告诉赵一达：今天我告诉你一句最重要的话。

赵一达今天下决心打算把"少接触"的话委婉说出来，可汪春一见面就问他一个怪问题。汪春圆睁着眼直视他，嘴角有笑意，那是深陷的笑，像埋着很多内容。她问：你知道决定你当副局长最为关键的人是谁吗？赵一达说，我当然知道，往大了说，是市委潘书记，往小了说，是叶局长，当然还有你帮忙！是吧？

错了。汪春诡秘一笑：因贪污判刑的李副局长。

笑话，一个在镇赉关押的犯人，能帮我？

对！就是他，你知道他的女婿是谁？

赵一达摇摇头，眼神愣愣的。汪春娓娓道来。

是建设厅四处处长，而他的铁哥们就是省组织部的老赵，他是直接负责这次考核的人，可以说他的意见就是常委会的最后意见。他就一句话决定你的升迁。他说什么了？他说你人品好，这就够了，其他都是套官话，是给领导看的，是写进档案材料的，是套话！

汪春简直像说书人一样轻松评价，话语当年，这让赵一达既惊诧又意外。

去年夏天假期，他和妻子、内弟、内地媳妇一起去了乌兰浩特，玩了两天之后往回返，途中路过镇赉，他把几个人放到农家菜馆后，专程看望原李副局长。没人知道赵一达为何去那里，包括他和朋友喝酒时也没吐露看望的细节，只是说李副局长一见到他时情绪很激动，说那里比他想象的要好。他从没说为李副局长做了什么，更没说带去吃的抽的和一些钱，只说李副局长想开了，每天除了劳动就背诵古诗词，精神挺好的。赵一达说自己也不知为何非要去那儿一趟，去过之后，心里像了结了一件事。

那时他随想随做的事，竟然像无意在篮球场进行一次远投，而篮球恰恰飞向篮筐，干净进篮。他无意但真心地做的事有了回报，而这种回报结果出自汪春之口，否则他永远无法知道。这就是红颜知己吧，这一个知己已胜过许多靓丽，世界好像一下都为他敞开。

你真是我福星。说完他一把拉汪春入怀。汪春低声说：我还有一句告诉你，你想听吗？我不想听虚的，我要你来实的。赵一达把汪春搂得紧紧的，亲吻她的耳根、项颈。汪春小鸟依人，情绪入戏，二人缠绵起来，又进入他们的梦幻世界。

每次和汪春进入梦幻时，赵一达都关掉手机，他烦一切来电干扰，可这次没关掉手机，就在他们在梦幻深处遨游时，手机响了。赵一达用眼神询问汪春接不接？汪春让他接。手机里暴躁的声音，把高扬的情绪一下拉入低谷，是女人尖厉的声音：你在哪？

他平静说：我在市里，在和人谈工作，之后回单位。

那边女人吼起来，声音由手机里传出已变调儿：我知道你在哪，连哪个宾馆都知道。你要是想过日子，就马上回来，你半小时不回来，咱们就离婚！

手机挂了。

赵一达毫不慌乱地穿好衣服，平静地对汪春说：是我爱人打来的，咱们遇到麻烦了，她好像知道了什么，为咱们俩，咱以后少点接触，好吗？

汪春眼里有一汪泪水，说：好的，我听你的。说完默默地走出宾馆，无声地开车走了。

赵一达开车匆匆回到家，进小区后他下意识地四下望望，似疑惑有人偷窥他。家里静悄悄的，小童还没下班。

他掏出手机，开始删除那花十块钱录制的尖厉声音，他感觉自己已删除生活龌龊的一幕，删除心一直不宁静的缘由。他叹息一声：成了！我终于解脱了。

可此时，赵一达脑海中突然浮现汪春那晶莹目光。不知为什么，他没有解脱的兴奋，没有策划的成就感，相反内心惶惶，空空荡荡，倍感龌龊。

这时，他手机忽然响了，他一看来电显示，是汪春打来的。他犹豫一下，还是接了，声音异样：有事吗？

汪春说：我刚给你家小童打过电话，我约她周六上午去喝咖啡。其实今天我要告诉你的一句话是，我离婚了。

接着是一片忙音。

汪春跟小童说了什么？小童现在知道什么？汪春为什么约小童？赵一达内心烦杂，他不知接下来会发生什么事。

当家花旦

（一）

何小婵，那是戏单上常出现的名字。在清远小街，人们叫她小婵。

小婵住在清远小街藕荷里 8 号院，是小街小胡同土生土长的美人。六十年代的美人不掺假，蓝布裤、浅花褂、布便鞋、小白袜；头上花卡，彩绸装点，清水洗尘，脸上素净，丑俊明摆着。小婵就是那个年代的朴素美人。小婵在台上，有戏迷轰然喝彩叫好；可一旦走下台，仍是仙女模样，莲步轻盈，朝人笑笑，悄然无声，没一丝招摇。

小婵不招摇，可啥衣服上身都显时髦，肥裤也显腿长；洗白的小花褂子，衬着她粉白瓜子脸，生是明星样儿。平底方口偏带布鞋，穿在人家瘦溜脚上，走路像是水上漂。看小婵身影，清远小街女人慨叹：这人美的，没法儿没法儿的……

藕荷里在小街中部，这条胡同一门牌一小院。小院三间房子，住两家或三家，住户多是工人、教师和小职员。小婵家住两间房，爹是小学老师，这位教学二十多年的老师，五八年春，死在教学课堂上。娘在刺绣厂，多病的娘六四年也病逝了。许是何家福气都给了小婵，孤儿的她，出落成一个极周正俊俏的小姑娘。她在学校并不显眼，北京戏校到学校招生，戏校老师一连三天，面试二百多孩子，笔试二十多人，可最终只有小婵和一位男生被戏校录取。

小婵考取的戏曲学校，那里管吃住，每月还发七块零花钱。小婵没有积蓄，没人资助，日子很清苦。特别是学校放假，小婵常常一天只吃一顿饭。可是小婵穿戴整齐，闲暇钩织编艺，学做针线活。攒下那点儿零花钱，还时常给小街胡同的孩子买糖豆、买山楂糕、买冰棍儿。在邻居眼里，小婵自小安稳，娘教会她绣花，爹教会她写楷书背唐诗。那时人们见小婵，只说：这孩子，眉目清秀，白净富贵相，哪像小胡同长大的。

孤儿小婵招人疼，四邻八舍，谁家包饺子、蒸包子、吃捞面，都给小婵端一碗。端给她，她说声谢谢，就闷头吃了。小胡同里，各家的饭菜她都吃过，所以不论什么时候，她走进胡同，遇到邻居，她都主动打招呼，甜甜地叫着大伯二婶三哥四姐五弟六妹。谁都没想到，从小瘦伶伶的小丫头，死去爹娘的小婵，几年学戏，几年登台演出，出息成大都市票友戏迷观众公认的大美人。

小婵毕业分配到北方京剧院，除了工资，演出有补助费，小婵的日子宽裕起来。她买了两件明清家具，两间小屋让她布置得优雅舒适。可紧接着"文革"开始了，剧院再没有演出，而是天天写大字报、跳忠字舞、开批判会，上街游行串联。白天如此这般，剧院一切活动和戏曲无关。晚上小婵回到家里，吃完饭不再外出，读书写毛笔字。关好门挂上窗帘，开始练功，抻筋压腿吊嗓子。小婵心里记着教戏先生的话：台上一分钟，台下十年功。病饿乏累，练功不退。功没练，别吃饭。戏没背，不能睡。小婵每天练功三小时，之后才洗漱睡觉。

这时期，小婵最烦的，就是总有人给她介绍对象。

这么一个美人，性情好，人品好，有关的没关的人，都惦记着，有悄悄看上的，婉转托人说媒；有为自己的哥哥弟弟侄子外甥介绍说和；一个美人，还没对象，就好像一件古董，没蜂拥众多买家，显不出古董珍贵。

包括小胡同的人，觉得不给小婵介绍一个对象，就是"视美不见"，就是街坊失职。可当他们得知，要把小婵介绍给谁谁，又集体撇嘴，一个强调：他哪儿成啊！谁能成？又是一番比较，又是一番辩论，又是一番新的寻找、新的介绍。

开始介绍，碍于情面，小婵只说自己年龄小，再等几年。渐渐她发现，这非但不是理由，不能拒绝，介绍人数量还成倍增加。小婵急了，那天她冲介绍人大声道：我有对象了！

一帮人顿时愣神，追问：是谁？哪儿的？怎么个人？

小婵狠狠道：我男朋友，是军人，在沈阳，当排长。

当然这是最初，接下来她面对密集的追问，其男朋友的职务迅速提升，一直升到营长，以后要随军。这时，介绍人们开始撤退，最终消失了，安静了。营长，家属可以随军，之后，再没有频繁介绍之骚扰。小婵日子也安生了。

随着革命样板戏的普及，剧院有了拍戏任务，许多演员因长期不练功，身子发福，嗓子发哑，手眼身法步都不在行。再看小婵，剧院里鹤立鸡群，演阿庆嫂，演方海珍，演李铁梅，演谁像谁，形神兼备，明眼看出背后下过功夫，连老演员也冲小婵点头了，啬啬夸赞：行，像那么回事！

当然，演得最精彩的，还是扮演李铁梅，不论是年龄身段还是扮相，都贴切样板，小婵一下有了名气。包括市里游行，汇报演出，市领导点名要有小婵参加，指望她这个李铁梅的彩唱出彩。

早在六十年代初，北方京剧院总有演出，而且是成本大套的演出。院团一百多号人马，最紧张时三台戏同时上演。可文革一扫四旧，封建残余的戏本唱腔全都禁止，演员的师傅师爷被批判靠边站，大小角色低头奔脑，戏服布景道具全烧了。剧院上下，除了开会学习，就是打扑克聊闲篇。谁知一纸文件传达，排演样板戏。悠荡闲聊散漫的日子忽然没了，人人都有任务，不唱主角的演配角，不演配角的跑龙套，演战士装群众扮鬼子兵，反正都忙得滴流转，剧院演出更是排得满满的。

已是秋天，白天还闷热，可傍晚开始清凉。剧院白天演一场《沙家浜》，晚上还要演《红灯记》。演出在红星礼堂，散场后演员卸妆各自回家。那时公共汽车收车早，小婵也没自行车，好在四五人大致一个方向走，说笑着走也不乏味。可离家还有两站地时，同行的人都到家了，小婵一个人匆匆往家赶。天黑她没走小胡同，走的是小街。学生不上课了，一些工厂闹革命，半天生产半天搞批判。一时间小街胡同里闲人显得特别多，小街路灯下全是一伙伙打扑克牌的。这些闲人下午睡大觉，晚上精神，招猫逗狗，恣意谩骂，打便宜人，起哄架秧子。

小婵低头走着，就感觉有人指指点点，高声怪叫。她不在乎这个，无非是引她注意，小毛孩儿勾当，不理就是。她穿过小南街，脚下步子更快了，她只要拐进胡同，穿过两条胡同就到家了。可是一进胡同，两个黑影也跟进来，她快走，黑影疾随，她慢走，黑影也慢。

麻烦，遇上小流氓了。小婵没有姐妹们常讲的那种恐惧，她觉得离家近了，能一气跑到家。可她刚要跑，心说不行，让小流氓认识自己家，不是好事。她拐进一条胡同，朝派出所方向跑，看你小子跟不跟。她走出一段路，回头看，还好，没跟来，索性往前走，绕道回家，谁知在胡同口，两个黑影堵在那儿，他们绕到她的前面截她。一时她来气了，更不知道什么是害怕。她心说：小流氓，跟踪一段也就算了，现在倒好，劫道，我倒要看看，那两条瘦狗什么样儿！

那两个黑影身形很瘦，小婵也不多想，大步走过去。两个瘦狗果然没敢动，傻傻地站着，小婵用眼角余光看看，夜色里看，显然是两个学生，可她又走出三四米，忽觉身后有动静，一个身躯撞了她一下，接着身后人紧紧抱住她。她胳膊被箍住，前后不能挣脱，小婵没害怕，可心发急，她听到脑后急促的喘息声，她往后猛一仰头，判断出身后人头部的位置，只见小婵猛一偏头，一个飞踢右腿，脚尖直捣脑后。只听"哎呀"一声，紧抱她的双手顿时松开，小婵抬腿就跑，身后黑影骂了两声也随之追赶。

小婵跑出胡同，跑过大街，一口气跑进派出所。期间，她几次回头，看到两个黑影死死跟随。值班的高个儿民警小宋，正是她所在居民区的户籍警。小婵气喘吁吁讲述经过，之后急促道：小宋，快去，跟踪我的那俩流氓，就在附近藏着，你们一抓一个准儿。

小宋让小婵坐在屋里，他悄声告诉值班的老孙，老孙忙去布置，迅速跑出去。十多分钟后，老孙和两位便衣呵斥着将两个小流氓拽到屋里。

两个流氓瘦高，手被铐着，缩着身子，像被雨淋过的草鸡，其中一位嘴出过血。小婵发愣了，分明是十五六岁的学生，其中一个长头发的她认识，叫林子，住罗家大院。小婵和大院几位票友唱戏，就是林子帮助搬桌子抱板凳。他挺爱听戏的，怎么干着糗事？此时林子也认出小婵，他的头使劲低着，恨不得钻到地缝里。

另一个直接和小婵说：阿姨，大姐，我是南里的，叫张小有，林子同学。您饶过我们吧，打骂都行！

民警小宋，皮肤微黑，细腻有光泽，眼睛不大却有神，直挺的鼻子让脸部极有英武的线条。他大声询问，不时做着笔录。小婵朝他使个眼色，小宋跟小婵进里屋。

小婵说：这两孩子我认识，都不是流氓，就是爱起哄玩儿闹。你骂一顿，吓唬一顿，都行，可别关大狱。

小宋一板脸：怎么，报案也是你，说情也是你，看我们闲着，逗我们玩儿？

小婵一扶小宋的胳膊，一脸是笑：哎呀小宋，都怨我、怨我！家门口住着，他们也是初犯，教育教育……这事，怨我，行吧？

小婵妖媚地笑，那洁白的牙齿，和那双会说话的眼睛，让小宋什么也说不出来，他感觉小婵抓他胳膊的小手，细腻洁白，被抓得很舒服。

你要不说，本该拘留的。既然你……行吧，按你说的，臭骂教育一顿。

几天后，林子和张小有出现在小婵家门口，见到小婵，俩人作揖鞠躬，最终跪在小婵面前，连说：大姐，谢谢您、谢谢您！

小婵慌忙拉他俩：别这样，过去了，咱不提，行不行？

林子说：我向您保证，再不学流氓。

小婵一笑：好。那天我那一脚，没事吧。

没事了，踢着，也活该……

原来那天，几位同学和林子、张小有打赌，输赢是一套煎饼果子，看他俩敢不敢一起去跟踪女人，于是有了那天胡同的一幕。

小林又说：您救了我们一回，我们要报答您，帮您干重活什么的，反正您有事就到大院找我，我一定随叫随到。

不用，邻居住着，只要你们学好，就结啦！咱不提这事啦！

两个半大小子半晌无语。走出小婵家门口很远，一个小子说：她真美，有人欺负她，咱往死里揍！

另一个应声：没错。这人，够意思！

（二）

刚入夏，小婵到外地慰问演出，慰问单位给每个演员一幅毛主席去安源的画像。那不是一般画像，是带塑料框的、一尺宽二尺长的一幅油画。家里墙上那幅毛主席画像破了一个角，挂多少年了，该换了。于是小婵把画揭下来，把塑料框画像挂上去。揭下来画像，她卷了卷放到废纸堆里，时间一久，也不知什么时候，画像和废纸一起倒进胡同垃圾筐里。谁知就是这张画像，给胡同里带来政治性的麻烦。

这天上午，四名红卫兵敲开4号院的门，让周爷、周奶到门口接受问话。红卫兵扫四旧早过去了，怎么又要折腾？周爷哆嗦了。周爷在国民党48军当过上校军医，"文革"初期被抄家，抄出许多老照片，有国民党高官，也有国家领导人的。那天马上要开批斗会，高帽子都给周爷戴上了，忽然北京那边有人来，还拿来证实材料，材料证明，周爷是起义投诚过来的，是立功人员，结果批斗会没开成。你就是起义投诚，抄你家东西也暂不退还，找谁也没用！红卫兵们并没因为你有北京证明，而改变训斥人的口气。周爷病倒半年，他身体刚缓过来，红卫兵又来家门口训话，周爷能不哆嗦吗？

周爷、周奶慌忙站在家门口。只见一矮个儿红卫兵，一指地下一个破纸盒，劈头就问，这你家的垃圾，对吧？

周奶仔细看，迟疑一下。周爷傻傻地爽快：没错，我家垃圾，这纸盒子是我装药的……

好啊！你们胆敢毁坏毛主席画像，你们这是现行反革命！

我们，不是……这主席像不是我们的！

和你们垃圾在一起，还想抵赖，没门儿！

四位红卫兵一起发威，围观的几位邻居身子不由得后退。

听到邻院有人吵吵，刚起床洗完脸的小婵推开屋门到小院，她要出去看看。这时，神色慌张的李婶跑进院，她低声道：出事啦，毛主席像，毁啦！他们说，是周奶家干的，红卫兵不依不饶，惹大事了！

我去看看，小婵往门外走。李婶家新中国成立前开木器厂，"文革"家被抄过，见这种事就躲。她想拉住小婵，手伸出去，没敢拉。

小婵一看那张撕裂开的主席画像，心说坏了，怎么会在垃圾里，怎么会让他们发现，更怪，怎么会赖到周奶？

邻居们已经围拢上来，想为周奶说话，可不知该怎么说，闹不好会引火烧身。不知是谁叫来户籍警小宋，显然是让小宋帮助周奶。周爷周奶在跺脚，正不知所措。一个红卫兵低声和小宋说着什么，小婵挤进去，对矮个儿红卫兵说：主席像不是周奶家的，她家的主席像在墙上贴着呢！也不是这胡同的，这胡同，家家都有毛主席像，没有这样旧的。

这话提醒红卫兵，马上有人进周家小院，到周奶屋里查看。果然，主席像在墙上。周爷大声喊：不是我家的，你看，我家的在墙上。周奶委屈地呜呜哭起来。

红卫兵的火力一下集中到小婵身上：这事，我们要一查到底！你说，不是他家，是谁家的？你说、你说！

想问我，是吗？小婵抱着膀子问，她认为，几位红卫兵，一定是有人揭发，催他们来的，不然他们也不愿意管这无头案。

就问你！凭什么说不是这家的，说不是这胡同的？你是干什么的？

民警小宋低声对红卫兵说：她是北方剧院的，演李铁梅的。

红卫兵上下打量着小婵，再看小婵，眼神也不一样了，口气缓和许多：本来就不好找，我们发动群众，就是要揪出坏人。

小婵走近矮个儿红卫兵，脸凑近他低声说：咱都一个心情，你想，也许这事就是坏人做的，他让咱互相猜疑，破坏团结，咱哪能上当？

一旁的小宋接话茬儿：还是慢慢调查，不让老百姓互相猜疑，是吧？

矮个儿红卫兵是头目，点点头：好吧，咱们多联系，有线索通知我们，不能让坏人逍遥法外。

对，就是这个意思。

一场政治罗乱就此化解。邻居不说别的，说李铁梅厉害，铁梅，有张铁嘴。

小宋说：多亏小婵，要么，我也不知怎么办。

周爷、周奶跑到小婵屋里，千恩万谢。周爷对小婵说：费心啦，帮大忙啦，帮我们解围啊！周奶拉住小婵的手，嘴巴呜呜半天，再没说出话来。

两位老人由衷地感谢小婵，可小婵暗暗自责：那张画像，我是什么时候夹带扔出去的？

小婵扶着周奶回屋去，显然她还要陪周奶说会儿话。

小宋低声把围观的邻居叫住，一板一眼地说：这不是小事，东街瓷主席塑像碎啦，在垃圾箱里，几个邻居乱猜疑，还乱揭发，结果怎么样？七位被红卫兵拉进学校审问，两天两宿，人困马乏，鼻青脸肿，没个结果。咱这儿，都别乱说话。记住，不能乱说，不然麻烦大着呢！

众邻居都说小宋说得对，说得好，听你的。

四邻散去，陈娘招呼小宋到家里坐，小宋随陈娘进院，坐在院里听陈娘絮叨。

小婵人长得俊，这丫头心眼儿好。和小婵住一个院子，借力呀！小婵唱戏，认识名人多，我家那位老寒腿，就是小婵把主任请到家，给我那位看病，这多大人情面子！谁娶这么个媳妇，可烧高香了。

陈娘絮叨着，小宋总爱围着小婵转，一定是有那个意思，没明说，此时陈娘有意说：小宋，小婵这闺女这么好，你怎么不追呀！

小宋也正色也玩笑：我追不上，人家会唱戏，我跑龙套都没人要。

反正我看，你们挺般配的。

那我，努努力。小宋显然是在开玩笑。他本是等小婵，或者去小婵家坐坐，说说话，可小婵没回来，便和陈娘说再见，匆匆而去。

（三）

有时，生活中的罗乱是没缘由的，说是种瓜得瓜，种豆得豆，你啥也没种，可瓜呀豆啊突然冒出来。这不，上午十点剧院开会。九点多小婵从家出来，因为晚上演出，剧院上班晚。剧院开会，多是演出的事，谁也不敢缺席。可这天，小婵一出胡同，就被一位大姐截住。

这位大姐脸色蜡黄，一脸倦容，她和小婵说话支支吾吾，老半天小婵才听明白，她和家人都喜欢小婵。像这种事，小婵已麻木，演员被观众喜欢很正常。可大姐支吾地说，她丈夫非常喜欢小婵，是特殊的喜欢。说这话时，大姐很焦急，就好像她家摊上房漏锅破之类的烦心事。

小婵心里别扭，她压着火气说：这事，别和我说，和您丈夫说去！

大姐带着哭音：我说了一年多了，天天为这吵架，吵得都快离婚了，原因就是他喜欢你。

小婵气笑了，火气压不住，声音一下拔高：离婚是你们的事，我招谁惹谁啦？

小婵不再搭理，转身就走。可是在3路公共汽车站，小婵等汽车时，这位大姐影子一样跟来，继续絮叨，反复说她苦闷，说丈夫如何跟踪小婵……

小婵对大姐吵架离婚没兴趣，听着罗列糗事，她就想她窝囊没骨气，这样臭男人，怎么不离？可让小婵心惊的是，那个近于变态的丈夫竟然跟踪自己，自己竟然没发现，是跟踪术高明，还是自己麻木不敏感？要是个心狠手毒的家伙，自己也许没命了。小婵想了想，对这位大姐说：今天我有事，明天上午八点后你到我家，咱俩好好谈谈，行吧？

行！我准时到。大姐意外地满意，她似乎看到，明天她们谈话后，丈夫不再跟踪，或根本不再喜欢小婵。

第二天八点刚过，大姐敲小婵家院门。

小婵刚起床，忙洗把脸，开门把大姐引进屋里。再听大姐叙谈，小婵不再害怕，也渐渐理解这位大姐的苦衷。大姐和丈夫结婚八年了，她在服装厂当检验员，有一个四岁的女儿。她的丈夫姓唐，是第二建筑工程公司工程师，人们都叫他唐工。

大姐说：跟你说这事，都不好意思开口，这一年多，我爱人跟踪你在二十次以上，不是我瞎说，是他日记里写的。偷看日记不对，跟踪人更不对！我能和他哭和他闹，可也找不出他怎么不对，我不想离婚。可我，也不愿意看到，自己的男人总跟踪女演员。我发愁啊，睡不着觉，大把大把掉头发……没办法了，我才来找你。给你添堵，添乱！

的确添堵。人家求到家里来了，不能推出去呀。小婵纳闷，他喜欢我什么？你结婚的男人，不好好过日子，这要是报派出所，兴许拘留他。可这样，这个家也完了。小婵想，这个人胆小，心理有缺陷，好在他爱京剧，工资全交家，也算有心。小婵说：大姐，这样吧，我和你丈夫谈一次，谈过之后，他不会再跟踪我，相信我！

大姐忙说：我信。您长得美，心眼也好。我打听了，邻居都夸你。

小婵一笑道，之后郑重说：男人喜欢看女人，不算是错，跟踪就是毛病。咱帮他改，你回家后不要说找过我，对他好，别吵，我有办法让他爱你和孩子。

小婵常听女演员说自己如何被人追求，被人跟踪，接了多少求爱信，口气有诋毁成分，也有炫耀自己羽毛之意。小婵上学就接过"交友"的信，她不理睬也不对人说。演出期间有人悄悄请她吃饭，她谎说腹泻，正吃药呢；人家说见个面聊聊，她说感冒还没好利索，传染，以后再说吧。

小婵对于跟踪她的人，不想伤害，特别是无助的大姐求她，她哪能把事做绝。把人拘留了，自己有什么好？你一告发，他人缘臭了，家也散了，甚至一辈子毁啦，何必呢？

小婵有自己的主意和办法。这天下午3点多，小婵练完功从剧院出来，她坐公共汽车直奔第二建筑公司，在公司传达室，她拿出自己的工作证，说找唐工。传达室老师傅看小婵，笑笑道：到底是演员，年画一样漂亮，说话声也好听。我领你去。

其实老师傅可以告诉他，唐工就在对面二楼，老师傅很少这么近见演员，他愿意和小婵多聊几句。当他们在二楼推开设计室门，老师傅大声喊：唐工，你看谁来啦，京剧院演员，演李铁梅的，何小婵来啦！

设计室三名男士，两名五十多岁，唐工刚四十，戴咖啡色框眼镜，皮肤白净，显得年轻干练。听老师傅一说，两位老设计师忙笑着朝小婵连连点头，再看唐工，怔怔坐着，眼睛发直，傻了。他猛地站起，左右看看，冲小婵发愣。他怀疑自己做梦，甚至怀疑自己病了，是精神方面错乱。

老师傅看唐工发话：我说，来客人啦，没好茶我那儿有，发愣干吗？

小婵知道唐工一时发蒙，随口说：我找唐工，就是说说京剧演出的事，别影响你们工作，我和他到外边说去。

不行，你是客人，再忙这点时间也有，我们俩出去，你们聊。老设计师朝另一位一摆手，示意出去。

这时老师傅发话：不用，我把小会议室打开，唐工，你跟咱演员到会议室聊。

小婵忙说谢谢您老。老师傅一摆手：不麻烦。要说麻烦，我真想麻烦你们演员，什么时候来我们建筑礼堂演出啊，我们这有不少会弹的会唱的！

小婵正色道：我们去过钢厂、木材厂、棉纺厂、郊区菜社，还真没到过你们建筑公司，让你们领导到文化局联系呀。

好嘞，我今天算办了件明白事，我现在就去找主任。

会议室，小婵唐工对面而坐，两人似乎都在措辞，出现短暂的沉默。

小婵说：你跟踪我的事，我都知道了，咱说开了，我也不怪你，你也没伤着我。我就想说，你跟踪我，伤害你爱人，这样不好！是吧？

唐工沉吟半晌：都是我的错，我喜欢你，想每天看到，真没恶意……

于是唐工细说缘由。唐工酷爱京剧，自从看了小婵的演出，开始追捧追随。小婵到河东演出，他去河东，小婵去西郊演出，他又跟到西郊。他跟着看演出，不是看热闹，他是真懂真会，真痴迷。京胡、二胡都会，京剧曲牌《小开门》《柳青娘》都能拉下来。有这功底，几个样板戏里大段唱有模有样。当然传统老戏老段他更能唱，什么谭鑫培、马连良、奚啸伯都能模仿两口。由于喜欢，开始只跟着看小婵四下演出，到后来没事，也跟小婵下班……

唐工下班路过北方京剧院，最初他就在邮局门口朝剧院门口看，看小婵出来，远远地爱看小婵的一举一动。当然也有白等的时候，已过晚上六点，他便不等了，惆怅地回家。跟着自己喜欢的演员，看着身影，一举一动，都化为一段吟唱，一直吟唱入梦，想象着小婵还和自己说话，和自己一起演出……

有美好的梦境和跟随，唐工感觉日子不光是蓝色的图纸线条，还有西皮二黄，还有美人咿呀唱腔……时间一久，剧院的演出时间，排练规律，让他摸个透，包括剧院头天晚上有演出，转天上午十点剧院人才去上班，这些门儿清。唐工爱京剧，不耽误工作，单位领导能让他这么自由，只因唐工不是一般工程师，在校期间他就有桥梁设计作品，他的设计图，又快又好。建筑公司领导也为留住人，对唐工私下有交代：你可以弹性工作，不耽误施工进度和质量。而唐工所有工作都超前，领导异常满意。难怪唐工媳妇骂唐工：单位闲的，惯出一身毛病！

听着小婵轻声细语说话，唐工后背燥热，窘迫得无处躲藏，感觉自己被一顿烟熏火燎，顿时黑乎乎、光秃秃地难看。

小婵不考虑他的自尊，直接用语言鞭子，抽出响声：你可以说喜欢我的戏，以后不许说喜欢我，我的未婚夫是军人，你再这样说，就是破坏军婚，这是要上军事法庭的！

小婵就是要吓住他，谎说军婚，才彻底灭掉他的胡思乱想。

果然，鞭笞的语言让唐工感到丝丝疼痛，痛中也有两分快意。唐工朝小婵连连点头：谢谢您及时提醒，不然我真犯大错。

小婵话题一转，就像川剧的变脸，语言腔调都变：你从什么时候开始喜欢京剧的？喜欢什么角色，喜欢谁的唱腔……

这个话题，让悬崖上唐工一步步走到平地上，他的谈吐开始松弛，继而文雅，学理工科的唐工对京剧绘画歌剧电影理论都有造诣，聊到哪个艺术领域，都有不俗的见解，这让小婵刮目相看。小婵顺着话题，说到唐工的家庭妻子孩子。

唐工认真地点头，认真说：是我的不对。他突兀地问：你不会告发我吧？

不会，要告你，我何必来公司……

我知道错了。真的错了，真对不起……

我郑重道歉！说着唐工站起，恭敬地朝小婵深鞠一躬。

我原谅你啦，有人问起这事，我就说咱们都是京剧爱好者。

谢谢！我真是太幸运啦，认识你！我、我……

显然唐工是性情中人，他几乎不相信自己心中女神一样的人，会面对面跟自己聊天闲谈。

我家族这一辈九人，不是哥哥就是弟弟，没有姐妹，所以我才……

我当你妹妹，你是我哥……

唐工彻底傻了，半晌无语。捂住嘴无声地哭。听到会议的脚步声，唐工忙用手绢擦。

老师傅当真把公司主任找来了。主任是个白胖子，说话带笑自来熟：呦，剧团铁梅同志，到我们公司，我才知道，也没到门口欢迎，抱歉抱歉！

人家专门找咱唐工的，咱唐工有这关系，这小子也没说啊！

好啦，唐工，咱公司职工要看戏，你得去办！这层关系，明摆着，演员同志您说，是吧？

小婵一笑，只说：没问题呀，你们公司人才济济，完全可以演台联唱！

唐工，我们有这个实力？主任也许是故意问。

唐工说：咱公司票友四十多人，还有一帮年轻爱好者，虽然没排练过，只要有人辅导，没说的！

听见了吗，得有人辅导，铁梅同志，您辅导我们一把，时间资金剧场，我全支持，您看……

小婵说：那，就瞧好吧！

笑声响起，好久不散。

（四）

小婵贸然说自己的未婚夫是军人，她自己也吃惊，怎么冒出来的？她仔细一想，很早了，她就喜欢军人，电影看多了？战斗故事听多了？都不是。是她下乡劳动，和四位军人同住在老乡家，军人帮老乡铲地，割草，垒墙。他们默默地干，几乎不停歇。晚上都在灯下学习，之后就睡觉，一大早就起来扫院子打水浇菜……现代军人，没惊天动地的事，却朴实可爱。那时她想，将来找个军人做丈夫，军人处事果断，吃苦在前，是依赖的人。虽然这样一个人没出现，可她觉着，那个人就在前边不远处等她。

剧院每次上演《红灯记》，小婵是铁定的女一号，她扮相好唱功好，难得是有一批戏迷票友拥戴，没办法，台上一亮相，没出声，就一片掌声，一片叫好。剧院出个名角，给剧院扬名，是所有人跟着风光，这当然是大好事。哪知铁梅被捧得火爆，二号李兰菊心里犯酸。其实李兰菊扮相蛮好，可唱功不行，到哪演出，观众呼叫着小婵。李兰菊干着急，轮不上她演。可她喜欢上台，于是她悄悄去找院领导赵子爵，她琢磨过，这位领导吃那一口，于是她就想方设法频繁接触，买早点多买一份送过去，拿着暖水瓶装作打水回来，往赵子爵的空杯子里放上自己准备的茉莉花，慢条斯理地为之沏上热茶；下班时分，就是她向领导请教请示的最佳时机，每次话题不重复，磨磨唧唧，没完没了。她也看出，领导不烦，和她坐得越来越近。

赵子爵也是戏校毕业，他心思没在戏上。他不羡慕名角，他羡慕院长、局长。"文革"开始，往日他崇拜的领导都靠边站。赵子爵开始失望，可接下来的日子，他突然感觉自己当官的机会来了。全剧院他出身最好，往日娴熟扮演的自卑谦恭，在打砸怒骂中，蜕变为冷酷果敢。那个一直跑龙套的喽啰兵，一夜间高大威猛起来，成为众人前面振臂呼号的郭建光。当然，他演的郭建光，尽管革命情绪爆棚，可唱念做打让人摇头。更有戏迷直言：说他的"糟践样板"，于是他悻悻走下台，把火气撒给被打倒的老权威老领导……在动乱年代，赵子爵唱戏不行，可开大会、喊口号、组织游行是内行，很卖力。上面看他敢说敢骂，敢撕破脸，敢不计后果，于是他被上下推为院领导。他觉得当领导，比演戏过瘾，谁都敬着咱。这不李兰菊又找他谈角色问题，他不忌讳地在后台谈，在回家路上谈，谈心最终谈到沙发上、硬板床上。

赵子爵早看出几位老演员对李兰菊摇头，一时还没直接答复李兰菊的要求，对于这个"角色"，他是需要反复谈的。

在剧院里，他暗恋小婵，但他也最烦小婵，有两层意思，一是她不给自己面子，二是不服从他的指挥。不给面子这是官话，其实就是不让自己亲近。赵子爵当上剧院领导那天，他的一帮牌友就说：那帮女戏子，就是你"后宫嫔妃"呀。

有人附和：没错，谁敢不从，收拾！

哥几个让赵子爵说话，他笑笑：这儿都不算事。可赵子爵心里没底，尤其走近女演员时，他有架子，没自信。当然剧院一两位小女子，让他知道权力意味着随便，他在找她们个别谈话时，她们主动往身上靠，这一靠，自信、胆量都上来，甜言蜜语，肌肤脂香，肢体语言渗透在对艺术的谆谆教诲中……

虽得手，也叹息，长相品位不入流，残花败柳。特别是看到小婵，台上台下，光彩照人，照得他心乱。这天，赵子爵把小婵叫到办公室，他套近乎地问：小婵，你对咱演出有什么意见要求，包括个人福利要求。

小婵似乎知道这套，不往深处聊，只说：你们领导定的事，我们没意见，至于福利，大家有的，我也会有，个人要求，说了也做不到，不如不说。

小婵不上道，话里全是软钉子。赵子爵把椅子搬过去，和小婵并肩而坐，低低柔声道：我知道你家情况，很不容易，主演这么长时间了，很累呀，我想让你当演员队长，你看……

小婵一笑摇头：我谢谢您啦，我随便惯了，当不了队长，找别人吧。

那你当助理导演，戏你最熟悉，演出次数最多，指导一下新秀，好不好？

赵子爵希望在甜甜的许愿和温馨的应允下，顺畅进行下个程序。可小婵总不接受，更没一丝柔情。他着急了，感觉自己绕的圈子太大，他猛地抓住小婵雪白的小手，充满激情地说：小婵，我喜欢你这性格，你要挑大梁，也是帮我，真的，我看你一个过的清苦日子，我心疼……

谁知小婵猛站起，皱眉夸张道：您先别心疼，您抓得我手疼！

说着使劲抽回小手，另一只手轻揉手腕。她故意把椅子搬开，笑吟吟道：我不敢和领导太近，坐近了，我心慌。

不对吧，以前的老院长坐你旁边，你怎么不慌？赵子爵阴阴笑着问。

小婵道：老院长，他从不抓我的手。

你瞧不起我？

我怕您瞧得起我之后，我再也瞧不起自己。没事我先走了，我得去趟邮局。说完小婵走出办公室。

我怕您瞧得起我之后我再也瞧不起自己！什么乱七八糟的绕口令！你个臭美，目中无人，缺乏教养，小市民，当婊子立牌坊的主儿！

他把能搜罗的解气骂人话全叨咕一遍，可气没消，重重来一句：何小婵，你等着。

赵子爵让小婵等着，可他等不及，当即他调整晚上演出名单，当然只调整小婵一个人，让二号李兰菊立即替换她。我就让何小婵知道，这剧院我说了算！你甩脸子，我打你脸。不让你演戏，你威风个屁！

小婵接到换人通知，微微一笑，对通知她的剧务说：正好，我歇歇。

那天晚上演出情况很不好，临时换上李兰菊，也许太兴奋，一段台词竟忘了，急得李奶奶差点哭。演出完老戏迷不满意，演员也不满意，都黑着脸问：为吗换人啊？小婵怎么啦？

当有人说，剧院领导瞅小婵不顺眼。立马有人骂：我就看他不是东西！

尽管革命烽火如火如荼，戏迷们晚上看戏不满意，转天一早就有几位戏迷跑文化局告状。戏迷不说演员忘词，而说"贯彻样板戏不认真"，说演员没有阶级感情。文化局领导是军代表严参谋，一听群众反映，哪敢怠慢，立即调查后，马上派人把赵子爵和小婵都找到他办公室开会。严参谋说出群众意见，指示，让赵子爵排除一切困难和干扰，让何小婵继续演好戏。

赵子爵说回去立刻落实不走样。小婵说：我服从上级领导决定，完成演出任务。

尽管小婵说得很平静，可严参谋还是感觉二人有矛盾，他也不说破，只感觉这女演员这么漂亮，以前总听说，这一见，超出想象。难怪戏迷喜欢。于是他对赵子爵说：老赵，就这样吧，你回去安排演出，我和何小婵再聊几句。

聊什么？赵子爵疑惑地看了小婵一眼，和严参谋客气地握手后走出门去。

严参谋问小婵：演出心情还好吧？

挺好的，有时累点儿，不过心情挺好。

那就好。说说，除了演出，你们演员下一步该怎么打算？比如交流演出，下基层演出，学新剧目等等，咱随便聊。严参谋一脸轻松，可心里觉察到，和这么漂亮女演员说这些套话，浪费时光，乏味至极。

那、那我就随便说啦，严参谋，你别笑话我没水平。

哪能？说。

下一步，我建议，没有演出任务时，演员到基层去，最好选一个戏迷多的大单位，帮助他们排练样板戏。

那天在建筑公司，小婵就有这一想法。

你真这么想？

是啊，不对吗？说错了，算我没说。

严参谋一拍桌子，大笑道：你这演员，有水平。这不，上边刚发来文件，全面落实革命样板戏普及工作细则。看来群众的呼声和上面精神高度一致。太好了，我们准备搞个试点，何小婵，你要做好准备啊！

接着严参谋又问小婵家里情况、个人情况、学戏经历、业余爱好等等，他当然问到对赵子爵的看法，小婵说：他是领导，联系不多，真不了解。

严参谋再看小婵，他已意识到，这个漂亮女演员，不但有思想、有思路，还有能力和品位。

（五）

这是星期天的早晨，小婵起床后就去买菜，匆匆拎着菜回来，拐进胡同就见一位穿军装的人站在6号院周奶家门口，他孤单单地站着，四周没有人。何小婵过去问：同志你找谁？

我找我姨，宋淑玉，我姨夫，姓周。

哦，找周奶。周奶一早就到体育场参加集会游行去了，一时也回不来，我是邻居。既然是周奶的亲戚，就到我屋里坐坐，站这儿多累呀……

给你添很多麻烦。我还是在这里等。

不麻烦，就这院。说着小婵推开自家院门，顺手想去拎军用提包。军人犹豫一下，还是拎起两个提包，跟着小婵进院，坐在院里小凳子上。

小婵近前看清，这军人高个儿，宽肩腰板溜直，但没有军人的英武气，眉目清秀的女人相，皮肤细腻白净，南方口音，说话文质彬彬。他看到小婵买的土豆大葱小白菜，说很新鲜，又说他们家乡那里吃菜都是现摘的，是非常鲜的。

小婵问他贵姓？家乡是哪里，他说：我姓郑，叫郑光春，家在湖南长沙郊区。

小婵好奇地问：你在哪儿当兵，看你的手你的脸，也不像当兵的。

他说：你认为当兵都是天天挖山修路行军站岗放哨吗，还有许多你不知道的。我做的，都是你所不知道的。你想知道，我不能说，说了是要犯错误的。

小婵觉得这个人怎么这么自负，你也许不挖山修路，哪个军人不行军站岗放哨？你是兵团司令，还是少爷兵？

这时院门外有人影晃动，小婵出门看，是负责清扫地沟街区厕所的尤大爷，他奇瘦奇矮，眼小如豆，他神秘兮兮地朝小婵一摆手，示意她出来，小婵忙出来，尤大爷拉小婵到胡同口，警觉看看四周低声道：我看那个军人是冒牌货，问路也不知道敬礼，再有，那么年轻，军官上衣，你没见四个兜呢。还有，是找国民党军医老周的，是不是特务在联络……

不是吧？怎么可能？小婵不大信，可这军人身上疑点多多，不能不怀疑。

咱要警惕呀，开会不是说了吗，国民党要"反攻"，你先稳住他，我去找民警小宋。说完也不管小婵什么意见，转身跑了。

盘查一个人，小婵不擅长，可稳住人她会，聊天呗。谁知这一聊，聊出内容了，这个当兵的，他懂文学，懂话剧，懂京剧。文学和话剧小婵不敢神聊，她所知有限，可京剧的话题岂能跑了，抓住一聊，小婵也发傻：这个郑光春，从四大徽班进京，到四大名旦、四大须生，包括四小名旦，京剧轶闻旧事他全知道，往往小婵说个头绪，他就能滔滔不绝说下去。一个当兵的，怎么会知道这么多？

你到底是干什么的？小婵吃惊发问。

我就是在军部工作，搞技术工作。我只能说这些，别的，你不要问。

这个操南方普通话、语速缓慢的郑光春，让小婵来气但没脾气。她觉得这个人有点"神"，也是故意刁难他，小婵笑着问他：看你说话事事明白，还是搞技术工作的，那我要问你，看看我，是做什么工作的？

郑光春摘下军帽，一头乌发衬托得脸庞更加白皙。他一笑，露出洁白整齐的牙齿。他说：我瞎猜的，你是演员，要么以前是，现在也应该是搞文艺工作吧？

他看看小婵的脸，坚定地说：没错，文艺工作者！

小婵一时无话可说，但她很快质问：你根据什么这样说？

他把军帽滑稽地往脑袋上一扔，没回身指着屋门口道：你那演出大照片，就是根据。

果然厉害，特务一样厉害。他根本没进屋，就看见自己的演出照片，凭这个就有结论，关键是准。聪明，有知识，属于大知识，还见过世面。没错，谈吐不俗。小婵警惕的那根弦儿还绷着，可心里已经开始佩服这位军人。没错，他就是特务，也是业务能力极高超的特务。

小宋他们来了。是尤大爷领来的，同来的还有派出所内勤大个子小邢，他当过特种兵，担心动武，小邢也是有备而来。

小宋向郑光春自我介绍，之后敬礼，要验看他的证件。郑光春不说话，快速而熟练地把证件递给小宋。小宋仔细验看，之后又递给身后的小邢。小邢看证件突然发问：A3部是属于原沈阳军区吧？

不是，是原北京军区。前身是高炮旅，那时属原沈阳军区。

你当兵多少年？

13 年。

还是 74747 雷达吗？

不是。是 74881，加速覆盖。你懂这个，当几年兵？

6 年。在济南，你们那里我去过。师部还三层筒子楼吗？

不是三层，师部，是四层"法国"小洋楼。

小邢会心一笑，过去和郑光春握手，回身对小宋说：没事了。

小宋顿时一脸轻松，也笑笑和郑光春握手，之后含蓄地和小婵对视，之后便说：我们例行公事，所里还有事，我们走。之后三人走出门。尤大爷发蒙，仍是疑心重重，出门后还朝院里张望。

知道郑光春大致身份，小婵不再说话，她觉得把客人晾在一边不礼貌，可是干坐着说话，一男一女又别扭。于是低头摘完菜又洗衣服。郑光春又问了问这是多少年的房子，又问这里海河水咸不咸。干干地问答。他便不再问，从提包抽出一本书，闷头看起来。小婵好奇，故意从他身边走过时，书皮写着什么气象学。

周爷周奶终于回来了，郑光春对小婵说着谢谢。拎着这两个提包走出院子。周奶一见郑光春，眼睛放光，兴奋地大声说话，双手抱住郑光春的一只胳膊，扭动身子往自家院子走，边走边说着郑光春小时候的事。

小婵关上院门，忽觉得四周少有的冷清。以前为什么没这感觉，是从喧哗云层迅速坠落，落在空旷地面，出现无助的孤独感。她不相信自己会因孤独而颓唐，她用欢快的红娘唱腔，来驱赶这种莫名的沮丧情绪，唱得流畅，心却发堵。她不由得站在穿衣镜前，看着木然的自己。她不得不承认，这个突然出现的、陌生的军人郑光春已经刺痛了她，她的一切判断，都在他身上出现错误和误差。怎么回事，自己恍然傻子一个？不行，自己赶紧走，离开家远一点。立即忘掉这一切。

她迅速换一身衣服锁门去公园。她似乎听到公园的京胡鸣响，西皮流水二黄导板大呼小叫低吟浅唱，那里有一帮票友，好久没见了，去那里热闹一下。

（六）

　　小婵在公园，和票友一场对唱心情大好，之后和票友一起去回族饭店吃羊肉馄饨。小婵回到家已是下午两点多，她感觉发困，刚想小睡一会，有人敲门，周奶来了，手里托着个油纸包。周奶说：我外甥给我们带来的湖南腊肉，给你点儿，尝尝鲜。

　　他孝敬您的，我不能要。

　　我们还有，周奶心意，不收，就是瞧不起我们。这条街这胡同，你对我们最好。说着，周奶眼圈儿发红。她想到抄家那阵，胡同里许多人和他们划清界限，见面躲着走。小婵却老远就招呼，还把老两口子带去她家，给他们烙饼炒青椒喝稀饭……

　　小婵不再推辞，说道：我收下。周奶啊，没听您说过，您还有个外甥。这正是她急于问的。

　　他是我姨表妹的孩子。我只听表妹说，他参军了，在保密部门工作，地址都是号码。谁知他在北京，离我多近啊！这臭小子，小时候面黄肌瘦，部队吃得好，现在长白净。我表妹死得早，没见到这孩子出息这样……

　　他没说陪您几天？小婵忙问。

　　别提啦，中午饭没吃完，战友也不知从哪儿得了信儿，找到我家，硬是被战友吉普车拉走了，还不知什么时候回来。晚饭我预备着呢，小婵，你晚上到我家，咱们一起吃顿饭。

　　听着这话，小婵忽然脸上发烧。当演员忌讳害羞，害羞说明自己没控制住感情，要是在台上演，是容易出差错的。可现实中的小婵，不仅仅害羞，还有些慌乱，在周奶邀请小婵到家吃饭时，小婵竟忘回答，只是傻傻看周奶，周奶却显得高兴：那好，就这么定啦！

周奶一走，小婵朝自己后腰狠狠拧了一把，低低骂：你怎么这么笨！

完啦，军人，军官，一表人才，能说会道，还有大知识，还在北京。她知道自己为什么心一直慌乱。就是他惹的。小婵之所以孤独沮丧，那就是，一个当兵十三年的人，一定有家室，有妻女。小婵不敢问。

那天晚上，小婵到周奶家吃了饺子，没味道，周奶的外甥没回来。

从周奶家回来，小婵早早上床睡了，每当心情不好，或者有难过的事，她都用睡眠来解决，人睡着就可以忘掉一切，第二天醒来，情绪就好了，就和昨天大不一样了。

果然，一早醒来，小婵心情好了，好在想通一个理，好男人有的是，不一定都能和你过日子；就如同戏里，生旦净末丑，哪个行当都能出彩儿，可不一定适合你演。没错，早点铺子的油炸糕，看着和耳朵眼儿炸糕一样，可吃到嘴里，两码事。匆匆一面的人，了解都是皮毛，看不透，也不用多看，就当没这回事。于是小婵一身清爽，洗漱收拾打扮捯饬，早早地到单位练功房，那里一身汗，吊吊嗓子，又有天上的感觉。

这天上午，赵子爵忽然来到排练间，直接到小婵跟前，他显得很亲热，问了问演员身体情况，商量一下演出之后，是发水果，还是来一碗馄饨。接着他若无其事地问：小婵，区里军代表方主任你很熟吧？

赵子爵表情忽冷忽热，小婵不适应，随口说：不认识。

真不认识？

我一个小演员，怎么会认识区里的领导。

那、那方主任可是点了你的名的，让你到区里开会。

我也不认识什么方主任圆主任。

反正我是通知你啦，请你今天下午三点，到区二楼会议室开会。

说完这话，赵子爵头也不回地走了。

下午三点小婵准时到了会议室，可会议室没人，她一下觉得赵子爵在耍她，可她刚转身，看到一位穿军装的中年人冲她扬手：是小何同志吧？

我叫何小婵，北方京剧院的。

我姓方，是我找你开会的，就咱们两个人。方主任笑容可掬，眼睛大大的，眉毛浓重，说话极其温和，这样的领导不让人紧张。小婵不再乱想，他也许就是喜欢京剧，也许喜欢旦角唱腔。她觉得一定和戏有关。谁知方主任，开口就问小婵个人的事。问得很宽泛也很细致。像方主任这样的领导，和人谈话多是按自己的计划行事，很少考虑别人感受，他们认为就应该如此。和你谈，没下命令，本身就是最大的尊重。可小婵此时心绪很逆反，她心说，这是你一个人开会，我是聋子耳朵，摆设吗？

哦，有事。小婵听明白了，堂堂区军代表，方主任在当媒人，给一位战友介绍对象，确切说，就是把小婵介绍给他的一个分量很重的战友。还没等方主任说完，小婵内心已有了主意：我不干！你说上天，我也不干。所以在方主任介绍男方如何立功如何优秀，她根本听不进去。当笑眯眯的方主任征询她的意见时，小婵回答是：不行。我不考虑，谢谢啦。

生硬，冰冷，没有回旋余地。

方主任有瞬间的尴尬，但他会自我解嘲：婚事，我也不赞同别人介绍，你们只见过一面，应该接着自己去谈，我犯了主观……

小婵看方主任窘态，有些过意不去。一听说，你们见过一面，她忙去看照片。一身军装，眉目清秀，女人相……没错，是他，周奶的外甥郑光春。

走在回家的路上，小婵心里五味杂陈，最后她一跺脚，叮咛自己一句：不同意，就是不同意，也不后悔！

别说是区领导介绍，你就是省市领导介绍，我也不同意！铁梅我不同意……

小婵自己都不知怎么走进自我烦恼的小胡同，挣扎着走不出来。她生气别人，也怄气自己，她不能不承认：自己贱，自己的确喜欢，那个白净的几分女相的还酸气的军人……

这天，小婵再一次早早睡下，忽睡不着，枕着唉声，到半夜才昏昏睡去。

（七）

接下来的日子，是样板戏面向基层慰问一线工人演出。演出连续一周，地点都在工人俱乐部。这天演出刚一结束，后台主事的，对正在卸妆的小婵低声说：有人找。

　　小婵猜想，又是熟悉的票友送来一堆夸赞，要么就是戏迷送来西瓜香瓜桃子什么的。她回头看，都不是，是个陌生人。怎么，还一步一步挪到跟前来了。小婵想责备后台主事，可没说出口，她心口一紧，感觉心跳加快，她看到真正的冤家，那个几分女相酸气的军人。只是他没穿军装，显得突兀，就如一只没有羽翎的孔雀。

　　怎么，是你？小婵吃惊，别的话，半天没说出来。

　　我来天津办事，正赶上你演出。我哪能错过啊，我是第一次看，还真不错！我觉得，比北京演出得好，你看剧场那气氛，多棒啊！

　　显然，郑光春说话要比他的长相更成熟，而且表情无变化，说话自然松弛，像又见老朋友，他难道看不出，此时的小婵脸色冰冷，或者说不想搭理他。可是他就像没看到一样，继续像老熟人那么说话。

　　小婵，你回家时，我们一起走……

　　你先走吧，我还有事要办……

　　小婵明确在拒绝。可是那张女相的脸，在仔细瞅着她，不在意她有什么事要办，继续说他的观后感：演出的后半场，节奏快了，道白唱腔都快，不是控制不住，是掌声太热烈，演员跟着兴奋……

　　又让他说对了，他是真懂。不过小婵可不想接话茬儿。干脆不语。

　　还有你，铁梅那条辫子，要重新梳一梳重编一下，你抓在手时，下边散乱着，这不好，不过估计没人看出来。

那张白净的面孔，始终无拘无束对着她。

冷冰冰无济于事，只好冷言以对：你是导演吗？这不该你说，知道吗？

我看到了不说，别扭。你喝水吧。

我不渴。我再说一遍，我还有事，你自己忙去吧。

小婵直接轰他走。

不，我今天两个任务，一个是看戏，第二个便是送你回家。

那是固执的眼神，包括高高的个子，都执拗地靠在墙上。有的人在探头探脑朝这边看，有卸妆演员故意走过来，细细观看郑光春。郑光春不在意四周透视过来的目光，他不看别处，只静静地看着小婵。小婵不想让人多看多猜想，她恨不得马上离开。

他们一起向后台出口走时，郑光春及时准确地拎起小婵的帆布背包，那里有衣服厚围巾和饭盒等东西，小婵要抢下，可他手太快，一扭身已挎在肩上。

郑光春穿着白衬衣，蓝裤子，是空军那种，脚下三接头皮鞋是军品，肩上除了自己的帆布包，他还有一个小小的军用挎包。瘦溜的身材，加上那白皙的脸，显得文静。

这时唐工推着自行车出现在路边，显然他知道小婵演出后要经过这里，他不跟踪了，而是守株待兔。小婵忙夸张地走到唐工跟前：你在这里等人？

就是，我等你。工厂十几个戏迷，周日下午来俱乐部唱几段老戏，他们让我请你，怎么样？能来吧？

我最近太累了，一堆衣服要洗，还要办事去，以后吧，找机会我一定参加。

唐工看看站在道边的郑光春，你的客人？不给我介绍介绍。

不是，是邻居周奶亲戚，来看戏……

小婵说完，便和唐工摆摆手。头也不回地往前走。郑光春就像警卫一样，迅速跟上，他也故意不回头看。

小婵快走，郑光春就快，小婵慢，郑光春就慢，离小婵半个身位，节奏跟得恰好。他们就这样快快慢慢走过几条街，小婵忽然觉得郑光春也够倒霉的，人家北京来看戏，也没做错什么，一见面，把人一顿"呛"，这何苦。

心里有话，小婵也憋不住：我问你。是你，让区里方主任当介绍人吧？你以为找个大人物，就能把我唬住、镇住，是吧？

郑光春猛停脚步，想了想，刚要辩驳，忽然脸上盈满笑：是这样的，一，我从来没让谁帮我介绍；二、如果有，也是人家好心好意，如果帮了倒忙，有冒犯的，错的是我，都是我的错。我向你赔礼道歉……说着，一个正步敬礼：对不起，何小婵同志，我错了，下次绝不再犯。请首长指示。

小婵感觉好笑，她狠狠忍住，半晌，冒出一句：请稍息。

聪明的郑光春知道，这句请稍息，一切不快都烟消云散。他不失时机地挨近小婵，步幅一致地往小街方向走。路灯下，小婵偷看郑光春，他的眼睛很亮，头发梳理得油亮整齐。

郑光春不会冷场，他说起部队的笑话，他讲：一位军官问他的士兵，你能帮我洗件衬衣吗？士兵回答说，当然，伙计。军官很不高兴，和首长说话要有礼貌！然后他又问道，能帮我洗衬衣吗？不能，首长！

可笑吗? 有点儿, 小婵能忍住。

连长对一老兵说: 为什么你又喝酒了? 你要是不喝酒, 早提干当排长啦! 老兵认真答道: 连长, 你不知道, 我一喝酒, 就觉得我是团长!

小婵扑哧一笑: 净瞎编。

郑光春正色道: 这可都是来自生活, 你听, 这个更鲜活。营长到阵地检查大炮伪装情况。见几个战士正在林丛爬行, 你们在寻找什么? 营长问。报告营长, 昨天我们把大炮伪装得太好了, 今天连我们也找不到了。

小婵笑了, 她掩着嘴, 不让笑声发出来。

一口湖南味儿普通话, 人物对话, 轻重拿捏, 或古板或诙谐, 极有幽默效果。小婵笑过后暗想, 如果有个人, 天天这样给自己说笑话, 那该多好。

城里的初秋, 白天仍存留夏季的余热, 可一到傍晚, 微风徐徐, 满街清凉, 爽得想沿街奔跑。小婵故意放慢脚步, 轻声问: 你去姨家吗?

我白天去过了, 今晚我坐夜车, 要赶回北京。

这么着急。

是, 我有任务。

那、那你快走吧, 别误了火车。

撵我走啊, 我是 11 点 40 分的火车, 你让我蹲车站啊。

小婵不说话了, 她觉得自己有点欺负人, 还欺负这么好的人。

也是为了表达歉意, 她说:咱们走走, 之后你到我家喝点水, 我送你去车站。

小婵发现，郑光春对于什么话题都能接住，而且不张扬，不显示，说事简洁明了，辩驳也是和风细雨，似乎永远没脾气，哪像个严厉的军人？可是那宽厚的笑，很迷人，很适合自己……

郑光春不催说到小婵家去，而说我有点渴。

小婵说：忍着吧！

不知怎么的，她脸一红，后半句没说出口。

小街人影绰绰，胡同里很静。推开院门，开门锁进屋来，小婵什么也不说。

外间屋灯很亮，屋里暗了下来，小婵晚上读书时要开台灯的。郑光春打量一下，便说：我喝凉水。没等小婵拦住，郑光春拿起水杯接自来水，之后咕咚咕咚喝下去。

郑光春坐下来，静静看着小婵。小婵一时找不到话题，就说咱这条胡同老人还真多，青壮年少。话题乏味得很。

郑光春果然是郑光春，他慢慢站起来，走到小婵跟前，看着小婵的脸，对她慢慢说：我跟自己爱的人，透露一点秘密。我就要走了，很远的地方，那里有炮火硝烟，我的工作和炮有关，军区命令下来了，我才决定来天津，不管你怎么想，我要告诉你，我爱你，从见面开始就爱上了。我是军人，不仅要勇敢，还要有责任。我发誓，永远爱你一个。我郑光春，可以为你去死！

小婵本能地想退缩，但她没有，而是直直腰板。一切来得这么突然，但小婵不觉唐突，她明白了，眼前这位军人，就是自己要爱的。虽然对他知之甚少，可是过了多年离异的夫妻，他们互相知之很多吗？心灵的呼唤比什么都重要，她相信心灵。

所以小婵果决地说：我也喜欢你，爱你！

说爱，显得那么陌生，可又是那么准确表达心情。

郑光春那高大的身子扑过来，一把抱住小婵。小婵愣住了，她想挣脱一下，怎么可能，那是铁箍一样的搂抱。你、你怎么，抱人家？

早就想抱你，在梦里，在北京，在火车上，在剧场里，我就想紧紧抱着你，抱着你，和你说话……

这、这怎么行！

我说行就行。郑光春轻声且柔和地说，但语气很霸气。

我看你很斯文的，不该这样……

郑光春感觉到，搂抱的肉体不再挣扎，而是在缩小柔然，他们都彼此感觉到呼吸，那是青春的，也是纯洁，也是挡不住的气息。不必叙说，也不必承诺，喜欢可以阻击一切心理的身体的障碍，郑光春去亲吻小婵，小婵慌忙躲避，往哪躲，躲的最终是紧紧被捉到……

小婵感到一种昏厥，是慌乱的，但不全是陌生，是温暖的，但不全是快乐。

时间凝固了，他们不知怎么走进里屋，不知怎么躺下，不是睡过去还是在梦中，就这么紧紧抱着，是的，相互抱着，小婵主动参与拥抱，使得相拥名副其实，肢体语言密切生动起来，又是昏厥，又是梦幻魂绕……

郑光春不知什么时候走的。

那一夜，小婵无论如何，也走不出那个既甜蜜又神秘，既慌乱还有几分懊恼的梦境。

（八）

第二天将近中午时，忽然办事员李姐匆匆跑到排练厅，冲着小婵低声喊：快，到办公室接电话，长途。

小婵做形体训练，没换衣服就往办公室跑，一接电话，里面的声音震耳膜：我是郑光春，小婵，组织已经批准我结婚，我马上到天津见到你，好多话要对你说。你在听吗？

一时没有任何声音，世界已经凝固。小婵好半天才清晰感觉到，这不是幻觉。

我、我在听，在听。我去车站，接你……

放下电话，李姐吓了一跳，她看到小婵忽然哭了，簌簌的泪珠滚落下来。

小婵，怎么啦？有为难事，跟姐说。李姐惶惶地问。

李姐，我要结婚啦！

是吗？好事呀，大好事！

一时间，剧院上下都知道小婵要结婚了，而未婚夫果然是军人。听李姐说了，小婵的未婚夫是正团级干部，年纪轻轻就是团级，而且在部队搞技术的，哇，是导弹，还是原子弹？军队的技术，谁说得清。乱猜一气的结果，就是小婵的未婚夫非同一般。

那时结婚，几乎没有复杂形式。婚礼就在剧院会议室，区里方主任代表男方家属，出席讲话，并当证婚人。赵子爵代表剧院祝贺，多是时髦政治术语，倒是几位老演员的祝贺词格外喜庆：什么天作之合心心相印，琴瑟和鸣相敬如宾，郎才女貌，早生贵子等等，让大家喧闹良久，鼓掌不断。

接着小婵和郑光春给大家发喜糖、发喜烟，说笑介绍婚恋过程。剧院送给小婵两套精装毛主席语录、两个日记本。几个哥们儿姐们儿助兴，清唱几段吉祥老唱段，婚礼简单热烈，之后二人去胡同拜见周奶周爷。之后双双去了北京。临走小婵告诉熟悉的人，人家不让打听住处，不能打听去哪，不能打听小婵丈夫的具体单位，一切都是军事秘密……这不是故弄玄虚，区里方主任郑重对大家说：特殊军事部门，就是这样，这是纪律。

于是人们都不再问。包括小婵什么时候回来。

一个月后，小婵回到剧院，醒目的是一身国防绿，除了没有领章帽徽，那全然是女兵的样子，女演员羡慕得眼珠外冒。都围着小婵说衣服说脸色，问话时时停顿，有的属于不该问，有的属于不能答，尴尬笑过几次，也就不觉尴尬。

小婵也不多说，变成她一顿发问，之后说：好啦，我该练功啦，身上都长肉啦。小婵笑得那么舒心，气色那般红润，分明被爱陶醉着。

赵子爵似乎知道更多些，和小婵交谈时，故意问她，接着演出方便不方便，还问如果到一些企业事业单位教戏，身体能不能承受。最后说，我可以再给你一个星期假，回家好好歇歇。

小婵感觉得到，自从赵子爵知道小婵和区里方主任的关系，他说话格外客气。当然这种客气流于表面，他明知该给小婵一号位置，可因为李兰菊要演戏，要出风头，这个要求要满足，这是赵子爵显示自己"魅力"的一部分。权力生魅力，包括剧院几个爱提意见爱打抱不平的，被他的权力魅力所降服：出差，给你多报销费用，演出多发些补助，包括解决住房、特殊休假等实惠利益。于是剧院"朝廷"安稳，嫔妃不恼，刺头儿不闹，赵子爵也因剧院收获自己的好名声，说他关心属下，领导有方。非常年代，剧院有演出，不论好赖，都有叫好声。那时演出不卖票，随便来看。枯燥生活，戏迷观众有个戏看，哪来抱怨，只有使劲儿鼓掌的份儿。

小婵演不上一号，不争不找，更不嘟囔，索性一身轻，什么也不多想，每天按时上班，学戏练功，给郑光春写信。写信成了生活一项内容，许多心里话都在信中吐露，写着就如同爱人在跟前，心里惬意甜蜜。写着信，她才发现，有这么多话要和爱人说。写得最多的信，她却拿在手，舍不得发出，她怕这婆婆妈妈的事，分他的心。丈夫在外边正做大事，做天大的事。除了写信，她还愿意细想他们相识相爱的每个细节，想着想着，就佩服丈夫，就觉得他真了不起。知道爱人的事越多，就愈加佩服。

原来，在两个月前，部队最高首长已经和郑光春谈话，让他到越南前线，参与高炮旅作战指挥，也希望他尽快解决个人问题。个人问题他没抱希望，虽然34岁了，可哪有机会。他回湖南老家一趟，熟悉的女同学大多结婚生子，有人急匆匆为他介绍两位乡下姑娘，知识兴趣爱好，和他志趣相差甚远。之后他天津看望姨。谁知天赐良缘，在胡同里见到小婵，也暗暗喜欢上小婵，是那种时时刻刻的喜欢，以致他去区里看望老战友方主任，也讲出自己要恋爱的心情。谁知老战友方主任大包大揽，结果好心把事办砸。三天后，郑光春就要飞往云南，之后便入境越南。时间不容郑光春犹豫，于是他"孤注一掷"，来天津上演"看戏求爱"一幕。求爱成功后，郑光春连夜回到北京，下火车已经是后半夜，他直接去了政治部主任的家。主任一家在睡觉，他不好意思惊动，就坐在主任家楼道里，一直等到天亮。当主任得知他要结婚，当即同意，并打电话给一号首长，首长很高兴，当即指示：郑光春暂缓出发，结婚休假一个月，之后再出征。

小婵感叹他们的命运，感叹神奇的姻缘。也就是从蜜月之后，小婵养成一个习惯，就是每天都看地图，看地图下方的越南，那里有她的爱人。有一个白净的女相的大男人在忙碌着，小婵知道，他一有闲暇，就反复看着小婵的剧照，深情地想她……

小婵每天都沉浸在爱的甜蜜回忆中，她觉得生活在厚待自己，自己要努力工作，自己是军属，爱人是团级干部，不能给爱人脸上抹黑。

时时想着自己是军人家属，说话做事要讲风格。剧院接到市里通知，要派剧院骨干到工人俱乐部工作一年，做普及样板戏的艺术辅导。剧院领导班子决定，让小婵代表剧院前去。赵子爵和两名副手找小婵谈话，小婵当即表态：服从剧院领导决定。

本来区里和赵子爵打过招呼，说小婵属于军属，需要特殊照顾。赵子爵也满口答应，可他和亲近的下属说：碰不得，骂不得，我一看她就烦，快让她走，远远的。

下属提醒他：她属于照顾对象，是军属……

赵子爵一瞪眼打断他：非常时期，紧急任务，光荣军属要带头！

那正是样板戏大普及时期，市里布置剧院要承担起五个样板戏辅导任务。辅导业余戏剧演出骨干，而且细致量化，有方案、有培训、有队伍、有演出、有效果。小婵看到了具体培训任务，即培训戏剧骨干 600 人，其中，120 个郭建光、100 个李玉和、80 个杨子荣、40 个李铁梅、30 个阿庆嫂……

何小婵的唱念做打都十分优秀，几年前就成为剧院骨干，早先学的刀马旦，天生又有个好嗓子，很快被老师培养为能文能武的"花衫"。如果不是"文革"开始剧院大乱，她早就进京参加汇演，极有可能被名师名角看中，进入京城一流剧院。小街的人不知道小婵有多大名气，包括剧院一些人也不知道。可戏迷票友中，一提小婵，都竖大拇哥，也不夸奖她天赋，不赞叹她功底，只说：人家那玩意儿，那叫地道！

在工人俱乐部里，小婵不厌其烦地讲解剧情，讲解身段步法，口干舌燥教念白教唱腔，一板一眼地教 120 名各条战线姑娘媳妇学唱李铁梅的《都有一颗红亮的心》。当然，这其中也是有七八位模样身段很像小铁梅，但更多是前凸后撅、腰比水桶粗的孩子妈妈。有些单位更能起哄，派来学演铁梅的人，样子比李奶奶还老相，没办法。普及样板戏，像不像是艺术问题，学不学可是政治问题。

小婵也有耐心，一句一句地把李铁梅主要唱腔全教了。那天，俱乐部礼堂里，百十口子齐唱《都有一颗红亮的心》，一起发声，一起鼓噪，一起涨潮，一起开锅，那叫热闹。

小婵不辞辛苦地教学生，她心里明白，有的人，你就是让她再学十年，她也没铁梅那嗓子、那精神头儿。所以她在大班基础上，选出二十位模样年轻嗓子透亮的，重点来教。这样一来，这二十位等于个个亲授。两周之后，二十个铁梅还真争气，在汇报演出中，来了个《群铁梅亮红心》。二十个铁梅一色打扮，上身红下身蓝，辫子一样长，眼珠一样圆，包括神情举止，整齐划一，获得满堂彩！一时间，各单位演《红灯记》都找小婵借人，区里搞庆祝演出，还特意把小婵请去演李铁梅。也许是认识熟悉，也许小婵化妆后更惊艳，两个折子戏，掌声如潮，人们说这铁梅比北京那位还精神！反正区里市里，有样板戏演出地方，都知道有个演出能人何小婵，人们说她：那铁梅演的，比铁梅还铁梅！

（九）

日子烦乱，日子折腾，日子清苦，可人人都这么过，也就不觉烦乱、折腾和清苦。人们都已麻木，包括平时人们对幸福痛苦的议论，都少之又少，幸福已模糊不清，而对于忽降临的痛苦，除了无奈，就是麻木。

小婵就在这忙碌忙乱中，从去年秋天走到今年秋天，她没意识到，这个秋天，她要饱尝生活舞台上所有的悲恸和泪水。

那天上午，一辆军用吉普车，从家里把小婵接走，车上坐着区里方主任，还有两名军官，其中一名是女军官。他们极其小心地和小婵说话，客气告诉她，北京的一位首长接见她。小婵低低问方主任，方主任说：首长见你，我陪你去。就再也不说别的。简短而缺少内容的回答，如压抑的空气，让人呼吸急促，小婵不知所措，同行的女军人不住乏味地问一些演出的事。

到了北京军事大楼里，他们先去了小会议室，一位老首长正在那里等着。小婵刚惶惶坐下，老首长就对小婵说：我们前天接到这个不好的消息，我们的好军人，我们的英雄，郑光春同志，牺牲了。他被炸死，牺牲在自己的岗位上……

小婵吃惊地站起，又听，又追问，又摇头，之后就是无声地恸哭。女军人抱着她一起哭，老首长讲述郑光春牺牲的经过，讲述他所知道的郑光春，讲述了许久许久，小婵使劲儿擦拭泪眼，就希望这是一场梦，梦醒之后，一切还是原来的样子。女军人帮她擦泪水，端给她水喝，几位首长时而围着她，时而远远站着。小婵心里乱了，血流忽然凝固，她觉天塌下来，死死压住她，让她喘不过气来。有人拿来一个军用挎包，说这是郑光春的，请你收好……

如果我爱人郑光春在这屋里，他会深情看着我，我只会哭泣，他会默默摇头的。为了郑光春，我也要坚强。四周都是丈夫上级首长战友同事。想到此，她擦干眼泪，对老首长，也是对屋里人说：郑光春是英雄，我要学他，学他一心为国家，付出一切……请首长放心，郑光春妻子，不是孬种！

这番话，让全屋里的人动容。老首长双手紧紧握住小婵的手，大声说：何小婵同志，你不愧为英雄的妻子，我代表军部，向你致敬！说着，老首长挺着身躯，庄重地向小婵敬了一个军礼。

小婵的邻居们，几乎在同一时间知道郑光春牺牲的消息，北京专门派人，来家里安抚周爷周奶，陪着哭，陪着说话，一直说到很晚。邻居发现，两位女军官就住进附近旅馆，一大早，两个女军官就给周爷周奶买早点，又去买菜买肉买面，给两位老人包饺子。

吉普车把小婵送回小街，小街人看到脸色苍白的小婵，强打精神和几位军官握手告别。一位军官在和民警小宋说话，显然在和小宋托付什么，小宋连连点头。人们看着这一切，说话也是压低声音，走路也是悄悄地，生怕惊扰了什么。

两个晚上，周奶都在小婵家，她们睡在一个床上，说着轻松的话题，说过年的事，各说自己小时候的事，可说着说着，不知怎么的就拐到郑光春那儿，没有眼泪了，泪水干了，只有悲伤和无助的抽泣。可她们都感觉到，彼此说说之后，心口不再堵，空荡荡目光里，有了那个人的影子，好像人没走，好像那个让人思念的人会回来。

剧院领导赵子爵和一些演员骨干来小婵家慰问，买来吃的用的，还有鲜花。小婵静静地和同事们说话，感谢领导和同事好友，她不把悲伤带给同事，她觉得自己要把事顶起来，而不是被悲伤压垮。

赵子爵大方，让小婵休假一个月，希望她到南方走走，费用剧院报销。小婵差点忍不住抽泣，她谢过领导，说到俱乐部教戏，心里会好受些。赵子爵点头说：你自己多保重吧。

生活还将继续，小婵感觉爱人还在远方，还在读她写的信。每天她又开始忙碌，忙碌得顾不上看四周异样的眼神。在工人俱乐部里，小婵不单单是教师，更是导演，是排演时的替补演员。她一对一地辅导，口传心授，一遍遍来回往复，直到一出戏的烂熟。

一场场折子戏业余演出，已经由俱乐部舞台，延伸到轧钢厂午休车间里，延伸到西郊区农家场院里，延伸到绿色军营，延伸到学校操场上。小婵成了真正意义上的名人，不仅市里区里领导层点头赞叹她，那些戏迷票友以及一般爱好者，也尊称她"小婵老师"。

只有少数人知道小婵老师的一肚苦水，他们知道小婵是用紧张忙碌一刻不停息来抵消那深埋内心的悲痛。从忽然恋爱到迅速结婚，从梦想期盼书信叙谈到噩耗传来，这一切都如一场戏，从欢笑到痛哭，就是那么上场下场，难道这就是小婵的命？小婵不相信命，可她知道，那个逗她发笑的女人相白净的有知识有品位的真正军人郑光春，永远地去了，自己是英雄的妻子，要活出样儿来，好好地活。

一年多业余排练演出生活，让小婵结识很多各行各业的朋友，她每天除了排演样板戏，也和票友在胡同里唱写些老唱段，虽然也有人担心，怕有人乱扣封建残余的帽子，可有小婵在场，没人敢说三道四，人家是烈属，谁敢挑刺儿？所以小婵到公园、到大院里和戏迷过戏瘾，票友们乐得有了仰仗，二黄散板西皮流水，唱得人们摇头晃脑，叫好不迭。

这天下午，小婵正和一帮票友在河边洋房胡同里唱老生花旦戏，一段唱罢，小婵喝水时，一眼看到派出所小宋，他不知什么时候来的，也静静坐在条凳一端。她走过去轻声问小宋：你不是闲听戏的吧？

我清闲一会儿。

小婵忽然想起周奶一早对她说，昨天下午小宋找过她。

找我吧，什么事？

街道居委会的事，你先忙吧。今晚七点半后，我去你院子再聊。

小宋拍拍公文包，证实他说的实在。

这恰恰是小宋的不实在。

小宋喜欢小婵，喜欢得不显山露水。在小婵没认识郑光春之前，小宋喜欢也不敢表露。他看小婵，就如同看照相馆橱窗摆放的明星照，路过那里，一定要停下看一会儿。相隔千山万水，看着心里舒服，舒服一下不行吗？看见小婵，和她说说话，也有舒服感觉。可自从小婵结婚，看到那个郑光春，他觉得仙女不一定生活在天上。打量那个高个白净军人，小宋一百个不服，自己除了肤色、级别、地位不如他，可自己个头儿、身材、长相都不比他差。看小婵那幸福的样儿，小宋失魂落魄好多天，才渐渐服气。然而小婵的大不幸，小宋从心里替她难受，可他没到跟前说一句宽慰话，他说不出口，只想远远地看她，心疼她……小宋固执地认为，自己和小婵聊天，小婵能忘掉苦痛，这就够了，自己也舒心。

晚秋的夜晚，月光如银，胡同深处都似有了光亮。小婵和小宋坐在小院里，她为小宋沏一杯茉莉花茶，茶香弥漫香气。

在小婵眼里，小宋就如儿时的伙伴，和他说话无忌讳，聊什么都轻松。自从郑光春牺牲后，小宋是小街唯一不说宽慰话的老熟人。在一个人伤心无奈到极点时，一切痛苦氛围的宽慰话，只能让人浸泡痛苦。小宋随口说着街面上发生的事，大大小小，新闻旧闻，绘声绘色，她听着就觉好奇，心绪随着起伏转移，满是人生喜乐。西胡同有个曲二，到工厂门口撕大字报卖废纸，撕成政治问题。被工人打了，还拽到街道来核实情况。小宋一看不妙，赶紧告诉曲二媳妇，就说曲二脑袋打眩晕了，不然说成破坏大字报，麻烦大了。结果是曲二眩晕卧床不起，几位工人一看，骂咧咧走了，曲二逃过一劫。再有新中国成立前当过妓女的陶娘，见有人大会上诉苦，她对居委会人说，谁也没我苦，黄连啊！她一定要上台诉苦，没办法，诉吧。谁知她的诉苦严重跑题，讲起妓女勾引人不易，讲起床上伺候人多难……台下有人发喊：陶娘，你放毒啦，太黄色啦！

最终听众一起发喊：下去！陶娘慌忙下去，吓得脸色惨白，从此不敢诉苦。

说这些时，小宋表情平静，可人物情景，活灵活现，小婵坠入人间冷暖中，静水无波，是鱼儿沉于水中的美好。

讲得有意思，接着讲啊！

小婵催促，小宋不语，看看手表道：我该说个正事，你抽空，选一段戏，教教咱小街人，老邻居有这要求。

小婵一笑：你张罗这个，你想演吧，说，想演什么角色？

小宋摇头：我哪行，我只管张罗，都看你啦。

好吧。我想着。小宋，没事过来，陪姐姐聊天，行吗？

小宋郑重点头。

小宋和小婵商议街道排练戏曲是月初，而月中旬，街道开始清理阶级队伍。工厂企业事业机关学校全动起来了，各单位竞赛般地清理深挖阶级敌人。一时间，四处挖出坏人，八方都是敌情。

这天小婵下班回来，刚进街口，迎面看见推着自行车的小宋。他一脸愁云，忧心忡忡地说：这不是乱来吗，咱小街一下冒出 12 个地主，21 个资本家，17 个历史反革命，包括清扫厕所地沟的尤大爷，被抓去当了五天国军，也算历史反革命，这不是乱来吗？

这事，没人管？

上边让深挖，挖出坏人越多，越有成绩。

附近院校红卫兵配合，要命的就是配合，他们插一脚，事不好办。街里也有人积极，四下外调，沾边儿就算，这才冒出这么多敌人。一张纸，两行字，一个人一个家毁了……小婵，区里方主任你熟，你反映一下。我这儿有一份名单，这是外调材料，今晚你看，明天一早给我。千万别泄露！

小婵说：行，我看看，明天一早，你来胡同，咱再说！

小宋来清远小街八年了，群众关系好，工作起来不急不躁，慢工细活，把街区人口治安卫生管理得细致入微，四百多家，各家情况，如数家珍，他张嘴就来。小宋不是警校毕业，他是社会招工考试录用的，在同事中地位最低，提拔也最慢。好在一年前，市局领导到小宋所属的派出所，突查警员业务状况，偏巧小宋值班。三位领导轮番发问：无论是法律条规，还是内勤外事户籍警员职责，他都对答如流。领导怀疑小宋善于背诵，特意要求到小宋负责的小街来"现场考问"，谁知，只要发问，更是对答如流，大小数字让三位市局领导连说：细致、细致、好、好！

领导都在基层干过，他们不让分局长、所长陪着，随便走进小街胡同里，这一访一问，居民夸赞小宋的语言那叫生动。

二婶说：小宋哪像警察，咱胡同的小哥啊，谁家有为难事，他上心，想着法儿帮你办！有些事也不是马上能解决，他为你着急……

三伯说：那年地下室有三个盲流，住在里面，小宋掏钱给他们买包子，之后动员他们走了。那阵子，东边厕所晚上漆黑，厕所灯泡总坏，他找电工一查，电线老化，他自己花钱买电线换上，从此厕所总亮着。小宋办好事不声张，好人呐。

三位领导眼见耳听，都不说话了，都被感动了。市局领导对分局长说：我喜欢小宋，小宋是个典型！

上面要树立小宋典型，要提拔小宋，这时，一封信函放到分局长的桌上，揭发小宋的父亲是"三青团"团员。组织再查，小宋父亲上中学时，集体加入"三青团"。有这样历史问题的父亲，小宋能在警察岗位干下去都勉强，提拔不可能。

晚上小婵翻看那些外调材料，看人名，有知道有不知道，可材料上标注结论吓人，什么中统特务，伪保长，国民党兵痞，妓院打手，吃利息的资本家，还有富裕中农，漏网右派……这些都是外调单位提供的，而"敌人"就住在街区胡同里。小婵暗想：我简直生活在敌营，这些结论根据什么？谁在搞事？

第二天一早，小宋来了，小宋在院里和小婵说话。他说：这些材料，泄露出去，上边会处分我的。小婵把材料还给他，忧虑地说：小街怎么会这么多敌人？

我找方主任去，你和我一起去吧。

我一个民警，去了就变味儿了，你一个人去最好！

小婵想了想，连连点头。

（十）

那天上午，小婵来到小街居民委员会。

那时的居委会主任都是街党委委派的，"文革"一来，三位主任副主任都是居民选举出来的，副主任有三十二元的低工资。平常值班多是副主任钟仁，他正在桌前忙碌，桌上有一沓沓拆开的信函。小婵平时很少和钟仁说话，但知道他，他是小街许多唯一。他是小街唯一的师范大专生，是唯一不服从分配留城的，是唯一在报纸发表诗文的，是小街居民中唯一参加过市级书法展览的。当然也是小街目前唯一的副主任临时工。

呦，小婵来啦！你可是大名人！什么事？

钟仁挺热情，说话间手还在拆信，不时看看小婵。小婵很少来居委会，她问道：钟主任，咱街道怎么出了那么坏人，这里面是不是有问题？

问题是我们认识肤浅，敌情意识薄弱。钟仁显然在告诫小婵。小婵，你台上演的都是假的，我这里查出来的，可都是真的。他拍拍厚厚的一沓沓信函材料。

当年钟仁在师专读书时，为了追求富贵家庭的女同学，谎称自己家住小洋楼，母亲是医生。其实他母亲有病卧床之前，只是罐头厂工人。毕业他被分配到甘肃。那位他追求的女同学，因有医院诊断证明有皮肤过敏症，而留在津城。他不服从分配，学校让他自谋职业。本来他可以到小学任教，谁知学校调阅他的档案，一口拒绝，原来档案里，有两份偷盗行为的处罚记录。谁也看不出，穿戴整齐说话很有条理的钟仁，有偷窃恶习。他曾和密友说过，去商店，不顺走一件东西，手痒得难受，他偷糖果，自己吃，也给同学。班里一同学买个足球，许多同学都上前讨好，为的是和他玩球。钟仁来气，也到体育用品商店去偷，竟然偷得一个新足球。可两天后，商店经理找到学校，指认就是钟仁溜进店后，偷了足球从后窗逃走。而这种手工缝制的足球，只有他店里有。班主任和学校领导一审钟仁，他全招了。于是又有同学告发，他还偷过体育老师的赛跑枪，还偷文具盒，偷医院的听诊器……于是他档案里多了一份处分。

钟仁有口才、有文采，一心当老师，可学校不会聘请手不干净的人，包括正式招工，看过档案，用人单位摇头。最后只能当临时工，临时工不看档案。所以钟仁当过搬运工、瓦工、园林工，蹬过三轮，烧过锅炉。他一肚子怨气，说自己生不逢时。"文革"一来，许多在他面前趾高气扬的人都低头耷脑了，许多当官的，都被批倒斗趴下了。他凭着好出身，当上居委会副主任。当外调材料汇集到他那儿时，他翻看后一拍桌子：好哇，敌人狡猾狡猾地，大大地有！

在钟仁看来，许多人倒霉，他心里舒服平衡。每当在大街小巷，见有人向他点头哈腰，四类分子躲躲闪闪，他莫名地兴奋。

本来小婵想知道居委会对"清理"的看法，谁知一问便遭到钟仁批判：小婵同志，有敌人就清理，没有多少的问题，只有立场问题！

小婵质问：光凭这些材料就定案，是不是草率？

钟仁从冷笑中板起脸来：在回答问题之前，我先请铁梅同志分清敌我，不要以为，演两出戏，就是革命者。

这回轮到小婵冷笑了，她觉得和钟仁再说下去没意思，她转身走出居委会。

小婵来到区里。这时她才知道，见方主任不是件容易事，他正穿梭游走几个会场，时而要上台讲话，时而要倾听记录；时而兴奋高呼口号，时而拍案而起，当他口干舌燥回到办公室时，他立刻用凉水洗脸，似乎凉水可浇灭心中火气。

方主任看到了小婵，忙向下摆手，示意小婵坐下。

小婵马上说明来意，说出自己的看法，并以小街为例子，说明这次清理的盲目，会伤害很多无辜好人，因历史小问题，错打成敌人，包括以前有结论的，这次再翻出来，也是扩大打击面……

他忽然觉得会唱戏的小婵，还有政工素养，或者说不比区里的女干部逊色。当然比她们更有魅力。但此时方主任不能夸赞她，而要一字一句提醒她：这是有精神、有部署的，不要随便猜疑。你还年轻，不要随便说话。

小婵懵了，那个宽厚体谅人的方主任不见了，变为正襟危坐宣读文件的官员。小婵不想和方主任辩论，她强装笑脸：您的话，我回去想一想。我有一份资料送给您，资料我看过后，写了一些不成熟的想法，都在上面。不打扰了。说着，小婵慌忙退出办公室。

方主任笑着送小婵送到楼道口，恢复轻松口吻：铁梅呀，你送来的密电码，我会仔细看的，有事找我，找组织！

此时，各个街区居委会都在展示清理的"业绩"。其实许多业绩也不是清理出来的，是学校红卫兵来街道"逼"出来的。几位高中红卫兵显然斗争经验丰富，说话一针见血。于是各个居委会，战云密布，烽烟又起，一批小业主被升格，成为小资本家；什么高级职员，银行的，洋行的，比小业主阔多了，有资本，当然资本家！集体参加"三青团"的，当过国民党兵，起义了，也是国民党残余，当然属于历史反革命；判刑释放的，投机倒把的，小偷小摸的，乱搞男女关系，不用问了，坏分子……

凑上去的"分子"，本人和家属日子不好过了，随时要开会，随时要自我交代，随时要接受群众的检举揭发批判。

小婵也不再理睬"清理"，躲开街道上的事，可方主任不让她躲。这天，方主任竟然出现在工人俱乐部排练场上。小婵以为方主任要给她什么演出任务，可方主任说起送给他的材料，夸赞小婵：有思想。之后话锋一转：我和你们剧院打过招呼，借调你去街区当居委会主任，革命需要，街区需要你这样的干部，需要一个试点，把清理工作搞扎实，你对清理的看法是有道理的，有偏差，正过来。调你去小街，没意见吧？

去多长时间？我要拍戏的。

先别问去多久，我先答应你，你排戏，随时可以脱身，拍完戏接着在居委会干。小婵啊，那里搞试点，你情况熟，去吧，有什么问题，我老方随时出面帮你！

此时的方主任，和半个月前的方主任不一样。那时他也认为，挖出的敌人越多，区里越有成果。可是随着不断扩大的战果，他感觉越深挖，心里越没底，许多敌人，最大的特征是不像。方主任对自己主抓的"清理"产生动摇。他想起小婵那份材料，有两页纸是她的看法。半个月后再读看法，竟和自己想的一致。他感觉，这不是政治上不谋而合，而是生活在基层，细致体察出的世道人心。他知道自己改变不了上级和别人，但我起码不跟着起哄，让小婵去清远居委会，让她有个理智的"清理"，自己也算有个典型，到时候，用这个典型说话吧。

小婵由台上的主角，转变为台下主角，居委会主任这个头衔，让她感觉头重脚轻。她从来没管这么多人，也没处理过这么多事。可为了小街的人，她要试试。居委会的主任对于小婵的到来，脸上嘴上都堆笑着说欢迎，可心里并不欢迎，他们认为这是开玩笑。你以为这是演戏呀，唱一出就走人，居委会事很杂，你坐那个位置，是要解决问题的！

这不，简单的欢迎小会开过，钟仁一本正经跟小婵说有两件小事要汇报，希望新主任帮助解决为盼。

钟仁知道小婵的到来，谁也拦不住，有区军代表方主任支持，烈属身份，谁敢惹。不过给她出点儿难题，让她头疼没办法，她会知难而退。他说：咱居委会房后身有间小仓库，以前放植树工具，前年后胡同的田三，父母从山东乡下来，没地方住，咱们老主任安排他们在仓库住下，说好每月交十块钱给居委会，可他们一直没交，小街居民有意见。再有就是胡同口的厕所太脏，使用人多，区里环卫清扫工，早一次晚一次清扫，中间大段时间厕所脏了没人扫，咱找环卫清扫工，他们说一个人负责二十多个厕所忙不过来，这事你们自己解决。您看，该怎么办？

钟仁说事时，两个副主任刘老婵、张三姨也在听在看，她们看小婵遇着事有什么咒念。

小婵心说，这不和彩排演戏一个道理，按着情理解决呗。她心里一动，有了主意。她说：钟主任，咱把田三父亲田大爷找来吧，我跟他说。

很快，有人把田大爷请到居委会办公室，请他坐下。老人农村打扮，灰上衣黑裤子解放鞋，老人身体很健康。

小婵说：田大爷，您住仓库一年多了，原先说好的，房租每月十块钱，您也没交，现在不交不行，群众有意见。您看怎么办？

咋办，咋办我也没钱，没钱。田大爷张开两手，看着小婵，三位副主任也看着小婵发笑。

小婵不说房租的事，说胡同口的厕所，接着发问：田大爷，你没钱，可您住居委会仓库，也要为胡同居民做点事，您每天中午清扫一次厕所，房租就不要了，这行吗？和您儿子商量一下。

这事行啊！不用商量，清理厕所，我干过。田大爷爽快答应。

田大爷走出居委会，小婵说：这事我草率了，也没和大家商量。

三位副主任忙说：挺好的，处理得挺好。

仅凭这一件事，他们对小婵的能力刮目相看。

（十一）

街区一些事，小婵灵机一动能解决，可有些事她着急跺脚想不出办法。这天比如三位红卫兵头头，拿着几张纸，要给居委会六十多人"定性质"，谁谁是敌我矛盾，几乎是一句话。三位青年学生，知道什么？

小婵急了，面对两男一女红卫兵，终于开火：你们这样，不是打击敌人，是打击群众！

三位红卫兵像看外星人一样看小婵。这三位也火了，两三年了，还没一位敢和他们这么说话的。怎么的？老子就是要清理到底！其中剪着很短的卓娅头女红卫兵，狠狠对小婵说：我早就看你不顺眼，敌我不分，你也快啦。

瘦高个红卫兵说得更狠：你这是充当敌人的保护伞！

一番话，把小婵气笑了，她不动声色地说：你们说我什么，我不在乎。我比你们更了解这一带居民！没有百分之百的证据，你们说谁敌人，这不行！

你等着！

我等着！

三位红卫兵气哼哼地走了。这些红卫兵是高中生，打打杀杀见过世面，辩论中上纲上线都有一套。刘老婶、张三姨忧心忡忡，倒是钟仁故意皱着眉，不知是抱怨小婵说话没策略，还是对红卫兵不满，他来一句：幼稚啊，幼稚！

晚饭后，小婵洗碗。小宋来了。小婵知道小宋怕邻居说三道四，便拿了两个小板凳，他们坐院子里说话。

小宋说：你小心点儿吧，他们开始整理你的材料了。我同学的弟弟，和他们一个组织的，说要把那个唱戏的整走。还有个事，派出所老孙看见钟仁和红卫兵联系密切，他是跟踪一个案子，无意间看见钟仁在道边和三位红卫兵说话，钟仁还把几页纸给他们。老孙还说，钟仁一直在说，显然他在反映什么情况。我怀疑钟仁在参与整人……

这个时候，小婵才觉得唱戏教戏是最省心最开心的，街道事，真头疼。她看着小宋，半晌才说：谢谢你的提醒。

此时她想到丈夫郑光春，如果他在身边，他会怎么说？让我退缩，不干了，不，郑光春会神情轻松地告诉她：他们有什么了不起，别怕他们。是的，他那白净脸上，总有不被人觉察的坚毅。小婵心里一热，像对小宋说，更像是对自己：我不怕他们，大不了，回剧院唱戏去。你倒是，身边总有麻烦。

小宋有些疑惑：你说我……

我知道啦，有人整你，正准备让你当所长，来了一封黑你的信。

你怎么知道？

居委会人跟我说的。小宋，不能退缩。我找过区里方主任，他说要过问这事。

小宋怔怔地看着小婵，他觉得这个姐姐认识得值！他决定了，要单独和钟仁谈一次，就是谈不好，也不怕他告"黑状"，为了小婵，就该这么做。

谁知，没等小宋找钟仁谈，有人抢先找他了，不过谈的方式特殊，是拳脚。这天晚上，钟仁刚从胡同口公厕出来，身后忽然伸过一只手，在他眼前一抹，他两眼顿时火辣得睁不开，没容他叫喊，脑袋腰肋大腿遭到拳脚重击，钟仁当时跌倒，他忙缩成一团，护住肋骨，后背被重重猛踢，分明是两个人，其中一个狠狠道：再他妈整人，揍死你！这次，让你长记性！

打人的跑了。钟仁被人搀回家。妻子瑞莲喊叫一声：这是怎么啦，扶他在床上躺下，她一边抽泣一边问。

钟仁朝妻子摆摆手，又示意她关门，挂窗帘。

瑞莲知道问不出，只帮他擦洗脸上的伤。

钟仁脑子画弧，谁打的？十几个人在脑子里过，包括以前得罪过的人。想不明白，脑袋疼。钟仁身上疼，心里乱，一夜没睡好。

袭击钟仁的，是林子、张小有这俩小子，他俩也不知从哪儿知道钟仁在居委会里"挤兑"小婵，俩人一直也没机会报答小婵阿姨，得，收拾姓钟的，也算帮小婵阿姨一回。

就在这时，街道转来两封信，直接交到小宋手里。这是两封外调函，一封是钟仁做临时工的电子元件厂来函，揭发他当锅炉工时，伙同一个车间职工蔡某，偷窃一批电子元件。还有一封，是技工学校来函，钟仁在校当临时工时，将两根四米木杆偷回家。小宋连连摇头，这两件事小宋早就知道，所谓偷电子元件，就是做矿石收音机时，偷了两个二极管一个三极管；至于木杆，也是开裂不能用的建筑木杆，他拿回家劈柴烧火用了。这种揭发信函，只能引起混乱，人心惶惶。

一大早。小宋到钟仁家。小宋怕说话影响家人，忙说：老钟，咱们门口聊吧。钟仁说好。走出院门。小宋递给钟仁一支烟，直接说：我这里接到两封信函，一个说你元件厂的事，一个是学校木杆。这事，你怎么看？

就那点事，整人！钟仁愤愤道。小宋点头：我也这么想，这种信函，就是搅浑水，最好的办法，是不搭理它。但小宋话锋一转：你对小婵有意见，可以明说，听说你和红卫兵研究她材料，这不好吧？

小宋不大的眼睛直视钟仁，目光炯炯，直扎心底。钟仁低头了，半天没说话，面对正直，他无话可说，无地自容。钟仁手拍额头：这事怨我，他们找我时，已经整理了三条错误言行，硬要让我补充……

哪三条？

一条是小婵私下和票友戏迷唱老戏，她对戏迷说：你们要唱好样板戏，还得学老段子，老段子出功夫。继续宣扬封资修；第二条是借教样板戏自己捞好处，吃喝米面香油和各种纪念品；第三条包庇街道清理出来的坏人。

你补充了什么？

我、我真浑！我补充的是：胡同发现毁坏毛主席画像的事，小婵为这事跑前跑后的，说不是这家的，不是那家的，我怀疑是她家的，所以她才急着打掩护……

小宋板起面孔，厉声道：钟仁，前三条我不管，你必须把后边这条，给我去掉，怎么去掉，你想办法。

好，我去，现在就去。

钟仁看一眼一脸怒容的小宋，缩身匆匆朝街口去了。

红卫兵在小街搞"清理"受阻，他们直接向上反映，他们就是要一招儿让小婵垮台，起码让她走人。他们信息灵，知道小婵区里有靠山，所以他们把"材料"直接送给市文教组军代表。军代表更不愿意激化矛盾，答复很严谨：材料留下，我们核实研究后，会找有关人谈，做出处理。

市文教组军代表级别并不比区里方主任高，他们都是正团级，市里这位军代表是师后勤部长，方主任是团政治部主任，所以二人说话都是商量口吻。市军代表说明来由，把有关材料内容也和方主任复述一遍，最后他郑重说：材料送给你们，我的意见，最好把何小婵调整一下，回剧院最好，方主任，你们研究一下，其他问题你们根据情况自己定吧。

方主任看过材料，根本不打算理睬，更不找小婵谈，就当没这事。

就在这时，几位整理小婵材料的红卫兵不见踪影，他们遇到了麻烦。原来，有人将电话打到北京某军部，说有几个红卫兵在整烈属何小婵的材料，希望采取措施制止。军部人光火，立即派人处理此事。北京军部的人和学校军代表一起，召开专题会议，红卫兵头头、整理材料的红卫兵也参加。专题会开成批判会，军部来人质问：你们整材料，对准的是军烈属，这什么性质？谁让你们干的？

一连串发问，犹如炮弹，炸得学校军代表和红卫兵头头坐不住了，他们纷纷指责整材料的红卫兵，要他们立即停止，并在大会上深刻检讨。

整材料的红卫兵一看阵势，不敢辩驳，就在会上，依次做检讨，来一顿鼻青脸肿的自我批判。

（十二）

半年之后，清理告一段落。凭着小婵在上面把握着政策，最终够上线的地主资本家右派历史反革命，只有 12 名。那天会后，小婵悄悄问区里方主任，这清理出来的人员怎么办？方主任告诉她，你别往外说，上面正研究，有这样意向，动员这些人回原籍农村。很快会有文件。

小婵之所以关注这 12 人的去向，关键这些人里有周爷。那可是郑光春的姨夫。如果郑光春在，他也得操心姨和姨夫的去向。不行，我得当个事办。去一趟我演出的西郊，那里空气好，环境好，人心也善，关键是书记队长对地主富农也不打不骂。生产队只种蔬菜，社员收入好，日子富裕。

唐工时常悄悄来小街居委会看小婵，要是见小婵正在开会，他也不吱声，看看便走。要是见小婵不忙，他就进屋和小婵说会儿话。唐工来这里，总夹带"任务"，说俱乐部演唱班结束，学员们想见见小婵老师；几个老戏迷在大院搞个清唱，他们说没小婵老师，就没意思；工厂几个票友聚餐，央求唐工，一定把小婵老师请到。

小婵见了唐工很不客气，往往直接呛他：我怎么情况，你不知道吗？我忙啊，你得帮我挡一下，是吧？

唐工不恼，笑着说：好，我挡！跟他们说。

得了吧。学员结业我去，和大伙照个相。大院清唱我也得去，老戏迷五六十岁了，不去不好。聚餐就算了，我家还有两瓶鱼罐头，罐头厂给的，你拿去……

每次见小婵，唐工浑身轻松，是洗浴后的舒服感，没有任何邪念，只感觉日子丰满得让他笑。小婵是我妹子，没有比这更让他骄傲的。

这天小婵和唐工坐上郊线的公共汽车，他们去曾演出的西郊上河村。上河村地处西郊南，到处都是蔬菜地。在大队部，大队书记一眼认出小婵：李铁梅来啦，快，通知几位队长，都到队部开会。

小婵忙介绍唐工，这是工人俱乐部业余演出队的。

大队书记忙和唐工握手：欢迎指导，工农联合，欢迎！

几个小队长都到了，书记说：上次您来，是给公社演出。铁梅，这次您又来咱们村，俺们有个请求，给俺们大队单独演一场戏，哪出都成。

小婵有事求人家，当即答应，说是组织业余剧组来演出《红灯记》。人们一片鼓掌叫好，接着就落实演出事宜。

大队招待吃饭，商量在哪儿搭台哪天演出，直到小婵要离开上河村，她才和书记透露有几户人家想在村里落户，村里不知能不能接受。书记明确说，只要你拿着上面条文来，我就收，社员有意见，我去做工作。不过，我做工作时也要有说道，就是这些人，得为村里做些贡献。比如帮村里解决一些铁管和木料，我们建蔬菜大棚，买材料难啊！

小婵忽然想到离小街最近的黎明钢管厂，她问：一寸半、两寸的铁管行吗？

当然行，你要是帮村里买到大棚用的铁管，我这里，没问题！

唐工到底是搞设计的，就在小婵和大队领导说话时，唐工已经跑到村外菜地，查看农民自己盖的简易菜棚。那是长短竹竿木管支撑的，大风一来，随时倒塌。

他掏出纸笔，匆匆画草图，标出大致比例尺寸。干练的唐工对小婵说，建筑公司每年淘汰一些施工用的粗木杆子，这些粗木杆子搭建菜棚足够用，咱俩一起找我们主任，以你的面子，主任一定能便宜批给村里。

小婵一听，笑得抓住唐工手不住跺脚：太好了，好主意！就照你说的办！

唐工拿着草图，问询菜棚标准尺寸，很快有一张草图完成。他对大队干部说，菜棚骨架我来设计，主要框架用钢管，搭接用木杆，保证结实。

几位大队干部吃惊不小：妈呀，这会儿功夫，都设计出来了，城里人厉害！

小婵不说话，觉得这个唐工真不一般。她觉得自己有些慢待人家。在返程的公共汽车上，小婵心里极为敞亮，此时她觉得自己比任何时候都强大，是的，有方主任，有小宋、唐工，还有街坊，自己不是一个人……

她心里一酸，她觉得爱人郑光春就在身边，时时看着自己，鼓励并帮助自己。

街道清理出来的12户去了西郊上河村。让人想不到的是，这12户人家立刻成了菜农，当年收入分红钱，比城里八级工人一年挣得还多，小街人人羡慕。

区妇联主任看重小婵的能力，一心要把小婵调到区里当妇联副主任。这事当然绕不过区里方主任，方主任一口拒绝，说何小婵的工作另有安排，不能随便动。也就是在这个时间节点上，方主任和小婵郑重其事地谈"个人问题"。

其实早在五年前，方主任和在石家庄医院的妻子邬云霞"情感危机"。邬云霞是内科大夫，医术精湛。医院实施以老带新，新分配来的青年男医生由邬云霞带，谁知日久生情，二人有了恋情，有了私情。同事揭发，院长过问，邬云霞嘴硬，说没这事。青年男医生没顶住吓唬，承认隐情，最终医院将男医生调离。这事还是传到部队，最终方主任也知道。夫妻二人只有一个女儿，女儿由奶奶带着。方主任提出离婚，并要求女儿归他抚养。妻子邬云霞不同意离婚，更不放手女儿，部队出面调解几次，方主任后退让步，不再离婚，而妻子邬云霞调到方主任所在的随军医院。夫妻二人，从不吵架，但感情全无。

从方主任第一次见小婵，他心就猛地跳几下，对于一个41岁的男人这是少有的事，不论是部队的还是地方的，漂亮姑娘他见很多，他负责部队文工团，和女兵接触也多，只是感觉愉悦，没有冲动和多想。他自知和小婵，一个是有六岁女儿的父亲，一个是未婚26岁的戏曲演员，其情状相隔"千山万水"，他只把一时的冲动，变为深层的喜欢，变为深入的交谈。可是在郑光春牺牲之后，他似乎进一步了解小婵，了解小婵对军人深深的爱。包括小婵性情，少见的真纯。他的喜欢日日加深，而且附加一个爱上她的理由，那就是：责任。他觉得不论是经济条件，还是名誉地位，自信比其他男士更强。于是他暗做工作，首先和妻子邬云霞协议离婚，为了女儿，好聚好散，不给对方造成负面影响。他们离婚三个月了，却很少人知道。

方主任通过内部渠道得到消息，部队支左工作就要结束，他将回部队，他决定抓紧时间，好好和小婵谈，攻下这个爱的堡垒。为了这次谈话，方主任精心准备，他选在休息的星期天上午，这时单位没人，走出单位后可以去不远处的公园。谈话由头，就是谈小婵要回京剧院，要负责演员剧团工作。因为恰恰这个时候，剧院负责人赵子爵出事了。

出事之前，赵子爵和李兰菊的恋情已是如胶似漆，二人一起上下班，中午在办公室一起吃饭休息，下班一起去李兰菊家。所有的演出，李兰菊成了当然的主角，戏园子有李兰菊的剧照，报纸满是李兰菊的报道。剧院人有意见，可没人敢提出来，谁也不愿意得罪赵子爵。可赵子爵媳妇不怕得罪他，

这天中午，赵子爵媳妇风风火火打上门来，大骂李兰菊是骚狐狸。赵子爵觉得丢脸，当着李兰菊面，对媳妇由推推搡搡，变拳打脚踢，媳妇一气，砸了赵子爵办公室的玻璃和花盆，之后哭着走了。谁知这一走，媳妇没回娘家，没去法院，去了河东装卸码头，决绝地在腰里绑块大石头，媳妇竟跳河寻死，幸亏得救，可事情闹到社会，沸沸扬扬。文化局领导怒了，将赵子爵撤职，调到局基建科管仓库。派文化局艺术科长去当剧院院长，同时任命何小婵担任演员剧团团长。

（十三）

深冬的城里，缺少绿树鲜花，老区委大院有几棵松柏，虽然绿得暗淡，却显得高贵庄重，生机勃勃。因为是周末，办公区静悄悄的。小婵按时来了。她穿着国防绿棉军衣，蓝色外裤，穿着棉衣棉裤，却没一丝臃肿，红色的长围巾、红手套，让整个人显得青春而富有活力。

方主任穿了一件深咖啡色毛衣，白色的衬衣领自然翻出来，他的头发显然修剪过，包括皮鞋也打过鞋油。他们没有拘谨，你问我答，来来往往，多是不必用心的，就如一般的饭菜，尽

管不咸不淡，不香不甜，为了不饿，也随意吃下。在居委会，小婵常常在说话时来回走动。出于对方主任的尊重，小婵和方主任说话时克制来回走动，一个唱戏的人，坐那儿说话感觉累。这两年多的接触，小婵一直把方主任当主心骨，什么难事，拿不定的主意，摆在方主任面前，他一句话，便是办法，两句话，便有了结论和结果。

为小宋更顺理成章当上派出所所长，小婵曾多次向方主任介绍小宋如何敬业，如何能力过人，比如破获公园强奸案、外国游客相机丢失案。小婵滔滔不绝，也许是太用力了，让方主任内心酸涩，他直觉判断：二人关系非同一般。

酸涩只是一闪，方主任还是和区公安分局军代表说出自己的意见：小宋我了解过，群众关系好，业务好，有能力，人品也好，早该重用。

没过多久，小宋成为区里最年轻的派出所所长。

窗外的阳光照进宽敞的办公室，木地板走廊没一丝声息。方主任看出小婵的情绪极好，特别是她在自己跟前不扭捏，不做作。凭经验，他得出这样的结论，对爱情之事，越是吞吞吐吐，越难成功。所以在轻松美好的气氛中，方主任要直奔爱的主题。他给小婵倒了一杯热水，直接坐在她身边，语气轻松道：小婵，咱们认识这么长时间了，彼此都了解，我了解你很多，但你不了解我。特别是你不了解我这儿！方主任一指自己的心脏。我喜欢你，自从郑光春牺牲之后，加重了这种喜欢，自从我三月前离婚后，更加喜欢你。所以我当面对你说：我喜欢你，我爱你！我要娶你，和你成家！

小婵蒙了，是舞台上不知如何演下去的那种蒙。她感觉自己落入一条峡谷，不论前走，还是后退，岩壁拥挤着前胸后背，抽身不得。

尊敬中有爱，喜欢交往也有爱，可细细品，不是情爱。

当时的小婵，不可能知道方主任家里的事，她只是理智地面对眼前。人生凄风苦雨，经历过了，她没有犹豫，话说得成熟而清晰：方主任，您提这些，很突然。如果一定让我现在回答，我只能说，咱们，不行。

方主任设想过多种失败，但不是这样。为了以退为进，他连忙说：你再考虑一下，慢慢考虑，我可以等。咱们，一切，都和以前，一样，一样的……

我，就只当您什么也没说。

不论方主任怎么松弛双手，大度摆动，但目光的游移，脸部肌肉的僵硬，还是尽显他神情的黯然与颓唐。

也许小街的人知道小婵要回剧院了，所以每天晚上小婵家总有串门的，有时候送走一拨又一拨，说话大多没有主题，也就是想到哪儿聊到哪儿，包括串门的人也发现，胡同里好久没这么轻松聊天了，没有忌讳，没有猜疑，没有检举揭发，更没有唇枪舌剑，倾心叙谈多么难得，哪怕闲言碎语，也让人轻松惬意。

小宋时常走到小婵家门口，看里面人说的高兴，他不愿打断人家兴致，他那一身警服，坐到哪儿都显眼。他没进屋，可他感觉高兴。小婵不孤独，不寂寞，有这么多人围着她，她就没有悲伤。

人们为何愿意往小婵身边聚？她有善意，没敌意。在河水溪流盈满浑浊，沟渠池塘满是污秽的时候，一股清泉，在身边流淌，是多么难得！小婵就是清泉。爱，有时要一场倾盆大雨，彼此浇透一次，混沌会化解开来；爱有时也是润物细无声，慢慢吐纳，慢慢吸收，浸润融汇。小宋的性格，厌烦鼓乐喧天，更烦甜酸说辞，他觉得男女情爱，一定是心有灵犀，说出来，就假。小宋悄然感觉到，每天他都和小婵幸福地生活在一起……所以他拒绝同事亲友给他介绍的女友，他心里早有女友，就是小婵，为了她，他甘愿等下去……

那天，小婵送走最后一拨人，冬夜的天上什么也看不清，地上灯光一闪，星月悄然隐去。四周不似往日的寒冷，是人们聚集的畅暖，还是心被话语温暖？她说不好，只觉得似在戏台上，唱腔圆润，台词顺畅，随心所欲。她一转身，看见熟悉的身影。

一直在外边吗，怎么不进来？

太晚了……

你不知道吗？我睡得晚，快进来……

小宋轻快地闪进院子，随之进屋。屋里很暖和，地中间暖炉上，一壶水早开了，慢火熬着，热气呼呼。小宋说：你这里天天这么热闹。

小婵一边用湿煤灰封火，一边和小宋说话：人们没处去，我这里没老没小，说笑随便，来过的都愿意来了。来了好啊，我只管烧开水，大伙儿给我解闷儿。

嗯，好，好。

小宋不知道下边该说什么，这么晚了，自己本不该再进来，说什么，有话完全可以明天说，可明天哪有这个空间和时机。他在叮咛：你小子，厚着脸皮，也要在这儿待下去……

你这个上窗户，一定要开一条缝，有煤气也能跑出去。小宋看着上窗户，说话间他一脱鞋上床，踮脚把上窗户拉开。

小婵只低头清理炉灰，二人就这么静静待了好一阵。

还是小婵忍不住，她也不看小宋，语气很重：小宋，我跟你说，你条件再好，也会一天天变老，谁给你介绍女友，你总拒绝，这不仅伤害人家姑娘，也伤害你自己！

小宋不语。

怎么不说话？

我不想找，一个人挺好……

别犯傻，行吗？

行啊。咱聊点别的。

这回轮到小婵无语了。

聪明的小婵，怎会不明白，周奶反复对她说小宋如何如何好，同院住的陈娘，话里话外也夸小宋，说他办事多实诚，干活勤快，哪个女人找他，是修来的福。副主任刘老婶也在帮小宋，劝解话打动人心。她说：小婵，再成家，老婶劝你一句，就找知根知底的，知冷知热的，白头到老的，孩子，咱可经不住事啦……

小婵在听刘老婶语重心长话时，心底极为酸楚，她强忍住泪：您说得对。

小婵古典爱情戏曲浸染，经历刻骨铭心的爱，面对多好的朋友，如果没有怦然心动的感觉，便不是爱情。

小宋显然不是，可又是自己舍不得、绕不开的人。

这一晚，他们静静地坐着，小婵给小宋倒水，小宋慢慢地喝。小宋知道，这时，不用说什么，这么待着，就非常好。

终于，小宋说：我走啦，你歇着吧。

小婵嗯了一声，觉得不妥，又补充一句：闲着来坐。

小宋轻手轻脚地走了。

可那一夜，小婵失眠了。

（十四）

深冬年底，一次大型汇报演出，在考验演员剧团团长何小婵。

市里接到北京的紧急指示，市里组织一场样板戏，春节前夕，代表本市赴北京参加全国十城市戏曲汇报演出，参演剧目是《沙家浜》。

剧院就是唱戏演出的，如同让厨师做几道拿手菜，根本不是难题。可这次参加汇演的条件苛刻，要求主要演员，一定是非职业演员。说白了，唱主角的必须是业余演员。上级意图明显，以汇报演出的形式，检验各地样板戏普及成果。这种任务，对于小婵来说不算陌生，难度在于时间短，仅有一个月时间。任务硬下给剧院，院长直接跟小婵说：咱没退路，你全面组织实施，我做后勤保障，拼死也要拿下来！

小婵也急了，她当即开演员大会，点名十名业务骨干，各有分工，各个角色有专人辅导，选出十名动作演员，准备辅导业余演员，四名现场导演，乐队全面配合。

军马未动，粮草先行。为了照顾业余演员，剧组全体进驻工人俱乐部。市里应小婵的要求，演出补助费用提前发放，借助隔壁技工学校食堂，把市里特批的鸡蛋鱼肉蔬菜全都放到仓库里。自排练开始，不论是剧院参与辅导的老师、乐队琴师，还是业余演员们，都感觉日子香甜。那时买鱼买肉凭票证，可这里食堂就餐，红烧肉，鸡蛋炒青椒，炖鸡块，干炸鱼，还有平日少见的大米干饭。小婵胡同长大，当然熟知大家心思，吃得肚腹滋润，身上便舒服，劲头就不谢。果然，白天晚上连续排练，人马齐整，精神抖擞。

业余演员，全是市里精华：棉纺二厂职工扮演阿庆嫂，针织厂的沙奶奶，市二中的郭建光，轧钢厂的胡传魁，建筑公司的唐工扮演刁德一。唐工热情最高，他多年来一直活跃在工人俱乐部。他会拉二胡、京胡，会演老生，能客串老旦。小婵到俱乐部搞辅导，他一直帮助组织队伍，帮助点名，摆放道具，为大家打开水，跑前跑后忙乎。在别人眼里，唐工扮演刁德一，有小婵首肯，似乎是板上钉钉的事，谁知竟有七位业余演员竞争扮演刁德一，都找小婵，小婵召集所有演职员开会，宣布七位刁德一比赛。谁演得好谁上。

唐工在年龄、体态，包括唱腔，并不比那七位强多少。可在整个段落试演中，唐工那京腔京韵地道念白，实在出彩，让老票友们连连点头，最终让他脱颖而出。

在全国会演中继续出彩，津门《沙家浜》演出成功。其中，唐工饰演的刁德一，被北京名家夸赞为"扮相洒脱，形神兼备"，包括北京老戏迷们也拍手叫好，新闻播放，报纸采访，业余演员唐工，出尽风头。演出的大获成功，不仅展示业余戏曲演出队伍的技艺高超，更展示了小婵的领导组织才能。包括小婵也没想到，唐工从北京演出回来，市文化部门领导直接找到唐工，明确告诉他，要调他去工人俱乐部工作，那里急需一位戏曲辅导人才。

唐工说我考虑一下。他是想听听小婵的意见。当然也是试探自己在小婵心中的位置。

小婵说：唐工，你看重我的意见，我不能模棱两可。公司设计，没你还有别人，俱乐部少你，就缺一大片。我支持你"下海"。你不是一般人，你是能人！

这番话，让唐工心里发热。他从小婵的目光里读出新的自己，这就够了。幸福，哪怕隔着大海，遥望彼岸，也是幸福……

小婵心虚地发现，自己在回剧院后，总有意无意地躲避唐工，她在剧院的当年一起上学练功的女伙伴，半开玩笑半提醒：小婵，小心啊，暗恋你的戏迷，他们开始进攻了，我们有情报……

狗屁情报……

女伙伴知道小婵的哀痛，她们说这些，只为逗她一笑。看小婵没恼，和她们一起说笑，更是开心，有人开始述说几位小婵"追随者"外貌特征。女伙伴绘声绘色说了三个，其中一中年男子，皮肤很白，小生模样，戴着咖啡框眼镜，这无疑是唐工。

小婵打着哈哈，故意把话题岔开，意思明了，自己对这些，无所谓，这些所谓追随者，她根本没上心。可是这天下午，她到俱乐部给第四期业余演员班上课。课没上成，她匆匆和俱乐部主任去了医院。唐工的爱人，那个脸色蜡黄但眉清目秀身材苗条的大姐，在路上骑车，被一辆转弯卡车刮倒，头部着地，七窍出血，送到医院急诊室，呼吸已经停止。唐工和爱人家属都在，小婵陪着哭。之后她问唐工：大姐看你的演出吗？

唐工泪眼婆娑，缓缓道：每次演出都来，坐在最后一排，她不在乎我演，在乎听观众怎么说我……我北京得奖，她高兴得像孩子，逢人便说……她对我好，我知道。谁知出这事……

小婵最痛心的是，自己从来没去唐工家看看大姐，哪怕喝一杯她倒的水，和她说说家常话，让她高兴一回……是自己的忌讳、忽视，成为永久的愧疚和遗憾。

这天夜晚，小婵半夜醒来，她脑中忽然放电影。那电影时而清晰，时而模糊，方主任在和自己低声耳语，自己似乎反感，但笑出了声；方主任恼怒得一声道白，指着门外，门外是两个很有名气的老票友，老票友朝小婵笑笑，笑出苍老的皱纹，小婵发现皱纹渐渐消失，不是老票友，分明是小宋和唐工……影像断开，断成一个场景，小婵发现自己坐在三人中间，一起吃饭……

围桌而坐的有方主任、小宋、唐工，似乎是为方主任送行。可是又好像等一个人，分明有个空位。吃饭的地点，灯光忽暗，灯光里，丈夫郑光春出现了，小婵大声喊着，发不出声，可看得清楚，丈夫正在台上，正演长靠武生，大将的风度，扎着靠，头戴盔，穿着厚底靴子，长柄银枪飞舞，气魄非凡……

小婵看见自己，一个人站在昏暗的台上，明亮处，三人在鼓掌，乐声震耳，京胡脆响，她悠然唱西皮流水：这才是今生难预料，不想团圆在今朝。回首繁华如梦渺，残生一线付惊涛。柳暗花明休啼笑，善果新花可自豪……

工厂韵事

（一）

在知青选调回城那年月，景佑林做梦也想不到，他竟第一批被选调，而且进了北方轿车厂。他可是津城资本家的老儿子，什么大表姐二表哥三姑四舅五姨奶都在海外，插队落户，去广阔天地，对他算是解脱，再也没人薅他头发了，没人问他出身，追问海外关系了。相反，他那直溜身材，文静外表，招社员喜欢。头一次铲地，竟不落后，肯使力气。给大伙读报，还一口京腔，社员们夸他：这小子，不赖。

不仅不赖，还走"鸿运"。大队部有个篮球架子，一帮人在打球，他眼热了，一闪身抢过球，一个三步上篮，一个远投，人们连连叫好。谁知这两下子，被公社干部看中，招到公社篮球队，好吃好喝，一帮乡下队员还爱听他指手画脚地指挥。最让知青眼气的是，乡村干部不讲"出身"，仅凭他雨夜跟社员救护孕妇去医院，献了一次血，公社竟然让他当上代课老师。那可是个风吹不着、雨淋不着的活计。

眼气牢骚也没用。据学校老师讲，景佑林会教书，学生们挺喜欢景老师。学生家里杀猪，送他一块，他也感觉同来的知青妒忌，他把那块肥肉送给集体户，一帮知青多日不见油腥，肥肉切碎熬一大锅肉菜汤，吃得一帮知青顺脖子流汗。

两年后，企业选调知青，大队提供的名单头一位就是景佑林。还是人家选调单位严把政治关，景佑林醒目的外表、京腔、篮球、献血都没起作用，他那个"出身"没通过。这几乎是一盘死棋。谁知全大队四个屯子二十老乡，套三辆车呼呼啦啦到公社，为他说情：小景能干呀，人性好啊！这样人，咋不选啊，不选这孩子，老天不答应啊！

企业人事干部哪见过这个阵势，招呼老乡们进会议室，听老乡一顿评功摆好，最终受感动，说这人很"典型"。就这样，景佑林和几十个知青告别农村，走进北方轿车厂。

厂里为知青办培训班，进行厂规厂法安全等教育。此时有善钻营的，早开始找"关系"走动，薄礼厚礼，先占个理，脑子活络的人，一心弄个好工种。每天就是应付听课，考试也是东抄西抄交卷。景佑林也算认真上课，不过他在看一本没书皮少页码的外国小说。那时青年工人下班后，多是打牌逛街聊天，他总窝在宿舍里看书。之后便楼上楼下各屋敲门，认识不认识，一劲儿穷搭话，问人家有啥好书。

同坐在教室里，景佑林偏偏被厂里人关注。那天培训下课，人事科老刘叫住景佑林，让他到另一间屋说话。景佑林的好运还要延续？除了纳闷儿，大家还挺嫉妒。一些人挤到隔壁窗口，朝里面看。屋里桌上放着纸笔。景佑林在写写画画，老刘和陌生人边看边说什么。看神情老刘和陌生人相当满意。一帮人屋外嘟囔：这小子，又来狗屎运了！

有了解景佑林的，说他自小就在家画，他画工农兵大幅画、画主席像，不打草稿，估计是被厂里技术部门看中了。

谁知几天后没了动静。面对熟悉的伙伴追问，景佑林眉聚愁云，叹息一声：还是出身，坏我的事。

培训学习结束，大多数分派到机加、总装配很技术很亮堂的车间，景佑林和七八位知青分配到黢黢黑、轰轰响的车身调整车间。

那时每人工资差不多，福利一样，差的就是车间和工种。机加车间，窗明几净，台灯雪亮，还有技术。总装车间，穿蓝大褂，说是调整工，搞科研似的，零件都是成品，电镀件、油漆件一尘不染，一天下来，里面的白衬衣领口都没黑边。

再看景佑林去的车间，都是穿油乎乎工装的钣金工、装配工，每天得拎着大小锤子，终日对着车身敲敲打打，说话大声喊，往往对方只见你嘎巴嘴，噪音早把话声淹没。车身装配车间，最显眼的是已成轮廓的车身，冲压件、分装件，都将经手工作业完成局部装配，之后组装成一个车身整体。手工密集加工，锤子敲，电气焊，各种砂轮飞动，地上、工作台上，灰尘铁尘弥漫，即使每天清扫，扫一层，落一层。所以工装油渍麻花，工人都是灰头土脸。

景佑林入乡并不随俗，工作服板板生生，工作帽内放了硬壳纸，顶上见棱见角，最扎眼是工装里的白衬衣，黑森林有朵白玫瑰。景佑林跟蒋师傅干活儿。蒋师傅五十多岁，身材瘦小，虽然小学文化，却能看复杂工艺图纸，有一手精湛的钣金技术，车间有技术难题都找他，不论有没有把握，他都来这句：我试试看。其结果，他一试，准成。他叫蒋守成，车间老少称他"蒋准成"。

景佑林干活肯下力，蒋师傅让他剪内外板，那是八辆份发动机前盖内外板，要手工来剪。蒋师傅交代得明白：钣金工，要使唤好剪刀。你手生，我画好线了，你照线剪就是，别急，慢慢干。交代完，蒋师傅去零件车间解决冲压难题去了。

景佑林聪明，他先到别的工位看人家怎么剪，看明白了。他抄起大铁剪子，开剪两毫米厚的铁内板。景佑林虽然手大，可剪铁板也是技术，剪了一小段，小臂酸，手背僵，手心疼。有人围拢过来看，景佑林冲人笑笑，继续闷头吭哧吭哧剪。有人笑他：净使牛劲。言外之意是笨；也有人直接说：傻小子睡凉炕，全凭火力壮；更有人说：没一年半年的，练不出来……

景佑林不恼，他知道自己干活笨，可内心不服气，人说他这不行，他更来劲儿。于是他身子曲卷成一把铁剪，脸上肌肉似有刚性，斜仄身子左右较劲儿扭动，铁片再硬挺，打着卷儿，扭着弯儿，滚落地上，同时落下的，还有汗水。

有人招呼他歇会儿，他答应着，喝了半茶缸水，继续剪，眼睛盯着剪口，脸颊贴着线，一直剪到下班。又有人喊，下班了。他说：再剪一个，就一个。可剪了一个又一个，停不下来。车间没人了，昏暗的灯光下，他仍然躬着身，剪着，咔哧咔哧，剪刀咀嚼铁板的声音，像是吃酥脆的饼干。不知过了多久，他终于剪完最后一张内板，打更的师傅已在他身边徘徊多次了。景佑林把剪好内板摞好，悄悄走出车间，时间已是后半夜，汗水已经开始冰凉，漫天星斗像水饺，他感觉自己是只摇晃的饿狼。

转天一上班，蒋师傅最先看到剪好的一摞内外板，吃惊地问：小景，全剪完啦？

他"嗯"了一声。

你一个人剪的？

我一赌气，全剪了。

那是几天的工作量啊。别这么干，抻着来。蒋师傅嘴上这么说，心里暗暗喜欢，这小子，有股子倔劲儿！

景佑林手腕肿着，忍着酸疼，继续敲铁皮、搬工件、拧螺栓。几位早进厂两三年的工友，看他干活的样儿，讥笑：像个大洋马！

有人说：他干活儿还行，就是穿戴，隔路。

包括蒋师傅也看不惯景佑林的穿戴，但别人要说景佑林，他还护着。三班的班长问蒋师傅，你徒弟那白衬衣，是不是一天一洗？

蒋师傅一笑：他就是那干净人！

也许景佑林感觉白衬衣太爱脏，也许不想扎眼，没多久，他把白衬衣换成浅蓝衬衣，工装上下还是那么干净。

景佑林每天六点多就到车间，在热水房沏一杯茶，端着茶杯，来到紧挨班组的检查员工作台，工作台上有大台灯，还有一个改造的汽车沙发椅。坐在那里看书，又舒服又亮堂。单身宿舍四人一屋，气味难闻，凌晨开灯看书，同屋贪睡的人有意见。此时车间没人，悄然无声，这里成了他的读书圣地。他最爱读的是国外画家传记，《梵高传》《诸神复活》《德拉克洛瓦日记》，还翻看诗刊杂志。一直读到七点十分，他拎白瓷饭盆，去食堂吃早饭。早饭简单，两个烤饼一碗粥，一盘土豆丝，那个鸡蛋是他自备的，在宿舍一煮十个，放到更衣箱里，他对别人说过：维持生命的是蛋白，一个鸡蛋必不可少。

他的生活细节，被工友一传变味，对他评价，还是那句：这人，隔路！

那时小青年多爱玩儿，厂里篮球、足球吸引一批人，晚上的电视又吸引一批，车间打扑克升级斗地主，一伙伙吆五喝六，还有一批健身练肌肉块儿的，当然这一伙伙人中也有交叉，玩篮球的不耽误打扑克，踢足球的也挡不住成为麻将高手。可这时，景佑林每天下班匆匆去食堂，买两个烤饼，匆匆去职工夜校。如此这般，也是隔路。隔路就是另类，就招议论，一旦有个机会，人们会对隔路的人开火。

开班前会，主要听蒋师傅一人说话，无非是说说生产进度，口头表扬张四李四，之后强调一下安全，几句说完，人们就各忙各的。好在换衣服的更衣箱就在班组，有坐的有站的，有人在换工作服，有的收拾工具，也有往饭盒里放米。这点时间，景佑林还在翻看一本厚厚的外国小说。

小赵白了景佑林一眼，随口说：看书，累眼啊。我跟你说，咱是工人，看书再多没用，活儿干不出来，不行！

没错。小宋接上话茬儿：书本都是虚的，不如有个好爹。总装车间老三，我同学，当年考试总不及格，人家爹厉害，区里科长，把儿子安排最好的车间，最好的工种，马上要娶最漂亮的媳妇！人家，一本书不看！

景佑林无奈地笑笑，不急不恼，也不解释。

小邱看不惯景佑林的一举一动，他把景佑林干活慢，和爱看书联系起来。他说：你把看书的时间，用在干活儿上，琢磨琢磨怎么能干快点儿。

没错，你干活，太慢。这要是在装配线上，肯定耽误事。

景佑林意识到，自己干活儿是精细，和工友比，是慢。他明白了，干活儿慢，被人瞧不起。从那天起，他干活儿快起来。他是大脑和肌肉同时发达的人，他执意干活儿快些，速度果然上来了，装配门板，一上午就能内板复位，干净利索。剪贴板，他手大，力量大，明显比所有人剪得都快。打锤子,本是他的弱项，谁知半个月后，他锤子功夫上来了，门板翻边，打得又齐又快。

当然，"风凉话"还有：景佑林派头再大，也是小工人！

样子像演员，没用！你还得趴车底下，拧螺丝。

说这些话，往往故意让景佑林听到，就是打击他，让他腰板塌下来，脖子打弯，垂头丧气才对劲儿。可景佑林不仅抗打击，再苦再累，哪怕低头干一上午活儿了，上厕所时，腰板依然溜直。工作现场周末大扫除，他抢先抓过大扫帚，从始扫到终。他围个手巾，身上灰土最多，可洗澡之后，还是他的衣着面孔最显干净。

蒋师傅平日话不多，和徒弟话更少，可那天他抽着烟，当着大家的面，在烟雾缭绕中，指点着景佑林说：小景呀，就是穿破烂衣服，也是绅士派头，举止，说话，姿势，都是。

班组工友听蒋师傅嘴里冒出"绅士"二字，就如同卖豆腐脑老板忽然说起咖啡，实在新鲜。小周问蒋师傅：您知道，啥是绅士？

大伙看蒋师傅，蒋师傅来劲儿：这谁不知道，外国电影里，长得高个儿，漂亮，有钱，文明，吃穿讲究，说话文词儿，慢条斯理，心疼女人，我看咱车间，就小景最绅士！

（二）

装配车间，是一百一十人的大车间，女工只有二十几位，当然也有车间美人，不是娇艳那种，属于五官周正，身材苗条，看着顺眼的。如开天车的于二兰白净；气焊工王成叶高挑；小件班张舒玉古典美人；附件班的小郭学过舞蹈，走路姿势好看；加工班小柴会唱，人前唱歌特妩媚。几位美人，散落在车间各处，惹得青年工友稍有闲暇，便拧着脖子东瞅西看。

景佑林有女人缘。厂区路上，女工们在他身后小声议论：他姓景，装配车间的，他们说像演员王心刚，我看像达式常。分厂开大会，各车间排队陆续进入东厂房，机加车间一大群女工，对着景佑林指指点点，叽喳说话，无数眼珠儿亮闪闪地从景佑林身上飘过。

车间美人，对景佑林格外关注。于二兰开天车居高临下，她的天车最爱停在景佑林的上空，时常下来拿着茶缸，边喝水边和景佑林找话说。小柴离办公室近，不知她怎么知道景佑林喜欢看《体育报》，有新报纸来，她悄悄拿给景佑林，并叮嘱，看完马上送还车间。调整班气焊工王成叶，一到月末就愿意围着景佑林，专门配合他的焊接。每到这时，王成叶身上就散发薄荷香味。景佑林感觉得到，美人和他套近乎，可他小心拘谨，说话也是应付一两句，转身走开。

你小子装蒜吧？工友伙伴说他，他笑而不语。装蒜的最大特征，就是不理人。没错，几位美人，他都不搭理。于是被男人宠出来的美人愤愤然，愤然之后，一捋额前散发，看准机会，再去兜搭。

景佑林在看书，那个怯生生的倩影走上前去，柔声让人发困：啊，小景，那么厚的书，多累脑子！

面对人家主动搭话，景佑林不能失礼，只能客气回答：我就是随便翻翻。

对着那张艳阳小脸，他控制表情，不能厌烦，也不能苦笑。

当然还有前仆后继者，看到景佑林在检查台上画画，倩影匆匆过去，淡淡的雪花膏气息弥漫着，话题直奔他的喜好：小景，你画的线条真准，你这一笔，人形就出来了，好棒！

直接夸你，你能烦吗？雪花膏气息逼近，四周目光正朝这里扫射。他勉强笑笑，敷衍道：我也是瞎画。

你可不是瞎画，你可以画小人书，你爱看小人书吗？

小时候爱看，现在不看。

景佑林不希望雪花膏再问什么，只把炭笔使劲儿地涂抹。他怕女工和他闲聊，他只能紧闭嘴唇。他把身子扭了扭，把脊背给对方，这姿势对方应该明白，可雪花膏继续说话，至于说什么，景佑林干脆不听。雪花膏感到景佑林的无聊，继而她也无聊，一甩手走开。

景佑林可以装高冷，可以孤傲拒人千里，可他也得食人间烟火，也得去食堂吃饭。工厂食堂在二楼，总有女工和景佑林打招呼，因为不认识，他只能在点头片刻注视一下。可是在食堂大厅，有女工大声喊他名字，闹哄哄的食堂里，声音真切：小景，景佑林！

他扭头看，姑娘瘦瘦的，可身的工装显得身段苗条，眸光很亮。他不认识。在他发愣的瞬间，姑娘的手已经拍他的肩膀，话也密集：怎么，不认识啦？我们一起吃过饭啊！忘了？我叫贺云婷。

想起来，景佑林到蒋师傅家串门遇见的，贺云婷的师傅和蒋师傅两家住一个中门，那天蒋师傅家包饺子，请小贺的师傅一起吃饭，结果小贺和她师傅一起上饭桌，他与贺云婷这样结识。不过二人在饭桌上没说什么，只听两位师傅说起工厂往事。

景佑林感觉自己发木，忙点头道：小贺你好。停顿一下，又说废话：买饭来了。

是呀，今天人真多。小贺回应，身子不失时机地挤到景佑林跟前，自然大方地夹在队伍当中。景佑林没环顾，但感觉人们在看他俩，小贺不断扭身说话，不时掩口一笑，样子像老熟人。景佑林没意识到，从这天起，小贺每天都要挤在他前面，苗条的身子依偎他，不管是打饭还是买菜。每逢这时，景佑林内心有异样的感觉，感觉队伍移动太快。他不敢低头，低头可以看到雪白的项颈，和脖颈上的绒毛。他的脸，莫名发热泛起光泽。在这瞬间，他似乎在感受另一种饥饿。

无疑，贺云婷是有心计的。如果景佑林只有帅气的外表，不足以打动这位上海姑娘，蒋师傅家的一幅水彩风景画，那是景佑林精心画的。小贺看画心里一动，这家伙还会画。最终让她下决心和景佑林交友，是篮球场上景佑林的风姿，还有他对四周女工热烈目光的不屑一顾，这让她心跳加快。帅气的小伙子，不是朝三暮四的人。有学问，有正事。在小贺看来，正是资本家出身，才让他这么高贵，绅士派头十足，这样男友领回上海，邻里会齐声夸耀的。反正她眼里的景佑林，尽善尽美。她和景佑林说话时，故意闪动眸光，故意扭扭身子，故意娇宠，故意躲闪羞涩迷人。机加车间出来的，一切加工都有成效。

上海姑娘小贺，把车间工人景佑林陪衬得高耸入云。他们成双入对走在厂区，走进食堂，走过车间长廊，引起职工特别关注。他们俩，单拿出哪个人，都不会抓来那么多目光，然而并肩而行，美被放大几十倍。

有"真是天生一对"的赞叹，也有"怎么是他俩？"的吃惊；也有吃不到葡萄酸涩地摇头：看着还算般配，谁知处长了咋样？

言下之意，二人太优秀，恋爱不成，才符合他们的常理。没有恋爱经历的景佑林懵懂着，却成为一帮小伙们的假想情敌。经过抄家挨斗备受羞辱的他，不在意周围议论，他在意和娇艳的小贺怎么相处好。在他心底，恋爱很美，也该是隐蔽的，自己偷着乐的事，不能招摇。景佑林认为：鲜花一朵，开在幽静山野，不该流连闹市。可看小贺样子，越是热闹越高兴，喜欢人家注意她。

蒋师傅对景佑林说：我看小贺挺好的，人长得漂亮，你们都是大城市人，说得上来，好好跟人家相处。

我俩脾气秉性，不一样。

哪能一样，车门往车上安，门框没完全合适的，一点点调呀！

师傅，我听您的。

虽然还没深入了解，景佑林发现自己已经喜欢小贺了，那感觉来自下班前。

小贺来了，连衣裙款款，飘然如一只蝴蝶，飞在黑乎乎的车间里，刷亮一排排眼睛，连平日古板的闵主任，车间过道看见小贺，不错眼珠儿地瞅，这么漂亮，找谁的？他拉过一青工问：这个，怎么情况？

找景佑林的。

这姑娘，穿工作服，都好看！

他们恋爱啦？

破茶壶——没嘴（没准）。

别人议论什么，景佑林大多听不到，听到的也不在意，不过他内心涌动着满足感。这么多年，他就缺这个。景佑林大方地把小贺介绍给班组工友，班组多是年轻人，随之说着笑话，问小贺不咸不淡的话，引着小贺说上海口音的普通话，不时有人模仿，发出笑声。小贺在班组等景佑林，而景佑林麻利地收拾工具，去水池洗脸，换工作服，之后换上那双少见的咖啡色皮鞋。

小贺看着皮鞋说：我二伯，也有这样的皮鞋，西洋货。

景佑林回应轻描淡写：英国的，三张外汇券买的。

外汇券？你家有华侨啊？

班组人爱追问。

外汇券，我拿一张画换的，换后悔了，我再也画不出那样的了。

呦，你那猫尿画，还挺值钱？

当着小贺的面，班组年轻人故意糟践他。不过看到景佑林脚上的皮鞋，神情羡慕，不由啧啧赞叹：这鞋，皮子真好，鞋面无褶儿。

车间里的男人，都在最近距离观看小贺，长相身材没的说，性格不知道，硬说就是嫉妒。他们只说二人挺"般配"，只说"看发展"。发展，就是一个未知。

（三）

景佑林和小贺恋爱了，闲人将此新闻叨咕成旧闻，可暗地里追求小贺的人，还不相信他们恋爱的事实。景佑林知道，厂里就有四五位追求者，因自己"抢先"，令他们气恼，还有人暗地里"搅和"。

这天景佑林接到一封匿名信，信上有工厂车间地址，景佑林的名字，寄信地址空白。信中只写小贺曾经的一件事。这足以让景佑林情绪变化，足以"恶心"景佑林。景佑林读信后，很快稳住神，心理素质良好、又读过大量中外文学的他，怎么会被一封匿名信左右，他果断把信撕碎，丢进垃圾箱，丢进去的，还有晦暗的心情。可是继续"恶心"他的电话来了，电话打到车间办公室。办事员小崔到班组找他接电话，她神秘地说：是年轻女人的声音。

景佑林拿起电话问对方是哪一位？对方笑着说道：我只想告诉你一件事，我可以发誓，我说的是实话。于是这个清脆女声，道出和匿名信同样的内容。

景佑林冷冷一笑，他说：你让我相信，很简单，说出你的姓名、你是谁？

对方不语，之后电话挂了。

信和电话竟是一个内容。是小贺下乡的一件"糗事"。小贺随上海知青下乡第二年，公社为各大队培训赤脚医生，小贺被大队派去。培训人员都是年轻人，九个女的，四个男的，说是要先到公社医院检查身体。年轻人都认为这是必须的，于是都顺从地验血验尿听诊查视力，身体常规检查，之后各自说笑着。只有小贺最后才从后屋出来，她面色潮红，皱着眉头，迟疑好久，才悄声问同屋娟子：你查这儿吗？她一指自己的裆部。

娟子摇头。

皱眉的小贺说：他隔着布帘，摆弄我半天，羞死我，吓死我！我以为，我以为我有病。

娟子吃惊瞪眼道：瞎扯，怎么会检查那儿，咱没有妇科检查……

她说着说着，忽然一捂自己嘴巴：妈呀，那男大夫，流氓！

小贺越想越羞愤，蹲在地上，呜呜哭起来。

乡村姑娘娟子长得粗壮，平日就爱好打不平，她和培训的四位男青年一嘀咕，四位男青年气炸了，呼啦啦闯进诊疗室，揪住那中年男大夫拳打脚踢，拍桌子大骂：流氓！

事情反映到公社，公社干部一看侵犯的是女知青，感到问题严重,立刻上报,结果那位男大夫被判流氓罪,蹲了一年监狱。小贺乡下待不下去,回到上海。公社一有招工,她最先"照顾"进了工厂。此时的匿名信里,不仅仅说中年大夫耍流氓,还说小贺因此怀孕,因此堕胎……

无疑这是有意揭小贺的伤疤,在两个相恋人的心头,狠扎一刀。

小贺也接到那种信,信中告诉她,景佑林全知道了。那天下午,小贺请假回到宿舍。她没想到,昔日的一个阴影还在跟着她、折磨她。她躺在床上默默哭泣,她隐隐感到,厂里人马上都知道,议论她,讥笑她,这封信毁了她,她觉得厂里待不下去了,她想到死……

虽是深秋,窗外满是阳光,还没到下班时间。她想到景佑林看信的样子,似乎看到他不信任的目光,还有冷冷的话……这时有人敲门,门外是单身宿舍阿姨的声音:贺云婷、贺云婷,门口有人找!

谁找?怎么会在这个时候,难道是写信人上门来刺激、来折磨?小贺忽地坐起来,把头发狠狠一扎,愤然走出屋子,她要大骂来人,我和你们拼啦!

这时,她有激愤和果敢,拳头紧紧攥起。门口站着一个人,看清了,她腿一软,几乎跌倒。

来人是景佑林。景佑林不顾一切,跑过去紧紧抱住小贺。小贺一愣,拼命挣扎,她觉得这也许是分手的序曲,分就分吧。可景佑林却不管不顾大声道:那封信,不能破坏咱们。都是那混蛋的错!你没错!

小贺不挣扎了，她机械地问：你说什么？

不论发生什么，我都爱你，我大声说一遍：小贺，我爱你！

爱的声波震荡小贺的耳膜，她一阵眩晕，心底厚厚的委屈都变成泪水恣意流淌，她从来没有这样痛快哭过，掏心掏肺地哭，让泪水冲净屈辱往事。

秋阳西坠，化为片片晚霞，不知哪来的风，带来阵阵清爽。小贺随着景佑林走出厂区很远，她问：小景，信一定伤害了你。

想伤害我们。可我们爱得更紧，是吧？

满脸泪水，小贺不管不顾，使劲亲吻眼前这位高大帅气包容善心的恋人。

从那天起，小贺变了一个人，她忽然成熟，变得处处考虑别人。在她眼里，景佑林比什么都重要，怎么端详，都觉得十分地好。这样想着，便离不开他，哪怕中午，也步步跟随，看着景佑林，她心里安静。

景佑林即使一身工装，在厂里也鹤立鸡群，他高个儿，裤腿笔直，头发黑厚有型，还有一些自来卷儿。包括迷人的眼睛，忧郁的神情。难怪一些女工说他像演员。中午，厂里和百货公司举行篮球比赛。厂篮球队是两天前临时拼凑成的，厂里有几位老队员，尽管有人推荐景佑林，可比赛开始，教练没让景佑林上场，一来是老队员相互熟悉，能打出配合；二来谁也没见景佑林打过比赛。可比赛时间将近一半，厂队比分一直落后，接着老队员体力下降，眼看要输掉比赛。观看的职工吵吵开了：怎么还不让小景上，他有体力啊！

大胡子临时教练感觉无力回天，听取群众意见，让景佑林上场。谁知景佑林上场，形势大变，首先他那三步上篮无人可挡，他的体力速度明显高人一筹，远投连连得分。职工们兴奋了，嗷嗷怪叫，景佑林备受鼓舞，上篮如入无人之境，远投各个都有，连他散场后也说自己"打疯了"。最终厂篮球队胜，赢了七分。这一下景佑林出名啦，各车间的球迷围着他说话，那年头，这就是明星。

当然最激动莫过于小贺，景佑林一上场，小贺手心冰凉，浑身颤抖，比赛结束，她背过身抽泣，停不下来，她最爱的人，人们都喜欢他。

也就是景佑林被人围拢时，让小贺看到自己的危机，这样的人不能松手，要紧紧抓住。于是她由上下班同行，变为下班后也不离左右。她看出景佑林也喜欢她，便缠着到厂区公园去，越是黑的地方，她越是牵引他走进去，之后紧紧抱着景佑林。最初景佑林只是紧张慌乱，因为他没有单独面对姑娘这样直接的拥抱。而小贺似乎领悟男性心理，自信地直接抓住景佑林的手，辅导并操纵那只手，用缠绵呻吟声引导其走向山峦沟壑，走向那个深入……

紧张到窒息后，是辗转的喘息，之后景佑林歉疚不安：小贺，我没恋爱过，不会……

喜欢，就会，就这样……

还和书上，说的不一样……

小贺轻轻嗯了一声，她笑了，笑得很成熟。这又让景佑林不安。因为给他们结识的时间太短，他不了解小贺的内心，包括小贺的经历，他只看到一个鲜艳的纯净的外表。而此时毫无羞涩向他展示，一点点融化他……

景佑林兴奋而惊慌，惊慌里满是幸福感，幸福感后面，是心思紊乱，惶惶地不往好处想。瞬间一闪的是忧心，担忧他们不是一路人。好在负面感觉只是瞬间，接下来，他感觉恋爱舒心，还有周身透爽的快乐，那快乐从里往外涌，恨不得告诉亲近的人。

恋爱中片刻不离，似有麻烦。景佑林去上课，小贺同去，同坐一排课桌。可是那些汽车传动原理小贺听不进去，趴在桌子上很不舒服，在教室外面等，孤独寂寞，反正很别扭。小贺说过，恋爱不会耽误他上课学习的。可是上课耽误小贺的恋爱。

（四）

景佑林装束上讲究，喝水杯子也买细瓷的。可他干活那认真细致劲儿，让许多老师傅喜欢。蒋师傅和其他徒弟说了：眼下小景技术也不错了，将来他最有出息，你们比不了，不信咱看！

凭什么，师傅偏心啊！

几个徒弟不服，可也说不出别的，因为景佑林确实能吃苦、肯干，干出的活儿干净，包括他干活儿附近场地都干净。再有，他制作出来的工具，那叫一个好，成了艺术品。钣金工的工具繁多，单说锤子，有十几种，大锤小锤，有敲击平面扁头锤，直捅敲击弧形构件的捅锤，圆弧整形的拱锤，消除凹坑鹤嘴锤等，还有顶铁、夹具与撬具，大小盘式砂磨机，各式拉夹钳等，数不胜数。景佑林锤头，都是按蒋师傅锤型制作，可锤把全是檀木，锤头都经过抛光，件件闪亮。连几位老师傅见了，也连连说：

这家什，妙！

没人知道，他那檀木锤把，是钢板库垫钢板的。轿车所用薄板，都是国外集装箱运来的，一摞铁板下都放两根紫檀或黄檀木，是方便起吊。景佑林和库房管事的技术员聊了两个中午《安娜·卡列尼娜》，两根"垫木"让景佑林扛走。而锤头抛光，是他找电镀车间爱画画的哥们，二人聊莫奈日出，说徐悲鸿的马，齐白石的虾，聊着聊着，那七八个锤头、几块垫铁、几个扁铲，被哥们在抛光机上——抛光。

让钣金工眼热的，是景佑林制作的手提工具箱。汽车研究所买来一辆外国跑车，随车带有一个精致的工具箱。景佑林见到后，便和技术人员搭讪，没别的意思，就是要看看手提工具箱的构造。别人看也白看，可他看后，拿出卷尺纸笔，横竖一量，唰唰几笔，工具箱草图、制作图绘制完毕。回到宿舍，他精细勾描，内部结构也——拆解明白。一连几天，他忙完手里的活儿，就鼓捣那个小工具箱。半个月后，军绿漆的小工具箱做好了，新老钣金工们见了，嘴巴张大，半天闭不上。

铁皮工具长 50 厘米，高 35 厘米，箱上有一个铁管横梁，轻轻往下一按横梁，箱子像展开两边翅膀，一边各有一层层箱盒打开，伸手可随意拿取里面的大小工具，而轻轻拎动横梁，展开的六个箱盒依次合拢，成为严密的箱盒体。箱体铆合处，开启自如，钣金件结合部，横平竖直。人们几乎不相信，这细致的活儿，是景佑林干的。

做工具箱事被闵主任知道了，他来到班组找到景佑林，说：大绅士，你那工具箱我瞅瞅。景佑林一惊，包括蒋师傅和班组人都发慌，做工具箱也是"私活"，闵主任会不会抓反面"典型"？闵主任图新鲜，按动把手，拉起合上，反复翻看，嘴里不住啧啧声。他对蒋师傅说：这小子，穿衣讲究，干活儿也讲究，干得地道！

蒋师傅抓住机会，将私活说成正事。他真会说：年轻人就该钻研技术，见国外小工具箱，把其中门道学到手，多好！你说，咱厂新车里，增加这么个工具箱，那车得多卖不少钱吧？

那当然！好东西，谁都认！闵主任朝景佑林肩上一拍，笑呵呵走了。

大伙会心一笑：讲究！

人们发现，只要景佑林伸手干的事，其质量肯定"讲究"。

这天一上班，闵主任来到班组，把景佑林拉到一边：绅士，我知道你能写会画，你这才华不用，就是浪费。你帮着，把咱车间的黑板报出了。这些内容，你掂量着整！

景佑林接过闵主任手里的一页提纲。他9点多钟开始设计黑板报，10点多开始拿着各色粉笔，涂涂抹抹。先写大块美术字标题：车装工人的心声。再写隶书楷书：班组消息。先锋模范，在团旗帜下，之后还有安全知识、计划生育。齐齐整整，花花绿绿，有远山、花束、彩带，还有肖像剪影。午休前，三块黑板写完画完，在车间办公室门口一字排开，吸引过往的人驻足观看。外车间的人也挤过来看。在人们印象里，黑板报就那么回事，有个标题，歪斜几行字，前有一个头像，后画几朵尾花。可景佑林的黑板报有意思，有远山飞鸟，有月季马蹄莲喇叭花，人物肖像精致得眉眼清晰。

这黑板报，闵主任出来进去的不知看了多少遍，反复就一句话：这小子，真是人才！

小贺也拉着两位女友来看黑板报，她对板报没兴趣，倒是景佑林画的花花草草，让她想起上海弄堂里的小花，小时候捉迷藏，就愿意藏在花丛后面，只要挡住自己的脸，就感觉藏得隐蔽。她来还有为开心，就爱听人们如何夸耀景佑林。

女友的好听话直接说给景佑林：这是咱厂最棒的板报，这花、这枝叶，粉笔字，比画报好看！景佑林两手都是粉笔末，连忙说：过奖啦，谢谢你们捧场！

在女友凑近黑板细看时，小贺对景佑林说：累你一上午，班组那些活儿，还得你干吧？你们主任，就会巧使唤人！

这个，我玩儿着就干了。

小贺道：你用热水好好洗洗脸，中午我早早去买两个好菜，慰劳你。景佑林笑得开心。小贺心里很矛盾，她希望景佑林有能力，有才华，可她也发现，景佑林没职务，没地位，才能才华，就是让人呼来唤去。比人强，就是多挨累。女友中，有的丈夫是处长、是技术员，还有的是中学老师，她们炫耀丈夫，是分到房子，出差游山水，给家里办事，人前如何风光。景佑林倒是帅，可再能耐，也是工人，为此她心里别扭。景佑林对她说起制作工具箱，说得兴致勃勃，可在她眼里，就是小饭馆小厨师炫耀手艺，味道再好，不过小菜一碟。

景佑林感觉到正被人尊重，于是他总想为大家做点儿什么。车间有个大浴室，每天下班，都是二十多个女工先洗澡，可女士除了洗浴还洗衣服，最快也要洗四十分钟。之后，车间一百多男工再去洗，往往最后一批人洗完，已是下班一个半小时之后，男工友骂洗澡时间不合理，骂只是骂，没人提出如何改进。景佑林觉得是个事，他推开车间办公室的门。

闵主任听景佑林说洗澡的事，反问道：你说不合理，你说个合理的，我听听！

景佑林说：让女工中午洗，管浴池的师傅辛苦点，能解决百十号男职工洗澡问题，大家都能早回家，闵主任，你也想早回家吧？

听他一说，闵主任翻翻眼，半晌才说：意见挺好，让我想想。

第二天闵主任采纳了这个意见。班组一帮青年冲景佑林喊：大绅士，有你的！

随着车间年轻工友搂脖子抱腰亲热鼓励，景佑林感觉得到为大家办事心里爽快，看见让工友"闹心"的事，他不提意见，心口憋得难受。这不，车间劳保手套每人每月三副，可是这批手套，用两天指尖就磨破了。景佑林知道劳保品不属于车间管，所以这天一上班，他直接去找孔厂长。

孔厂长是建厂初期的老干部，管理经验丰富，说话直来直去。景佑林来到孔厂长办公桌前，他拿出一副质量好的帆布手套，又拿着三副新发的劳保手套，一一摆在桌上。他说：厂长，这个去年的，质量好的，一月两副就够，这是二月开始发的，质量差，十副也不够用。您看看，这是怎么回事？也许采购图便宜，可工人总去换手套，也耽误时间……

孔厂长拿起手套反复看，他并没说怎么解决，只说：小景，手套放我这儿，你先回去，明天我答复你。

孔厂长一看劳保手套，就断定是采购上有猫腻，他一转身就去调查。就在这天下班前，孔厂长竟然来到调整班，他走近景佑林，一拍他的肩膀：手套事解决了，咱买好的。还有什么好意见，直接找我。

说完孔厂长笑呵呵地和围拢过来的工友一摆手，转身走了。工友们得知经过，冲景佑林七嘴八舌：哎哟，绅士，能和厂长说事，咱服！服啦！

厂里负责采买劳保用品的是关某，他去年初接手采购工作，采买过程中，南方厂家特殊款待他，请吃请喝，游览一番，并给"回扣"，其结果是劳保用品以次充好，钱没少花，质量却有问题。情况查清，孔厂长一句话，关某被下放到零件车间。关某请病假不上班，自己联系外地厂家，很快调走。

人们发现，景佑林提意见，总能提到"点儿"上。不过，有些意见也不能随便提，随便一提，要付出代价的。车身装配调整班，负责安装车门、后备箱、发动机等覆盖件，这些覆盖件都是手工操作。这是技术，也是手艺。不论你是二级工，还是八级工，活儿干得好赖，你说了不算，检查员说了算。应该承认，检查员多是钣金高手，不是干钣金出身，也是质量专家，眼毒，躬身一瞄，左右一看，车身翼子板哪儿高哪儿低，一说一个准。他拿粉笔一划，说你这高那低，你卡尺一量，马上服气。粉笔画一遍，够你忙乎两天的。所以调整班的人，对检查员递烟说小话，恭敬有加。至于主动上前，帮助拎个东西，修理自行车，都抢着干，生怕巴结不上。景佑林不巴结，他还给检查员提意见。蒋师傅恼恼骂他："有毛病"。

　　景佑林心里有事，急着把活儿赶出来，可他连等三天，找不到检查员。要知道，车身调整检查要反复多次，每一次，检查员会画出许多毛病，彻底修复后，再找检查员，技术好的，要反复两三次，技术差的，检查七八次也是常事。机加零件检查，精密量具说了算，手工车身装配调整，检查员说了算。

　　活儿都堆在那儿，找不到检查员，景佑林心里起急。在往常，别人能忍耐，他也能忍耐，可他和画画朋友约好，去野外写生，他恨不得提前完成任务，这样请假，师傅容易"放行"。

　　这天下班前，检查员林师傅终于回来了。他准备洗脸换衣服下班。往往这时，人们绝对不会去叨扰，因为惹恼检查员，你干的活儿，麻烦会变大。

　　景佑林偏不识相，迎着林师傅走过去，愣愣地说：林师傅，我又等您一天了，现在给我检查一下，明天一早我就可以修了。

　　林师傅不爽：太晚了，明天吧。

　　此时，一般人会附和道：好，明天上班，您先给我检查。

　　明天一早，林师傅觉得有歉意，检查起来会手下留情，你也少挨累，皆大欢喜。可是景佑林书生气，心里不满压不住，他说：我给您提个意见，从十七号之后，您就连续三天都不在，这不合适吧？哪怕您检查一遍再走，起码不耽误我干活儿啊！

　　林师傅一愣，脸部肌肉顿时僵硬，他莫名地看景佑林，多年来，还没见哪个调整工给他提意见，言外之意，他耽误了生产。林师傅刚要发作，可眼角余光看到许多调整工正看着他，无疑景佑林也代表他们的意见，于是他忽然一笑，说道：行啊，现在检查。他来到景佑林加工的那辆车前。

调整班工友知道，景佑林得罪检查员了，检查员很生气了，后果很严重。

调整班许多人领教过林师傅的手段，小李子安装车门，林师傅经过时说门板有锈，擦干净再涂防锈漆。小李子答应着，可不知是忘了，还是图省事没擦锈。岂不知，林师傅盯上他了，月底检查，到小李子车跟前，打开车门，伸进钢板尺，去刮门板防锈漆，这一刮，起皮了，皮下有锈。林师傅火了：把锈清理干净！

小李子傻眼，只好拆内外板，刮漆，除锈，之后重新装配调整，一忙几日。再找检查员，检查更苛刻，大小毛病，修了这个还那个，那毛病，就是"扑不灭的火焰"。小李子的车，一直修理到三十日下午四点多，才勉强合格。和检查员闹别扭，治死你。

在林师傅检查景佑林的车时，蒋师傅紧忙过来赔着笑脸，工友们也悄悄围拢，不敢多说话，只见林师傅那无情的粉笔头儿，在车身上跳着芭蕾，横竖撇捺，密密麻麻。之后粉笔头一丢，只冲车身点点头，轻快地走开。

工友围住景佑林，同情也埋怨，话无遮无拦：绅士，你还真以为你是绅士?!

没病找病啊？

溜须都来不及，还、还提意见？

这些毛病，修吧，累死你……

蒋师傅也有气，可他没带出来：小景，听我的，慢慢干。月末时我来干，到时我去找他。景佑林连连点头，可他心里不服，我就不信没处说理了！他憋着气，埋头仔仔细细修车。

（五）

景佑林所负责的车身，前后左右都被画成"花脸"，每一笔道，都够他敲打修一阵子，他有思想准备。连续两天，景佑林没找检查员，所有时间他都在闷头修车。他发现检查员在的时候，蒋师傅还故意过来，帮助他修车。蒋师傅故意让检查员看到"蒋准成"已经伸手帮助干了。

第三天一上班，景佑林就站在检查员的工作台前，轻声说：林师傅，您帮我检查一遍。

都修了？虽然林师傅不高声，语气透着烦躁。

修了。您画的，我和蒋师傅都修了。您去看看。

林师傅抽着烟，细眯着眼，他在寻思，这小子是和我较劲，好吧，看我怎么收拾你。不过有句话他也介意，他和蒋师傅一起修的，蒋准成，工人堆里威望极高，招惹他，车间难立足。

在景佑林那辆车前，围了许多人，不是调整班的人也来看热闹，看检查员怎么"整治"景佑林。

林师傅见过世面，围的人再多他也不扫一眼。到车头前，只大致端详一番，自语道：这活儿，还不错。但是手中的粉笔，还是画出十几处，不服气不行，确实是毛病。当然是小毛病，是容易修复的。明眼看出来，检查员没刁难。大家想看的一场"龙虎斗"，偃旗息鼓，一点波澜都没有。

人们没见景佑林再直接给检查员提意见，他的野外写生也没去成，不过他给厂长写了一封长信，就车间检查员如何配合生产，提出四条建议，之后他肚里的所有怨气，全撒在信里。

他不管结果，反正写完信，心里痛快许多。

没过半个月，检查员林师傅调离车装车间。他离开时很高兴，因为他被任命为检查科工会副主席，岗位是更轻松的零件车间，实际是他有充足时间，搞科里工会活动。工会副主席是要经选举的，大凡领导任命了，没有选不上的。所以林师傅离开前，心境极好。他临别也大赦天下，将调整班所有车辆，来个"通检"，关键处，重重画出几笔，叮嘱修好，之后一律写"检"字放行。乐得调整班工友，个个乐得屁颠儿，一个劲儿敬烟赔笑脸，林师傅搬走更衣箱时，调整班十多人帮助搬抬装车，呼呼啦护驾一般，一直送到零件车间。

景佑林知道，自己那封怨气十足的长信发挥作用，更是孔厂长巧妙安排，想想这些，他心里一热。

孔厂长每天七点到厂上班，到厂第一件事是到各车间巡视，他常看到景佑林在工作台前看书，他也不惊动，悄然走过。他爱惜人才，试着和党委书记提起景佑林，书记说：他有海外关系，档案里特别标着"敌特"。他们都五十岁的人，经过风雨，这样人不能入党，怎么使用？最终二人无奈摇头。

那天和往常一样，一大早景佑林就来到车间，打开工作台灯，整理画稿。他的许多水彩，都是经过反复修改后，才去涂抹水彩。他没注意到一位气质优雅的女士，一直在看他。那女士不惊动他，静静坐在三米开外，看那支笔灵动曼舞。

景佑林勾完一幅，一抬头，吓了一跳，怎么冒出一位白皙清秀的女人。没容他开口。那女士说：我是新来的检查员，我叫黎华，你们叫我小黎就行。那声音那样子，更像高校的女学生，比女学生淡定成熟。

他忙站起身：黎、黎华师傅，你好！我们车间还没有女检查员。

你爱画画。我上学时也学过，也画过一段时间。你画得挺熟练，是整理写生，还是设计画稿？黎华说话带有南方口音，声音柔和，让人没有生疏感。

我就瞎画。景佑林感觉黎华懂画，匆忙整理画稿，准备离开台案。

黎华在仔细打量景佑林，显然是景佑林坐在那儿低头画画，看不清模样和身段。看眼前这位爱画画的青工，竟然这般帅气，五官线条分明，说话大方，身上有鲜见的文雅气质。

黎华见景佑林矜持，也不便多问，你画吧，我还有事。连忙笑着走开。

景佑林收心，继续坐下来设计他的山水草图，连画两幅都不满意，他撕掉后才意识到，心散乱得收不拢。

新来女检查员本来就显眼，她在车间四处走，大家都看她。她还在测量，在纸上记着什么。她还不断找车间闵主任。她在做什么，白皙清秀的脸上有焦急，像是有什么事情在求助闵主任、说服闵主任。在接下来，车间环境大改造开始，摆放车身和零件的架子重新制作摆放，行走路线画出醒目的白线，各种分装都有区域，班组区域和零件摆放更加合理。而且各个卫生管理区域划分明确，班组责任清晰。也就是这个"清晰"，逼着全车间人人拿起扫帚、抹布清理区域卫生死角。车间组织党员团员，下班后粉刷车间墙壁。一周之后，车间大变样。闵主任、书记连连受到厂长书记大会的表扬。

那天闵主任来到检查员工作台前，大手伸给黎华：我要代表车间全体员工，谢谢你的建议，你给厂长的信！让车间大变样，谢谢啦！

这时节，许多员工都围拢过来，景佑林也凑过来看，他感觉到，眼前这位女检查员，真是不简单。三十一岁的黎华，看看四周，看了一眼景佑林，白皙清秀的脸颊浮起一片红云，她对主任说：活儿是你们干的，我光动嘴了，还谢我，不好意思。说着摆手，脸真的一片霞红。

（六）

小贺长得娇艳受看，在上海，在乡下，在厂里，始终都有追随者。在学校，男生都讨好她，给她写信，把奶糖悄悄塞在她的书包里；到乡下，那追求者总找她聊天，帮她干活，她出现在哪儿，总有男生跟随。到厂之后，那些追求者，变为托人"介绍"，一段时间，许多老师傅主动找她闲谈，之后拐弯抹角说出来意，说出小伙子方条件，情恳意切。她不好一口回绝，只说有对象，正处着。和景佑林恋爱，小贺长舒一口气，挡住烦人的追求者。可舒心一段时间，她又感觉生活少了被追求的异样色彩，少了突如其来的甜蜜和心慌。当然和景佑林相拥在一起，美好的感觉还是充盈的，这也促使她紧紧抓住景佑林。

机加车间有一位女师傅，也是上海人，和小贺母亲同龄。最初小贺只和她说上海小吃，渐渐无话不谈。小贺和她说起景佑林大手大脚，说起他菜票总借给人家，之后也不要，辛辛苦苦画的画，说送人就送人。小贺问：您说这事，我该不该管？

女师傅语速极快：当然要管的，要管呀，他的就是你的，财产也是你们的，男人大手大脚，你要管！

那天晚上散步，小贺有意和景佑林说起他的画，当然也提到菜票，她说：我一看你随便送人画，就心疼，那是你用心画的，怎么能送人？还有，车间班组的人，找你借菜票，借就是借，借了要还，你哪能说不要了？你不是资本家，你过日子也要钱的！

这话虽然说得也在理，也在开导景佑林。可景佑林听后除了反感，还有刺痛感：难道我做什么，还需要你对我指指点点。可此时，责怪的话，他还说不出口。只说：这方面，我尽量注意。

这方面注意，还有其他方面。景佑林是被人怂恿，还是发傻了爱管闲事，逞能！你篮球场上可以逞能，做工具，做小铁箱，画黑板报，也行，可你今天提浴室时间，明天提劳保手套，你知道自己吃几碗干饭？这不，谁都知道检查员不好惹，他竟然把意见，提到厂里！发疯了，还是吃错药？

当然，这些小贺没说出口，只闷在肚子里，闷得肚子疼。真疼了。景佑林来找她，她肚子更疼，她就说身子"来情况"，傻傻的景佑林不知疼的根由，送小贺一个暖水袋，便匆匆回宿舍画画去了。

景佑林自以为"劳保手套"那意见提得及时，效果也好。岂不知，他把闵主任得罪了。一连多日，闵主任看景佑林的眼神就不对劲儿。景佑林做梦也想不到，采购劳保用品吃回扣的关某，竟是闵主任小舅子。闵主任媳妇骂他"白眼狼"。媳妇骂得气盛：你们车间的人乱提意见，让我兄弟丢了工作！

闵主任被骂得哑口无言,气往景佑林身上撒。闵主任心说,景佑林,你有意见,可以和我说,你倒好,隔着锅台上炕,显你能!

四月初,车间选举工会主席。工会主席上面早定好人选,选举大会,就是人们在选票上画个对钩。这次还选出工会委员,厂领导有明确意见,要把景佑林充实成委员。闵主任说"应该让他再锻炼几年",可看厂领导态度坚决,他也不好硬反对。

谁知选举出了"罗乱",罗乱还牵连景佑林。那天四点半开会,全体职工都坐在车间办公室门前的十几个长椅上。车间书记讲解选举工会主席的目的和意义,闵主任讲投票事项,按照班组投票顺序,还鼓掌通过监票人、计票人。投票前的工作,滴水不漏。投票过程,也算井然有序。百十名职工严肃认真。唱票之后,鼓掌通过,之后应该是散会回家。可是,唱票人忽然脸色涨红,和书记主任猛咬耳朵。书记脸色变了,主任拍了大腿,从嘴形上看,那是他发急歪常扔出去的一句"国骂"。大家感觉有事,都大眼瞪小眼。

闵主任上来一句话:今天有五张废票。选举,你可以同意,可以不同意,可你不能,在选票上,烟头烫洞……这是什么行为?谁干的,你给我站出来!

有五张选票上有烫过的洞。全体职工蒙了,都感到事情严重,互相看着,尤其看那些爱抽烟的人。

当闵主任第二次怒吼时,景佑林站起来。那溜直的腰板忽然弯了,他低着头说:闵主任,有一张是我的,我知道错了。

还有谁?书记追问,并急切地四下看。

接着,又陆续站起四个人来,都是车身调整一班二班的。

五个人站在一起，书记、闵主任轮番轰炸，调整班两个班长被点名发言，他们也指责烟头烫选票行为恶劣，要他们在班前会做检查。

5点10分了，有人叨咕要接孩子，书记说，这事车间研究后再做处理，之后宣布散会。

五人之中，景佑林不抽烟，他怎么会烫选票？车间人纳闷。景佑林也不解释，只因景佑林就坐在那四人身边，小宋烫选票，顺手把景佑林那张抽过来，烫个洞，笑嘻嘻还给他。他觉得不好，可随着人来收选票，他犹豫一下，还是交上去了。他没法儿为自己解释，事已至此，只能认头。所以有人问到他，他都说：这事怨我，书记、闵主任批评得对！

景佑林当工会委员没戏，调整班几个人挨训，书记和稀泥说：这事批评教育一下得了。闵主任有气，最终他一人找孔厂长汇报此事。

"烫票"的人心里惶惶，几天过去没动静。景佑林只是闷头干活，那四个人失魂落魄，凑在一起嘀咕。说来蹊跷，车间再次开会，闵主任对烫票之事也是只字未提。人们也不问，没多久也再没人提起。

几天后的中午，在食堂吃饭时，厂工会干事小于和景佑林说起工会选票的事，他说：多亏黎华，她到厂长那儿，为你们说情，她说：几个小子，都是车间骨干，哪可能干着呢，年轻人一时淘气。您是厂长，传出去，也丢您的面子。黎华多会说。最终孔厂长点头，说了一句，这事到此为止。哎，你们得谢谢人家！

转天一早，景佑林和四个工友，都聚在黎华工作台前，远远地看黎华来了，都立正站好。当她走到跟前，景佑林说：我们五个烫选票，你到厂长那儿去求情，我们感谢你，千言万语，就是感谢。立定，鞠躬！

五个小子，一个立定，齐刷刷朝黎华一鞠躬。

黎华慌张得无处躲藏，脸色绯红，连连摆手：这干什么呀，别、别……

黎华在工友中，成了善良美丽代名词，工友敬重她，包括一些爱说脏字的人，见黎华在场，也把要说的话捋一捋，生怕有脏字冒出来。

厂里没让景佑林当工会委员，可一些关键活儿、关键事，还是找景佑林帮忙。这不，厂工会里指名道姓，要景佑林帮助去搞黑板报展览。

往年也举办过这样的展览，这回全总组织几省市工会领导，来市里学习观摩。于是省里市里领导都重视，展览要评奖，要上档次。各厂家都想标新立异，都想出彩。总厂召集主要分厂，立马组织板报人才，要以新内容新形式参展。轿车厂领导心里有数，搞板报，非景佑林莫属。

从厂工会主席到干事，都围着景佑林。中午还有人陪景佑林去食堂后小屋，吃四个菜一个汤。早有人负责撰稿，还找来两名写粉笔字的，是横写竖写，听景佑林安排。板报展让景佑林忙碌一周，期间也调整方案，都是景佑林设计。展板全部画完，先放在食堂大厅让厂领导审查。中午，来吃饭的人都能看到，人们七嘴八舌，说好说孬，也不负责。工会主席领着厂长、党委书记、副厂长来了,景佑林陪着,听取领导意见。孔厂长前后仔细看了两遍,马上说:有气派!挺好!

党委书记来回走动,凝眉深思,半晌才说:画,是不是多了,我感觉黑板报,还是字多写。两位副厂长不懂艺术,可懂得紧跟党委书记,既然书记提到不足,自己也得补充,一个说:花哨点儿,工厂吗,朴素为好。另一位说:咱是轿车厂,上面只有一辆车,少了吧?

工会主席看见景佑林摇头,在他身后拉他一下衣服,怕他反驳领导意见。

这时党委书记看到黎华走进饭厅,忙招呼:黎华,小黎,你来。

黎华闻声马上过来,党委书记指点黑板报对她说:这是咱们厂参加市里板报展的,你搞过设计,又会画画,帮我们提提意见。

黎华仔细看板报,前后看,不时蹲下站起。她知道板报是景佑林画的,所以她故意不看景佑林,从左到右,反反复复,边看边说:哎呀,挺新颖!好啊!太好了!

小黎,怎么个好法?黎华刚调来时,党委书记和黎华谈过话,印象极佳,他很喜欢这位有专业知识、还懂艺术、十分文静白皙的女子。

既有形式感,还有丰富性,中心突出,细节表现不俗。我看咱的板报,送去能获大奖。

真的!党委书记忘了自己刚才说过什么,也附和道:是的,我看也挺好,就这么送去,为咱厂争光!

于是所有人都说好,在一片赞扬声中,十块黑板送往市里。

当轿车厂的展板在市里展厅一字排开时，十块黑板以工厂速写为背景，活灵活现的工厂设备，清晰有力的线描人物，在图空白处，巧妙穿插小报道、短诗、车间格言，以及革新安全等信息。人们看惯招贴画人物，看腻了大小豆腐块内容，像轿车厂这样的既像风俗画，又像精致漫画的黑板报，让人耳目一新，

全总领导来了，竟然站在轿车厂黑板报前不走了，不住地拍照，其中一位领导对记者说：企业办黑板报，面对的是职工，就要朴素大方，要醒目快捷。我看轿车厂的板报，这代表基层黑板报发展的方向。

此番话，几乎成为轿车厂获奖的定语。最终一百家企业，五个二等奖。二十个三等奖，轿车厂获得唯一的一等奖。工会主席乐坏了，党委书记、厂长闻讯也高兴，孔厂长说了，厂里开会，表扬黑板报设计制作小组。

也就是这个时候，市公安局的人事干部盯上景佑林。他们开门见山：我们想调你到市局宣教处，我们就缺你这样会写会画的，怎么样？想去吗？

景佑林不假思索：想去。

好吧，走，跟我们主任面谈。两位公安干部，让景佑林上吉普车，一直拉到市局政治部。主任谈话直截了当：你画的板报，我看了，有水平。几乎是三言两语，调人的事情就定下来，主任指示两名干部，帮助办手续。

可兴奋之余，景佑林说出自己的顾虑：我出身不好，你们审查之后，确实定下来，再跟厂里说，先保密，行不行？

主任点头说：可以。

谁知两天后，两位干部私下找到景佑林说：挺遗憾，局里审查没通过，你也知道，我们这部门特殊，没办法。

景佑林苦笑一下，想说什么，但没说出来。

（七）

像这种政审通不过的事，景佑林见多了，小小打击已不在意。只是夜深人静时，他心里委屈想哭，心灰意冷，一时竟睡不着。可一到白天，一到厂里，一捧书本，一画画，一干活儿，那委屈灰心的感觉全没了，只觉自己幸运，身边这么多好人，都捧自己，喜欢自己。他叨咕：景佑林，你该知足啊！

工友和景佑林接触久了，发现他确实有学问，他知道三国水浒西游，知道的东周列国，张口就能讲一段，什么孙武演阵斩美姬，苏秦合纵联六国，美人计吴宫宠西施，包括古代画家离奇故事。平日看不见他多说，可你问了，他知道的，会全告诉你。可是宿舍的人，领教他画画的厉害。

单身宿舍 107 室的老崔，是工艺处实验室工程师，老崔会英语、德语。厂区中学美术柴老师，一心要把女儿培养成外交官，便托人找老崔。那天柴老师接老崔到他家吃饭。恰逢景佑林推门进来，他将《海涅诗选》还给老崔，老崔对柴老师说：他是小景，也画画，速写挺棒！

是吗，我可以看看吗？

柴老师和景佑林握手。柴老师已近中年，他的花鸟作品年年参加省市美展，两次入选国家美展。他说看看，就是给老崔的面子。可景佑林当真了，急忙跑回自己的房间，抱来一个硬壳本夹子，那是景佑林一批速写，他就是巴望美术专业人指点一二。

柴老师翻看这些速写，侧脸问：都是你画的？

景佑林啊了一声。

哦，自学的，不简单！比美院学生画的好。你还画什么？比如国画、油画什么的？

看得出，柴老师对景佑林的画认可，在他眼里，景佑林已达到一定高度。

景佑林又跑出屋，楼道一片急速细碎的跑步声，那声音就像秋风忽扫地上的那层落叶。景佑林拿来精致的大速写本，里面夹着一页页彩色小画。

水彩，太好了！你画水彩多少年？

断断续续的，五六年吧。

你这画，说实在的，比省美展的好，没错，高出一截！

柴老师让景佑林说说水彩画相关知识，柴老师说：我只画国画，不会水彩，你给我讲讲。

柴老师未必不懂水彩画技法，他有意看看，景佑林这水缸里到底有多少水。景佑林一拍脑袋：我也是只知皮毛。他迟疑一下，随口缓缓说道：水彩，起源于欧洲，那个时候，古埃及有人用水调着花草颜料，在草纸上涂涂抹抹作画。文艺复兴时，时兴大人物大场景大壁画，水彩没人看，没发展起来……

听景佑林说得在行，柴老师连连点头，鼓舞景佑林继续说下去。

水彩画大发展，始于英国。从十八世纪中叶起，英国水彩画日益趋于完美的境地；到了十九世纪上半期，英国的水彩画在世界画坛上放出了异彩。英国水彩画坛名家辈出，桑德比、柯岑斯、华里、觉斯、荣特、威斯勒……

七十年代物质匮乏，景佑林不说，也没人知道，当时他可以拿水彩画换外汇券，去办许多难办的事。一小幅水彩画，帮他解决经济难题。

柴老师看画，目光如狼，他似乎有许多话要对景佑林讲，便拉住景佑林的手：明天我请你到我家，咱们好好聊聊水彩画，这里不仅有学问，还有财富，咱得合作……

柴老师盯上了景佑林，盯上了他的水彩画。几次来往，他从景佑林手里拿走十幅画，他说找北京朋友看看，帮助景佑林扬扬名。他看出景佑林不舍，便明确告诉他，看过之后立刻奉还。柴老师通过北京美术界朋友，约见在北京买画的香港客商。这些香港客商，其实就是画界"掮客"，他们看到国内没开放，画品价格极低，包括一些名家画，也是白菜价。景佑林的水彩画让"掮客"眸光发亮，因为在国际旅游市场上，这精致的水彩小品，比大幅国画更容易销售，因为和西方文化亲近，洋人对中国的水彩更好奇，也更愿意掏钱包。

在景佑林那里，只感觉画一幅画很辛苦，特别是构思一个新的风景画。所以一般情况，他不想用画换钱。没多久，柴老师再次来宿舍找他，并告诉他：香港朋友说，50元一幅，那些画他们要了。同意吗？人家等我回电话。

景佑林愣了，不是他不想卖，一下挣了500块钱，这事突然，他怀疑真实性。最终他点头，忙说：柴老师，您帮我这么多，我也没别的，给您两幅水彩吧，说着把褥子下的本夹子抽出来，让柴老师选画。

柴老师很矜持地说：小景，你太客气了。我也是无意间帮忙，不用谢的。嘴这样说，可手还是伸过去，仔细翻看，挑选三幅，之后看看景佑林的脸说：这三幅，我真喜欢。

景佑林心里不愿意，也只能点头。柴老师却语气亲热：小景，你抓紧，画一批中国风景，古村水巷，老城夕阳，荒村野外，老外喜欢这个，来一批，二十张吧。

小景知道二十张的难度，只说：我每周三次课，我尽量画。您别催我，画完我到学校找你。

好的，好的。柴老师一放松，立刻露出难以压抑的兴奋，出门时还揽住小景，激动地在他后背拍了拍。

柴老师帮助卖画，实际在景佑林身上"大扒皮"。他卖给港商每幅人民币200元，每幅他赚100元，那50元给北京朋友。他们是帮景佑林，也是合伙榨取景佑林的血汗。知道这些，已是三年之后了。但景佑林从不提及，也没人知道。不过景佑林那天知道，他的水彩画可以卖钱。

景佑林衣兜里有钱了，受益的是他身边的人。走，一起吃早点，景佑林一招呼宿舍人，四五位或七八位，呼呼啦啦，兴奋异常，豆浆果子面条一人一份，当然是景佑林出钱。他有钱了，就这德行。书包里的水果，小包茶叶，他顺手分发给班组的人。车间有人看景佑林慷慨大方，便说：到底是资本家的儿子，有钱。那天小朱和景佑林走过小卖店，小朱张口就找景佑林借钱买烟；

宿舍里大李，找景佑林借钱救急，说乡下老母亲住进县城医院，急需 40 块钱……这些钱借出去，都不见归还。

开始有人还假装要还的样子，听景佑林说"不要啦"，正中下怀。车间还真有两三位，认定景佑林钱多人傻，隔一段时间，借几块"小钱"，根本不还。

即使在调整班里，也总有人一心要占便宜。他们觉得，不占景佑林的便宜，就是吃亏。老夏两口子上班，一个孩子，按说经济条件在班组也属中等，可老夏总在景佑林面前哭穷：没办法，父母在乡下，村里总来人，来这一趟，我半月工资没啦。平日老夏抽最廉价的烟，烟盒总是一两根，生怕别人要。中午吃饭，蒸两个饭盒，一盒高粱米，一盒白菜炖土豆，菜盒里只有几滴油花。他看准机会，找景佑林借"菜票"。食堂饭菜不收现金，食堂隔壁小屋兑换菜票。景佑林每月换二十块钱菜票，老夏来借，景佑林二话不说，打开更衣箱，拿给他五块钱菜票。老夏连连道谢，并说：发工资，我还你。

景佑林一笑摆摆手。

发工资那天，老夏对景佑林说：我借的菜票该还你啦。嘴里说这话，手里没钱。景佑林忙说：不用还了。景佑林走开了，老夏很满足。

发工资的十天后，老夏又去景佑林那里哭穷，还是借五块钱菜票，从那时，每月如此。班组有人看不过去，低声骂老夏。景佑林低声对骂人者说：他亲戚多手头紧，我一个人，还有别的收入，就算帮他了。

可从那天之后，人们没见老夏再找景佑林哭穷，也没见他借菜票。多年后才知,景佑林每月多买五块钱菜票,偷偷塞给老夏。老夏竟默默领受。此也应一句老话:合适憨厚。他合适了,样子极其憨厚。

(八)

别看小贺长得肤白娇嫩,却生在上海亭子间,家里日子清苦,花钱都是算计的。小贺穿衣时尚,可细瞧,就那两三件。她对钱极为看重。特别是她问询上海师傅后,感觉景佑林的钱,就是自己的钱,包括景佑林的画,也是不能送人的。于是她由暗生气,变为说话赌气,由赌气变为行动。那天她在景佑林宿舍门口,正巧看到从楼里出来的柴老师,她笑着和柴老师打招呼。柴老师刚要走开,小贺却说:柴老师,您是画家,画画不容易的,有人张口要小景的画,您得帮着拦啊!

柴老师就是要画来的,面上尴尬,随口说:好的、好的。头也不回匆匆走。

景佑林没想到,淑女一样的小贺,竟像主妇一样计较。她来到调整班,找车身旁干活儿的老夏,随口说出让老夏难堪的话:夏师傅,我们知道你家生活困难,可有困难,找组织、找工会呀,申请补助啊!小景,其实他的钱也不多。我的话,您明白吧?

老夏当然明白,他的脸一红一白,嘴唇哆嗦,半天没说出话来。之后憋得满脸通红道:你、你放心,我借的钱,很快还上!

小贺说:好借好还。我说实在话,您别不高兴。

小贺目的达到了,心里舒坦了,她的举止令景佑林难堪。

很快，景佑林从柴老师那里得到这么一句：小景，做人要厚道！你送给我画，明明要感谢我，背后却又说三道四的，这哪像爷们儿办的事！

老夏那天下班，堵住景佑林，脸色难看，说要还钱，他拿出信封，里面的四十五块钱，郑重说：我前后大概借了这么多，你数数，咱两清了。

景佑林发急了问：怎么回事？夏师傅，咱怎么还有别扭？

老夏看出景佑林不知怎么一回事，最终说出那天小贺找他的事。

景佑林脸气得刷白，他将信封塞进老夏衣兜，急眼道：夏师傅，你不收起来，就是骂我……

老夏收起钱，什么也没说。可是柴老师，根本不听他解释。

景佑林气得跺脚，狠抓自己头发。他在想：人家怎么看我景佑林，十足小人！从小家教，有这样警示。你可以淘气，打坏杯子，踢破玻璃，贪玩儿，没写作业，甚至和邻居孩子打架，但你不能说谎，不能言而无信，不能打人脸，不能让人难堪。

那天下班路上，小贺和景佑林并肩走着，走到体育场附近，景佑林把小贺领到无人处。小贺有错觉，以为景佑林要用肢体和她说悄悄话。可她看到景佑林一脸恼怒，话似没头没脑：小贺，这么久了，你该知道我！别人可以说我，这不行，那不行，可没人敢说我的品行！我做人厚道，我给人家的画，我愿意，借人钱，不要了，我也愿意！你小贺，凭什么干涉我的事！

小贺愣了一下，她一下似乎不认识景佑林。半晌，她喊道：这不是你的事，咱俩的，懂不懂？

咱还没结婚,就是结婚了,我也要有我的自由。你指手画脚,合适吗?

合适!你的,就是我的,我们的!

那我告诉你,不行。

他们的争吵在升级,几乎要脱口说出绝情的话,但生活经历,让他们同时理智,同时收敛,相互瞪眼,相互赌气。

天渐渐黑下来,夜风徐来,没有一丝清爽。相反,他们彼此都感到一种负重,压得透不过气来。发火的是景佑林,已经做了最坏的打算,即最后一次客气地送小贺回宿舍。

最终还是小贺,主动抱住景佑林的一只胳膊,轻声说:我也是好心。好啦,我不该这样了,是我的错。

景佑林长舒一口气,随口道:我也不好,话挺伤你的。

小贺不语,搂住景佑林的腰。他们都知道,除了彼此抱得很紧,很一致,而他们对生活、对人、对钱的看法,那么不一致。

尽管景佑林和小贺感情出现一些裂痕,但肉体的接触,让这些裂痕顿时微不足道,他们都相信,长时间的亲密,可以弥补或忘记曾有过的裂痕。

社会兴起舞会潮,很快渗透到厂区内外。最初小贺拉着景佑林去市里大学礼堂跳舞,而后厂区有了隐秘的小型舞会,小贺常拉着景佑林前往。当然只要不上课,景佑林愿意享受小贺这呼来唤去的关爱和调遣,每次跳舞之后,他感觉被欢乐洗浴一番。

小贺脑筋活络,她总有新念头。别人只停留于想想,而她是汽油,沾火就会爆燃。小贺私下联络各车间二十多位舞迷,在厂食堂办起了小型舞会。不知舞迷怎么联络的，还有七人小乐队。那天傍晚，食堂晚饭一结束，食堂大厅的灯光大亮起来，不知在哪里歇息的男男女女，忽然出现在食堂大厅里，和平日蜂拥打饭不同，此时人们应对的是另一种饥饿。乐声响起，将那压抑很久的情绪，随节奏旋转，飘摇释放。

随着乐声，小贺挽着景佑林领先跳起来，人们只愣看了半分钟，便公认他们是明星组合。景佑林身材挺拔健硕，球场上造就的敏捷，让他的步幅夸张而凌厉；小贺比平日愈加苗条，亦步亦趋，灵鸟翩翩，俩人犹如一个伶俐的影子随之舞动。

没人知道，在来舞场之前，二人对"来与不来"进行过彼此都不舒服的讨论。许多事小贺都依附景佑林，可偏偏跳舞，小贺不让步。包括这一次，景佑林是被小贺"押解"到舞场的。

景佑林已经两次旷课。他正学习《汽车制造》，这也是他凭着能力考上汽车专科学校，虽然属于中专，但授课的都是汽车底盘、发动机、车身设计的专家。景佑林上学，不是附庸风雅，他喜欢这些课程，旷课两次，他自责许久，躺在床上还捶打脑袋。所以周末舞会，小贺说去跳舞，景佑林摇头：我去不了，我得上课。景佑林为了说服小贺，他讲述旷课后如何沮丧，如何骂自己光玩耽误正事，骂自己不上进……

小贺不反驳，只轻声说：为组织这次舞会，她说服七八人，给乐队买了两条香烟，招呼四位最漂亮的姐妹，一同去了食堂管理员家，说服他支持在食堂大厅举办舞会，还有……她不说了，只是流泪。半晌才说：你上课去吧，别耽误……

假如小贺来硬的，景佑林会赌气。转身向学校去。可是小贺的泪水，她的不阻拦，让景佑林无可适从。最终景佑林搂住小贺，什么也不说了。

可小贺仰脸，撅起的小嘴，吐出三个字：你自私！

这三个字是景佑林的软肋，蒋师傅对他和小贺谈恋爱，不时简单问问情况，还特意嘱咐：下午你们有事，就早点走，非常时期，有事我替你盯着。蒋师傅还加重语气叮嘱：男人嘛，不能自私，多为人家想想。想到师傅那番话，景佑林挽起小贺走进舞场。

连续两支舞曲，景佑林和小贺身子活动开了，二人额头有了微汗，这也是兴致将至的标志。而这时，场上一对对舞伴，忘情忘我，沉醉在腾云驾雾之中。就在起伏眩晕的乐曲中，一双眼睛始终没离开小贺。那是一双中年人的眼睛，很大不失明亮，只是脸颊有了余肉，不经意坠下来。但他的胸脯厚实，中等身材，没有发福，只是面皮惨白，是长期熬夜失眠所致的气血两亏，然而他的精神头儿不倒，那舞姿不仅成熟，还不时甩出新鲜的花样儿。只是他的女舞伴略胖，确切说是略短，因短而误为胖，是视觉出了乱子。那女舞伴会风骚，很会张扬那一身白肉，裙很短，窄小的露背装，刺激四周的眼眸。

在景佑林和小贺窗前喝水之际，中年人走过来，他朝景佑林伸出手：我是技术科潘在先，这是我们科描图员小孙。小孙白里透红的圆脸，忽闪大眼，她的下颌使劲朝二人一动，点头示意。景佑林隐隐感到，自己一个小工人，在舞场上，竟让知识分子主动来结识，不是自己跳得好，而是小贺光彩照人。果然，潘在先和小贺打招呼后，神情飞扬，声音柔出水来，身形也矮下去,脸上堆砌着笑:小贺,不认识啦?咱们,那次联欢会,在后台,聊乡下的事。

小贺不住点头:是是,我想起来了,当时你演出独唱。

没错。潘在先接过话题,说起那次演出,他们一下亲近许多,直到乐声再起,潘在先夸张地朝景佑林一点头道:我想,请小贺跳一曲。

景佑林心里不耐烦,可不失大度,吐出一个字:请。

顺着音波,潘在先和小贺飘摇而去。小孙的大白脸朝景佑林摆动,同时短如白藕的一只胳膊伸过来,景佑林哪能不绅士,也驾起祥云,飘忽一阵。可是他们都不轻松,小孙胳膊高架着,像是朝天哀求;而景佑林双手下浮,像是捞起落水儿童。架累了,也捞累了,一曲结束,二人如释重负地各自走开歇息。

小贺不知因为潘在先说了什么,止不住地笑,笑得拆开手来捂嘴。舞曲又响,景佑林没去招呼小贺,而小贺又和潘在先闪进旋转的人流中。

自从景佑林喜欢上小贺,他一直乐观地对待恋爱中出现的小矛盾、小别扭。不让这些影响他们的感情。小贺喜欢唱歌跳舞,喜欢聚会,喜欢人们夸奖她穿衣相貌,喜欢一切热闹。可是不爱读书,不爱上课学习,更不钻研技术,她不想追求什么,只是一个貌美的普通姑娘。可她身上有迷人的单纯、真诚,当然也有虚荣。景佑林发现,自己所谓种种不高兴,都是用自己的喜欢去衡量小贺,这不公平。小贺就是小贺,喜欢她,就包括她的缺点。可当他看到小贺与潘在先跳舞的样子,心里是真正的不舒服。小贺和别的男伴跳舞,他没这种感觉。他说不出依据,觉得潘在先身上有邪气。

景佑林走出食堂透透气，乐声在身后。此时学校快下课了，不知课上又讲些什么。他不想回舞厅，就想一个人静静待一会。

这时，在食堂后门灯光处，闪出一个苗条的身影，显然那个人是从楼上另一侧下来的。那个人在看景佑林，当然景佑林也看到，那个人在一步步走近他。景佑林看清了，是黎华。他忙打招呼：黎师傅，来啦。刚才我没看到你？

黎华轻快走到扶梯上，笑着说：你眼里只有一个人。

景佑林抱歉一笑，看黎华一人，就说：我陪你跳。

你看，我这一身，是跳舞的衣服吗？

木然的景佑林看到，黎华穿着紫色无袖短上衣，黑色长纱裤，白皙的胳膊优雅地抱在一起。黎华仰着脸的样子，像个不讲理的中学女生，可爱又不可亲近。

不啦，我只来看看。真的。哪天真想和我跳舞，事先告诉我，我换一身合适的，好吗？

行！我一定请你。

我回去了。散步到这里，听到音乐，过来看看。

黎华边说边下扶梯去，那个苗条的身影，随着白皙的胳膊闪动，很快走远。景佑林感觉是梦幻，只是一闪，来不及多想。

舞厅又响过三支舞曲，之后一阵漫长强烈的舞曲过后，食堂一侧的楼梯有了凌乱的脚步声。舞会结束，舞迷热气腾腾地从扶梯走下来。小贺和潘在先并肩走来，潘在先呵呵地和景佑林打招呼：小景，怎么早早出来。你一走，小贺可四下找你。我跟小贺说，你不会走的！果然在这儿。舞会组织得太好了！

咱们下次舞会再会、再见！

随之潘在先、小孙不住地摆手，舞伴们渐渐走远。

小贺仰着脸问：怎么，不高兴了。

没有，里面热，透透气。

小贺扑哧一笑，她扬起笑脸，双手搂住景佑林的脖子：我问你，我和别人跳舞，你……吃醋啦？

笑话！你和咱厂的人跳舞，我一点也不担心。

真的？

我来不了时，你别怪我，我去上课，晚上画画。

小贺喃喃地说：你去哪，咱们心在一起。她快速地在景佑林的脸颊一吻。

（九）

景佑林同宿舍的小文、小郭去上海学习点焊机技术，一去就是二十天。宿舍管理员老严那天喝了酒，大骂没出息的儿子，那未来的儿媳，就因为儿子没给买自行车，迟迟不和儿子登记结婚。自行车钱早就准备了，可没有自行车购买券。老严曾是冲压工，一场工伤，让他右手断去四个手指。看老严为难的样子，景佑林动了恻隐之心。他刚卖了画，从画商手里买了一张自行车购买券，那是自己准备买车的。此时他一咬牙，将一张券给了老严。老严不知如何感谢。景佑林说我给人画，人家送的，我上班近，暂时不用骑车，你拿着吧！

所以当小贺来到男单身宿舍，老严一律放行，还客客气气笑着和小贺打招呼：小景，他在，去吧。

那时的宿舍，是对象们私会的天堂。几番私会，男女的神秘在瞬间消失，继而是贪欲和耕耘，忘乎所以。当获得满足时，景佑林和小贺都感觉彼此身子贴得更紧，似乎最大的幸福，就是肌肤相拥。当然，汗渍渍地翻天覆地之后，也有一大片空白和茫然。

景佑林在脑际出现空白时，感觉脊背一阵寒冷。他知道，自己心理出现障碍，而障碍，来自那封该死的匿名信。他不相信那封信会破坏他们的感情，可他认为，小贺肯定没告诉他全部，这是他内心倏然寒冷的根由。夜半醒来，他脑际忽然出现这样的画面：单纯的小贺，不知道大夫已经对她强奸；也许她知道，顾及颜面，死不承认……

他知道，这么想就是折磨自己，可心里那个结，无法解开。

而渐渐地，他们之间小小的矛盾、摩擦，都可以归于那个"结"。景佑林也恨自己，可是，彼此男女神秘彻底打开后，彼此说话的分寸尺度也随之放大，这让景佑林极不舒服。随之而来的，是主妇般的驾驭：今天你要跟我去商场，之后咱去看电影，之后去你那里。

你的画，外汇券，我来保管，你手太松。

最多的，还是小贺公主口气的指责：你的手总不干净，当然天天洗手。没人知道是颜料，只觉得脏。

你的背心，不能反穿，球场也不行，上海弄堂瘪三才这样。

那些女工，熟悉的，你也不要搭理。

还有，走路一跳一跳的，难看死啦。你该像干部，你看人家潘科长，人家走路稳重的样子……

景佑林忍不住了，轻声道：背心不反穿，手脚可以反复洗。不过，我是钣金工，走路不会像干部；说起打篮球的事，一跑一跳，太正常了；什么，人家女工和我说话，我装聋作哑？！

说这些话时，他们正并肩走在厂区路上。小贺听到景佑林辩解，顿时止住脚步，顿时光火：我不理你啦，想明白，再来找我！

说罢，小贺一甩手，走了。

景佑林决定不去追，他也让小贺想想。谁知这竟然是他们"冷战"的开始。

虽然中午还在食堂一起吃饭，仍是一人去买饭，一人去买菜，可吃饭没有聊天，只是短语：你吃这个，你的，别剩，行。似乎谁说长句子，谁就输了。之后，真是各忙各的，晚上也没约会。景佑林忙着画一批画，那是日本商人定下的。而小贺一赌气，天天晚上去跳舞，大多在厂区，偶尔去市里。

这天一早，景佑林刚到班组，还没换衣服，远远看见检查员工作台前的黎华朝他摆手。景佑林边换工装上衣边走过去。黎华看四周没人，正色道：这几天晚上，你怎么不陪小贺，我告诉你，有人惦记她！你别发傻，我可是及时提醒你！

谁惦记？

技术科好友告诉我的，那个潘科长总缠着小贺，再有，他正和媳妇闹离婚。你要防备啊！

黎华声音急促。景佑林鼻子哼一声。他朝黎华点头，双手胸前一合，表示感谢。

见景佑林离开，黎华并没轻松。从昨晚上，她内心一直纠结，该不该告诉景佑林。她知道景佑林和小贺关系很好，但她不看好小贺，两人性情爱好偏差太大。小贺"轻飘"，没有内涵，道不同不相为谋……

黎华也暗骂自己，为何总爱放大人家的矛盾。自己有点儿过于关注景佑林。也许他太显眼，太优秀了。而且自己去做什么，总能遇到他。本来调整班紧挨她的工作台，彼此天天见面；谁知汽专学校，请她去一个班讲机械制图，她一扭身，看到景佑林在隔壁教室里；一早跑步，她又见他迎面跑来；去图书馆，也常遇见，点头一笑而过；最奇怪的，是去美术商店，她只去了一次，推开店门，就见那熟悉高大的身形。没办法，躲不开，包括内心也推不开一个难言的念头。一个女人，黄金恋爱年龄逝去，再有，就是挑战。没有本钱，也不在乎输了。闭上眼睛，脑海尽是这个穿工装帅气的男人，晃来晃去。这念头作祟，梦里忽然有了一个人影，很远又很近。是白天在案头，眼角余光不住地浏览、不住地流连，最终摄入了病魔，进而夜深时分，控制不住，忽然发作，矜持没用，内心的花已开放……

黎华不知如何是好。她很伤感，自己经历三次恋爱，是"受伤"。大学时她和学生会主席恋爱，感觉校园单纯得像童话，可在一起后，就是吵架，离开也像游戏。到新单位后，是一位医生，他们性格不同，爱好不同，但他们都欣赏对方的相貌，相处一年，彼此都克制，都迎合对方，最终都疲惫了，疲惫得想单独喘息一会儿，分开后都觉得是解脱。一位领导看上她，毅然和妻子离异，她被爱逼得没有退路，懵懂结了婚，婚后她发现自己不会有圆满结局，因为她发现丈夫大量贪污证据。她没有急于告发，只想悄然离婚，可这位领导不离，而且动用权力手段，吓唬她，毒打她，她没有别的选择，毅然去丈夫上级机关去告发。丈夫成贪污犯，被判刑，她办了离婚手续。因告发立功，有关领导指令为她保守私人秘密，将她从南方调到北方轿车厂，开始新的生活。谁知进车间遇到的第一个人，就是景佑林。她相信这就是缘。但她不想"插足"，自尊心不让。她静静地等待，如没结果，她认命。

（十）

世上的一切，定有上苍主宰，不然一些事为何超出人们想象变幻着。工厂发生一连串变故，就这样诡异：一些人聚拢，一些人分开，聚分自有理由，细究细看，似乎都不算理由。

潘在先的妻子，是市歌舞团合唱演员，面容姣好，微微发胖。妻子的朋友们是搞文艺的，经常聚会，聚会和同事生出暧昧，妻子要和潘在先离婚。潘在先为了六岁的儿子，忍着妻子吵闹，坚持不离。可这年秋天，他出差归来，困乏的他躺在床上睡了一小觉，朦胧中觉得枕头气味不对，他拿开枕头，枕头下竟然是打卷儿的紫色男人裤衩……他怒了，往日传言他装听不见，如今已搞到自己床上来了，再不吱声，就是活王八。他平静地和妻子摊牌：咱离吧。

这回轮到妻子这位演员的眼圆了：为什么，你一直不肯离呀！

潘在先拎出身后透明塑料兜，里面是紫色裤衩。妻子愣住了，也傻了，往日的威风不见，继而跌坐在地上抽泣起来。此时她倒不想离了。而冷静的潘在先不看妻子的表演，转身走出这个破碎的家。他们真的离了。

潘在先之所以一直容忍妻子，因为他在单位玩暧昧。技术科四十多人，女技术员占一半。他当领导，虽然那么多眼睛盯着他，但他会巧妙利用谈话、分派项目时，和女技术员说些体己的话。也有主动讨好的、献身的，年龄偏大，一两次之后，再无兴致。一两位私下有关系，也是你情我愿。他做事隐秘，平时关系最密切的见面，却不多说话。潘在先会利用职权，为情人安排实惠的岗位和待遇。

周六的舞会上，他看到小贺，瞬间眼前一亮，心想：厂里竟有这般姿色的姑娘。他忽有一种初恋时的冲动。他挽住小贺，随舞曲节拍游走，感觉和这样女人在一起，似神游天涯，融化太空。他又体味到年轻和激情。他是搞技术的，他自信通过技术处理和技术手段，把小贺长久揽入怀中。

接下来，是潘在先职务的升迁，拉开系列变故之序幕。形势发展，上面有文件，要大胆提拔有专业技术知识分子到领导岗位。三月初的舞会上，人们还称他是潘科长，五月底，潘在先已是主抓技术质量的副厂长。

随之而变故的是小贺。厂里启动系列技术革新项目，厂里急需选拔描图员。描图员都是女工，报名的二十多位，各方面审查通过仅六名。技术科全面考核，最终两名选上，其中一位就是女工小贺。

新上任的潘副厂长很兴奋，每天早早来到厂里，各车间巡视，了解质量隐患，问询设备运行状况。还有一个人很兴奋，就是小贺所在机加车间的康主任。他发现潘副厂长喜欢小贺，是超级喜欢。他知道小贺已有对象，可这也不影响领导喜欢，小贺没结婚，潘领导离婚再找，合理合法。所以他暗示潘副厂长，自己可以做小贺的工作。自己做糖不甜，做醋准酸。

康主任再见到小贺时，小贺已是描图员了。康主任说了几句景佑林长得帅，篮球打得好。之后话锋一转：一辈子窝在车间，可惜啦。其实他是说小贺可惜啦。他还骂上级部门瞎眼：政审，总被刷下来。小景那出身，够呛！

康主任的潜台词是：这人没前途。小贺心里别扭，可也是实情，康主任为小贺能当描图员，说了许多好话，所以康主任说啥，她只能说：您说的是。

立秋了，暑热没过去。周六食堂大厅举办舞会，有潘副厂长发话，大厅又加了两盏大灯，有专人负责开水清扫。舞会小贺必去，身边却没有景佑林，景佑林上课，画水彩画。他要挣钱，给小贺和自己买两辆自行车。自行车是紧俏大件，他要给小贺一个惊喜。

缺少景佑林的舞场，让潘副厂长倍感轻松。乐曲一响，他首先请两三位老资历的女伴跳，这既掩饰轻浮，又显得没有企图。当然他和小贺起舞后，无所顾忌，再不和别人跳，不时和小贺耳语，小贺听得舒心，像只鸽子，服帖于怀。

女人往往架不住成熟男人的引诱，况且是懂女性心理有技术手段的男人。潘副厂长问小贺上海家里情况，告诉小贺，他马上出差上海，问可有往上海捎的东西。小贺想了想说没有。

悠悠舞曲中，潘副厂长说：黑河朋友送我许多木耳松蘑菇，我吃不了，送给你每样二斤，正好出差，地址给我，我送你家去。也算你这丫头孝敬父母了。

这不好吧？我怎么能要你的东西。

你陪我跳舞的酬劳……别说了，再说见外了。

小贺仰脸看，潘副厂长可亲可敬。

两天后，潘副厂长去上海，他出差还没回来，小贺已经接到父亲写来的信，信中述说，你们厂长来家了，捎来的木耳蘑菇收到了，厂长真好，你遇到这样的领导是福分，得谢人家……小贺读着信，如老父耳畔说话，心里一阵温暖。

小贺想象得出，爸爸妈妈在小亭子间接待潘副厂长谦卑的样子。每次回家，爸妈就向小贺说起邻居阿祥，说他当鞋厂厂长了，如何有钱了，每到周日领着爸妈去饭店美餐……阿祥也曾主动向小贺示好，爸妈也要小贺跟阿祥好。可小贺摇头，她瞧不上那个曾经瘦弱、胆小的男孩。爸妈拗不过她，只说起码要找一个像阿祥这样有钱有地位的。小贺心里清楚，自己偶尔发起的无名火，就是对景佑林地位的不满，他竟然不如流鼻涕的阿祥！

景佑林和小贺似乎恢复了亲密关系，上下班一起走，中午更是坐在一起吃饭，肢体接触还是那么轻松自然。班组工友提醒景佑林：那个姓潘的，对小贺有邪心，你小心！

景佑林一笑。他知道，姓潘的在玩儿手段，但他不相信小贺会变心。一个姑娘把自己一切都交给男友了，她怎么能随便再跟别人？他决定，要尽快和小贺登记结婚。

（十一）

对景佑林提出的登记结婚，小贺的神情安然，只说再等等。而这段时间，景佑林也在赶一批"活儿"。

广州画商月初来信，说月末要一百幅水彩。谁知画商性急，20 日忽然从广州飞来，住进厂区最豪华宾馆。本来这生意是有中介的，可画商为了减少中间环节，他竟然跟随参观人员直接走进厂里，凭他细心打听，竟然在装配车身旁找到景佑林。景佑林一听他自我介绍，慌忙把画商领到检查工作台前，这里毕竟整齐干净，说话方便，卖画之事，他不想让工友知道。

黎华正在整理车检记录，见有人来，她忙让出桌子位置，闪到一旁继续填写表格数字，景佑林也不客气，他们坐下来说事。画商精瘦，戴着金丝眼镜，普通话很标准。他说这批画，说如果三天完成，他可以多付费用。

景佑林没想到会提前，而且画商直接找他，景佑林恼恼地摇头：我完不成。

现在，已经完成多少？

三分之一。

画商看出景佑林的为难，他说：我可以在宾馆等三天。

中东石油的大亨建起的豪华宾馆，大亨看过样品，室内装饰就要这精致典雅的小幅水彩画。画商急火火地飞来，就是要尽快把画买走。

景佑林为难：我实在没办法……

一旁的黎华忽然对画商说：您让我们考虑考虑，行吗？

画商扭身看着黎华，问景佑林：这位是……

黎华笑道：我是他表姐，你让我们商量一下。

哦，好好，你们应该商量。画商脸上堆满了笑，连连对黎华点头。

黎华和景佑林来到车间后出口，景佑林把卖画事情一说，神情为难。黎华说：答应他，我能帮你完成。那种应付画商的水彩画，我也能画。

景佑林看着黎华，忽然眉头展开，他大叫道：对呀，你说过，大学学过，你肯定能画。这下好啦！

小景，我没抢你生意吧？

没有，是帮我，没你帮忙，这生意黄了！

黎华出面，谈判进行得十分顺利。画商等三天，就是第三天的上午九点，他在宾馆，拿到全部画。而那时，他将画款一次付清。画商满意地双手合十，连说：太好了！

他们把画商送出车间，办事爽利的黎华说：小景，你听姐的，白天你抓紧干活，晚上只能画到 12 点。而我，上午在这里突击检查，下午我回家画。这样会快些。景佑林不住点头，在黎华面前，他感觉肩上忽然变得轻松。画画的事，她想得很周到了。周到的不止这些。就在这天下班前，黎华趁着检查的机会，走到景佑林跟前，低声说：下班后你别吃饭，回你宿舍，在门口等我，我要看看你所有的画，咱们风格要接近。

在宿舍门口，景佑林看到黎华骑车来了。景佑林不好意思请她到宿舍去，而黎华似乎也不想去，她在路边仔细翻看画幅，随手在一张纸上写着什么，显然她在记下画幅的主色调和习惯用色，包括技法手法。她只选三幅，装进书包大本夹里。她说：
这回，有样板了。

接着，黎华从自行车后架上拿出一个布包，拿出饭盒递给
了景佑林：四个包子，自己吃吧。照顾好自己。说完转身骑上
自行车，眨眼间走远了。

他们画画进展顺利，两天后，黎华完成二十三幅，这让景
佑林吃惊，他真没想到，黎华画得又快又好，难得的是，她把
中国画水墨元素加进去，竟然也和自己风格近似。他不知该怎
么称赞让他尊敬的姐。尊敬就听话，黎华说：今晚咱们要突击，
到我家去画吧，这样画得快。

他觉自己一个大男人，晚上到黎华家，邻居见了，对她影
响不好。可自己又不好拒绝。黎华一副大姐的口吻：别乱想了，
咱得按时把画拿出来！

景佑林不语，半晌，点点头。

黎华的家在厂区南段，那是建厂初期盖起的老住宅楼，二
楼，只有一室一厅，在那个年代，住这样房子已属于特殊照顾了。
景佑林一进屋，就看到小厅铺开一张大桌子，桌上整齐摆着画
纸画册画笔，各种染料被收拢在扁扁的铁盒子里。黎华让景佑
林坐下，她去了厨房，只一会儿的工夫，端上来一盘鸡蛋炒青椒、
一盘肉炖小白菜。还有馒头新热的，小米粥早就熬好，加热端
上来。

这么丰盛，神啦！景佑林惊叹。

黎华说，鸡蛋青椒现炒的，红烧肉食堂买的，都是现成的。
简单。

过日子一把好手。景佑林还是赞叹。

快吃吧，吃了咱抓紧画。今晚必须画完。黎华示意景佑林去洗手，她顺手拿碗筷盛饭，异常麻利。

饭后他们都进入状态，各画各的，很少说话。温馨在桌上弥漫着，这是孤独作画所没有的。夜已深，景佑林完成六幅画，黎华完成五幅。黎华不知什么时候沏好茶端上来，还拿给景佑林一个微热的煮鸡蛋。舒心的幸福感就在生活的缝隙里，景佑林在小小的空间里，闻到难得的香醇，还有隐约雪花膏的清香，还有纤细的眉毛，柔顺的头发，白皙的脸颊，幽静之夜，环顾楚楚可人。

困吗？困了你就睡一会儿。黎华眼睛看着画册，随口说道。

景佑林说声不困，笔不停地在画幅上涂着彩料。他心里涌现一种难言的慌乱，因为他把整个屋子看了一遍，一个书柜，一个衣柜，一个大床，真正的简单实用，温暖恬静，他多么希望有这样的家呀。

后半夜了，景佑林去厕所后洗洗脸，连续三天熬夜，此时他真的困了。可是他不能走开。再看黎华，似乎毫无倦意，她画的速度明显超过景佑林，而且不时为涮缸换水，洗净擦手的毛巾。在景佑林又完成一幅画后，黎华轻轻拍他肩：去吧，到屋里睡一会儿，你去，我把门关好！

不、不用。困劲儿一会儿就过去。景佑林摇头，身子不动。

小景，听姐的，睡一会儿，我叫你。快去！

说着黎华用力拉他，景佑林不好意思让黎华拉，忙站起，他想在屋里走动几圈，这样会驱赶走困意。谁知他起身走两步，身后的黎华一推他,他被推到里屋,没等他转身,门被关上,是门外扭动的锁声。黎华贴着门说话:你出不来啦,快睡一会儿,听话!

景佑林看看那占去半间小屋的床,床上铺好了被褥,还铺了新枕巾。显然这一切黎华都事先想好了,舒适自然缜密,似乎就是这样,违背便是辜负好心。哎呀真困,我就睡一会儿,只一小会儿。景佑林说了一声:你一定叫我!便和衣躺在床边,顿时脑际一片空白,昏然睡去。

景佑林翻身醒来,已是两个多小时之后,迷蒙中他想不起自己在哪儿,他抓抓头发,拍拍自己脸,才想起画画。他忽地起来拉开房门,黎华俯身画着,她的前面有十多张晾干的小画。

你怎么不叫我?我这一睡,醒不了啦。

黎华一笑,什么也不说。她那白皙的脸上竟然没有熬夜的萎靡和倦容。景佑林洗一把脸,立刻坐在自己的位置上,顾不得说什么,埋头画起来。时间在飞速前移,纵横的彩线色块追逐着分秒,快速的涂抹似乎也拽不住,索性静下心来,任由那个远山一再朦胧,任由飞瀑一再流逝,只让浓浓的一抹,记住曾经的印象和梦幻,存储在方寸之中,忽来的风雨,难以湮没。

这完整的一夜,他们一鼓作气完成了二十七幅小画,比预计多出两幅。

窗外的晨阳还没显现,但他们已感觉到东方暖暖地亮。景佑林发现,自己在黎华家里,话出奇的少,黎华也是。画画滞涩了语言流动,不能阻塞的是心事,彼此不想有任何突兀的示爱动作,不想污染彼此的纯粹。不说话,却浓缩着欲望和倾诉。

只是一个转身，黎华不知什么时候熬好小米粥、煮好鸡蛋。她清出一片桌角，两碗粥咸菜鸡蛋摆上来，轻声说：简单吃点儿。

景佑林愣愣地看着那整理好的一叠画，看看扎着围裙的黎华，他不知说什么，感觉说什么都多余都虚假，似乎只要一张嘴，就毁掉什么。景佑林站起来，只是一个转身，两臂收拢，把黎华紧紧抱在怀中。匆忙的时间凝固了，包括所有心思也凝结于消失。不知过了多久，在景佑林的头抵住黎华的光洁白皙的额头时，黎华轻声说：吃饭吧，还有好多事呢。

仍是姐姐的口吻，和小米粥一样温润。

（十二）

景佑林在约定的时间，将画稿送到宾馆，画商看画后非常满意。显然他也要拉拢住作者，除了说好的画稿费，还给100元辛苦费。显然彼此都满意，画商当天飞回广州。景佑林悄然回到车间，景佑林忙于自己负责的车身调整，黎华经过景佑林工位，她什么也不说，只是嘴角一笑，随后走开，她在班组忙于月末检查。

一切似乎很圆满。可是偏偏那天一早，技术科爱跳舞的矮胖小孙，看到景佑林和黎华并肩从家属宿舍里走出来。宿舍门口有个卖鸡蛋的摊位，小孙蹲在那里买鸡蛋。他们从小孙身边走过，无暇看周围的人。而小孙把他们看得清清楚楚，她随之幸灾乐祸地想，那个高傲小贺，知道这一信息，会是怎样的表情，是默认，是暴跳，还是为其遮掩？

　　到单位后，小孙第一时间去描图室找小贺，她问小贺你们啥时结婚?还说起男人如何偷腥不可靠。小贺似乎对她似有戒备，不接话茬儿。于是小孙直接对小贺说：你知道吗？一早我看到景佑林，从黎华家出来。两人一起从家属宿舍里走出来，从我身边走过，我看得清楚。

　　小孙，说这个，你有意思吗?

　　傲气十足的小贺，显然翻脸。

　　真的，不骗你。说这个，对我有什么好。我要造谣，天打五雷轰!

　　小贺看到,胖脸布满无辜。她的心忽然绞痛一下,她不相信,也许就发生了。高傲的内心在打战：走,你陪我去,我要当面问他!

　　小贺一把拉住小孙的胖手,那只手没挣脱开。小孙跟着小贺往车装车间走。

　　接近月末，车间锤声响成一片，砂轮声越加刺耳。小孙实在不愿意来这灰尘四起的车间，可她走不脱，不来，好像她在造谣。而私心里，她也愿意看热闹，她对小贺，早就嫉恨得牙根发痒。

　　谁知一到车间，那位气质优雅的淑女，顿时变为怒气冲冲的白骨精，人们看到小贺走近景佑林，狠狠质问什么，接着跺脚，一指景佑林，又骂了一句什么。接着，小贺撒泼一样冲向检查员工作台，黎华在那里，显然她已看到小贺，见小贺冲来，她没有躲避，只是站在工作台边，静静看着小贺，她已感觉到，这爆炸的样子，和自己有关，可她自问：我没做亏心事。

爆炸了，女声尖利刺耳：黎华，你不是人！勾引景佑林，破坏我们感情！你、你是流氓！

车间里的一些砂轮声停了，锤声模糊，只听噼噼啪啪的脚步声，许多人往调整班这边跑，似乎稍慢一点，会有遗憾。人们跑过来，看到的是小贺指着黎华在骂，那个矮胖的女人似在劝解，似在煽动，而黎华脸色煞白，侧目小贺，神情似不屑，不值一驳。而小贺脸色一会儿红一会儿白，连续骂着：你不是人，勾引男人，流氓！

显然，那些工友们对这番骂失去兴趣和耐心，情感上偏向黎华，看到小贺撒泼无理，对黎华抱不平，于是在一旁，你一声，我一声：拿出证据，告她去！没有证据，赶紧走！干活、干活！

闵主任来了，他看懂大伙的情绪，走近小贺，声音柔和：小贺，有事到车间办公室，别耽误生产！走，跟我走。

他说着大幅度地摆手，还示意小孙拉小贺。小贺迟疑一下，只好去了车间办公室。他们身后，是七嘴八舌怪怪的腔调：

谁是流氓啊？

有理不在声高！

上门打架，真没见过！

景佑林身边走过许多人，大多什么也不问，有的说一声：没事了。

景佑林拿着锤子，心早不在活儿上，许多要和工友解释的话，变为狠狠的一句：她太过分了！

过分又怎么样？难道和小贺分离，和黎华在一起。这，也许不错。将黎华和小贺做比较，小贺除了年轻，几乎没有超过黎华的。这是调整班工友的看法。

中午之前，景佑林去找小贺。在找小贺之前，他预测过种种结果，包括最坏的，小贺正在气头上，兴许她会当着技术科人的面，撒泼骂他，让他丢脸。这样骂过、发泄过，她会大哭一场，他好言去哄，一切都会过去。

可是当景佑林来到描图室外，见到小贺时，小贺一脸冰霜，独自朝楼道拐弯处走，景佑林急忙跟上。下楼过道没人，四周难得这么静，景佑林从没见过小贺脸色如此铁青，冷冷的话出口，似是交代后事：景佑林，我郑重告诉你，咱俩的事，完啦。你别幻想，实话告诉你，我不爱你了。我有人了，而且我的家人，爸妈也同意了。

小贺，别这样，咱们好好聊……

别说了！请你今后，别来打搅我！

景佑林上前要抱住小贺，他要用肢体语言帮他进一步解释，可是小贺厌恶地狠狠挣脱，景佑林一愣，感觉眼前已不是昔日的小贺。他说：小贺，你就是和我分手，也要听我把话说完。

我不想听！分手，说什么都没用！

小贺咬着嘴唇，目光呆滞。她几乎不再听景佑林说什么，忽然转身，头也不回地跑进描图室，之后又跑进资料室，进去后在里面把门锁死。

景佑林推门敲门，轻声叫，都无济于事。

多事的小孙走过来，拉了景佑林一把，示意他楼道口说话。

小孙以老大姐的口气开导：小景，我跟你说实话，你和小贺，几乎不可能了，她已经喜欢上别人了。

可我想不明白……

时间一长就明白了。听姐的，该结束就结束吧，凭你小景的长相，人品才华，啥样的找不着，冷静，先回去吧。

显然小孙知道许多小贺的信息，可她就是不说，更不问景佑林和黎华的事，她的出现，她的一番话，似乎就是让景佑林死心。

景佑林忽然感觉浑身无力，他回头看看技术科空旷的楼道，再待下去，很无赖，这样走，很难受。这种无助、无奈的难受，多年前有过多次，感觉不陌生。

（十三）

工厂生活就像一部电影，嘈杂琐碎忙乱，时而平静，时而喧闹，没有大的起伏，没有惊涛骇浪。一切该发生的，都没出乎导演的意料。厂里发生一些事情，就是潘副厂长导演的。

潘在先知道景佑林卖画的事，他提供信息让画商联系景佑林，又让画商到厂区，直接到车间，在工位和景佑林见面，画商直接催促购买一批画。他更知道黎华也会水彩画，其技法功力胜过景佑林。画商压迫时间，景佑林一直和黎华关系密切，他会请黎华帮忙。如果景佑林不找黎华，那画商去找黎华说服她，同时安排他们在一个旅馆，一个套间。谁知其发展比潘在先想得更顺利，景佑林竟然到黎华家。不论是画画，还是苟且，他都有办法把事搞复杂，搞出动静。潘导演安排小孙早晨在黎华家附近守候，有情况告诉小贺。于是有了小贺演出的超乎寻常的闹剧。

接下来什么景佑林找上门，小贺躲到资料室去，都是剧本早有的，可忽略不计。在潘在先的办公室里，他小心地透过办公室小窗，看看楼道的动静，小孙的胖身子朝他身上反复依偎，伸出大拇指：潘厂长，你就是，活诸葛！

小孙，事儿办得漂亮！你的能力，当主任都屈才。

一周之后，小贺衣着华丽地来到机加车间，来到她以前的班组，对几位闺蜜们说：我有新男友啦！你们都认识，他叫潘在先。

啊，潘副厂长？

闺蜜伙伴无不吃惊地问：真的？

几周之后，小贺又向闺蜜好友宣布，她和潘副厂长已经结婚登记，十一前我们去上海，旅行结婚！

没有惊讶，只有敬佩羡慕，和暗暗涌动的嫉妒，当然表面还是嘻嘻哈哈，笑骂着恭维，挖苦着讨好。

景佑林那里没有变化，厂工会要调他当宣传干事，上级人事部门没批准，以前上级也回绝，不说原因，而这次回绝，多了一声责怪：你们有没有政治头脑？！

西郊区文化馆急需一名美术辅导，文化馆馆长不知从哪里知道了景佑林，他和人事干部一起来到厂里，悄悄找景佑林约谈。这回景佑林主动了，说出自己出身不好，海外关系复杂，许多单位想调我，都没调成，你们先去厂人事部门，只要能调走，我去文化馆！

结果景佑林再也没见到文化馆的人影。他没有感觉了，也就没有灰心，闷头干活儿，画画，去汽专学校上课。

黎华仍去学校教机械制图，每周三天有课。她和景佑林的关系没明显变化。只是人们心里知道，小贺和潘副厂长结婚，景佑林和黎华很可能走到一起。

那是 9 月 27 日上午，潘副厂长刚买完两张机票，两天后他们飞往南方旅行结婚，而就是那天中午，在人们买饭吃饭的时候，一个女性身影，从厂技术大楼楼顶飞越而下，霎时，楼下柏油路面，出现一具女尸和一摊鲜血。

救护车来了。警车来了。出事地点拉起警戒线。职工们刚吃完饭，都涌到技术大楼前，看惊悚的一幕。

谁呀？怎么啦？

跳楼，五楼楼顶，妈呀！

男工女工，自说自问，没有确凿答案，只有一片恐怖的疑云在工厂上空浮动。

从五楼跳下，顿时命绝的，是技术科女技术员朱晓云。朱晓云 32 岁，中等身材，面色苍白，大眼睛很少看人，时常垂下眼帘，悄声做自己的事。她很少和人交往，以致许多人忽视她的存在。技术科老同志知道她，她多年屡遭不幸，和男友学校恋爱，工作后要结婚了，男友忽然去世；几年后，有人为她介绍一男友，男友外贸工作的，样样她都满意，唯一不足的，就是男友半年在国外。男友爱她，经常从国外给她寄皮包衣物。谁知要结婚了，男友车祸死在国外。厂里长舌妇说她"方人"，之后她也拒绝再谈恋爱，谁介绍也不看。

猜测，疑问，却没有人回答。只感觉这事蹊跷，疑团重重，迷雾重重。

工厂召开紧急干部会，要求各车间抓生产纪律，严禁工作时间里扎堆乱议论。可是人嘴挡不住，片刻间也交头接耳，上班前下班后，人们更是议论纷纷。

公安刑侦人员勘查现场，在厂里搞调查，保卫科全力配合。几天后自杀已有结论，但原因仍在调研。厂里人超乎寻常的关注，竖着耳朵，睁大眼睛，有个新动静，立刻传遍各车间。

潘副厂长旅游结婚被推迟，机票退了，他和四位厂级领导配合调查，而两天后，对潘副厂长的调查，成为重点。在调查中，技术科人提供：平日朱晓云不和同事交往，她接触最多的人，就是当时的科长潘在先。曾经有人向科里反映朱晓云总迟到的事，潘科长说，别管她，她受过刺激。

一条信息，让调查人员展开想象，有人提供：有人背后给朱晓云起外号"修女"，因为多年也不见她笑过。可有人看到，她和潘科长说话会笑。

有人提供重要信息：27日上午，潘副厂长和朱晓云发生激烈的争吵。

调查人员的目光还盯住技术科小孙，还有小贺。谈话一轮又一轮。

这些似乎都针对潘副厂长，然而面对密集的问话，潘副厂长平静作答，来龙去脉，清清楚楚，话里话外，让人信服。调查组几乎做出结论：自杀者，自己的责任，与其他人无关。工厂里的人渐渐不再议论自杀的事，似乎说的听的，都觉得没意思了。

而就在此时，刑侦人员在朱晓云家，获取了自杀的原因和证据。那是日记里的一番话，还有两张妇科引流诊断书。当拿到证据的刑侦人员再次和潘副厂长对质时，潘副厂长沉默好久，叹息一声，慢慢说起和朱晓云的事情。四年前他们就有了"关系"。一切交往交流苟且都在资料室里进行，那是属于朱晓云的领地，仅有的一把钥匙在她手中。朱晓云虽然有"修女"的外表，但她没有"修女"的宗教情感笃定，在潘在先反复说教进攻下，一直退缩在资料室的角落，开始半推半就最终主动迎合，私会私通。没人知道，甚至没人注意。他们各有所需，需要慰藉需要刺激，瞬间忘记所有。只是时而措施不当，朱晓云便暗自受苦。潘在先升职副厂长之后，他们私会依然照常。但小贺来到描图室后，朱晓云预感自己将失去潘在先。当她发现潘在先竟然和小贺在资料室私会，顿时觉得天崩地裂。

那天下班后，她拿着"引流"的诊断，去潘在先办公室，和他"摊牌"。

潘在先和颜悦色，把朱晓云按在椅子里，柔情地说：我是馋猫，你不是不知道……我保证，不会再有这种事了，我心里，只有你！

潘在先抱紧朱晓云，顿时使恼怒的朱晓云没了声息。

可是那天一早，朱晓云听到潘在先和小贺要到上海结婚，她再三核实这条信息的真实性。她无泪地哭了。之后去办公楼一侧的楼道里，专等潘在先。

潘在先见到朱晓云，平静地把她让到办公室，又平静地告诉她：我们已经登记结婚，并出拿旅行结婚的机票。以前他们的一切，都结束了。

见朱晓云苦笑，他又说：你以后，有为难事，就来找我。我和技术科长说好了。他对你，会特殊关照，这点你放心。

潘在先看朱晓云情绪没变化，说出一句有诗意，但朱晓云听来极冷酷的话：咱们要珍惜曾经的爱，珍惜曾快乐的日子……

朱晓云走回技术大楼时，她浑身有一种冰冻感，萌生了粉身碎骨也要撞毁潘在先的念头，这念头促使她走到楼顶，在楼顶绝望的徘徊回想，回想徘徊……她知道，潘在先和小贺就要飞往南方，而自己要抢先飞出，她什么都没有，了无牵挂，于是狠心纵身一跃，从楼顶飞下……

工厂领导和职工知道了真相，他们以为潘在先会判刑。而半月之后，潘在先被公安机关释放了，理由是，潘在先属于品质败坏，只能道德谴责。几天后，潘在先被开除公职，他只身去了南方。

小贺继续在描图室当描图员。小贺求机加的师傅，求蒋师傅，找一切能找的人，去说服景佑林。小贺竟然去单身宿舍门口等景佑林。景佑林见到小贺，很礼貌很干脆地告诉她：我和你，不可能了。

小贺似乎知道这个结果，转年春，她调回上海，很快在上海一个商场当上营业员，很快匆匆结婚。

景佑林和黎华又接了两次画商"订画"，二人天天见面，上班一起来，下班一起走，但从不谈结婚。这年年底，厂工会终于得到上级人事部门的"恩准",同意调景佑林到厂工会当宣传干事。谁知景佑林竟不识抬举,以自己"不适应"拒绝,真是乱了朝纲。

而转年年初,人事政策清明,市文化宫正式来函,调景佑林去当绘画辅导部老师。景佑林拒绝了,用人单位电话打来十分光火,景佑林说:我们要去南方了。三个月后,景佑林和黎华双双办理离厂手续,他们一起去了深圳,再后来,景佑林和黎华去了水彩画的发祥地,英格兰。

几年后,在伦敦泰晤士河南岸艺术画廊,展出了二百五十多幅气质独特的工厂水彩画,所有场景,取自中国北方轿车厂。画家署名:心景。

海河无敌兰

（一）

"民国"十年，津城海河贸易繁茂，码头遍布，船舶如织，仓库纵横，脚行林立。要说人气，当属南市、大胡同、劝业场，可要是金银流动量最大，当属海河两岸。那时河边大小脚行，和来往船只一样多，凭苦力吃饭的达十多万人。这些人凭身板说话，凭一把力气拿钱。在这地界，最让人敬慕的，不是腰包鼓鼓的船老大，也不是住洋房的大掌柜，而是能扛能背身手健硕的主儿，是能打会摔有武功的高人。这也应了那句老话：京城，爱议他人官衔大小；津门，总评说谁武艺高强。

这年夏天，三河码头来了一位壮汉，戴个土黄旧毡帽，走到码头凉棚下。凉棚下有俩人，一位仰身躺在破藤椅里，一位坐在木板上。见有人往里走，坐木板的那位冲他喊：出去、出去，没活儿啦！

每天都有几十人到码头找"饭辙"。这些人都是初到津城，没有投靠扑奔，更没手艺，好在身子硬实，搬铁锭，扛木杆，干一天给一天钱，三天饿不死。可这位，大夏天戴毡帽的乡巴佬儿，似没听懂，脚步还往里挪，惹得人开骂：耳聋眼瞎的，说你呢，滚！

黄毡帽被骂不恼，摘帽作揖：大爷，我跟他们不一样！

不一样？你脑袋大?！

是，我脑袋大。

这位乡巴佬儿，还抚弄一把大脑袋。

坐木板这位是小工头，他被气笑了，真见鬼啦，脑袋倭瓜大，前后梆子。他逗闷子，拉长声道：二梆子，你说，你能干吗？

他一指正从船上扛大米麻袋的人，我能干这个。

扛麻袋要走跳板，从船舱到仓库八十多米，没干过的根本扛不了。小工头要戏要他，一摆手：二梆子，你要干，去扛吧，能跟上，留下，扛不动，哪儿来的，滚哪儿去！

躺在藤椅里大工头睁开一只眼，看二梆子，嘴角冷笑。

二梆子留下来了。他不但能跟上扛麻袋的队伍，扛起二百多斤的麻袋，一溜小跑，脚步轻盈，身上有股使不完的劲儿。大小工头无话可说，只是在发工钱时来一句：傻小子睡凉炕，全凭火力旺！

二梆子干活傻实在，肯出力气，来两天就和苦力伙计们关系混得不错，看谁上肩吃力了，他马上过去搭把手，别人麻袋码放不齐，大多是麻袋离身，再没力气挪动，他不多说，悄悄过去帮人码好。一来二去，伙计们觉得这人不偷懒，不要滑，虽是新来的，没人刁难他，都愿意和他搭伙干活。

二梯子除了头大，身材比一般人壮实，几乎看不出有过人之处。人们看他闷头干活的样儿，想是一定缺钱，急等着用钱。他抢着扛最大的包，卸最难下船的铁器原木，无疑是个肯下力气、不惜流血流汗的主儿。

也不知从哪天开始，中午时分，二梯子开始到河边看人家练武。河边苦力们，对习武之人，不称武师，不叫武林中人，出于尊重，他们直呼：练家子。练家子就是练身、练艺、练拳脚、练刀枪棍棒，并身怀绝技的人。当然河边苦力中，凡是能练武会摔跤打拳的主儿，不论是码头伙计们，还是大小工头，对他们都高看一眼，工钱给最高的，逢年过节，还有赏钱。那赏钱也不是白给的，一旦码头有事，大掌柜一招呼，这些练家子，当然冲在最前头，打打杀杀，是好帮手。

人们看到，二梯子对练家子十分羡慕，他每天吃完饭就到河边，坐在练武场边上看热闹。只要好天气，河边那块沙土地上，总有人摔跤、练武、玩石锁、举石担。

二梯子戴毡帽显眼，不戴毡帽那更显眼。他来练武场次数多了，就有人让他进场子玩玩儿。他摆摆手说不行，也就算啦。可那天一位练家子对他高声叫：二梯子，来呀，下场子玩儿一回！

不行、不行！二梯子又摆手。

怎么，你说，场上那大块头儿不行，你口气也忒大啦！

我没说。

场上那位大块头儿，是肩宽、胸肌发达的汉子。

练家子分明故意戏耍二梯子，也在刺激大块头儿。

这时有人起哄架秧子的，冲二梯子喊：你小子刚来两天，就这么狂，说大块头儿不行！你行，来呀，陪你玩儿，你可别尿！

大块头儿马上冲二梆子喊：来！谁尿，谁是大家伙孙子！

周围一片笑声，早有小工头使眼色，几位年轻的苦力，推推搡搡，硬把二梆子推进场子。

码头午休两小时，吃完午饭，伙计们都到河边看热闹，包括码头附近长街短巷居住的闲人们，也知道午间河边有练武的，这时也专门跑来，看不要钱的摔跤打把式。

这时的二梆子，想不比试都不行？为嘛？伙计们戏耍一下新人，这也是码头不成文的规矩。你来这儿干活，就挤跑一位，你抢人家饭碗，给你点儿颜色看看，也不过分！初来的菜鸟，不尝尝练家子的拳脚，你就不知道自己姓啥！这"杀威棒"是要打的，打疼了，才服管教，才知道河边江湖的厉害。

今天二梆子头有点发傻，他没退缩，愣愣走进场子，呆呆上前，还和大块头儿点头憨笑。

众人蔫笑：你是谁呀，充练家子，不呛口水，你不知海河多深！

那大块儿头，身材壮硕，粗布上衣被胸肌高高顶起，他高出二梆子半头。人们认定，大块头儿会像大人欺负小孩子一样，收拾这傻小子。可接下来一幕，让观看的人大张嘴巴，竟喊不出声。

大块头儿是小领班，他嬉笑着，去抓二梆子衣领，想炫耀一下，使唤一个"大背胯"，谁知此时的二梆子，再无怠慢样儿，分明换了个人，只见二梆子猛一扭身，来个泥鳅过涧，眨眼转到大块头儿的身后，没等大块头儿转过身，二梆子双臂一抖，左腿高高一撩，啪的一声，大块头儿身子猛一栽歪，跌坐在地。

怎么回事？

没看明白，好像、好像一踢，倒了。

这小子，有两下子！再来！

再来时，大块头儿满脸通红，刚才那一跤，让他羞辱。他觉得是大意失荆州。他不再大意，死盯着二梆子，控制步幅，躬身抢把，要把面子找回来。再看二梆子，不紧不慢跟着，也不主动出击，就好像刚才他是无意间把人碰倒。

随着场子外边的呐喊，大块头儿快速出脚，一个缠踢儿，一个腰别子，手法脚法，运用到家，可二梆子不仅没倒，而且脚步更加轻盈了。此时，场外明眼人已看出，这新来的二梆子，分明也是个练家子，破解招数，不留痕迹。

大块头儿半天摔不倒人，不由得骂骂咧咧，二梆子也恼，不再走碎步，而是紧走几步，忽一拧腰，屁股微翘，贴住大块头儿小腹，猛一躬身，大块头儿身子忽地弹起，之后高高落地，竟摔出声响。

大块头儿屁股摔疼了，疼得站不起来了。

场子里马上出现两位，显然要报仇雪恨。

闲人们看着不公，喊道：喂，等会儿，得让人家歇口气儿啊！

两位无语，灰溜溜退出场，二梆子本该溜走，却还在场子傻站着，马上又有人再与他比试摔跤，结果一搭手，就被二梆子轻松撂倒。

这时，一位看热闹的闲人上场了。此人四十多岁，身材偏瘦，留着中分头，穿摔跤衣动作潇洒，显然年轻时也是练家子。他冲二梆子一扬手：我说小哥，你那跤法，跟杨麻子是一路，在天津练过吧？

没、没，杨麻子，不认识。

反正我看像。咱俩玩玩儿。

二梆子犹豫，早有人推他一把，他只好点头。

中年人似乎老跤场走动的人，和人一搭话，便显近乎。

中分头摔跤讲究姿势，上场一走一颠，派头韵味十足。一搭手，便抢把成功，想拽二梆子，却拽不动，抬腿便踢，也踢不动。

中分头恼恼地来了一句：我说小哥，咱玩儿跤，不是较劲儿，走起来呀！

显然中分头没有足够的力量带动二梆子，二梆子识相，随着走就是。于是中分头展示身手，手别子，腰别子，缠踢儿，一一都用上了。二梆子也是给面子，中分头下绊儿，他真的随着劲儿走，嘿，走归走，就是摔不倒，累得中分头满头大汗。

可能二梆子觉得玩儿的差不多，抓住中分头小袖，肩顶其腋下，猛一拧身，使了一个压肩摔，中分头高喊一声：有了。应声摔倒，摔倒的姿势都十分漂亮。

中年人站起来，不急不恼，冲二梆子挑大拇指，对围观的人道：今儿，见着高手啦！这位，功夫好啊！

早有跑去招呼人的，找码头顶尖高手，来杀杀这二梆子的锐气。

来人就是码头大领班大江。大江听说新来一个苦力吧，连摔四五位，知道这是个善于摔跤的主儿。不管怎么说，自己要避其摔跤之锋芒，扬自己拳脚之长。于是大江来到二梆子跟前，笑着说：咱俩比比拳脚，不为难你吧？

二梆子面无表情，看看四周。四周乱喊：比呀，谁在乎谁呀！比！

无奈，二梆子点头。

比试拳脚，就是正式比武，早有人在一边当起裁判，公允地大声道：比武场上，不带暗器，不踢裆，不扣眼，点到为止，现在开始。

大江和二梆子都亮出功架，各自揣摩对方破绽，看着对方，走了两趟。大江似乎觉得活动开了，出拳抬脚，迅疾踢打，频频出手。而二梆子不出手，步步为营，只是闪躲，并不退却。这样二人距离越来越近，谁出手都可以打到谁。大江继续猛攻，出拳更加迅猛，只是打不中二梆子。说打不中，是打不中要害，大江打出的重拳，不是被拨开，就是被拳头小臂阻挡。大江两次近处高踢腿，遭二梆子下砸肘击，两次肘击，大江痛苦咧嘴，显然砸疼了。

再接下来，二梆子开始大幅度地推挡闪躲，这让大江兴起，他觉得对手只会摔跤，持久地拳脚，对手肯定不行，这不，对手怯阵了。大江这么想着，进攻变得无所顾忌，动作大开大合，密集拳脚打压上去。一方进攻有气势，一方防守滴水不漏。有人鼓掌，有人叫好。人们见识到了，乡巴佬儿打扮的二梆子，面对密集拳脚，竟不眨眼。

大江连续三四轮进攻后，呼吸开始急促，下巴变得通红。二梆子也看到，对方没了重拳，下盘开始不稳。二梆子低声道：

今儿，到这儿吧！

哪能到这儿，不行！

大江说话高声且带着气，在二梆子松弛时，当胸被大江打中一拳，打出响声。二梆子急退两步，抓抓头皮。硕大的脑袋点了点，疾步迎上，果断变掌，一掌打在大江左肩上。接着回身一拳，又击中大江腰眼，这一掌一拳，令大江连连皱眉。接着二梆子连出重拳，大江胸腹皆被打中，跟着一个连环脚，踢膝蹬腹，大江连退十几步，几乎要跌倒。大江是个汉子，最终站稳，他摆摆手，一指二梆子，轻声道：他赢了！

四周没声息，大家没回过神。好半天，才有惊叹和怪叫，才有稀稀拉拉掌声。好在是大白天比武，一百个不服、一百个不忿的，也不敢来"阴"的。所谓阴的，就是下黑手，比武不过，团伙围攻，刀刺棒打，不让你全须全尾，不让你赢家得意、痛快。

人们围住已经一身透汗的二梆子，问这问那。他们最想知道这位壮士身世。也巧，《金河晚报》新闻主笔杨飞鸿，中午陪南方朋友吃过饭，正溜达到河边，虽然比武没看全，可他今天也算开眼，看到真实的拳脚，真正的练家子了。职业习惯，让他几步到二梆子跟前，冲二梆子一笑，自我介绍：我是《金河晚报》主笔，请问先生大名？

二梆子不语。

有人笑着代答：他叫二梆子。

别，别闹。我问这位壮士大名。

二梆子不好意思，说：我叫兰有成。兰花的兰，富有的有，成功的成。

好名字，有颜色，有寓意，我记住了。咱们可以聊聊吗？

你、你得跟我们，掌柜说……

好的，兰有成。

从这一天开始，三河码头，再没二梆子了，只有会摔跤、会拳脚的兰有成。

那天比武过后，早有人把河边比武情景，禀报三河码头大掌柜的李大秤。

李大秤何许人也，年少时便在河边鱼市趸鱼卖鱼，大秤买，小秤卖，克扣斤两，赚黑心钱，人送外号李大秤。成年之后，他更能耐，更有手段，更能捞钱，行贿运作是好手。津城刚有警察局，他便一身制服，混在侦缉队值班，之后在租界当巡警，再后来倒卖洋货发财，在老城买房置地，在码头建库房，在河边揽装卸生意。黑道白道能说上话，军警帮会也有人脉。敢于强买强卖，敢于吞噬竞争对手。他成为河东河西两岸吃得开的人物。他所管辖的三河码头，原名是三合，即三家合股，结果只干一年，那两家"自动"退出。可没多久，那两家不知是找到靠山，还是寻到"把柄"，委托律师和李大秤打官司，官司打了一半，律师家连连出事，不是老婆被马车撞了，就是儿子被叫花子打伤。包括那两家也出"恶事"，不是家中起火，就是院墙倒塌；乘坐洋车，平地也翻车，大白天，前后没人拥挤，身上钱包被偷……再之后，那两家再也不打官司，撤诉回老家了。三河码头从此姓李，而且生意越做越大，附近大小码头，都不敢和李大秤"争风头"。

李大秤听说码头冒出个能耐人，马上乐啦：好哇，这是咱家修来的福！找来见我！

没多大工夫，跟班便把兰有成领到河边法式三层小洋楼前。

已经丢掉旧毡帽的兰有成仔细打量这座洋楼，没人知道，他的命运将和这座洋楼产生关联。可以说，没有这座洋楼，他不会这么粗茶淡饭，以苦力身份打扮，出现在海河边上。

（二）

在道出兰有成真实身份前，要细说小洋楼，而这样，也是捋出海河边一场疾风骤雨的争斗兴起和源头。

这洋楼曾是法国传教士布鲁诺的私宅。小洋楼灰白相间，不论是楼层线、窗台还是屋顶部分，都是线条凹凸有致，门口、窗口、顶角地脚，一律砖石雕琢，既稳重大气，又实用华贵。当然，一般人经过这里，只爱用两个字准确地概括：洋气。

这年，刚过五十岁的布鲁诺忽然中风瘫痪。布鲁诺要回法国疗养，他要卖掉这座洋楼，虽然急着离开，但他坚持要卖8000大洋。就这个价位，一般的公司、洋行，都不敢过问。而海河码头上最有钱有势的李大秤，早就盯上小洋楼。他派出"说客"，要对小洋楼一顿评说，争取以最低价把洋楼买下来。

布鲁诺已无力打理洋楼出售，他的管家欧仁在洋楼门厅，接待李大秤的说客。说客知道，老洋人都会中国话，说客也不客气，指点着洋楼内外，一口气数落出十几条洋楼的"缺陷"和"不值"。什么洋楼位置不好、汽笛刺耳、车马喧闹；什么楼房看着高大，实际使用面积太小；什么墙皮灰暗，设施老化；还有窗户小，楼道昏暗；木质地板容易起火……反正耸立的洋楼，被说客一说，不是东倒西歪，就是摇摇欲坠，几乎一无是处，只剩一拆了。

管家欧仁听后，一点不生气，他深知褒贬是买主，微笑道：先生看得仔细，也让您说对了，所以我们才卖这个价钱。您有钱，可以去买那崭新的、安静的、面积大的、窗户亮的。这座楼，和我，都对不起您啦！

得，管家话说得软绵绵，却袖里吞金，绵里藏针。这番话，咽得说客气闷，半晌无语。最终耍赖道：你不降价，我们不买，也、也没人买！

管家仍笑着，慢悠悠道：楼房和价钱，您都不满意，只好请您去别处看看。

说着做出请的手势，说客灰溜溜、气哼哼地走出门厅。

说客没好意思说，李大秤给出的，是6000块大洋的底价。

说客向李大秤禀报，细说经过。李大秤觉得责怪说客也没用，可火气起来，无处发泄，他狠狠骂道：这洋鬼子，一个瘫子，要钱不要命！跟他耗着，他是病人，他耗不起。他豁出死，咱就豁出埋！

谁知这时节，半路杀出个程咬金。有个焦掌柜伸手要买这洋楼。这姓焦的，什么来头？敢在我码头岸边"插一杠子"。

焦掌柜，名叫焦海山，是甘肃独立团团长，手下有三千多人马。只因大小军阀为各自生存利益，时常倾轧火拼，他想躲都躲不开。他的一个盟兄弟，是新编师师长，手下有一个连长，收了宁夏军阀的钱，要把一个连带走，为瓦解这次哗变，切断哗变队伍逃路。焦海山为这师长把一个山口，老天不长眼，那天一颗流弹从腰间穿过，幸好没伤到内脏，只贯穿皮肉，谁知伤好之后，只要阴天腰眼就隐隐作痛。也就是这个时候，他心灰意冷，萌生退意。他想退役，还有一个最大原因，那就是来自他父母。老爹去世三十多年了，可老爹教私塾的样子，灯下读书写字的样子，总萦回脑中；近些年，七十岁的老娘总说：我不愿意看你穿军服的样儿，我愿意看你穿长衫，穿上长衫，像个先生。老娘又说：等咱有了钱，也办个学堂，你爹这辈子，最大的心愿，就是办学堂。你不能教书，就看管孩子，给老师打个下手，要是在你手里，把一个学堂办成，你爹知道，他该多高兴啊。老娘每每说起，长吁短叹。在焦海山心里，这总是一个歉疚。

也正是老娘这番话，让焦海山悄悄攒钱。他不抽、不赌，一切花销能省就省，包括媳妇的首饰、孩子的零花钱，他也苛刻。他把退役的想法和新编师长说了，并把自己的队伍一批人马交给新编师长。师长一番感慨，想想焦海山身体，点头说你做你喜欢的吧。新编师长给他一大笔军饷，之后他带着往年积攒的金银，带着几位亲信随从到了天津。

焦海山的家眷在青岛，为吗来天津？他是天津人，家住三岔河小北里，祖辈曾是打鱼的，到爷爷那辈开始读书，到老爹那一辈已是秀才。老爹长得瘦小，知道自己不是当官的料，也不进京赶考，在私塾教书为乐。焦海山出生，老爹欢喜异常，谁知孩子六七岁时，厌烦读书，厌烦走进学堂，却对木棒、木枪感兴趣，耍起来一身汗。还和邻居男孩子四处疯跑，玩骑马打仗，玩攻击堡垒。他爹叹息一声，由他去了。焦海山9岁那年，爹一场大病过世，孤儿寡母，焦海山终日在河边苇塘，捞鱼虾卖钱。邻居三哥在奉天当兵，回家探亲时，对焦海山说：队伍上顿顿有肉，发新衣裳，还有军饷。焦海山也没和娘商量，偷偷随三哥去了奉天当兵。当兵没半年，他随老兵逃走，逃到河南赶上西北军征兵，无奈又当了兵。几年过去，枪林弹雨，他也立战功当连长，他利用在蓟县招兵的机会，回了天津，之后接老娘去了甘肃。二十几年战场上死打死拼，焦海山步步升迁，用一身刀伤枪伤，换来团长官衔。可一旦解甲归田，他就是一个干瘦的老头儿。此时他感觉自己一事无成，能在自己的老家天津，办一小学堂，了却他告慰先人、孝敬老娘的最大心愿。他把心愿和媳妇一说，媳妇说得他心热：我男人干大善事，我只能帮，哪能说不！海山，你这是积德啊！

　　焦海山虽然是个粗人，可他知道，办学堂要在市区，但最好不在市场和闹市区，所以他沿着海河边看房买房。小街小胡同的房子便宜，可都太小，也没有宽绰的院子。转来转去，随从看到一张出售洋楼的小告示。他和几个随从找到河边法式小洋楼。楼上楼下一看，他乐啦，这楼房虽然旧，但气派，也亮堂。一楼做课堂，二楼先生办公带住所。三楼自己用，外地朋友来也可以住。一打听价钱，8000大洋。几乎是掏尽他腰包。几位随从试探着和洋管家"划价"，洋管家看出谁当家，他走到焦海山跟前，话直截了当：这楼房，来看的有十多位，他们买去，是自己家住，是开饭庄，开旅馆，唯独您，办学堂。我从心里愿意卖给您。

就在焦海山要说买下时，身后有人叫：焦掌柜，有人找你，在门外等您。

焦海山往门外看，那里站着四位穿长衫的人，一色打扮，身体健硕。焦海山一使眼色，几个随从跟他到了门外。他一站定，马上有人跑过来，郑重递过一张名帖。焦海山问：你是李掌柜？

不、不，我是他的下属。我来找您说明情况。来人压低声音，说出李大秤如何看中这所洋楼，如何砍价不成，如何僵持着。我们李掌柜，特意派我们来，跟您说一声，您最好去别处看看，我们李掌柜看上这个……

焦海山一听就来气，他一仰脖子，厉声问：你们买，交钱了吗？

没有，所以才来和您，那个……

没交钱，就是没成交，没成交，谁都可以买！别废话了，你们李掌柜，现在交钱，我们走，我们现在交钱，几位请便……

焦海山回身对洋管家道：这洋楼我要啦，现在咱就一手房契一手钱。成交！

四位穿长衫的，并没走开，脸色铁青，要不是看到焦海山的随从们腰里有家伙，他们早就开打了。可他们临走，还甩给焦海山一句话：焦掌柜，您初来这里，二两棉花纺一纺，谁不知海河李大秤，您现在，可是和他叫板！到时候，您活受罪那天，别怨我们没跟您打招呼！

四人狠狠看看焦海山，匆匆而去。

焦海山一个冷笑：四个小毛虫，和公鸡起刺！要是在西北，老子先揍他每人二十军棍！

焦海山根本没把四个小子当一回事，他像孩子一样，楼上楼下地看，上上下下，也不觉得累。

找保人，找见证人，写契约，签字，画押。大洋清点，楼房查看，一切都已完毕。洋管家和焦海山都长舒一口气。洋管家对焦海山说：您买我这楼房，不吃亏，我能帮您，到租界工部局把办学手续办下来，您说，这楼房，买得值吧！

值！我相中的，就值！

洋管家低声说：那个李大秤，非同一般，他跺一脚，海河码头都会晃的，你要小心。

焦海山乐了，连洋管家也帮他唬，他就是一个混混儿、一个地头蛇，他能把我怎样？

（三）

焦海山在军队混了二十多年，平日强势，是个敢打敢拼的主儿。虽然他知道，初到天津卫，要拜官府、拜地界头面人物，可他觉得自己是从西北回到天津老家，也不想弄出动静，把家安置好，能在河边办个学堂，请两位先生，教十个二十个学生，自己做做后勤，他想把学堂办出什么名堂，自己文化不高，也跟着学学，也是不错的晚年。这么想着，事情也算顺利，洋楼买下，晚上一觉醒来，焦海山想想大楼规划，心里想笑。买下洋楼，招来许多人眼热，都说这楼式样好，看着也结实。听说要办学，竟有男先生、女先生前来打听应聘事宜，这又让焦海山开怀一笑。

焦海山只顾笑了，没觉察有人朝他张开一张大网。

手拿这大网的不是别人，就是一心要便宜买下小洋楼的李大秤。洋楼没买成，他存一肚子气。底下人回来禀报，绘声绘色，就是夸大那个小军阀，也是逗着他下死手收拾这位不长眼的。好嘞！收拾焦海山一出戏，开锣开唱了。

这些年来，李大秤豪横惯了，他要哪个船队来停靠自己的码头，哪家船队要是不来，他就要找碴儿生事，不是船队被水上警察罚款，就是遭偷遭抢，要么半夜船底被人凿个洞，河水哗哗往船舱涌。他看中的那个岸边仓库，十有八九能低价买下来，你不卖给他，仓库就出麻烦，要么没人租用，要么失窃、着火，反正没好。所以当下属报告李大秤，说"法国"小洋楼已经卖出了，买主是一个姓焦的。李大秤顿时一阵冷笑，他看着河水说道：好哇，跟我抢，就是找死！

他抬脚把一粒石子踢进河里，浑浊的河水顿时溅起一朵水花。

他派出的眼线这天报告，总不出宾馆的焦海山，要到英租界莱茵胡同看房子，而且只有四个带枪的卫兵。于是李大秤一拍桌子，朝身边的一个码头主事发话：就按咱事先布置的，手脚麻利，别出动静，车开出租界，有人接应。去吧。

焦海山虽然不当团长了，可跟他来到天津的卫兵亲信有九位，而且都有长短家伙，平日里，有人来宾馆想见焦海山，那不是想见都能见着的。焦海山知道天津地面不安生，更知道自己买下洋楼，定会有人找别扭。多一事不如少一事，所以他平日吃饭睡觉都窝在宾馆里。这几天，他分派人下去，去租界去洋楼附近找比较好的住房，最好是小四合院那种，把居家的院子房子买下来，好把老娘和媳妇接来。一家人都到了，事情就圆满了。

这天他和属下去英租界看房子，事先两拨人去看了，都说那房子安静，在胡同最里面，有一个小院，主人种了许多花。虽然不是四合院，却是二层小楼。曾有俄国老两口居住，老两口急着去英国，房子1200块大洋卖给面包房老板，老板知道这房子好卖，一心赚个差价，他卖1700块大洋，几次交涉划价，最终价钱是1500块大洋。这天下午两点之后，焦海山坐上洋车，直奔英租界莱茵胡同。身后两辆大洋车紧紧跟随，每辆洋车上坐着两个卫兵，他们是焦海山多年的卫兵。

洋车在莱茵胡同口停下来，卫兵让焦海山等一下，他匆匆跑进胡同仔细打量。另一个卫兵早爬上胡同高墙，沿着高墙，一直走到胡同最里面，之后隐蔽起来，就是监视附近有没有"情况"。之后又有人叫开院门，楼上楼下仔细看了一遍，之后站在门口，朝胡同口摆手。焦海山知道没事，便闷头朝里面走，门外一个卫兵，随手把院门关上。焦海山由楼下看到楼上。在他从楼上下来，正端详着厨房，从楼梯下忽然冒出四个人，两个人死死按倒焦海山，另外两个按倒贴身卫兵。没等他们出声，嘴巴早塞进破布，整个头被蒙住。接着被拎上汽车，一顿拳打脚踢，人当时被打昏过去。当焦海山醒过来时，他已经躺在闸北监狱里，和他在一起的，还有那贴身的四名卫兵。

李大秤要收拾焦海山，警署田副署长早就知晓，而且双方已经谈妥，警署负责关押审讯，包括上刑，回应社会问询等等。而李大秤保证，抓人时，不出人命，而且李大秤出十根金条"辛苦费"。

李大秤知道，焦海山军界混了多年，天津、北京、东北都有朋友。李大秤谨慎，他派亲信到河东驻军好友，探问焦海山为何退役来天津，私吞多少军饷，让军方提供一个证据，哪怕是个假的，也行。

河东驻军好友，从内部知道焦海山带着一批军饷到了天津，焦海山没招惹自己，也不便"黑"人家，只是收了李大秤的金条，不表示一下，也不够意思。于是捎话给李大秤，只知道，焦海山和新编师两万军饷有关，至于是贪、是占，一切说法和证据，还得由李掌柜自己去找。结果李大秤送出的金条，扔河里没溅起一朵水花。但李大秤也不生气，起码眼下，那位好友不会朝自己使"绊子"。

蹲大狱的焦海山最初还以为，是甘肃队伍有人坏他，是那笔军饷惹的祸。他认为只要花上钱，也不能治他什么罪。所以当媳妇和卫兵来探监时，便明确告诉他们：我这里啥也不承认，赶紧托人找律师找关系，别怕花钱，我出去，挣钱机会多了去。

媳妇是青岛人，她一直抹眼泪，抱怨不该来天津，要是在青岛，就不会有这事。焦海山在外边耍横暴躁，可跟媳妇说话声音总柔声细语，他开导几句，说在这儿待不了几天就能出去。

他叫过卫兵，叮嘱他们：拿着我的名帖，到大直沽，找邢参谋长，他是我军校的同学，他能帮忙。媳妇和卫兵听罢连连点头。

为了救出焦海山，媳妇和卫兵们四处找人找关系，无非是花钱，大小箱子里的金银首饰一件一件往当铺送，换成大洋金条，又一根根地送出去，总有拍胸脯的，说大话的，听了让人欢喜。可十天过去，两箱子金银送出去了，人没回来。只是媳妇探监时，关押焦海山的住处换了，有干净的床单，吃饭也能饭馆点菜了。当然这都是银子花到了。

大直沽邢参谋长出手了，不过也说些无奈的话，那就是破财免灾，也是要花一大笔钱。媳妇和卫兵到监狱和焦海山商量怎么办。焦海山道：把洋房卖了，我出去就有办法。你们先租房子住。按我说的去办，要快！

焦海山是命令的口气，卫兵马上说是，媳妇摇头，可没说不行。

洋房卖了，这座临近河边的"法国"小楼，被李大秤手到擒来地买到，拿到房契地契，李大秤一阵大笑，他特意打电话给没回法国的传教士管家，笑哈哈告诉他：当初你七千不卖给我，现在我五千拿到手啦。告诉你一声，闲时来我这儿喝茶。

对不给他面子的人，和他较劲儿过不去的人，李大秤睚眦必报，他不认为这是小肚鸡肠，他认为这关乎自己江湖的颜面。

半月之后，焦海山出狱了。可是他的右腿瘸了，那是审讯回来，一个犯人打扮的人迎面走来，狠狠撞倒他，之后抓起他的右腿，猛地往墙角上一磕。焦海山听到腿骨断开的声音，他疼得大叫一声，眼前一黑，天旋地转，冷汗浸透衣衫……

释放焦海山，监狱法官说得清楚：你走出监狱，不是你没罪，只是眼下证据不足。一旦有了证据，随时抓回羁押。

焦海山没心情和法官理论，他要养伤，要治病，要着急办大事。当被人搀扶着走出监狱，得知所有人都住进老城丁家胡同4号院。院内三间小屋，焦海山和媳妇住正屋，那两间住几名卫兵。房子简陋，院子也破旧，可这里人口密集，倒也安全。焦海山四下看了看，没说话，这就是满意。他在屋里做的第一件事，就是写电文，他要立刻给老部下、小老乡兰有成发电报，让他安排一下，立刻赶到天津老城丁家胡同。

（四）

兰有成，曾在焦海山手下当连长，也是焦海山年龄最小的把兄弟。

兰有成那年刚十四岁，在津西郊，跟一辆马车拉河沙。车老板是东北人，不知怎么得罪路口警察，马车到那个路口就是不让过。买香烟买茶叶也不行，车老板气急，骂了一句：街狗子！警察抡起警棍就打，当天车老板就瘫在床上。兰有成跟车干活只有半年，车老板待他不错。就在转天一早，警察刚在街口上班，兰有成直接上去，对着那个警察一顿拳脚，当时就把警察打倒，跟着踢了几脚。虽然有人围观，但没人敢管，随后兰有成大摇大摆地溜走。

兰有成替车老板出口恶气，他不管后果。中午他正躺河边正哼小曲时，有人气喘吁吁跑来告诉他：你一早打的那个警察，死了！你快跑，警车马上来抓你！

兰有成也不多想，直接扎海河里，几个猛子游到对岸，头也不回往北跑，夜里他到了蓟县。

焦海山和兰有成的缘分，也正是始于蓟县。当时焦海山是连长，团长给他一笔军饷，要他在河北招二十几名精干士兵。兰有成围着招兵处，绕了一上午，招兵的排长嫌兰有成岁数小，根本不想收。可巧，兰有成再次央求排长收下他时，焦海山走过来，他一打量，兰有成毛孩子样儿，也想摇头。可兰有成央求道：你别看我人小，力气不小，我什么活儿都能干。收下吧！

焦海山又看他个头还行，又捏捏胳膊，虽然瘦，却都是腱子肉。焦海山对排长说：收了吧，留我身边，当勤务兵。

从河北到河南，从河南又到甘肃，兰有成每天跟在焦海山身边。焦海山渐渐发现，兰有成不是一般人，他是人才。他每天五点起来练功，几趟拳脚，风雨无阻，晚上睡觉前还举石担。兵营里练武习以为常，让焦海山感觉他不一般的，是兰有成每天还读古书、练书法，这在营房少见。焦海山考过他，不仅认字得多，诗词名句知道不少，字也写得漂亮。两人年龄相差十七八岁，脾气秉性也不一，可焦海山认准这个小老乡、小兄弟，他们歃血为盟，结拜成兄弟。部队伙食多是粗粮，但能吃饱，焦海山让兰有成和他一起吃喝，兰有成身子渐渐健硕，而且力量大得惊人。

十几年之后，兰有成随焦海山走过枪林弹雨，大小战役打了几十个，二人都有枪伤，他们成为战场上"过命"的生死弟兄。焦海山当团长，兰有成当上连长。可兰有成心思不在军旅，他痴迷武功,痴迷格斗技法,一有机会就遍寻武术高人,和人切磋过招儿,有的成为朋友,有的比试之后,闹个半红脸,形同陌路。由于与焦海山志向不同,最终兰有成在兰州城郊狄家庄园落脚。

狄家是当地大富,清代道光年,狄家戍边有功,得过皇帝亲赐的牌匾,武功门第。后来的子孙虽然经商,一家老小上下,仍崇尚武功,对武功高强之人刮目相看。家里一心重金招募武师,兰有成去了,和人交手,都占上风,看着得胜不多,却给练武人留足面子。狄家人懂武功,知道兰有成武艺精深,见其武德又高,几乎没二话,重金留他,让他当了护院武师。狄家山庄一百七十多户,护院家丁十多人,都归兰有成调遣。兰有成对焦海山说:我愿意在山庄,这里吃穿不愁,还能琢磨练武,我喜欢这个,这辈子就这样了,别无他求。

焦海山劝说多次,后来知道狄家为拢住兰有成,为他找了媳妇,在山庄给兰有成盖了房子,焦海山不再劝说,他给兰有成五把短枪、五杆长枪,一批子弹。没多久,焦海山的队伍开拔,四处飘荡,兵荒马乱年代,二人少了联系,包括焦海山到天津,兰有成也不知道。

兰有成接到电报,拿着电报找庄园管家请假。管家说这不是小事,必须禀报当家的老太太。狄家成年男子大多在外跑生意,狄老太太当家,见兰有成这几年看家护院兢兢业业,上下关系也好,更无不良嗜好。老太太当时应允,并说:快去快回,家里就指望你。你这几年辛苦,赏你五十块大洋,到大城市,给孩子媳妇买点啥。

兰有成说：兄长来电，让我去天津，定是有要事，我请一个月的假期，如不能回，我一定及时相告。主人待我，情同骨肉，只要办完事，我定及时归来。

这时兰有成的儿子已经七岁，回家和媳妇说明，便去了火车站。兰有成知道，焦海山不是随便张口招呼他的。他是生死不怕的人，一般事也难不住他，他一定是遇到大麻烦了，让他这个小兄弟出面摆平。此时哪能耽搁，他连夜上了去天津的火车。

兰有成到了天津，在丁家胡同，焦海山和兰有成拉手拥抱。兰有成一看焦海山的瘸腿，问他：团长，你腿怎么啦？

等会儿，我慢慢跟你说。

兰有成从怀里拿出准备好的一百块大洋：我就这么多，有事没事，你拿去用。

焦海山感慨：好兄弟，哥哥我不缺钱，我就缺你，缺你这样的帮手。说着拉兰有成到屋里坐，卫兵们早摆好酒菜。哥俩儿边喝边说起离别后的事，最后说到让兰有成要办的事。

看似粗人的焦海山，办事心机细微。他让兰有成装扮苦力，进入三河码头，以他的功夫拳脚，引起码头人的注意，特别是要让李大秤知道，接着让兰有成征服码头那些练家子，从而成为李大秤喜欢的人。接下来，会有人煽动，让李大秤设赌局比武，以比武定输赢。而兰有成不断赢下去，让海河两岸都恨李大秤，都想和李大秤赌一把，接下来，再使一招儿，彻底毁了他。

兰有成担心地问：李大秤不上当怎么办？

焦海山一笑，就连续赢他，打他的威风，逗他火气，逼他比武、逼他赌，最后，让他输个精光……

兰有成连连点头，微微一笑：我打不赢，怎么办？

我回青岛，你回兰州……

焦海山一笑：我看得明白，他们都挡不住你……施展你的拳脚，其他事，我来办。

小小酒桌上，昏暗灯光下，一席交谈，一股隐形的呼啸的烽烟，正沿海河边恣意弥漫，兰有成悄然走入比武阵中，长夜漫漫，人影绰绰，拳风凛凛，刀光闪闪……

（五）

离海河边不远的小洋楼越来越醒目，街上小报绘声绘色地报道西北小军阀购买小洋楼的经过。当然，小报上的内容，比真事更招人看，全文编得蹊跷而花哨：小军阀卷走巨额军饷，搂着上司太太私奔津门，扬言办什么学堂，兵痞办学，扯淡！可他出手阔绰，花了高价，买下小洋楼。谁知，有军界人士检举密报，法院受理抓人，西北小军阀如何反抗，如何施展拳脚，结果腿被打断，无法逃窜，最终银铛入狱。

读报的人，就为读个新鲜，可也读出许多疑问，那就是，小军阀有没有罪？没有，为何抓？有罪，为何又释放？小报上说，小军阀蹲大狱，只因使上钱，住的是豪华单间，每天有酒有肉，饭菜都是大饭庄送去的。他的钱，给谁了？哪有这样蹲狱的。再有，他能耐这么大，那条腿，又是怎么折的？

好事的读者问卖报的，卖报的摇头。转脸追问报馆编辑，编辑答复巧妙：所有疑问，都可以在下期或下下期看到。于是这小报备受关注，发行量有增无减。

可是半个月过去，小报没见下文，种种疑问不仅没人解答，而且人们更加疑惑，那就是小军阀也是当过团长的，真刀真枪阵势不会少见，可怎么栽了，也没点儿动静，哪怕朝码头放一排空枪，也算是条血性汉子。这可倒好，人打残了，钱打没了，蔫巴屁一个。

就在这时，各报首席记者接到请柬，这天晚上西北军焦海山在英租界仲泰宾馆举办记者见面会。到会记者，每人车马误餐费大洋五块。见面会上，记者见到了坊间传说的焦海山。只见他穿着藏青长衫，一双圆口新布鞋。他身体精瘦，脸色黧黑，络腮胡子茬儿，很粗很硬。他腿虽然瘸了，可硬是不拄拐。到底是西北汉子，双眼晶亮，声音如钟。他不说怎么进大狱，也不说怎么被人陷害，更不提小洋楼如何，他只让小报记者记着他的话，记住那是发狠发脆的决绝话：我焦某，是粗人，来天津，是了却我死去三十多年老爹的一个心愿，也是听我老娘的一句话，来办一个学堂。我不招惹谁，也不想和人争高低。可他们，忒不地道！为了买下洋楼，陷害我，把我关进大狱。老子带过兵，打过仗，生死天天见，我没服过谁！现在，我借您的笔，告诉欺负我的人，你等着！老子一定要回来，回来时，我让他知道，他仗势欺人，蛮横无理，是要付出代价的！

焦海山把攥紧的拳头打出去，连连打出去，脸涨得通红。

大小记者，摸着兜里的五块光洋，看着落魄的西北汉子，心里发笑，这人有钱，也在发疯，那几句话，似乎也没力度。这种记者会过后，估计没人理会。更没人去写什么，此人也就是借机发泄一番，如此而已。

记者见面会后，焦海山和他的随从，消失得无影无踪。

法式三层小洋楼，已成为海河边一景。晴天阳光普照时，常有人到这里摄影。李大秤对小洋楼喜爱有加，原先他只打算做个临时办公场所，召集码头大小主事开会所用，可一住进楼里，他顿觉舒服异常。干脆把自己休息室、会客厅都搬到这里。洋楼之上，既能看到码头船舶往来，又能看到搬运工干活的情景。

这天，李大秤坐在藤椅上看报喝茶。跟班敲门，李大秤说进来。

跟班轻声说：我把兰有成叫来了。

李大秤点头，兰有成能到这里来，就是对他身份的认可。

兰有成走到李大秤跟前，郑重地一个鞠躬：大掌柜，您好！

李大秤问：你到码头多长时间啦？做什么活儿？

来码头一个月零九天，在扛麻袋。

跟班接上一句：在四号，扛包。

李大秤仔细打量兰有成，中等身材，五官端正，脑袋大些，却显稳重。随之他追问一句：以前在哪儿做事？

在甘肃军营当兵，在粮库、军需库干过。

你识字？

念过一年半私塾。

今年多大？

三十二岁。

李大秤看着兰有成，沉思半晌才说：这样吧，你先在码头历练历练。跟着我，好好干吧。

李大秤这番话，透露诸多信息：在码头历练，就是要派上大用；跟着我好好干，这是心腹话，这是让他当心腹的信号。连站在一旁的跟班，也嫉妒他了，这小子命太好了，几乎天上掉馅饼，砸在他大脑袋上。可兰有成面无表情，退下时只低头说：谢谢掌柜！

也许李大秤是随口一说，因为转天，并没重用兰有成，兰有成还是在四号线继续扛麻袋。

那位《金河晚报》主笔杨飞鸿要采访兰有成，也被李大秤挡驾。他乘机拉着杨飞鸿去会客室喝茶。喝茶之后，杨飞鸿和李大秤关系格外密切。

李大秤不会随便用人，他不信传言，他有自己的眼光和判断，别人说兰有成有本事，是块金子，他要细察金子的成色。

这一个月中，兰有成出名了，许多伙计，以结识他为荣，见面老远就打招呼。人们的热情，让兰有成感觉飘忽，可是河边干活现状依旧，虽然小领班见面，也有笑脸也打个招呼，不过兰有成仍是扛大包、搬铁锭、扛麻袋。

兰有成嘀咕：大掌柜的一番话，怎么没结果。他想去问问，觉着没意思。干脆不想，中午也不去看练武的，怕又被人硬拉着比试。午饭后，兰有成找个没人的地方，迷糊一小觉。

李大秤是说话算数的人，他哪能忘了兰有成。这几天他一直派人调查兰有成的来历，用人不疑，是用知根知底的人不疑，要把这个人留在身边，甚至部分家业交给他，不看透、不查个掉底哪行。所以他故意"晾"兰有成几天，看他的反应。

李大秤运用自己的关系，彻底调查兰有成，他当过兵，拜过许多名师，也当过武术教官。最让李大秤满意的，是兰有成的人品，不多言语，不显山露水。总之李大秤发现兰有成的长处，正是身边一帮跟班缺少的。

俊杰难得！他觉得自己不仅仅是找到一个好帮手，甚至是为自己码头找到一个小主事。这几年，虚头巴脑见得太多，真有本事的实在太少。市府局长给他推荐一位管账先生，说是哪家学府毕业，可让他管两个仓库，账目都记不清。问到进货出库数字，还不如库房小主事回答利索。李大秤不顾市府的面子，立马打发管账先生回家。铁路货运总监，给他推荐一位码头二主事，这是负责码头治安、防火、防盗的差事，总监说此人在镖局干过，武艺高强，李大秤和他一见面，就让身边跟班和他交手切磋，验看其武艺高强之程度。谁知和跟班一交手，那位镖局强人，当时被打趴下。李大秤一阵冷笑，从此推荐人的话他都不信，用人，一定要自己"验明正身"。

李大秤召集自己三名亲信，也是码头秘藏不轻易展露的三位武术高手，即看家护院的大梁，库房监守瘦刘，贴身保镖鬼三。那天他特意把三个人叫到书房，没特殊指示，只说这话：你们这些日子，可把手头的事放一放，专心练功，到时候，你们也要亮相，都拿出真本事，给咱码头长脸。

比武吧？掌柜的，对吧？大梁问。

鬼三总跟着李大秤，便试探着问：大掌柜，和谁比武，哪家码头的？

李大秤故作神秘：你们这个先别问，好好练自己功夫，到时候放开手打，人打坏了，我养着。

三位亲信连连点头，像这样郑重其事召集他们，还是头一次，可见事关重大。三位亲信知道比武之事非同小可，也各自琢磨怎么能赢，不敢疏忽。

李大秤根本瞧不上河边习武之人，他认为那种斗蛮力，是穷要欢。此时，他把自家护身保镖都召集起来，和兰有成过过招儿，这里没水分，较劲儿真打。打完之后，输赢他自有安排。兰有成输，也算正常，看他人性不错，留下来，自己手下多一位练家子，也算没白忙乎。如果兰有成赢了，这可要热闹。借这个人，要在两岸码头掀起点儿风浪。洋人有跑马场，赌的是哪匹马跑得快，我给他设个擂台，邀请各家码头前来比武，赌个输赢。凭兰有成的功夫，定能为自己大赚一笔。

李大秤知道，自己对练功比武是外行，得请一些武术界大佬为自己撑门面，得请一些有头有脸的人帮自己张罗，如此这般，会有好戏看了。

（六）

李大秤要在自己码头举办擂台比武，要请头面人物到擂台前排就座，要请的第一位，便是河东 16 团团长于卜光。

于团长自小练武，虽然不是高手，可爱看练武摔跤的，包括所在 16 团，他专门编制一个特务连，从连长到士兵，都有武功，也是全团最能打仗的。李大秤和于团长还有一层重要关系，于团长是他们走私军火的生意伙伴。二人合作，五五分成，不仅货有了安全保证，更让李大秤在码头林立的海河两岸威风八面。开工庆典，大吨位洋轮靠岸，于团长的军乐队在码头一字排开，嘀嘀嗒嗒，一顿吹奏，招徕十几条街人来看热闹。这不是主要的，大事小情，于团长到场，军车开来了，二十位挎盒子炮的卫队也来了，码头一走一站，可都是李大秤的威风。嘿，大小生意人，最怕穿军装的，最怕盒子炮走火。有军方背景，谁还敢三河地界耍横？秀才遇见兵，有理说不清，岂止秀才，那洋行经理、政府有头脸的，也怕兵痞犯浑，惹急他们，暗算打蒙你，装进麻袋，抬手扔海河啦。警察法院，见兵痞的案子，一推六二五，法院见到状告军人谁谁，干脆推辞不受理。军阀混战，今天新到一个师，明天开走一个团，招惹到兵痞们，临开拔之前，先给你一枪，到时候你找谁去。

为了让津门武林高看他一眼，李大秤特意请来武林名家薛九三，虽然老先生六十五岁了，可北京举行体育大会，在开幕式上，一定有老先生的武术表演。薛九三年轻时中过武举，弟子遍布河北东北。津门武当练家，大都敬薛九三为师爷、师叔，请先生来不仅显示自己交际广，更为了能镇住比武局面。

所请的第三位，既不是武林中人，也不是军界政府官员，而是一位秀才，玩儿笔墨的新朋友，《金河晚报》主笔杨飞鸿。李大秤思维新潮，也爱装斯文，扮高雅，看重河边的舆论，当然也在乎自己在商界的名声，他需要有人在关键时刻，为自己吹捧一番。他可不想窝在小码头一辈子，他也想占大地界，盖大高楼，有大商号，干大买卖。而这杨飞鸿，消息灵通，鬼点子多，结交这样的人，日后必有大用场。

早在一个月前，李大秤在小洋楼请杨飞鸿喝茶，两人密谋一件大事，即在码头设擂台。擂台便是赌局，热热闹闹，引诱四邻码头老板，前来赌一把。赌资当然可以是大洋、金条，可以是河边库房，甚至河边码头。之所以设这个赌局，就是沿河三十多个码头大掌柜，其中十几位嗜赌成性，反正他们钱来得也容易，一时间出去多少，也不在乎，他们在乎被人看重，在乎赌得痛快。

李大秤当然也爱赌，在旁人看来，他没有赌博天分，他玩麻将、纸牌，输的时候多，赢的时候少。别人赌输了，往往脸色阴沉，说话没好气儿，甚至急眼翻呲。在李大秤身上，没这毛病。他赌输了，照样说笑，就像没输一样。所以码头大掌柜都这样评价他：河边的李大秤，算计小气；赌桌上的李大秤，豪爽大度，赌德没人可比。

其实，没人看透李大秤，只有杨飞鸿品出：李大秤之"赌"，自有其妙。

李大秤沾赌即输，你要看清，都是小赌，输，为了结交人，是迷惑人。他输给最多的，是警察局夏副局长，工部局王买办，海河最大的洋行泰来李经理，还有邢参谋长，包括敢为他立场子的于团长。他输了小钱，却赢得大人情，他到哪个衙门口办事，他都有熟人，都给他面子，更有人为他跑前跑后。别人赌钱，人情薄了；他赌输，人际关系变亲密了。

李大秤占据大码头，在河边天天搂钱，难免要得罪人，难免和船老大嚼口舌，难免要和江湖各色人磕磕碰碰，要厮打抄家伙，包括玩儿命流血，也是难免的事。有个小摩擦，自己码头一帮人就摆平了。稍微有难处，喂饱的军警队伍会呼啦啦地开来。

码头大掌柜，霸占一方，同行争抢生意，扩充地盘，没有官府支持你没底气，没有军方后台你就胆小，没有警察朋友你麻烦就多。包括地痞流氓小混混儿，跟他们讲不出理来，除了按时给些散碎银子，必要时，就得让有更不讲理的大头兵对付他们，因为那个爱走火的盒子炮，几乎人见人怕。

河边做的是买卖，还是讲和气生财。财在哪里？在租界工部局大小官员手里，你塞给他一根金条，他有办法多盖几个章，之后让你挣十根、二十根金条。在洋行门口，多巴结一位洋人，多结识一位买办，嘻嘻哈哈，挣个盆满钵满。

只因杨主笔善于剖析人，李大秤要做什么，他最"门清"。

李大秤放下身段，和小报主笔密谈秘事。杨主笔牌位不大，名声不小，怎么说也算名流，以他对码头掌柜的熟悉程度，游走各个码头，别人不会猜疑。码头设赌，舆论环境，均无障碍。杨飞鸿出面联络，穿针引线，再合适不过。

杨飞鸿为何愿意参合这种事，人家一赌输赢，与他何干？干系大着呢！可以说杨飞鸿就指这个"活着"。

《金河晚报》，是海河最大的泰来洋行出资办的。泰来洋行总经理李玺存，早年留学英国，在法国报馆当过记者，他熟悉东西方文化生活习俗，头脑灵活又有商业眼光胆识，他最早租赁货轮，海上频频往返，暴发洋财。李玺存是津门最早把丝绸、瓷器、玉器、茶叶运达英法的，也是最早把英法马车、自行车，以及西洋服装鞋帽香水引进天津的，包括走私的鸦片和手枪。

凭着他在英法的生活经历，使他在英法工部局内有十几位密友，他们一起嫖赌，一起跳舞喝咖啡，一起出资操纵股票跌涨，他们是一个商业利益小集团。可以说，李玺存吃冰激凌肚子疼了，英法工部局的密友马上跑肚拉稀，关系就到这个程度。

办报纸，是李玺存喜欢看津门新闻，是方便把自己的商业广告及时发布出去，当然也和他早年当过几天记者有关。

而杨飞鸿的父亲，就是李玺存当年一起去英国的同学，只可惜这个同学的命不好，刚到英国一年就患伤寒，突然去世。通知家属，国内战乱，书信来回很慢，几位同学帮助把杨飞鸿的父亲葬在异国他乡。李玺存在天津生意做得最红火时，才知死去的同学有个儿子杨飞鸿，就在天津洋行当跑街。所谓跑街，就是为人家生意跑货源、跑单据、跑手续盖章等杂事。

李玺存有心帮助杨飞鸿，就让他在洋行当了习账，后来看他文笔很好，又喜欢诗文，办报时就让他当了新闻主笔。可渐渐地接到属下报告，说杨飞鸿在外面说自己是泰来洋行李玺存的侄子，并借着泰来洋行的大名，买空卖空，许愿骗钱，下属拿着确凿证据让他看。李玺存生气了，决定辞退他。可杨飞鸿在他面前又是哭泣又是忏悔，李玺存念旧，心一软又留下他。

而杨飞鸿就是利用报馆主笔的身份穿梭码头商号之间，凭着泰来洋行总经理的特殊关系，结识各路头面人物，他利用手里的人脉资源，为商家牵线搭桥，挣商品差价钱，捞信息中介费，坑绷拐骗，几乎什么来钱快，他都敢干。为何他这么拼命挣钱？他和一个俄罗斯舞女娜莎住在一起，这没什么可说，那年月他是单身，姘居无人过问。麻烦的是，二人沾染恶好，都抽白面。

娜莎抽了白面，舞场蹁跹满场飞，不抽就发呆犯困流鼻涕；杨飞鸿抽了白面，写稿子通宵达旦，不抽浑身酸软脑袋发木，半天写不出两行字。所以只有大把地挣钱，才可以满足他俩日常所需，这当然不能告诉旁人，否则他立马被人踢出报馆。而一旦没有报馆这棵摇钱树，他和娜莎关系也断，他只能去街头要饭。

杨主笔天天为钱发愁，李大秤找到他，他哪能不抱住这棵摇钱树，一笔大生意来了，他哪能不精神抖擞？在他看来，码头比武赌博，别人是有输有赢，而他，就一个赢字。只要挣钱，唬谁不是唬，骗谁不是骗！

杨飞鸿那是真忙，跑码头是挣小钱，北京有一笔"白面"大买卖。昨天到北京，一大早他又赶回天津报馆。一进报馆，门房管收发的刘老头对他说：青岛来的一位掌柜，特意要见你，请你上午务必在报馆等着。

像这类要他采访，要他等人的事多去了，什么青岛掌柜，他根本没放在心上。可就在上午十点多，他在报馆正写一篇政论。有人敲响他的房门。开门一看，两个精壮青年，不认识，他刚要关门，青年挤进门里，低声说：这是我们掌柜给您的见面礼，说着将一块金壳怀表递过去。

杨飞鸿识货，那是英国伍德怀表。

杨飞鸿看着怀表问：你们是哪儿的？

青年低语：青岛来的，我们焦掌柜求见。

既然来了，那就见见。

焦掌柜从门外进来，走路一瘸一拐，只见他身体精瘦，脸色黧黑，络腮胡子，茬儿很粗很硬。这哪像生意人，倒像山里的胡子土匪。焦掌柜冲杨飞鸿一抱拳：幸会幸会，咱有生意要谈啊。

杨飞鸿感觉好笑，一边还站着两位笔挺的年轻人，不用问，这站姿不像生意人，那掌柜不是兵痞就是土匪。既然进屋了，他不便冷落客人，便把客人引进自己的书房。他的书房，就是两间小屋，也算讲究，红木书案、书柜，还有一个古琴台。这里很清静，是他写稿子喝茶休息的地方，与人谈生意谈私密之事也到这里。

焦掌柜和杨飞鸿一聊，杨飞鸿乐啦：买卖直接送上门来了。

这买卖不是货物，而是比武，而且和李大秤有关。焦掌柜派出人来，专找李大秤的人，一决高下。

杨飞鸿当时心里乐开花，可脸上不动声色，架子依旧端着：这个嘛，要牵线、搭桥，要反复去游说，人家不一定听咱的啊！

他话里话外似有为难之意。可当焦掌柜把两根金条摆在他面前，并轻声道：杨先生，只要您促成比武之事，这便是定金，事成，还有两根奉上。

你说，一件比武破事，杨飞鸿竟可得四根条子，这就是天上掉馅饼。

杨飞鸿能不乐开花吗！可他强忍住笑，施展采访功力，一边叙谈码头琐事，一边了解焦掌柜的身世。

不知何时两位年轻人已出去，可再进书房时，手里拎着两瓶直沽高粱酒，竹篮筐里装着热乎乎的酒菜。无疑这是刚从饭庄买的。杨飞鸿招呼两位年轻人一起吃，二人摆摆手出去。焦掌柜拉杨飞鸿在桌前，开怀畅饮。几杯酒下肚，杨飞鸿的采访渐入佳境，焦掌柜话语滔滔，把杨飞鸿思绪带入故事情境之中。

<h1 style="text-align:center">（七）</h1>

这段时间，李大秤是兴奋的，设立比武赌局，一切安排顺风顺水，看到杨飞鸿每日穿梭各个码头之间，只要码头掌柜的参加，他就擎等着拿金条了。

在他看来，这次比武，实质就是自家比试，也是一次练手。有了这次，下次办起来就有章程，心里也更有谱儿。两边对垒，他分别跟两边说话，话当然不一样，可作用就一个：真打！

面对三位亲信，李大秤是要让他们知道天高地厚，知道手里的饭碗随时会摔碎。他对三人讲：你们的对手，就在河边，没人能赢他。当然，河边也有水货，他不是。这回好，你们硬碰硬一回。

贴身保镖鬼三接话茬儿：养兵千日，用兵一时，您瞧好吧！

库房监守瘦刘，知道掌柜的对武术只限于喜好，他根本不懂，一个臭苦力，有把子力气，掌柜召集比武，是故弄玄虚。他冷冷一笑道：掌柜的，我们出手重了，打坏他，您不怪罪吧？

不怪，不怪！还奖励！李大秤正色道。

那好，到时候您看吧。瘦刘头一点，透着狠劲儿。

护院的大梁不轻敌，说话也慎重，只说：比武，我一定尽心尽力。

李大秤见三人情绪好，轻松笑道：甭管怎么说，敢在码头比武，输赢都风光。赢了，有赏；输的，也别尿裤子，还得像个爷们儿!

三人听这话,想笑,咧咧嘴,没笑出来。他们听得明白,输了不仅自己跌面子,也难免被人笑谈。所以不用掌柜督促,三人背后埋头练功,还都不是傻练,想方设法打听对手的套路,有什么绝活儿。一连几日,他们闭门琢磨比武细节,都不敢疏忽。

李大秤私下对兰有成也有交代,话也是丁是丁、卯是卯:伙计,你可听着,你要是赢了这三位,风光了,有钱有地位,在码头当个主事。可要是输了,对不起,还去扛麻袋……

兰有成看着李大秤,面无表情,只轻声道:我听说了,三位都是高手,不过,我也不差。掌柜的,您抬举我,我不会让您失望。

李大秤心说:你自己鼓劲儿,你说不差?打趴下,你就知道疼了。

也许,会有意外?这念头在脑际一闪,李大秤马上摇头。

这天黄昏时分,晚霞将河水镀上一层金色。忙碌喧闹的河道出现短暂的空旷和安静,紧靠码头的船只也似奔波很久的怪兽,此时疲惫,开始凝定酣睡。只有岸边的叫卖声,此起彼伏,和饭庄摊床散发的炊烟香醇融合一起,让人感觉到,码头不仅有苦涩、疲惫和叹息,还有菜香酒暖、围坐的舒心、悠长的笑声。

李大秤陪着客人,从蓬莱仙饭庄走出来,随从早给主客备好了洋车,而客人执意不坐。酒足饭饱,他们觉得河边溜达很滋润。李大秤陪客人说笑着,不时问这个说那个,不冷落客人。这些日子他没少筹划,请来三位主角,即河东16团团长于卜光,北京武当高手薛九三,《金河晚报》主笔杨飞鸿,当然还有四五位配角,都是指着他码头吃饭的船老大、店铺掌柜,这些人不必他操心,只会看他脸色行事。

那天的比武擂台,不是高台,是方圆六十平方米的胶泥黄土练武场。练武场一端,搭了席棚,席棚里摆了五张八仙桌,重要客人都在那里坐。席棚子外,有长木板钉的矮凳,一排排转圈摆开。时间还早,可木板上已经坐满人。

军乐队当然来了,一字排开,十分抢眼。包括各个路口,都有大兵持枪站岗,那叫威风。有闲人问:码头比武,这样大花销!

另一位闲人告诉他:哎,羊毛出在羊身上,这笔开销,到时候,有人出。

老闲人一摆手:看热闹,别操心。

在李大秤请到的客人中,武当高手薛九三最为显赫,码头上的人大多认识他,这天他的徒子徒孙也纷纷到场,他在八仙桌那儿落座,就不断有人过来鞠躬请安,看得出人们对他的敬重。薛九三久在江湖,对过来说话的人,不管认识与否,都欠欠身,回敬微笑。

于团长往那儿一坐,那大壳帽,帽徽肩牌,亮光闪闪,惹人畏惧。李大秤知道于团长爱古玉,特意安排瘦小的管家陪他,此时管家正拿着一枚汉代玉蝉,和于团长探讨雕刻刀工。

倒是杨飞鸿今天低调,只穿一件灰长衫,掩在别人身后,有人认识和他打招呼,他只轻轻颔首。他知道今天要发生一些事,甚至哪儿是高潮,他都知道大概。可他要装成不知道,要骗过李大秤，也要骗过焦海山，更要骗过许多偷偷窥视他的眼睛。他当然不怕发生什么事，也正是有发生些事，他才能赚钱。不过他今天的任务不是采写，而是演好表情戏。是装傻,是惊愕,是不解,是无奈,戏演好了,他不仅安全,而且财源滚滚。他知道，李大秤的人遍布各个角落,他不该笑的,笑了,不该他认识的人,认识了,都将后患无穷。所以他坐在一边，低头摆弄那块英国怀表。

军乐队演奏开始，人们很享受这西洋玩意儿,比唢呐热闹,比锣鼓更气派,嘀嘀嗒嗒,人们跟着摇头晃脑。军乐声终于停了。码头小主事匆匆跑近李大秤跟前，附耳在说什么，递给李大秤一张名帖。李大秤看名帖，明显一愣。歪头沉思一下，马上和于团长低声说着什么，只见于团长马上起身，李大秤马上吩咐小主事：快，去请!

小主事一点头，随之招呼人，小跑着奔码头入口处。

李大秤和于团长前去迎接，小主事那么慌张，很显然，有大人物到场了。果然，在码头入口处，一位精瘦军官挺着胸脯站在那儿，只见他戴着白手套，头上大壳帽，络腮重胡须，也是肩牌闪闪，和别的军人不同的是，腰间有锃亮的小手枪和油亮牛皮枪套,他身后是两位精壮高大的军人,二人斜挎着驳壳枪。

谁来了?

焦海山。此时不是焦掌柜，而是焦团长。

听小主事说，又有军官客人来，还说没见过，不认识。李大秤纳闷，谁呀? 不会是找麻烦的? 李大秤见过世面，看名帖军衔团长，他哪能不接待，哪怕来得不是时候。让他稍微宽心的是，于团长说此人他认识。这就好办了，有个不通畅的地方，于团长定能疏通。

李大秤一见那精瘦的军官，马上近前一抱拳，赔着笑脸，恭敬道：焦团长，久仰、久仰！

于团长不由分说挤过去，一把抱住焦团长，高声道：焦胡子，咱奉天一别，多少年啦，你啥时到的天津？

来一段时间了，我跟你不一样，我混不下去，才落脚这里。

于团长对李大秤说：我们哥俩儿，是死人堆里爬出来的。

好，咱们进去聊。二人拉着手，往码头里面走，细心人会看出，这个焦团长，腿脚不大利索。

李大秤看着焦团长眼熟，可一时想不起来，他凑近了问：焦团长何时到的天津，队伍驻扎哪里？

焦海山哪会让李大秤糊涂着，他讥讽道：咱们熟啊，您一抬手，把我送大狱里，一关半个月，我这腿，就是在里面被打折的！

焦海山故意抬抬右腿，那伤残的腿，一直没彻底痊愈，每天夜里都疼。

焦海山故意大笑着：李掌柜，你是贵人多忘事啊，你能不认识，我就是买下洋楼的焦掌柜、焦海山啊！

焦海山，焦团长？那洋楼，找人，送他进大狱，打断他的腿，哎呀，不好……

李大秤暗暗叫苦，明显人家是找麻烦来了。冤家，我把人得罪得苦，怎么这么不长眼？

李大秤脑子飞快转动，他经历各种突变之事，可迎头碰上

惹不起的冤家，还是头一遭。他知道，今天必须认栽，赔笑脸，
赔小话，必要时，宁愿赔银子。

李大秤甚至想到宴请焦团长，于团长作陪，自己赔礼道歉，
破财免灾，最终两位团长成朋友。对！比武之后就办这件事，
不能耽搁。看今天的架势，是来者不善。

果然，就在焦海山刚坐定，那焦黑络腮胡子脸开始发难：
李大掌柜，我听说你喜欢玩儿个输赢，这喜好，和我一样啊！
今天我就想和李大掌柜玩一把，你，不驳我的面子吧？

焦黑大脸直直冲着李大秤，李大秤没接话，只呵呵笑。

于团长感觉气氛不对，便说合拢话，消减针锋相对的气氛，
他说：哥几个愿意玩儿，哪天到我家，咱玩麻将，一通宵的。

焦海山轻松笑道：那是下次，今天不是几位练家比武吗，
我和李大掌柜，就赌一把比武！

赌比武？怎么赌？许多人心里画弧。

李大秤明白，焦海山这是有备而来,李大秤绝不受这窝囊气,
既然事情来了,怕也不行,看他葫芦里能卖什么药！我就不信了,
在我的地盘，他能翻天！

李大秤笑呵呵道：好哇，焦团长想怎么玩儿，我是恭敬不
如从命啊。

听说你们这有个伙计，功夫不错，焦海山一指前排木板上
坐着的兰有成。又说：我今天就把宝，押在他身上。

怎么，玩儿押宝，还压在这新冒出来的练家身上。

这犹如跑马场上，下手选对精良跑马，就多了得胜的机会。

哦，是这样。李大秤脑子飞快运转：显然焦海山早有预谋，

甚至和兰有成是一道。

众人都看兰有成，之后目光都集中在李大秤的脸上。

这事来得突然，见过大世面的李大秤很镇定，他脸上挂着笑，就好像有人拿着纸牌找他玩儿，他轻松接牌，爽快道：行啊，怎么玩儿，有吗规矩？

焦海山知道李大秤豪横惯了，此时谁来挑战，他都不能退缩，海河两岸，他谁都不惧。

李大秤不怕输，真输了，也算是另一种形式的赔礼，江湖上，也高看他李大秤一眼；如果赢了，对不起，就是我李大秤继续教训前来滋事之人。

规矩就是这个。

焦海山从随从手中接过军用挎包，从中一抽，是十根金条，齐刷刷摆在桌上。

怎么，玩儿大"黄鱼"？

李大秤明白了，这不是赌比武，这是赌气来的。你焦海山是来砸"场子"，要栽我"面子"。赔礼道歉，可以！哪怕是当着于团长、薛九三、杨飞鸿的面，可你玩儿这个，我李大秤，不惧，咱就玩儿，不定谁死！

好吧。既然焦团长有兴致，我就陪您玩一回！正好，几位老哥可以作证监督。既然你把筹码放在桌上，我也如此这般。他一扭身，对瘦小的管家说：你去，拿二十根金条。

你拿十根，我拿二十根放哪儿，这就是李大秤。

可焦海山一伸手拦住：李大掌柜，你该把那法国洋楼押上，这对你我，才显公平。

这话说得轻松，可李大秤感觉，刀光闪闪，一片杀机。

也许只有他们二人知道彼此的过节：那座洋楼，那挤兑人的买卖，那胡同深处的一顿暴打，那苦寒的大狱，那断腿的惨叫……二人都明白，这是因果报应。李大秤知道，不答应都不行。

李大秤对管家耳语，很快，小洋楼的地契房契全都拿来，和那十根金条摆在一起。人们在掂量筹码，四周鸦雀无声。这么赌，没见过，不敢瞎议论，甚至不敢窃窃私语。

于团长见此情景，不再说话。也许人家之间没什么事，你煞有介事一劝解，便容易把芝麻劝成西瓜。他知道二人有"过节"。他们不说，自己也不能问，都讲面子，赌一把，玩儿一把，化干戈为玉帛，也不错。这么想着，他谁也不看，闷头喝茶。

至于杨飞鸿，内心偷着乐。这是他剧本里一定要出现的情节戏，只是提前了。本来兰有成的真正比武，是和三人比武之后。是由焦海山在某一天，领着兰有成，大摇大摆地来码头叫阵，逼迫李大秤一赌输赢。谁知这焦海山，等不及了，也许是担心兰有成受伤，或遭人暗算，他故意提前。不过私底下，焦海山对杨飞鸿说得好：提前不提前，和你没关系，你那份酬劳，我照给。

一月前，杨飞鸿和李大秤喝茶。杨飞鸿收了李大秤的钱，当然也得为李家使劲儿，和李大秤闲聊，知道他有兰有成这张牌，说话也恭维：我看这个兰有成，功夫了得，各家码头，没对手。

可自从知道，焦海山要使唤兰有成这张牌，甚至知道兰有成就是焦海山的人，杨飞鸿吃着"两头"，可话得早点儿递过去，他对李大秤说：兰有成功夫再好，他也是肉身子，不是铁打钢铸的，他也流汗，也知道累。那一炉子烟煤烧下去，煤烧光了，肯定灭火。

言外之意，拿到兰有成这张牌不重要，重要的是手里有更好的牌，定能打败他。

这话，让李大秤眉头一开，眼睛一亮。杨飞鸿知道，这话说到李大秤心里去了。

赌场、比武场上的规矩似乎都可参照，李大秤就坚持一点，也是他狠毒苛刻的一点。他说：焦团长，你想好了，既然比武之事，由你提出来的，论条件，得由我先说，我这边可是三位，谁打败你兰有成，你便是输；而你的兰有成，必须连续打败我三位，才算赢！这，不过分吧？

公平，不过分！

就照你说的，咱写在纸上。

早有人拟好比武文书，二人签字画押。

焦海山也曾想，如果李大秤不同意给他兰有成，那他如何和他赌？

焦海山想到这一点，他和兰有成也反复商议多次，李大秤接受第一方案最好，不接受，兰有成和三人比武就必须有所保留，当然也拿出死缠烂打的架势，可最终平手，或者勉强赢一个人。当然不能输，输了也就没人关注兰有成，更没有后面的比武。

这一切闲人当然看不到的，众人坐了一个时辰了。人们抻长脖子，有性急的，站起身还四下乱问：怎么还不开始比呀，再不比，我就上去啦！

猴爬杆，你可以上去。

这里，你上去，就是个死！

众人嗤嗤一笑。好了，比武开始了。

（八）

那时，人们晚间的娱乐活动，就是看戏听相声，租界有钱人，可去弹子房和舞厅，没钱的人只能在河边闲逛。三河码头有比武的事，几天前人们知道了，都掰着手指头惦记着。这天是比武的日子，晚饭之后，什么苦力工头船夫老大散客闲人都涌满三河码头。老少爷们尚武，喜欢这真拼真打。此时比武场内圈外圈，人挨人，人挤人，高处高台也站满看客。上千人在说话，几十位连说带比画，武林博大精深，闲人见多识广，都有话说，都在嗡嗡，不知说了什么，比武没开始，乱哄哄的气氛，比乡间唱大戏闹庙会还热闹。

清脆的锣声喤地响了。比武场静下来，主持比武的人站出来说话，说什么，不知道，也不用观众知道那么多，比武的规矩，说给有头有脑的人，说给上场比武人的，观众可不管这些，观众喜欢热闹，打得激烈头破血流才好看呢。

来了，最先出现的，是李大秤看家护院大梁。大梁姓梁，这大梁名字太响，以致没人问及大梁的全名，包括大梁自己也认为，大梁比全称名字更有分量。

大梁，山东人，长得人高马大。几年前李大秤在招募他时，就是看中他老实厚道，测试他武功时，他一人竟力敌三人。最有意思的是，大梁这名字吉利，家里有这么个大梁顶着，什么事也塌不了。所以李大秤把整个家族房产仓库地下室，以及车辆资产由他看管。大梁每天除了练武，大多时间就在家门前巡视，多年家里没有失盗。李大秤也曾想把大梁派往码头，可看到城里这家被偷，那家被盗，打消这个念头。三河码头上下人都有个共识，那就是大梁功夫了得。

比武之前，李大秤特意对大梁低声交代：甭客气，下死手，打出他的原形。之后又叮嘱一句：这也是高手，小心。

码头苦力们平日见不到大梁，大名早有耳闻，此时一见，果然一条汉子。大梁四十多岁，大眼睛，重眉毛，络腮胡子，铁塔一样，比武场一亮相，顿时有人喝彩。

再看和大梁并排而站的兰有成，连连摇头。兰有成身形不很高，头发不长，脑袋显大。往那儿一站，普通得像一个大麻包。分明就是一个扛麻袋的苦力。不过兰有成穿戴还算整齐，黑裤子，什锦白粗布上衣，腰间扎起黑宽腰带，足登大靸鞋。但人们还是怀疑，他是不是花钱雇来陪衬的。

可一些人认识兰有成，信口道出兰有成显赫"战绩"，许多人不得不擦擦眼睛，重新审视兰有成。说也怪，再看兰有成忽然高大起来，也威武许多。兰有成腰身不粗，但滚圆，他的脖颈不短，树桩一般壮挺。再仔细看，兰有成肩膀宽阔，腿脚轻盈。终于看出他的与众不同了，是大不同，那就是兰有成腰细腿壮，有一双奇大的手，没错，说手大，不如说手厚，说手厚，不如说攥拳赛铁锤。

兰有成习武这么多年，他练得不是一门一家，一宗一派，而是南拳北腿，鹰爪地躺，八卦武当，太极密宗，他都钻研精髓，从拳理，到实践，拆开揉碎，为我所用，融会千家，练就一身收放自如、刚柔并进的随意功夫。所以在宁夏和甘肃，许多掌门大佬看他功架拳脚，一时说不出拳脚招数和来历。憋了很久也道不出。说不出，在武林不是好事，往捧里说，是自悟功法；往贬了说，就是瞎练。兰有成多次被武术名家直接骂为：四不像，瞎练！

你可以说兰有成的功夫是瞎练，也可以骂他的拳脚是狗屁，可你打不过他，敌不住他的拳脚，多少骂声响亮者，都被他打得东倒西歪，包括下结论的武术大佬，一交手便知自己差距，知道自己根本抵挡不住。

由臭骂到不服，由诋毁到无可奈何。那些大骂兰有成的大佬，终于知道：你骂他是土坡，不是高山，可你就爬不过去，最终大佬倒在土坡上，只能气呼呼地仰视兰有成。

而功力日日精深的兰有成，仍谦虚好学，带上见面礼品，探访武术名家，虚心求教。名家一聊一问，便知道兰有成的功夫境界，再聊便深入，再相处，便恨相见太晚，都拿出真功夫切磋，教学相长，十几年下来，兰有成研习各种功法，写下十几册心得；所得秘籍，一一实践演练，武功视野愈加开阔。

兰有成为兄长来到津门，不是逞一时之勇，他格外看中这里的武林门派，体味这里各色功夫奥妙。功法是在实打中精进，兰有成在狄家山庄有句名言：武术，不是练出来的，是厮打出来的。在打的过程中，贯通你所有体能、学识、技法、门径……

锣声再次猛响。比武开始。

大梁亮相，只展示一个小架，和兰有成一照面就开打。似乎路数都熟，彼此动作越打越快，几乎拳脚翻飞，啪啪作响，看得出，是棋逢对手。叫喊声由强减弱，可二人劲头儿未减，动作的连贯性依旧，啪啪地响声更加连贯。冲拳，拦截，蹬腹，闪躲，贴身靠打，闪躲迎击，二人打得那叫紧凑，几乎身体贴近，寸劲寸打，没有真功夫，不敢靠近搏击。没有十年八年的功夫，也贴不住，拳打不出，腿更抬不起。

观众看得透不过气来，许多人嘶喊如野鬼。那闲人平日闲云野鹤，此时额头汗水晶莹，面目也开始狰狞。那些会几套拳脚，那些自感到属于小练家之辈，手脚跟着场上动作节奏簌簌乱动，浑身肌肉跟之战栗。他们知道，这种比武多年难得一见。

李大秤看着，嘴巴大张，连说：过瘾啊、过瘾！

他这么说也在给自己助威，因为他看到，大梁处处主动出击，处处都是先手，打得兰有成只能防备。

这就是外行人的看法。武当高手薛九三没这种浅见，他认为兰有成闲庭信步，成竹在心，轻巧接招儿，顺势遮挡，似在热身，活动筋骨。

比武场上二人都没漏洞，都是攻防结合，稳扎稳打，这样打下去，几乎看不出胜负。但又过一个时辰，也是二人休息片刻后，再次开始时，场外的武林高手渐渐看出其中玄机。兰有成仍是"接应"大梁的进攻，仍是步步化解，但他多了一个顺势反击，而且出手都是直取要害，但"取"得不狠，只点到为止。

显然兰有成不想马上赢，或者是不想让对方难堪。可随着时间的推移，那啪啪作响声依然不断，当兰有成出手力度加大时，大梁的喘息也随之加重。这是体力消耗过大的症候，氧气不够用了。明眼人看出来，大梁的胳膊腿开始发沉僵硬。

再看兰有成，呼吸无声依旧，脸色红润依旧，动作连贯依旧，必定是壮年，加之长年累月的摔打，体能无人可比。就在这时，连连退却的大梁忽然发力，那是竭尽全身之力，或者是拼尽一搏，他给兰有成使用一个罗汉锁喉，拦腰抱住兰有成，而上手不是箍住腰，而是直取咽喉。如果得手，兰有成必定喉骨破碎，因呼吸困难很可能毙命。大梁的动作全部做出来，几乎没有破解机会，可是就在大梁锁喉时，大梁的手，遭到兰有成的下巴一个有力"弹拨"，此乃"岩打雕翎"。抖动脖颈之力，发力在下巴一个点上，足可伤其手骨。

也就是这一弹拨，大梁不仅没锁住兰有成咽喉，他手背陡然被击中，手禁不住高扬，身子也随之后退。兰有成不再等待，而是一个披挂缠打，大梁再退，一只脚早被兰有成右脚死死勾住，顺势斜撩，大梁的身子离地，被高远抛出，摔出场外……

这、这是第一局，兰、兰有成胜！

有人站出来宣布。没人听他的，都看着大梁是否受伤。还好，大梁看似摔得很重，但没受伤，被人搀扶着下去。

李掌柜脸色阴沉，他看到客人在咬耳朵，他顾忌客人，强挤出笑，大度地说：很精彩，很精彩，高手之间，相差也就那么一拳一脚啊。兰有成，你是不是先歇会儿，再和别人比试。

李大秤故意这么说，显示他的公允，也显示他早料到这样。不过他安慰自己：我还有两位，更厉害。

比吧，我不累。

兰有成冲席棚里的客人笑笑，他看到焦海山不住地点头，那是赞许并给他打气：好啊，有你的。他还看到武当高手薛九三在和焦海山轻声说着什么，显然他们在交换观感。

敏感的李大秤感觉到薛九三在说什么，他感到不妙，可他不服，他知道不能停下来，停下来等于给对手喘息之机，他大声催促：接着来呀！

随之，锣声清脆响起。

（九）

这时，库房瘦刘从席棚子一侧闪出，他一直观看，看得他热血沸腾。他一旁抻胳膊动腿，一直没闲着。听人说了，码头来个厉害的主儿，今天一看，也算是个练家子。他为大梁惋惜，岁数不饶人啊，过气了，一身松肉，哪有当年的威风。这位被掌柜高看一眼的大哥，这个一人打仨的壮士大梁，不过如此。看来传说都不可信。大梁输了，瞧我的，打他死穴。

库房瘦刘，是南拳昆仑派北京名师带出来的，因出手重，和人交手几次，每次都伤人，不是打坏眉骨鼻骨，就是打折几根肋条，他平日话不多，也不张扬，可码头没人敢惹。此时他根本没瞧得上兰有成，他认为兰有成内功不行，拳脚不重，飘忽花哨。几次打中大梁，都没打痛，起码没看出大梁难受。

瘦刘哪知道，兰有成打得收敛，还误认为内功不行，明显是傲慢轻敌。瘦刘人没上场，就有误判，大势上已输一成。

几天前就有人告诉兰有成，说三河码头拳脚最狠的是瘦刘，依仗内功，不论街头斗殴，还是武术切磋，凡和他交手，必施毒招儿，致人伤残。

兰有成叮嘱自己，小心出手，防守反击。

兰有成和瘦刘交手。二人都不急于进攻。

瘦刘当然不急于进攻，他体力充沛，兰有成已经打了一场，体力消耗不少，再耗耗他，自己岂不更占便宜。瘦刘竟故意和兰有成绕了十多个来回，只见兰有成两次试探出手，也没见瘦刘施展他的招数。

兰有成很镇定，瘦刘不出手他不着急，只是席棚里的人在议论，声音很大，显然在嘲笑他不敢出手。兰有成不理睬，他在等，等瘦刘发急。

果然，瘦刘觉得耗得差不多了，突发一掌，直戳兰有成面门眼窝，兰有成早有提防，仰身闪躲时，随即猜出对方会用连环脚，他一个鹞子翻身破解。可这时，瘦刘的绝技"双拳灌耳"忽地打来。此招儿，就是双拳左右同时攻击，接着会膝盖撞击肚腹，侧肘下砸肋骨，许多人难敌他的高速变幻的招数，往往就在此时被击中击伤。此招法为瘦刘秘密私藏，不轻易使用，而一旦使用，许多高手难以招架。

可是这回，瘦刘遇到的是兰有成，似乎兰有成早就料到，绝招儿忽然不绝。当瘦刘的双拳灌耳猛地打来，兰有成根本不躲，而是展开双斜肘招架，招架同时，早高抬左腿，四臂磕在一起的瞬间，兰有成的左脚已经发力，随着"嗨"的一声，瘦刘已被重力蹬出四五米，一阵趔趄，才站在场边。这一击脚，没给瘦刘肉体多少伤害，但给他心里投下巨大阴影，他开始疑惑：

自己出快招儿，对方迎击更快，而且是攻防为一体，擎打转瞬间，果然厉害！今儿遇见难缠的，心有这念头，大势上又输一成。

接下来，兰有成已经把瘦刘功法琢磨透了。瘦刘天生敏捷，手脚奇快，所有招数，都在快中实施。击技格斗，快，不仅可迅疾打击对手，更可以全面压制。瘦刘所施展的快，可瞬间产生有力度的杀伤。当然，快也有先天不足，那往往力度不能深邃，击打没有穿透力。在看穿瘦刘之后，兰有成便无所顾忌，他对瘦刘的策略是：以快制快，快中加力，加入深邃力的打击。

真正的高手对决，是目光来往逼射，不再有嘈杂声响，而是静止为两条长蛇，忽远忽近，蜿蜒撕咬，缠绕绞杀；犹如两只猎豹，咆哮山林，颠扑翻滚，利刃割扯；更像两根枯木，风中战栗，剧烈撞击，相互摧毁；也许都不是，就是两块石头，施展碾压本领，看谁能把对方死死压住……

人们忘记了呼喊，张开的大嘴迟迟合不上。内心似乎也有两个小人，正站在心尖顶端，厮打，厮打，心在簌簌抖动，抖得发疼。

瘦刘的拳脚飞快，遇到了电光石火。

当两股旋风同时刮起时，力量往往比速度更难敌。今天瘦刘遇到速度对手，遇到置于死地的力量。在他们同时出拳，在拳拳撞击时，瘦刘的拳，会被兰有成的拳震荡得发麻虚弱。这种震荡之力，是后天练就，更是先天提供，在技艺相当、速度相当时的决绝，一寸之力，可决定山之崩塌、地之倾覆。

瘦刘反复领教兰有成的力度，他知道自己无法抗衡，便用快速闪躲消耗那种力。有时消耗对方也是一种进攻。然而兰有成只用七分力，看似搏杀，但他的体力消耗不多，与其说消耗，不如说是一种缓冲，不如说是等待和寻找，等待力量的积蓄，寻找致命一击。

就在瘦刘一再避开力量对决时，无形交出他的一大空当，虽然动作飞快，在武功精湛人的眼里，这个空当，就是自己拳脚出击路线。于是兰有成知道，该结束了。就在瘦刘一味闪躲，施展他羚羊穿林之术时，兰有成的虎跃平岗果决出击了：面对一只狡兔蹿跳，是兰有成双脚腾空的截杀；面对羚羊忽闪奔突，是兰有成截杀的板拦锤，致命的旋风脚。

人们根本无法看清电光闪烁的细节，看不清瘦刘是怎样被打中或踢中，只见瘦刘在不断躲闪转身时，身子不断趔趄，还没调正身形，一个横扫的肘击已经击中了瘦刘，确切说是击中他腋下的肋骨。这时人们真正看清他身体的轻盈，轻盈得像一个破风筝，飘起一下，便重重栽倒。

打得不轻。快看看！

有人过去推推趴在地上的瘦刘，瘦刘很清醒，他想支撑起来，可没撑住，又摇摇头趴下。

没有往常的呼号声，比武场外一阵噪哗，只有席棚里传出很勉强的稀拉掌声。

这时有人站在场边怒喊：这是比武吗？怎么下死手？！

没人啦？有种的，咱俩来一回，敢不敢！

说话人脸色鳌黑，眼小如豆，眉发高耸，脸部平坦。虽没鼻梁，但鼻孔大开，样子异常凶悍。他就是李大秤的贴身保镖鬼三。

鬼三之所以能当李大秤的贴身保镖，不是他武艺最高，而是他是李大秤的远房侄子。这位侄子，最初就跟李大秤闯码头，打架总冲在前面，说来也怪，多年的真打真砍，别人身上伤痕累累，可他无伤无残，毫发无损。有人说他有福星照应，也有人说他身上有功夫会绝招儿，总能逢凶化吉。包括他轻易不和人交手，可一旦出手没败绩。他会西洋拳、泰拳，会河北快跤。他此时站出来，就是趁兰有成最没气力时，打他措手不及。

面对鬼三的叫嚣，兰有成看着席棚的人不语。

李大秤沉着脸斥责鬼三：你怎么的？人家累了，要比，改日，再比，不合适！

显然，李大秤似在说公允话，但有约在先，不连胜三人，那就不算赢。他今天输了，如果兰有成无力比下去，那也不是完胜。

这档口，兰有成马上高声道：我不累，我奉陪他，今天就是比武的日子，来吧！

李大秤看看左右，客人都不言语，他只好说：接着来、接着来。

有人高喊：比摔跤！对，比试摔跤！

早有人抱来摔跤的褡裢。看似忽然，其实早有安排。没一会儿，二人已穿好褡裢，一个照面再不说话，各自走着跤步，比试又开始了。

兰有成十七岁那年，拜济南跤王佟大车学摔跤。佟大车格外喜欢这个小伙子，筋腿好，力量足，特别是有武功底子，什么绊儿，一学就会，而且动作机敏连贯，苦练一个半月，几位师兄弟都摔不过他。佟大车知道，兰有成天生摔跤的料，腰劲儿十足，灵活如转轴，腿底生根，筋腱拉伸幅度大，早有武功在身，那真是应了老话：武术加跤，越练越高。所以兰有成摔跤技艺非同寻常。此时兰有成人已经疲惫，他可不想耗时间。要快，动绝的，摔疼他。

鬼三知道，兰有成的力量，自己吃喝嫖赌什么都干，练功的时间很少，自己全仗着摔跤几个阴招，如抓对方脖领时拇指戳喉窝，内掏腿踢裆，使唤腰别子肘击肋骨，因为动作快，旁人看不见，这让鬼三得手许多年。

然而要偷袭制胜。距离对手要近些，靠近又怕兰有成出招儿，所以他很犹豫。就在他犹豫稍慢之际，兰有成闪电出击，一个海底捞月，右手竟将鬼三左脚脖抄起，鬼三着急挣脱，随着挣脱的方向，兰有成发力，鬼三整个身形被掀翻，大头朝下的倒栽葱，重重摔下来，之所以重，是在鬼三身形下落时，兰有成又狠狠拽了一把，鬼三摔得骨头如散架，疼得他只会咧嘴。

（十）

没有悬念，也没有纷争，众目睽睽下，焦海山轻松地把桌上的金条和地契房契都装进皮包里。他故意不看李大秤，也没有得意的笑。只迎着八仙桌前的一排目光，说着赌场上赢家常说的话：风水轮流转，今日到我家。李掌柜，要是哪天高兴，咱接着玩儿！

这是赢家必须说的，赢了不再玩，不给输家捞本的机会，就有失"赌德"。可此时李大秤听着，有继续挑战的意味。他当然要接着玩儿，他李大秤可以输，但不能窝囊。他随口把话扔过去：接着玩儿，不光是我这小码头，海河两岸一起玩儿，玩儿大的！不就图这个乐吗！

李大秤说乐时，咧开大嘴做出笑的模样，可心里八代祖宗都骂了。他不会罢手，一个新的念头在他心里翻滚，这念头他不能说，但他知道，再来输赢，不仅仅金条，是赌江湖进退，是赌命。

于团长对焦海山全面的赢不以为然，显然他得到李大秤的好处，对焦海山的突然袭击神情很反感。不过还是要应酬，告别时还要亲热拉手，说哪天开怀畅饮，好好叙谈。于团长知道，焦海山就是西部荒野的飞猛秃鹫，遇到李大秤这样难缠的地头蛇，赢一回也不足为奇，可这么不留情面的赢，接下来就有大戏好看了。李大秤会拼命张罗，津门一帮高手会露面，那时兰有成的死对头，不知会有多少。所以于团长离开码头时，和焦海山说：老兄性子刚烈，带兵打仗你行，经商你不行，既然解甲归田，何必到海河边，趟这股浑水？

这是劝导，也道出焦海山处境不妙。

可焦海山被李大秤欺负，吃尽苦头，此时对这劝导话，他哪听得进去。焦海山当即说：我就这德行，不信邪，欺负到我头上，拼死我也和他干！这浑水，我就要趟！

你呀，还是那个脾气！好啦，老兄用得上我，就别客气。

二人分手道别，彼此都知道，俩人走的是两条道，谁也不会麻烦谁。

河边比武之日，就是杨飞鸿的节日，反正两头钱都到手。比赛一结束，他看李大秤脸色不好，忙转身溜边，想乘人不备走人。可他早被人盯着，他刚要走出码头不远，一个小主事马上追来了：杨先生，我们掌柜请您去喝茶。

改日吧，我手头还有活儿。

您留步，我们掌柜吩咐，一定要我把您请回去，不然，掌柜怪罪我，骂我办事不力！

小主事把怪罪二字咬得很重，分明有所指。这让杨飞鸿不得不跟着小主事去了李大秤的书房。

再见到李大秤，他的脸色不再阴沉，好像刚才那一赌，输的不是他。只见他笑呵呵拉杨飞鸿坐下，递过沏好的盖碗茶。李大秤也不管杨飞鸿怎么想，开口便问：接下来，咱怎么比下去？

还玩儿，还赌？

当然，我能放手吗？

怎么玩儿？谁能打过他，再赌，还是输。

我拿整个武林和他赌，不信赢不了他！

整个武林？

天津七大门派，各选顶尖高手，与他对决，我不信他是孙大圣！他就是孙大圣，我也有二郎神、哮天犬，有如来手掌心！

哼，七大门派，那是给你李大秤家丁护院的吗？杨飞鸿暗想，他把要说出口的话又咽回去，换成这么一句：那帮人，谁能请动？都来，可能吗？

这就看你大主笔的本事啦！

我？杨飞鸿摇头。

可看李大秤信心满满的样儿，他推开茶碗，凑近杨飞鸿耳侧，如此这般一说，杨飞鸿听了许久，开始点头。

原来，李大秤就是要"借刀杀人"，利用兰有成连赢三位高手的消息，让兰有成变为整个武林的"公敌"。

他让杨飞鸿从明天的报纸开始，制造兰有成的系列新闻，不断让兰有成放出"狂话"，让狂话刺激武林大佬，讽刺七大门派，激怒为好。至于怎么用词，你杨飞鸿有的是办法。为了激励一下杨飞鸿，李大秤直接交底：杨兄，杨主笔，只要你激怒七家，让七家和兰有成一决高下。你大功告成。我不亏待你，四根条子，绝不含糊！

杨飞鸿兴奋了，可表面仍装作为难：煽风点火，是咱拿手戏，可您得给我个主心骨，要是出了乱子，您可帮我兜着。

那当然，咱们唱的是一出戏，您没在台上，可您这支笔，是写戏词的，是煽情，是麻辣，是迷魂汤，是火药桶，全看您的啦！

杨飞鸿点点头，有金条诱惑，他笔下当然可以生花。

两天后，一张《金河晚报》，给海河码头热锅里，浇了一瓢油。顿时码头上油烟滚滚，热浪四起。

报纸上出现少见的特大字号标题《津门有个兰无敌》。

最狂妄的冠名。醒目是肯定的，明摆着挤对人。一些人愤怒，不言而喻。

这个标题，夺走读者全部眼球，以致那天所有消息报道可以忽略不计。唯有兰有成这个名字，雕刻在读者脑海，也成了街口巷尾饭后茶余的话题。

兰有成何许人也？不厌其烦地介绍，兰有成比武胜记，连篇累牍的报道，哪年哪月，哪家的码头，兰有成胜谁谁，如一笔笔流水账，记录在册。是拳脚，是摔跤，都有注解，那是二十几行的清单，也是兰有成战胜三家码头、二三十名对手的详细记录。

武林河边，深浅码头，一片喧嚣、一片沉默。喧嚣是低声骂，沉默是愤怒的眼神冒火。

不服不行，有名有据，最终无一败绩，兰无敌的冠名，让人感觉实至名归。

烟雾滚滚，让一些人心烦意乱。一个迎面来的无敌，让人转身骂四周的败将、窝囊废，骂津门武林没人。闲人有不尽的闲工夫，他们有大量的时间用于谩骂，去问候徒有虚名的大小练家子，问候武林宗派传人掌门人和所属喽啰，骂得一些武林大佬坐立不宁，寝食难安。武林中人窝火，闲人闲聊败火。咧嘴骂人的只负责骂，可阻拦骂的人底气不足：你不让人骂，你不服，可以，你去和兰无敌过过招儿啊，让拳脚说话。

一个兰无敌，让散乱多年的河边武林出现难得的一致，他们忽然发现，前面有一个共同的敌人。长期以来，武林就是一锅粥，谁的碗里，是稀是稠，谁也看不出来。可如今，他们看到，一碗真正的干饭，三分羡慕，七分诋毁糟践。一句话，大练家子兰无敌，一时把海河两岸四十里所有苦力、练家子的心都搅乱，武林内外不痛快、不自在。不把兰无敌打趴下，阳光下的码头河水，会一色地天昏地暗。

报纸继续蛊惑人心：兰有成，哪儿来的？什么门派？师傅是谁？

接着，猜疑加推测，把各说纷纭写上一段，最终闹不清来路，可吊足了人的胃口，起码你得惦记明天一定要买新报。报纸又有新的吹嘘，又有新的气人点。能气着谁？写这篇文字的人最清楚。因为他不断接到的质问电话，可都是武林大佬打来的，他们愤慨留言：要惩罚狂妄之徒！

好啦，要的就是这个效果。

一切信息都传到李大秤的书房，李大秤看报，连说：厉害、厉害！杨主笔，刀笔啊！

刀笔继续刺人，让武林大佬恨不得撕毁全部报纸。好了、好了，效果彻底出来了。七大武林宗派秘密开会，毫无纷争，有一共识，立即要推选强手，与兰有成一决高下。用一场胜利，维护海河武林的声誉。

（十一）

这些日子，李大秤住在四合院平房里，他感到四周沉闷。没有洋楼的玻璃窗，不能透过窗户看到的码头，他感觉四下黯淡无光。码头比武，他不在意输掉法国洋楼，他在意的是，自己有机会，偏偏赢不了，偏偏让人看笑话。他咽不下这口气。他还有本钱，要继续赌，赢回小楼，赢回面子！

李大秤压着火气，匆匆游走各个码头，带去的不是叹息，而是挥拳一击地再赌，是慷慨的许诺和义气的生意谦让。这不是李大秤往日唯利是图的做派，但符合他的赌性，生意场上可以当小人，赌场上一定是君子。

还没确定哪位高手将和兰有成过招儿，李大秤便把自己的赌注想好了，他将三河码头押上。这不符合他的赌性，可符合他生意场上不服输的性格。他清楚地看到，海河两岸大小练家都在瞄着兰有成，兰有成你再有本事，也必将折在七大门派人手里。有意外吗？没意外！这是我李大秤看清之后下的赌注。

这次比武，当然还得在河边上，这也符合码头的规矩，去别的地方，有暗算、有埋伏、有搅局怎么办？在码头上，观众可几百，可上千，就是做手脚，也不可能做大手脚，谁看着都显公平。可是这公平里也能藏私心，那就是制定比武规则。一连想了多日，李大秤决定，就在三河码头比，而且更加狠毒。你兰有成就要面对"车轮大战"。这一遭比武，你要击败七名对手。为吗是七个？对了，七个门派都派人啦，你不是"兰无敌"吗？来吧！

两岸七大门派中，各出一位，依次上来，终是一对一的打，兰无敌体力分派得好便罢，分配不好，比到最后一两位，你定是气喘吁吁，虚汗淋淋，瘫软在地，也算你输。你是无敌啊，没让你挑战千军万马，七个人和你依次较量，不过分吧？

关于比武场地点和方式，李大秤拉下身段，让下属帮助出主意。下属都尽心尽力，有的说，就在河边沙滩上，那地方有武功的体力消耗大；也有人说，搭个擂台，像古代比武，谁被打下台谁输；还有说在船上比武，晃晃荡荡，更见真功夫。最终，还是采纳鬼三主意。因为这个主意，既符合码头比武风格，又能让七个门派人在不同的位置各显神通，还能最大限度消耗兰无敌的体力。

这比武场叫"一溜归仓"。

码头之外，是不知道"一溜归仓"的意思。这是码头招工苦力应考的主要一项。一溜，即苦力扛麻袋一溜小跑，归仓，就是一口气不歇脚，把肩上的麻袋送至船舱或仓库。一溜小跑，那是肩扛重物最省力的节奏，不管仓库船舱相距多远，你必须一口气不歇地送达。

一溜归仓，和比武有什么关系。这正是鬼三聪明之处。船舱至仓库，其中间地带，便是七个人各自的位置，兰无敌，从船舱开始打第一位，在跳板上打第二位，在岸边打第三位，在库房口打第四位，在库房内打第五位，在麻袋垛旁打第六位，在仓库出口打第七位。比武路线清晰，场地透明。因为鬼三不仅知道七大门派武功特点，也知道码头作业方式，这比武对谁有利，十分明显。可细究起来，包括最能挑剔生事的市井闲人，面对比武规则，也无话可说。

那位焦海山的赌注，李大秤也事先为他想好了，就是押上他不久前刚赢的那座"法国"洋楼。而李大秤下更大赌注，把三河码头押上。

洋楼对码头，码头的筹码显然大。李大秤话说得敞亮：比武是我张罗的，我要占便宜，不厚道。谁输谁赢不重要，重要是促成这百年不遇的比武，七大门派对阵兰无敌，肯定比说书的热闹好看！人活着，不就图个热闹吗！

这话一出，四下闲人冲三河码头李大秤挑大拇哥：爷们！真爷们儿！

李大秤就要这好听的。他心说，你赢，我吃亏，问题是，你赢得了吗？

李大秤盘算好了，这场比武，他不仅要赢回"法国"小洋楼，还赢回面子，七大门派都成了朋友，借着这股势力，马上和三岔河、刘庄、郭庄码头赌，不管他们敢不敢赌，我气势都压他们，出小钱并购码头，也是顺理成章的事。

比武方案画成图，由杨飞鸿交给焦海山。焦海山接过图，看都没看便问：下好套啦？我得好好琢磨，琢磨透了，给你回话。

杨飞鸿故意低声说，不想比啦，也好，赢钱走人。不过您的名誉受损。

我这臭名字谁知道啊，不值钱，骂也骂不零碎，倒是你杨先生，来回地跑，没促成这事，信誉扫地，今后可怎么在天津混啊！

这话说到杨飞鸿的软肋上，他干干一笑，恭敬道：所以，您焦团长不会拒绝，不会让我丢脸。我也得吃饭，而且是在您关照下，混碗粥喝。

好吧，我三天后给你回信。焦海山爽快地答复。

焦海山同意比武。得知这一信息，李大秤冷冷一笑，比武方式也认可，这让他感到意外。因为在自己的码头比武，占尽天时地利，拿码头当赌注，显然他的赌注大，他内心还有一个设计，一个没人知道的歹毒的安排。他知道，这是"黑招儿"。此招儿一出，自己也许从此输到底。可这是没办法的办法。这最后一个"黑招儿"，不能让七大门派老大知道，否则他们出于江湖规矩和名声，不会陪着李大秤玩儿。

这次李大秤刺激各门派老大出人比武，动了大脑筋的。他去各家掌门人家中拜访，见面礼都是一辆洋车装满，什么糕点西点、烤鸭、火腿、山珍野味，都是最好的，当然他还拿着几张报纸，这报纸当然是雇人写的，花钱呗，文章都是按东家的意思写，标题也对心思，这样的报纸送到掌门老大手里，李大秤看到的都是黑着脸骂人，都是拍着报纸怒斥：没规矩是狂妄之徒！

当然，就在骂声起处，李大秤故意煽动两句，让火更旺。怕各路掌门人不肯出手，不肯参战，李大秤在最恰当的时间，捧出更新鲜的几份报纸。

三河码头比武后，《沽上早报》的一篇文章在骂武林，标题《看兰无敌横扫码头，武林门派鸦雀无声》。

还有《河海新闻》，标题《大小练家花拳绣腿，码头苦力一战成名》。

还有《梨园晚报》，标题《兰无敌武艺精湛多寂寞，各门派偃旗息鼓少骁勇》。

你说，这样的报纸摆在七大掌门人面前，他们当然义愤填膺，当然血压增高，当然拍桌子踹板凳。最后这些掌门人和李大秤商议，怎么再战兰无敌。

于是李大秤将自己所思所想和盘托出，再看那七大掌门人，几乎只有点头的份儿。

对市井闲人而言，码头比武，比戏园子里看名角演出更具吸引力。戏园子看戏要票，看完戏人家议论，你恐怕插不上嘴；可码头比武不一样，你可以横挑鼻子竖挑眼，这招儿不灵，那招儿不对，边说边比画，谁都有信口开河的权利，顺嘴咧咧，实在痛快。所以码头苦力市井闲人，加入这比武之后的大讨论之中，议题不一定有，可话头指向渐渐清楚。报纸当然会推波助澜，访问码头苦力和街头闲人，话都有劲。码头一位搬运工讲：见过一些练家子，来头不小，平日也吹大梨，这个掌门人，一人能打仨，那个宗派老大，一人打十个，就是有骆驼不吹牛！是骡子是马，你得出来遛遛啊！

一市民讲：许多武术高人，自己装神弄鬼，抻胳膊动腿的，样子威武，可跟人对打，纸糊的一样，一打就瘫。还说什么拳，是什么式子，都是狗屁！人家兰无敌，也没说自己什么功，可一比武，打得他们，屁滚尿流。

一位闲人更干脆说：现在大练家，都保护自己的虚名，一说比武，都藏起来，都缩王八盖子里。有本事的露一面、露一手！输赢也算你是爷们儿！

面对报纸的标题"轰炸"，面对市井的议论，面对武林遇事没人出头之事，武林大佬、门派掌门人生闷气是肯定的，觉也睡不着了，想不理睬都不行。

赶紧，找人，攻擂。这是武林人士的共识，况且李大秤正游走各个码头，说明为何在自家码头比武，他那一番话也透着血性：我拼上这份家业，也要打败那个兰无敌，我就不信，难道海河两岸没人啦！找人，我资助武术高人，和兰无敌，一决雌雄。

（十二）

比武场形状当然奇特，从停泊的一艘大船船舱开始，一直延伸到仓库，确切说延伸到仓库另一个出口。

七位高手，早早在自己的位置站定，那个位置，或船上、或跳板上，或石板路，或码头土路上，或仓库入口，仓库内库以及仓库出口，依次站定。

李大秤站在闲人最多的一边，他慷慨一笑，和熟人大声打招呼，人们当然问及比武，他更侃侃而谈：此次比武，难处太大，七位谁都不能帮谁，还看不清比武人的来路，我也不怕输了，就想热闹一回，玩儿一把，输掉码头，我彻底歇业，哈哈，在老城里歇着养老！

可实际上，他已经找人与武林高手演示过，就是对付一般练家，轮番比试，高手打到仓库口，基本要用时三十五分钟，而那时，那位测试的高人，已累得站不住了。

为了公平，李大秤听从焦海山的意见，让于团长派4名监督，这都是军官，他们两边都不认识，不偏不倚，只监督两项：不得使用刀枪暗器；一方被打倒，不能马上起来者，为败。

七大门派人物，他们是柳家拳柳二旺、八卦掌袁元庆、太极拳马厚道、八极拳赵玉堂、鹰爪拳陈三田、南拳陆建宽、螳螂拳刘继贵。主要人物当然是柳二旺，其他六位，是江湖闹腾起来的，而柳二旺名气大，其出身正宗官家。柳二旺十二岁那年皇家善扑营里当差，自小就练秘籍柳家拳，十四五岁便在校练场上操练，刀枪剑戟斧钺钩叉等等十八般兵器样样精通，摔跤格斗擒拿骑射行家里手，那是给皇上当贴身侍卫的，是百万精兵挑选出的人物。民国皇帝逊位，柳二旺四十四岁，因为手里有些银子，隐在天津买了宅院，虽资财不多，可终老不必外边奔波。因为有名声，许多人上门学艺，他收徒挑剔，看来人是否"够料"，不够料的，给多钱也不教。那些掌门人、宗派老大，有的名声不比柳二旺小，而柳二旺，那正经皇家五品官阶，是金字招牌，走到哪儿，都有人远接高迎。所以柳二旺就成了津门没争议的武林领袖。

柳二旺当然知道三河码头比武之事，见过刀光剑影，见过万马奔腾，以他的身份，不可能去掺和小儿科的比武。可这两天，几个徒弟总和他述说码头比武的事。接着太极、八卦掌两位掌门人急匆匆来家里，当面请教他。八卦掌掌门人袁元庆其兄在北京，和柳二旺熟悉，有这层关系，袁元庆和柳二旺说话也就没忌讳。他说：擂台比武，让练家丢脸，这回倒好，那小子蹬鼻子上脸，自称兰无敌，咱不给这小子颜色看看，他真不知天高地厚！袁元庆看着柳二旺脸色，又加一句钢：他也不知道，天津还有您柳二爷！

柳二旺看过小报上的文字，他从不参与武林烂事，可面对自己恭敬有加的人找上门来，自己一再推脱，不免生分。也是气人，号称兰无敌，口气忒大，不折他一回，他真不知天外有天。柳二旺读书不多，可皇家武师，即他的师傅法琨和尚的教诲，让他受用一辈子。师傅法琨说过：多高超的武艺，不过是江河一条支叉，面对大海，你只算个水泡！江河自满之日，就是干涸之时。这兰无敌眼下还没干涸，这么卖弄，也就快了。

如何对付兰无敌，柳二旺思索再三，对太极、八卦掌两位掌门人道出自己的想法，他说：不用说，兰无敌天赋很高，善于实战搏杀，这不是练出来的，是玩命厮打出来的。对待这样的人，练套路的人上去，会败得很惨。要避其锋芒，攻其软肋。

你们说，哪儿是他锋芒，哪儿是他的软肋？

沉思半晌，太极掌门人马厚道说：他的拳路腿法很精，攻防兼备，年轻体力好，这是他的锋芒。依我看，在力量上，也许是他的软肋。

如果力量超常，贴身格斗，估计能胜他。袁元庆附和一句。

柳二旺朗声道：要利用地形，船上缠丝打，跳板轻功发，石板拖长挂，土路跌扑抓，仓库贴身巧擒拿。根据地形安排人手，扬自己最大长处，就有把握了。

一席话，让两大掌门人连连点头，连说：高见、高见！

比武之日临近，四处寻不到兰有成身影。此时他和一名卫兵隐蔽在东郊一间小草房里。草房两侧是两片鱼塘，再往四周是芦苇湿地。此地只有一条道路，还有一名卫兵在五里外探风，只要有可疑人出现，那里悬挂的一块道铁就会敲响，而兰有成和身边的卫兵会跑得无影无踪。焦海山怕人暗算，他觉得整个津城都不安全，都信不过，包括河东那些军界的同学、朋友。他知道，有的人为情义可舍命，可有的人，几块大洋可把情义贱卖。此时，除了身边的卫兵，他谁也信不过。他让人备好酒肉蔬菜，悄悄运到小草屋里，让卫兵负责警卫做饭，让兰有成静静练功。

此时，卫兵看不到兰有成踢腿、下腰，也不见他打拳飞脚，而是半天打坐，傍晚在鱼塘前面"扎马步"。几乎都是凝定动作，样子似一尊佛。卫兵不知，也不懂，兰有成在大战前夕，正修炼内功。

不离左右的卫兵姓唐，曾是机枪排排长。战场上，他在枪林弹雨中救过炸昏的焦海山，也因此被流弹打断右手食指中指。
焦海山心疼他，让他当了自己身边的警卫。

唐警卫好武，晚上看兰有成喝茶开始休息了，便凑过来说话。
他悄悄问兰有成，其称呼还是队伍上的：兰连长，你说啥是内
功啊，也看不见，挺玄乎的！

兰有成一笑：是，在常人眼里，比武就是比劲头，谁拳脚
有力，有长劲儿，谁就能赢。可真正练家子，真正的武林高手，
他们看重御敌于国门之外，看重的"内功"。内功持重，对手张
牙舞爪，也打不倒你。

内功是什么？是一股气，一股元气。它可控制全身寸间皮
肉骨骼之开合。比武的时候，以心力释放元气，打人看似稀松
平常，但被打的，往往抵挡不住。同样，你功力修炼到一定程度，
可将元气随意收拢，可以布满四肢躯干，忽遭重击，你把身上
元气浑然震荡，俨然披一身铠甲，谁打你，你也毫毛无损。

内劲又叫作整劲，内功高手，一掌下去，能打断钢筋石板，
这不是靠手掌的硬度，是靠暗劲儿，元气冲劲儿。暗劲儿一冲，
先就破坏了钢筋石板的组织结构，然后顺着这个冲势，力掌轻
轻一磕碰，就断裂粉碎了。

唐卫兵连连点头，连说：厉害，厉害！

同样道理，一棍子打在我身上，才接触到身体表皮的一瞬
间，接触的部位毛孔猛一张，冲出元气，然后一紧，毛孔闭合，
表皮弹起，几种力汇合，足够化解棍子的攻击。

唐警卫听得似懂非懂，但他知道，兰有成不是随便说的，
眼见过他的拳脚功夫，此时听到这些话，更对兰有成敬佩有加。

兰有成打坐扎马步，修炼的就是内气、元气，不断调整周身的明劲儿、暗劲儿，精确控制，分布合拢，聚散自如。他在兰州狄家庄，常对护院习武之人讲，习武不要总想"打人"之技，要苦练"被打"之功。内功在身，全身上下，顿时成为一个整体，被撞击也是整体承受，一分一毫化解开，当然无伤痛。内功修炼到"六合"，即肩与胯合，肘与膝合，手与足合，心与意合，意与气合，气与力合。武功练到浑然境界，不但五脏强化，腰肾强化，小腹强化，还能通过心力控制身体每一寸的表皮毛孔闭合，达到体呼吸的境界。明劲儿暗劲儿大成，自然可以以一敌百。

没人知道，外表粗犷如农夫伙计模样的兰有成，会捧古卷阅读《武学七书》，那是从先秦以来到唐宋间七部重要的兵书，包括《孙子》《吴子》《司马法》《李卫公问对》《尉缭子》《三略》《六韬》。这也是他内外兼修的理论基础，他苦学明代王阳明"知行合一"，把武学精华，化为一招一式。把儒家文化中的克制、忍耐、含蓄，演化成为文能安邦、武能定国、武者仁心、后发制人。联系实战，他将研读古籍武学凝结为一个字，是具有哲理的一个"顺"字，顺机造势，顺势而为，顺为发力，顺力破敌……

这也许是兰有成"无敌"的真髓。

深秋的夜晚，微风佛动，暗凉袭来。鱼塘中不时有鱼儿越出水面，平静的水，随之波动。此时的兰有成，不仅仅想着比武之事，更想着比武之后自己的去向。他知道，此次比武，也许是他人生最后一次。一切一切，身不由己，都是命数。

（十三）

又是比武之日，三河码头，站满看客。看客不乱走，闲人也不乱坐。比武码头秩序好的原因，是军人们早早把持住各个路口过道。往日那些摆摊的卖吃喝的都赶跑了，码头黑压压的人，都是一心观看比武的看客。

因为门派的七位高手早就站定，这会儿他们似乎觉得无聊，都在自己负责的区域蹲着或坐着，显然他们都不紧张。在他们看来，这是一边倒的比武。尤其船上两位，他们觉得这位"兰无敌"，在船舱或跳板上，将输得干干净净。不掉河淹死，算他命大。

由焦海山和几名卫兵陪同，兰有成出现在码头上。只见他穿肥大黑布灯笼裤，一双跟脚大靸鞋，鞋上特意扎起鞋带。上身白粗布褂，里面有坎肩。没人组织，四周忽然呼声四起，"无敌、无敌"叫着，显然，市井闲人都倾向兰有成。

观众没得谁的好处，爱恨自有根由。可苦熬的生活里，忽然冒出这么一位，和自己一样穷苦，一般落魄，偏偏武艺高强，打谁谁趴下，敢和武林头面人物叫板，这多让人痛快！没错，说书场里，也没这儿痛快！兰无敌，怎么啦？没显赫身份，有真功夫，揍你顶虚名乱晃的，揍你装模作样的！当然给他加油，再赢一把，让咱乐呵小半年。所以观众齐刷刷高举双手，无敌、无敌、无敌！有节奏地呼喊着。

按照规定，焦海山陪兰有成上船，依次从各个对手前走过，这是和李大秤约定好的，兰有成也要熟悉一下比武路线。

谁知，这一巡视，成了兰有成的一次示威。只见兰有成目光炯炯，一一扫过选手的脸，他嘴角挂着微笑，嘴微微动，似在说什么。没人知道他说了什么，可一个个对手，都领略兰无敌目光的凛然。

当然，兰无敌也让对手细细瞅一次。所谓兰无敌，一般身材，不高大，不过分魁梧。在武术行家眼里，不高不矮，不胖不瘦，这样身材难得。只因不高大，动作就紧凑，收放招数，浑然一体，和人搏击，动作快捷，不漏空当。

精明的兰有成对路线早已烂熟，他轻松地走一趟，为了看清对手，看身形肩架，评估力道，结合地形，脑子里翻转出手的套路，演绎是快是慢的战术打法。

坊间有句极其错误的俗语，说"四肢发达，头脑简单"。岂不知，许多四肢极其发达的人，正是头脑机敏灵活的结果。棋艺讲究"得势"，书法讲"意在笔先"。兰有成还没回到船上，他已经筹划好怎样击败船头那个高大威猛的对手。

高大对手，绰号"朝天吼"，四方大脸，平日总扬着。他最善于在窄小之处格斗，拳掌都好，最难得的是擒拿绞技，因力量奇大，能将人的关节瞬间绞动错位，让人失去反抗能力。安排"朝天吼"在船上，这是柳二旺的主意，当然，"朝天吼"，也是他的得意门徒。柳二旺有私心，他让众练家子看看，他的高徒如何唱"主角"，来个一人制胜，让别人都成为"跑龙套"。

兰有成已经站在船正中的舱口处。观者屏住呼吸，不敢错眼神，生怕错过百年难见的比武。

"喤"的一声，锣声响了，敲击人心，包括腹中脏器都被狠狠扯动一下，人们呼吸顿时急促起来。

只见"朝天吼"奔兰有成扑去，那是饿狮扑食之势，然而兰有成在饿狮扑到眼前时，忽然轻轻一跳，跳到船的另一侧。饿狮一愣，忙扭转身来继续猛扑，眼看就要扑到，似总慢半拍，兰有成身如飞燕，只轻轻一跃，便到另一端。几次扑空，饿狮恼怒，再奋力一扑，兰有成不再跃起，而是一个侧躬身，来个蝎子大摆尾，一脚蹬在饿狮面门上，饿狮顿时一个仰跌，随之一个后滚，鲤鱼打挺，宽大身躯站得稳稳。

但面门一脚，让饿狮挂彩，狮子鼻子出血，"朝天吼"脸不朝天，而是微微摇头。只见兰有成，也不管对手是否再次扑来，而是信步朝船头走，二十几步外，有一尺宽的跳板，直通岸边。

"朝天吼"哪能放过对手，况且他们还没真正厮打交手，却被兰有成来个偷袭，所以"朝天吼"飞跑到船头之后，返身迎击兰有成。这次兰有成，不躲不跳，直直走过去，"朝天吼"已封锁住通道，他展开铁钳大手，去抓兰有成的咽喉。

兰有成根本不躲，只是一个螺旋跳，呈现足蹬之势，"朝天吼"忙退缩，而兰有成一个空翻跌过去，重重摔在船板上，随之，两条腿螺旋搅动，如两条蛟龙铁腿，直捣"朝天吼"的肚腹。这是典型的躺拳招数——"乌龙搅水""乌龙搅柱"，兰有成使得巧，用得淋漓尽致。躲不开了，也没躲避的空间，"朝天吼"肚腹已被击中，顿时向后栽倒。而兰有成的那两条蛟龙，死死追赶，势不可挡，最终铁腿撩拨，发力一蹬，"朝天吼"跌将下去，扑通一声，人落在水中。

人们惊呼时，兰有成已轻盈地走上长长的跳板。

（十四）

兰有成精确地在独木桩上实施地躺拳招数。

许多习武之人，多小视地躺拳招数，看似败招儿，跌倒摔倒扑倒，样子不飘逸，不伟岸，猥琐难堪。岂不知，那是下盘最固定的招数，尤其在窄小的险绝之处。所以兰有成面对跳板上的对手，他一脸是笑，那似乎不是来比武，而是招呼对手让开，让他轻松而过。

有码头的地方就有跳板。如果哪个苦力扛麻袋走不了跳板，那他就没资格吃码头这碗饭。兰有成有各处扛麻袋的经历，甚至他可以扛两个麻袋走跳板。他走过窄窄山墙，走过房脊、房檐。

此时的跳板上，站着轻功高手"草上飞"。这个绰号直接告诉人，他身子轻得就像一只蜻蜓，可以随时落在草尖上。"草上飞"身材偏瘦，显然不是和兰有成比试对打，而是比巧。

对付轻功高超之对手，兰有成自然会运用他超长灵活的大脑。只见兰有成迅速接近"草上飞"，一个"水上荡木"，即兰有成一个平摔，身板贴住跳板，迅疾滑向"草上飞"，双脚却直戳他的双膝……

"草上飞"果然会飞，竟轻点跳板，身子腾空而起。观众惊呼，这是美猴王才能做出的动作，然而兰有成早就料到，甚至可以说，是用此招法逼他腾空，这时兰有成脊背紧贴跳板，身子忽然打起旋转，双腿如剪刀，似刀刃朝上。

是啊，你"草上飞"飞得再高，也注定会落下来，你往哪里落？但见"草上飞"灵巧的脚竟然踩在兰有成的脚尖上，随之一个筋斗落下，踢腿横扫。如果站位不稳，扫着定跌下跳板。

兰有成知道，躲避已不可能，狭小空间，只能硬扛，兰有成果断用脊背，承受那一猛扫踢。那重重一踢，发出响声，这也让观众不住叫好。

"草上飞"纳闷儿，他这一脚扫踢，对手应随之落水，谁知这一脚，犹如踢到铁门一样，铁门没事，他脚却很疼。

但四周的叫好声，还是让"草上飞"得意。他随之踢兰有成的头部，此时用手用臂膀都挡不住，敏捷的兰有成，往跳板外一跃，手抓住跳板边缘，身子整个荡出去，在跳板与河面荡出一个大圆，而双脚稳稳站在跳板另一侧。这是"草上飞"想不到的，可没等他明白，兰有成发力了，他一个空中鸳鸯脚，直蹬"草上飞"面门，无路可逃，无处可躲，只有迎击，但"草上飞"那双手，哪挡得千斤之力。

"草上飞"被蹬出踏板，扑通一声，"草上飞"落水。

随之，屏息观看的几位掌门人，顿觉眼前发花，发黑，他们不敢相信自己的眼睛。李大秤眼前倒是不黑，他脸色惨白，那溅起的水花，刺疼他全部神经，让他心颤不已。

这不神了吗，没过十分钟，折损两员大将。

无敌，果然厉害。

不是虚名，是真有本事！

没见过。绝啦！

别吵吵，再看！

兰有成已经上岸，上了铺着石板的码头岸边。这时迎接他的，便是河边第一好汉，赵铁塔。

赵铁塔，河北码头二主事，练八极拳，异常高大威猛，身高一米八八。而兰有成，只有一米七四，二人对面一站，兰有成明显矮了一大截。

赵铁塔有备而来，他多次远远地观看兰有成比武，包括和李大秤三位亲信的比试。赵铁塔也是聪明人，他觉得和这等高人比武，不能拖延，要速战速决，不等对手拉架势，动用内功，先把他打趴下再说。当二人在石板路上站定，观众一片欢呼。这欢呼声有两层意思：一个是，兰有成遇到真正的对手，二人一站，高矮块头儿，不成比例，你兰有成有内功，人家赵铁塔也是练家子，那熊瞎子大手掌拍下去，谁都受不了；第二层意思，这回有戏看，真较劲儿起来，肯定热闹，这年头最难得的就是热闹。

兰有成似乎不在意赵铁塔的身材，在甘肃和宁夏，他和这样对手过招儿几十次，可以说，他善于和这高大者比武。他私下说，这样的人，空当多多。

兰有成侧身站定，等赵铁塔出手。观众爆发一片呐喊，这喊声有明显的倾向性，即都偏爱赵铁塔。说来比武场上，事情怪诞，一方连输之后，观众就希望输者赢一次，这和立场无关，是看热闹不怕乱子大的起哄心理作祟。

赵铁塔果断出手，那叫一个猛，动作连贯，几无缝隙。黑虎掏心，掌扫边关，肘击三山，脚踏昆仑。谁说高大粗壮之人，动作必然缓慢，那是平常人，高大粗壮异常的赵铁塔，大刀阔斧，动作飞快，呼呼带风。但见兰有成，稳步退却，频频接招儿，就势化解，但面对泰山压顶的阵势，似乎他还没找有还手的机会。

焦海山身边的卫兵在狂喊：出手，出手，快出无敌手！

然而兰有成依然是守势，频频接招儿化解。

显然绝大多数观众都倾向赵铁塔，赵铁塔每出一招儿，观众便一声呐喊，似乎也跟着厮打、跟着使劲儿。

此时最着急的是李大秤，他怕赵铁塔停歇，停歇就意味着给兰有成反击的机会。他默默求观音菩萨，求玉皇大帝太上老君，保佑他的码头不失去。

七大掌门人没参与呐喊，他们在咬耳朵，说出自己的担忧。因为兰有成面对常人难以招架的强攻，表现出异常的定力和稳健，那力发千斤的拳掌，到兰有成面前，一搭手便化解。此时，他们还感觉不妙，面对赵铁塔出现的空当，兰有成故意不出手，任凭赵铁塔连续猛攻。

兰有成似乎早就熟悉这种拳脚套路，似乎不是在真打，松弛表情倒像是演练。不好，不好，这分明是故意消耗赵铁塔生力，这样下去，兰有成一旦反击，赵铁塔无气力招架……

算几位掌门人有眼力，能看出态势。但他们抱有侥幸，那就是在赵铁塔再强攻一阵，乱拳会击中兰有成。

可是接下来一个细节，更让几位掌门人倒吸凉气。因为赵铁塔七八轮进攻之后，额头的大汗下来了，这不是兴起，而是力气将尽的前兆。

果然，兰有成见赵铁塔大汗一出，一直侧身的兰有成，忽然正面逼近赵铁塔。

坏了，铁塔累了，长刃兵器没了。这是南拳掌门人的真知灼见。

铁塔动作一慢，浑身上下都是空当。这是八极掌门人的哀叹。

说来也怪，观众呐喊忽地骤停，变为嘈杂，变为乱呛呛：

飞脚啊，踢下台去！

猛打啊，再来一次，就成啦！抓住，摔！

抱住，快抱住他，死磕！

这叫声，对赵铁塔不起作用，面对频频出手的兰有成，赵铁塔招架不住了。

在场的人哪会知道，兰有成自小在南少林学拳，之后在广州学迷踪拳，拜甘肃一武林高人学武林绝艺：缩身缠斗术。即同时应对两个人的同时进攻，在缩身闪躲中出手出脚，而且在斜面屋顶上练习。有这样的功底，使他在西北军中和高大壮汉比武中也没有败绩。所以面对赵铁塔，一交手他已经看到结局。

只要在赵铁塔空当，即软肋一击，几乎可以结束战斗，可兰有成不这样做，而是当胸一拳，把铁塔的身躯击出两米开外，此时来个飞脚踏崖，可把赵铁塔蹬倒受内伤。可兰有成仍没出脚，而是侧掌击中赵铁塔的脖颈，使他一个趔趄后，站立不稳，几乎跌倒。

兰有成要的就是这个效果，他想，在不伤害对手情况下，对手认输就结束。可是赵铁塔又支起拳架。

掌门人和宗派老大几乎看不下去了，几个回合，他们品透兰有成功夫深厚，在场的无人可敌，掂量自己，恐怕也难赢。于是沮丧地想马上离开，可观看的人挤得铁桶似的，想出都出不去。

焦海山发喊起来：打呀，出绝招儿，有成，打！

是的，不打不行。兰有成走近已经疲惫的赵铁塔，赵铁塔拼力抢拳，兰有成不眨眼躲过，跟着一个反手掌，打在赵铁塔腋下，铁塔彻底倒了，尽管观众大声嘶喊，赵铁塔没爬起来。

（十五）

在岸边土路上，迎接兰有成的，是码头两岸的顶尖摔跤高手于大锅。

为了挑选和兰有成对垒的人，武林人士都抛开前嫌，推选最强有力之人。几天之后，人物筛选出来了，他就是河西脚行的于大锅。于大锅本名于大国，只因饭量大，吃饭能吃一锅米饭或面条，脚行人讥笑他，送他吃货的绰号。于大锅力大无穷，一根八百斤道铁，扛起就走；他一人扛两个二百斤麻袋，从地面扛着走七十米跳板上轮船，那是四百斤啊，可他脸不红气不喘。摔跤，是跟河北快跤王学的，练得刻苦，没出三年，海河两岸便摔倒一片，几乎没有对手。他的特点，是身高一米八，腰腿粗壮异常，而且动作灵活，别人想摔倒他，因带不动他，许多绊儿用不上。可他手大有力，抓住衣襟小袖，不是腰别子，就是背口袋。背口袋摔得用力，把人摔出声响。

那天，几位武林老师傅找到于大锅，和他说了比武的事，于大锅笑了，轻声说：我知道这事，擂台比武我看过，兰有成好功夫。我是没比过，你们说我行，我就和他比。

看得出，于大锅没把比武当回事，他还以为河边和人玩一场摔跤呢。几位师傅说得直截了当：那不是摔跤，是对打拳脚，抓住机会，用上你摔跤绝活招儿，重重地摔疼他！柳二旺的大徒弟对他，面授机宜，他说：二爷有话，兰有成内功扎实，所以长时间比武体力消耗小，谁和他比武，必须练就好体力。没体力打不了他。几位师傅连连说：没错、没错。

这确实是要紧的一环，那兰有成体力惊人。他们马上叮咛于大锅，这半个月如何练体力，包括饮食，服用中药秘方等，一一传授。脚行大当家当然支持于大锅比武，他对于大锅说：你放开手脚练武去，这半月工钱，我给你开最高的，好好比，也给咱脚行长长脸！

之前于大锅信心满满，他与人比试摔跤，几乎连平局都没有，都是他最终获胜。面对兰有成，尤其看他连续战胜几名对手，于大锅忽然心里没底，他倒是不在乎自己名声，他在乎输了，在码头再不能说大话挣大钱！

兰有成看到眼前的对手，知道是个难缠的角色。他不能采取速战速决，因为眼前这位，肌肉见棱见角，也快捷有力的角色，而自己既不能拼力，也不能争快，要拖延时间，逗他急躁，他一急就好办了。

于大锅和兰有成面对面站好，开始抢把。

于大锅看着兰有成眼睛，脑子却想如何抓住对方后腰带，他有这个把握，只要抓住对方后腰带，没有不赢的。当然兰有成不让他伸手，伸出去便被抓住或锁住。

兰有成携连胜的余威，不再后发制人，而是上来两个飞脚，直奔于大锅右脖颈左腰肋，奔脖颈那一脚被于大锅防住了，而腰肋被踢中，虽然没大碍，但足让于大锅心惊。

这是兰有成的虚力花枪，没有杀伤力，却有压制作用，让对手进攻变得小心，节奏放慢。果然这一顿"花枪"让于大锅腰身放低，似乎也不急于进攻了。

这时场外有个声音高叫：大锅，你个滚刀肉，还怕没开刃的！打呀！

这是他脚行大当家的声音，也是慷慨大把给他钱的人，他的话就是圣旨。

自己不能守势，要进攻打趴下他。他没什么了不起，刚才出手出脚，分量轻飘，打在我这肉坨子身上，不疼不痒。嗐别人行，老子是滚刀肉，看你的刀快还是我的皮厚！于大锅有了这念头，动作就不再拘谨，在大幅度伸手"抢把"时，还偷袭补上一脚，虽说兰有成闪躲奇快，可这一脚还是踢中兰有成腰部，引得一片叫好！在叫好中，人们还补上一句：大锅厉害！

此时兰有成再不能退缩，被滚刀肉压制住，会处处挨打。没有距离的击打，也就没有足够杀伤力，这也是兰有成拼力争夺的那个"大势"。

其实不仅仅是比武格斗，就是下棋对弈，也要讲究夺势，宁可损失局部，得到大势之局面，以求全胜。

兰有成拳脚发力，打出响声，打出脆声，可见拳脚之重，可是这位滚刀肉，抗击打能力超强，几乎不在意重力拳，于大锅护住要害部位，步步逼近，拳脚也不停息。双方进入胶着状态。这对兰有成不利，因为他也是肉身，连续比拼，他已经感到疲惫。

兰有成看出来了，对手是一位长期厮打、磨炼出来的角色，对击打有天然的适应和从容的应对。于是兰有成变换战术，速度加快，采取忽转身，上下左右"拆打"，一打三个回合，而且加了"内劲"。

观看的人，把心提到嗓子眼儿，他们明白，兰有成的凶残连环拳脚，不知打躺下多少人，包括高大威猛的，精壮强悍的。今天大家紧张一会儿，心很快放进肚子里。好哇！有看头！于大锅果然不同凡人，多数人几乎都挺不过"拆打"，护头、护肋、护膝会出现空当，而一旦出现的空当，都是兰有成全面发力的一点。可是于大锅对这些加力的拆打，根本没打疼他。

这一连串又一连串的拳脚，非但没击垮于大锅，反而击打出百倍信心。于大锅心里乐啦：啊哈，妈的不过如此，我滚刀肉半天也没见血，你小子不过如此，该我出手啦。这时的于大锅忽地加快速度，右手抢抓兰有成衣领，左手边护着脸颊，偷袭兰有成的中腰带。可以这样讲，一旦左右手抓住把目标，哪怕兰有成是一头烈性的牤牛，他也可以运用周身的角力，把千斤的牛摔倒。而且越是较劲的牛，被摔得越狠。这几乎是于大锅傲然行走江湖的一个绝技。

兰有成知道，多么强壮的汉子也有"软肋"，显然于大锅不在腿和躯干，那就是头部。于是兰有成将所有动作变为"底架"，逼迫高大的于大锅俯下身和他交手，三转两迂回，兰有成忽闪进于大锅近怀，他猛地一个"山羊跃岭"，双手一开于大锅的双臂，身子猛上挺，铁硬的额头直撞于大锅的面颊。此招法，平行撞去，称之为老曾撞钟，这样撞，于大锅没见过，更猝不及防。尽管也侧头躲避，但躲的没有冲击快，于大锅顿时被撞得倒地。好在于大锅就地一滚，又站起，可半边脸颊已发木，头昏耳鸣。于大锅知道不好，他拼死前冲，就为抱住兰有成，只要抱住兰有成的腰，他仍有胜算。

于大锅终于抱紧兰有成的腰，之后，不论是仰身摔，还是腰别子，必将兰有成砸在身下。他身体的重量加速度，没人能抗住泰山倾倒这么一砸。

可就在于大锅抱住兰有成腰的瞬间，那抱紧的腰，忽然巨蟒一样抖动，确切说，兰有成的腰，变成一块坚硬岩石，岩石震裂开来，撞击于大锅的胸肋，撞得他呼吸困难，手脚发麻。

这是兰有成内功发力，极小的空间发出强烈的震荡，相当于更激烈的击打。也就是这次击打，让于大锅胸腹剧痛，随着他的松手，随之他的头部，又遭兰有成的连续肘击。兰有成的肘击，没有加力，但于大锅已经感觉手脚僵硬，身子出现漂浮感，是飞动的感觉，随之于大锅重重摔倒。倒地的于大锅，头脑清醒，他认输了，输给这样的高手，不丢人！

此时，四周没掌声，是一片唏嘘之声。

（十六）

兰有成一条腿跪在地上，这便是最难得的休息。他缓缓站起，不看左右，缓缓向前走。将入黄昏的阳光依旧刺眼，把他的身影抻得很长很长。

仓库门口，站着一名壮汉，这是南拳门派的金罗汉。金罗汉练的是"金钟罩"，即不怕拳锤棍打，似有盔甲在身，棍子拳头袭来，肉身迎上，拳脚棍棒齐上，木棍雨点落在身上，是红是肿，却不痛不痒，药水洗洗，转天创伤见好。如何用拳脚击破"金钟罩"，几乎没人知道。

兰有成在福建小沙村和一位私塾先生学过"金钟罩"，那是排打出的气功，周身上下气血充盈，久练皮下形成气垫，气到一处，皮坚骨钢，被重打撞击，毫发无损。任何神秘都有破解，任何机关都有开启。"金钟罩"不怕重击，却怕虚实击打，怕瞬间不备的深入击打。所以兰有成和金罗汉一交手，就知道他硬气功深厚，随即变换拳法，寸打寸劲儿，不疼不痒，出手疾速，开始对手防备十分谨慎，可感觉不到伤害，便神色轻松，更加主动出击，而且都是重力拳脚，而且连连击中兰有成的臂膀腰胯，让兰有成处于下风。

没立场的观众此时又把同情给了兰有成，他们感觉兰有成累了，那是连续不停歇地击败对手，就是一匹疾驰的马儿，也该歇口气喝点水啊。可规则就是连续，也不管你多长时间的连续。观众为兰有成焦急，他们不想看到已经创造比武奇迹的人，会因体力不支失败。于是带有倾向的焦急，变为一声声呐喊：兰无敌，无敌！无敌！

兰有成露出下风败象，那是引逗金罗汉拳脚加快，而在金罗汉快打快进时，兰有成也暗暗提速，即对方拳脚没到位，故意点击对手要害，虽不伤人，但挑逗火起。因为这似戏弄，加快速度的拳脚，竟然打不着、踢不到目标，而对手还频频防守反击。这逼迫金罗汉继续加速，继续猛攻。

这样高速击打，如果有效，那对高速付出会有激励。金罗汉疾风暴雨式的拳脚没伤着对手，而他早就气喘吁吁，拳脚滞重，他希望暂停一会儿，哪怕两三分钟，他便恢复正常呼吸，气壮力足。这就是兰有成一手挑逗激发出的态势，此时轮到兰有成出手了，观众的呼喊忽然停止，因为他们看到兰有成的拳脚在变化，那是轻重结合的击打，是击打后瞬间的停顿，在停顿中似在加入一种神秘之力，因为每每兰有成停顿之际，就是金罗汉身体痛苦抖动之时。无意那是"金钟罩"没罩到的地方，或者说，是破解后实施深层次的击打。

金罗汉被反复击打，他似乎向人们故意炫耀古老功法的强大威力，他甚至不防备，任凭兰有成拳脚飞舞。可就在人们慨叹金罗汉"金钟罩"功夫霸气时，金罗汉忽然跌坐在地，兰有成可以上去继续拳脚，可他停住，只有他知道，金罗汉的左膝盖骨已碎，右软肋已塌陷，气血严重不足了，"金钟罩"已经破碎，周身剧痛全面袭来，他无力站起。金罗汉低下湿汗淋淋的头，一摆手，他认输了。

兰有成扭过身，看看观众，缓缓走进仓库，里面还有两位高手在等他。

仓库里的比武许多人看不到，也不可能让更多观众进去，只是大小练家和有头脸的闲人，也只能在门口站立挤着观看。李大秤已心灰意冷，他清楚仓库最后这两位，是抵挡不住兰有成的。但他还有一张牌，恶毒，有效。他知道，这会遭人骂的，自己名声扫地。但他也让兰有成知道，他三河码头，不是谁都能来的。

仓库里的对手是虎豹拳高手刘定。他认定兰有成身心疲惫，所以不容兰有成站定，他就拳脚齐上，猛攻猛打。

兰有成也不再退守，直接迎上，与之对垒。

虎豹拳，其威力不仅是击打，在击打的瞬间还将对手身上皮肉撕扯，往往人没打倒，身上已是皮开肉裂，疼痛难耐。兰有成知道虎豹拳的厉害，但急于进攻，兰有成的胸前臂膀都被豹爪挠伤，鲜血淋淋。兰有成调整战法，他大幅度虚晃身躯，醉眼蒙眬，之后重重地朝刘定跌过去。刘定没打中兰有成腰腹，反被躺倒的兰有成狠撩一脚，直踢小腹。接着，兰有成醉身舒卷，腾云驾雾，东倒西歪跌扑，一路醉拳打将过去，没有防守，全是进攻。那是蛟龙闹海，那是疾如烈焰，蹬踹砸踢，灵动暴戾的腿脚，那虎拳豹爪几乎伸不出来。不是伸不出来，是刘定手指手腕严重挫伤。丢失虎拳豹爪，便丢失利刃，疲惫的兰有成不给他时间，双腿正反旋着，犹如蟒蛇巨口，开始吞噬刘定整个身躯，随之那个虎豹不见了，一只蚯蚓瘫软在地。刘定的腰腹脖颈被重创，此时他无法站起来。

人们看清了，兰有成又赢了。

在观众情绪中，没有太多的原则，只有瞬间的发泄释放，强者要求你更强，弱者你得有精彩反击，得知兰有成又赢了，是一边倒的赢，他们开始起哄，哄所谓的高手成了软蛋。哄声里，也祝贺"无敌"演绎过程，暗暗给兰有成使劲儿。

最后比武的场地在仓库另一端，这里是宽阔的过道，两侧是摞起的大木箱。过道站着一位是个奇瘦的汉子，这是螳螂拳王大徒弟薛三，他研究过兰有成，他曾对人说，他知道兰有成的软肋在哪儿。

兰有成根本没在乎这最后的对手，他主动出手，希望快些结束。他真的累了，衣服早被汗水湿透，由热变凉，手也开始抖动，一切说明，他几乎要力竭了。但他强打精神，再战薛三。

薛三的力量无法和兰有成一比，然而他的动作奇快，一交手，薛三瞬间转到兰有成身后，这是螳螂的天性，疾闪侧进，令兰有成猝不及防，只能缩头躬背，而肩背早挨薛三重拳。

厉害！兰有成一惊，立即变换招数，以低架太极应对，低架，低至贴地而动，身后可从容拨打，薛三一时变为从上打下，不仅拳脚无力，而且胸腹裆胯全有大空当，被兰有成贴身靠上去，如果一个肘击，薛三肋骨必然折断。兰有成收手了，比武比到这个份上，已见分晓，何必伤人，而且打得兴起，会伤及性命。肘击没有发力，而是变为奋力一推，薛三腾空跌倒，兰有成本该跟进踢踏，可那瘦身板，他实在不想打。

这时，薛三一个滚翻，一直腿跪在地上，面向兰有成，躬身抱拳，大声道：兰无敌，你赢啦！

兰有成也郑重一站，冲薛三抱拳：承让！

随着承让的话音，兰有成猛地前跌，没等他们看清，寒光一闪，当当当，三个飞镖，全部钉在木箱上。

暗器。快走！

薛三喊着，朝兰有成摆手。

而兰有成痛苦地回头看，兰有成的两条腿都被射出的钢镖打中，一根扎在右腿肚下部。一根在大腿小腿打弯处。钢镖三寸长，一半扎进肉里，血早浸透裤管。

快走，有人暗算!

薛三发喊一声，猛扑兰有成跟前，紧紧抱住他，眼睛大大睁着，不说一句话。

兰有成惊愕地看到，薛三汗浸的衣背，有三把毒镖，已深深扎进……

怎么?

这、这……

兰有成看着毒镖愤怒，他忽然心疼，没有任何交情的薛三，竟然为自己，舍身挡镖……

一场持续的比武，尽管已经比到库房里，让人们目光雪亮，那飞出的毒镖，只有一种解释：输不起了，暗器伤人!

岂不知，这更丢人，而且武林江湖不会沉默，不会任其武德沦丧。

人们由惊叹变为愤怒，变为怒骂：李大秤!奶奶的，玩儿阴的，这是人干的事?

怒骂中，人们看到军医和军队的担架不失时机地到来，首先将薛三放上担架，他已经昏迷，趴在担架上，那三把毒镖仍在背上。军医不让动，一动会大出血。而兰有成小腿的毒镖，被他忍痛拔去，内兜里撕开两贴膏药，分别贴在伤口处。随之兰有成也被军车拉走。

（十七）

李大秤虽然输掉三河码头，可他河东还有仓库，老城还有房产，他还有帮会势力，包括人脉资源，只要他挺挺身，家业不会败落。他暗中组织一批"刺客"，就是趁着焦海山得意之时，打他的黑枪，蒙面杀手上门突袭。

谁知焦海山赢得比武，知道有人眼红眼热，他果断出手，将大宗房产地契钱财分别赠给了十几位帮会老大，大把大把的金条，送给军界黑道人物。于是出现奇特的现象，李大秤派出的那些刺客杀手，没等上门、上跟前，便分别被手枪顶脑门，逼他们发誓赌咒，金盆洗手，退出江湖，立马远走他乡。

李大秤派出去的刺客杀手没音讯，可帮会老大、军界黑道人物的书信、口信到了。看信听信，李大秤面如土色，他明白，折戟沉沙，没有再次翻盘的可能。他也拿出真金白银古董字画，四下疏通一条活命之路，谁知三河码头比武，他输的不光是码头，还输了德行，还丢了大人。一时间，往日仇人寻上门来滋事，几桩官司同时上来，一件昔日巧取豪夺的官司，让他卖掉河东仓库，一件人命案子，又耗尽多年的金银细软。总算有帮会人念旧情，出面帮他了结官司，安抚仇人，李大秤躲过牢狱之灾，可也败光家里的积蓄。此时。亲信门徒鸟兽散，李大秤躲进老城胡同里，不再抛头露面，他吃斋念佛，隐身过清静的日子。

可这年秋天，李大秤接到一封匿名信，写信人直接挑明：姓李的，你赶紧走，去蓟县养老，那里没人动你，若赖在天津，你活不到年底。

李大秤不知写信是何人，可他知道江湖血腥。他匆忙卖掉最后十几间房产，立马动身，五辆马车，拉着一家老小，去了蓟县，从此津门再没露面。

武林几位大佬也不露面，他们没输金银，可输了德，那仓库的暗器，不论谁放的，他们几个难脱干系，包括几家小报，含沙射影，说武林一些人不爷们儿、不地道。也是武林江湖水深，这等大事，最终没人承认，也没人敢去追究。只成为武林涂黑的一笔，

赢得比武的焦海山，在租界泰和饭庄接待各界前来祝贺的朋友，世道就是这样，谁得势后，八竿子打不着的人，都来道贺，都来参加焦海山答谢四方的、几天不断的"流水席"。

也就在焦海山最得意、最感觉喜庆之时，乐极生悲，青岛传来噩耗，老娘一觉再没醒来，无疾而终，驾鹤西去，享年76岁。焦海山闻讯号啕大哭，他不哭别的，他就想让老娘看看他的洋楼、他的学堂，看看儿子办成老爹一辈子想办没办成的学堂。焦海山带着卫兵回青岛奔丧。十天后归来，人更消瘦，眼里满是血丝。可以想象，焦海山悲伤难过到极点。他一夜夜睡不着，想老娘，泪哭干。可是一到白天，来小洋楼跟前，他像换了个人，一瘸一拐和设计师研究洋楼的装修。他要求设计师对洋楼内部重新设计，按照学堂样式画图，把一二层大房间一律改成教室。三楼成为老师办公休息场所。

贴身卫兵问焦海山：您这么喜欢小洋楼，您留一层吧，当书房、会客厅、卧室，从三楼窗户望河景，不是挺好吗？

焦海山看看卫兵，异样地笑笑，缓缓说道：我知足啦，我

也可以放心走啦!

团长,去哪?

焦海山不说话,大手亲热地在卫兵肩头拍了拍。

焦海山说话办事仗义,他对 16 团于团长说:小洋楼我留下,其余什么码头仓库啊,归你啦,卖了钱,给帮忙的弟兄们分分。

正是有于团长暗中"保驾",才使焦海山这么从容不迫,趾高气扬。包括焦海山和随从们那一身军装,都是于团长提供的;再有,事先于团长就说,比武库房之中,要提防暗算,也是于团长提供情报,使焦海山早早备好军车军医担架,使得两位中毒镖的兰有成、薛三得到及时治疗,没危及生命。当然,于团长这么下力帮焦海山,也冒着江湖暗算、军界同僚告发之风险。

比武之后,焦海山便将兰有成掩藏在租界宾馆里。那天晚上,二人把酒痛饮,那是真正的痛快。他们知道,二人就要分别了,再见面不知何年何月。焦海山动情地说:兄弟,你是全力帮我了,可我不知怎么帮你……

说着,焦海山拿出一个沉甸甸的木匣子,这个你收着。兰有成开盖一看,满满的都是金条。

那天夜里,一辆军车送兰有成去北平,焦海山和卫兵一直把兰有成送上火车。兰有成去哪儿。除了焦海山,没人知道。兰有成像一朵云彩飘走,飘得无踪无影。

在这期间,还有一则灰暗消息,不得不说,薛三镖伤,得益于兰有成让人送来秘藏的膏药,那是西北秘制创伤膏,贴上之后,几天后伤口痊愈。薛三几乎不出家门,可是半月后,暴死家中。薛三死因，各路闲人，议论得沸沸扬扬，而津门武林，一片沉默。

最得意、最让人追捧的当然是焦海山，租界很快批复建学校的批文，学校董事会成立，焦海山请了银行、洋行和军界朋友成为董事，私立海山小学 11 月开学了，市教育公署长官也来视察，三男二女五位老师也聘请完成，21 名小学生入学上课。这一切很完美，包括各家报纸刊登的海山小学照片，都拍得生动亮堂，这也难怪，教室是全市一流的，老师是最好的，当然薪水也是全市最高的。就在学校开学一周的晚上，在小洋楼三楼面向海河的窗前，焦海山坐在藤椅上开枪自尽。他用勃朗宁手枪，朝自己太阳穴开了一枪。桌上有一页遗嘱。

焦海山的遗嘱上写着三条：一、我存在汇丰银行的 5000 块大洋，给 9 名卫兵，每人 500 块，我的丧葬费 200 块，其余都给学校；二、学校所有资产，由董事会支配。三、我的事都办完了，爹娘召唤我团聚，我自愿去了。我郑重谢谢所有帮过我的朋友！

海山小学师生一片伤悲，小洋楼附近居民区一片伤感。焦海山为何要自杀呢？人们百思不得其解。可就在焦海山自杀不久，租界德国医生马勒对记者道出一个原因：焦海山的腿伤一直由他医治，可是他的右腿已发展为病毒感染，已经侵入骨髓，他很快会瘫痪，全身不能动……

一个要强好胜的军人，可以默默承受长夜腿疼的煎熬，但他不允许自己无尊严窝囊地瘫在床上等死，所以要他自行解决。

德国医生马勒这条信息，让认识焦海山的人唏嘘不已。

半年之后，杨飞鸿写了连载小说《津门无敌兰》，被多家报纸连载，兰有成兰无敌的故事走进评书场，其生平比武故事被演绎得精彩纷呈。这些评书传记，也道出一个让天津人开心的事实，兰无敌，是天津人，老家在小树林，祖父老爹都在盐场晒过盐。只因那桩命案，逼他当兵远走甘肃。也是因为小说评书的影响，坊间由此繁衍出更多兰无敌的趣闻轶事，繁衍久了，也信以为真。这时人们才四处打听兰有成的下落，打听的结果，是捕风捉影，一说是在兰州城郊狄家庄园，一说是在新疆，还有一说是在宁夏。想拜师学武艺之人，苦苦寻找多年，最终音信皆无。

此篇临完结，须补充一笔：一年之后，《金河晚报》主笔杨飞鸿，因吸白面过量，一病不起，临死前他对探望他的人忏悔，却也道出人们寻踪不见兰无敌的真正原因。他言：是我报纸反复用的一个标题，害了这位一代武林英豪。我千不该，万不该，不该给他冠名"无敌"，无敌者，哪能行走天下？天下哪方武林，能容他？他余生，只能终隐山林……我悔呀，悔之晚矣！

短篇小说

无籽西瓜

过了清明，树叶开始萌绿。斜阳直射下来，路边嫩草挤着杂草蓬蓬地乱长。此时的风没了清爽，倒有烦躁的雾霾掠过。在这样的季节里似乎装不住心事，更藏不住哀怨和霉气。余美珍就是这种感觉。

往日的她那一派优雅被踢门声撞碎，手包甩在沙发旁，仰身倒在床上骂了一句自己也吃惊的话，吃惊归吃惊，骂还要骂，骂得流利而畅快，往日淑女的蛋壳模样瞬间碎成齑粉。

余美珍打开门窗，通透结构的房间常有过堂风，她渴望头脑身子跟着风轻飘起来。可她飘不起来，身子凝定在沙发里懒得动弹。身子不动，心思却如一只落入玻璃瓶的苍蝇，左奔右突寻不到出口。一种焦灼感在体内蔓延，烧得两眼不是暴突就是萎靡，手狠狠一挥，烦闷没赶走，恼怒却如一张破棉被，扑面压了过来……

家务活儿一堆，却捉不住事，痴痴一想，更是往火中撒豆，噼啪声似在打自己的脸。真该扇自己这张脸，也许正因为脸好看，才被人惦记算计，才让那个人得手、"摆弄"。

大活人竟让他摆弄。她对"摆弄"二字又气又恨，可挑不出比这个更准的字眼儿了。她恨自己当时怎么这么呆傻，当时怎么不发火、不臭骂，就这么慌慌张张、晕晕乎乎地愣在那儿，哪怕叫喊一声、挣脱一下……这么贱！她想大声地骂袁大光，骂长发魔鬼。她知道骂多少声他也听不到，听不到也骂，痛快！之后，开始骂自己，此时骂自己最解恨。

本来像袁大光这样的臭男人和她生活是根本不搭界的。是她逞能，要展示自己，才应承一台节目策划，才和这种人打交道，才摊上这种倒霉的事。

也许从开始，她就疏忽或根本没考虑这所谓艺术家有品质作风问题。十几年的机关蹲傻了，究竟是自己太木、太单纯，还是现在的男人太下流、太邪行？自己怎么会遇到这样的事！性骚扰，比骚扰严重得多，是诱奸，强奸，生吞活剥，吃了苍蝇，恶心之极，自己怎么就……简直是成了卖身小姐，任他摆弄……

空气中凝结一团雾，思绪纷乱像风中的落叶一样收不拢。只有她自己知道，自己为什么神情恍惚，使劲想事的结果往往更是难堪，之后脑子涨疼后出现一片失血般的空白。

她知道，人忙碌起来也是解脱之法，但她匆匆上前时又神不守舍地捉不住事做，心思总往那件事上使劲，她知道自己作了病，她也知道自己心理生理都出现了问题。她恨袁大光，更恨自己。她已结婚13年，孩子已经9岁，和老高的性事不算太密，但绝不算疏。可和老高以外的人发生这事还是第一次，她先是惊慌、惊乱，继而觉得自己从尊贵的高堂楼阁一下滑跌到污浊黑暗的地窖里。

她唾骂自己和这件事：怎么会这样？

早先她在公司负责人事档案工作，因为办事认真得到许多部门领导的好评。当然她做人做事一直静悄悄的，安稳贤淑，且举止不俗。自己也不知道何时引人注意。引人注意的也许不仅仅是举止，还有她白净的面容，眸光暗亮的大眼睛。人们经过她这里爱多看两眼，进而引起领导那不经意的关注。

女人是目光培养塑造出来的，目光鞭策她服饰得体，督促她的头发永远妥帖柔顺，当然还有甜舒谦和的微笑。有人背后说：余美珍爱笑，笑得美，美得让人舒服。舒服不正是美的最高境界吗。不经意到经意，进而是招人喜欢，可这并没给她带来多少顺境。

机关改革，人事部门压编，党委刘书记点名，她被调到公司负责计划生育工作。没多久又是刘书记点名，调到公司工会。刘书记一表人才，高大斯文，见余美珍总是笑笑，有一次他们在办公楼走廊遇到，刘书记特意停下脚步问她：小余，家里事情多不多，月底陪我到南方，搞一次调研。

余美珍一听，忙说：家里没事的，可以去。

谁知刘书记很快升迁调走，也就没有南方调研的事。

两年过去，别人都有升迁，可余美珍仍是个干事。

这年初，新任工会主席老夏一到任，就向党委书记提要求，调余美珍当工会办公室主任。老夏五十多岁，除了秃顶之外，并不显得老。他当过人事科长，熟悉余美珍，也愿意和余美珍聊天。党委书记也觉得余美珍人不错，可以考虑提拔，但要走程序，考察时间也就是半年多。余美珍知道细情，她的积极性飞快调动起来，工会工作更努力勤快，交代每件事都负责到底，比如发一个会议通知，她都打电话问询到各部门，问收到通知没有，落实准时参加会议人员，好像只有面对面交代一下，她才心里踏实。组织合唱队，练广播操，参加计划生育抢答赛，她都亲自当主持，每件事干得都很精彩，连总经理那天在大会上说，今年工会活动多了，职工情绪也高涨了，咱们工会功不可没啊。

这年夏天公司为配合销售形势，要搞一台员工演出，把一大批用户请到公司，和员工座谈交流，并用一台红火的节目实现公司用户大联谊。所以总经理在中层会上说：今年公司销售工作要完成得好，夏季公司大联欢这出戏一定要唱好！别怕花钱，不惜一切代价办好，这事就交给工会了，看你夏主席，怎么办好这出大戏。

之后，夏主席马上召集工会全体干部会，研究落实方案。最后夏主席把目光落在余美珍身上。

美珍，你得挑头负责这台节目，其他人配合，别的工作可以放一放，全力以赴办好大联欢。

夏主席意图明显，就是让余美珍展示一回，证实一个人的综合能力，证明这样同志早该提拔，你看，人家余美珍的文字策划、演出安排，井井有条，章法力度都好。夏主席私下和她明说：光自己张罗不行，要有策划能力，整体协调能力，系统表达能力，要看最终效果。说着，夏主席的胖手又在余美珍后背拍了拍。

领导把担子压给余美珍了，余美珍可睡不着觉了。

老夏是有点子的，他的策划能力比他的身板强，主意比他脑袋上的头发多。他对余美珍说：咱请专业写主持词的人来，请专业演员，加上咱公司的文艺爱好者，一定能编排出一台高档节目。明天你就到省话剧院，我战友介绍一名编剧，什么节目策划、写连接词、歌词什么的，全行，你上午就把人接宾馆去，吃喝你安排，你就当后勤吧，争取这周把节目和主持词完成。这帮搞艺术的都有个性，你就接待好吧，照顾好他，就全结啦。

余美珍满口应承，她觉得这机会太好啦，能跟正规搞艺术的人学学怎么编排节目，太难得了，反正领导有话，不怕花钱。别的不敢说，把客人安排舒服了，察言观色伺候人，自己是一流的。

接待工作异常的简单顺利，顺利得让余美珍有些不知所措。艺术家袁大光留着一头蓬披长发，样子像拒人千里，可一接触却平易近人，说话和蔼，彬彬有礼，特别是好听的京腔，听着都那么艺术，那么让人崇拜。早在几年前，余美珍就知道这个名字。家里订了一份晚报，那时每天的小说连载《爱情湖泊》，作者就是袁大光。当时她猜想，这位作家一定是一位饱经世故、历经爱恨磨难、进入暮年反思的长者，而此时近距离看袁大光不过四十多岁，除了下巴蓄起一层胡须，没有一点老相，尤其是那并不大的单眼皮生机勃勃，还有微笑，眼睛眯起的瞬间，似有许多内容。

无疑，余美珍的安排是周到的。她为袁大光订了一个套间，这样休息写作可分开，人的活动区域也变大,另外房间里的空调、电视、洗浴等设备她也一一试过，生怕有什么疏漏影响创作情绪。她还到前台问有什么水果，宾馆服务员对这种附加服务很懒散，报价也惊人。干脆，她决定自己去买。此时的水果品种单一，人圈在屋中写作，一定是口干舌燥，上火。她看中了西瓜，那种无籽西瓜。虽然这比一般西瓜贵三四倍，但主席已发话，在照顾客人上，不能疏忽，不能心疼钱。请这么大名气的艺术家来帮咱工作，买些高档水果理所当然。她本来想买两个，但一想还是先吃吃看，若好再买。于是她买了一个瓜皮花纹极清晰好看的大瓜，找个大布兜，亲自拎到客房里。

西瓜溜溜圆，好像不是长在地上，像长在一个球体里，不然怎么会这么圆。她轻轻拍了一下，发出嘭嘭的响声，那响声似很沉重，声都震手。墨绿的花纹极像孔雀鱼的长尾，几道曲线，飘飘袅袅，像抽象画。她觉得买西瓜这个创意能成为接待客人的亮点，起码是精心服务的体现。

果然，袁大光进客厅之后，一眼便瞧见这圆圆润润的西瓜，呦，这么早西瓜就下来了，不是咱本地的吧？

不是，是新疆的，也不知口感怎么样？

错不了，你看这瓜秧都没有，瓜熟蒂落，这瓜绝对熟，好瓜。

那您先用点？

不，咱开始工作吧。袁大光拿起桌上大大的档案袋，里面有余美珍为他准备的所有与演出有关的资料，凡是她觉得应该提供的信息都放在里面，包括以前公司排练演出的照片。

艺术家行为怪异，随便翻翻提纲和计划后，眼睛便盯在照片上，那是美珍组织公司文艺骨干排练节目的照片，有小合唱，有扇子舞，有对口词和手风琴四重奏。袁大光爱看女演员，他看得很仔细，流露出欣赏意味。美珍心说，这就好办了，起码他对公司业余演出的班底有信心。

可他的话让美珍发怔。

哎，你这张照片照得好哇，这侧面多美。她脸一下莫名其妙地红了。那是她指挥女生小合唱时照的，面光很足，衬出她侧面的清晰轮廓，尤其那圆润的额头，直挺的鼻梁，曲线有力的尖下巴，都很生动。能得到艺术家的赞叹，这让美珍很受用。熟人夸耀总有迎合的成分，而陌生人的夸耀多属无功利色彩，更加真实贴切，所以她的惊喜是双倍的，脸也格外的热。她解释了一下照片内容，发现自己语言一点也不生动，甚至有些慌乱。她把材料一一清点说明之后，便说，您忙吧，我不打搅了。

一点也不打搅，你在我这儿最好，有不懂的，我可以随时问你啊。

他就这样可亲可敬，人家有什么不懂啊？分明是谦虚。可话又中肯，没半点矫情。这人真不简单。刚一接触，余美珍就对袁大光有好感。

当然，像袁大光这样搞艺术的人，接触起来也有让人不太舒服的地方，比如他那眼睛，总爱看人，一双眼球，不时地看人的脖子和胸脯，看得无遮无拦，信马由缰，像看自己随身带的小包，那目光似摆弄手上的钥匙链儿。

她决定走开，若即若离的效果最礼貌也最恰当。太离，有怠慢之意，总在那儿，有起腻之嫌。文人写作要静，你知道人家灵感何时降至，灵感从空而降时，你上前一打招呼，灵感可能又飞走，也可能撞碎，她感觉灵感就是一架无人驾驶的隐形飞机，飞行无定数。就在她转身离开时，袁大光轻声招呼，分明是很熟后的那种无忌讳的吩咐：美珍，你去找个水果刀，咱把西瓜，宰了。

行。她马上去找服务员借刀，边往外走边觉得好笑，这搞艺术的说话，咬文嚼字儿的，西瓜不说切，说宰。

这个"宰"字狠狠的，强迫西瓜就范，任其宰割，"宰"让怔怔端坐桌上的西瓜有了故事。

水果刀拿来了，余美珍站在袁大光身后看他"宰"。这个披着长发的男人竟有一双女人的手，纤瘦而有光泽。他一手按住西瓜，另一只手不去切，而是在西瓜上剜了一个小洞，这个洞随着刀刃的划圈旋转而渐渐扩大，一直呈拳头大小，红色的瓜瓤像咧开的血口，要吞噬什么。这种宰一点也不好看，倒有点没事找事，或者说没有实用价值。这怎么吃？

余美珍正这样想着，听袁大光对她说，找一把小勺，不，两把。

她明白了，转身去服务台。两把勺，分明是让我和他一起吃，不好；可真只用一把勺，那就更不好，她没想到怪异的文人有这怪异的吃法。她又一想也不算怪，许多人家都曾把西瓜一切两开，用勺剜着吃，瓜不甜还加白糖，见多就不怪了。

小勺到了袁大光手里，就如蟒蛇口中的信子，伸伸缩缩，西瓜瓤被巧妙抠出，他不客气地送入嘴中，连说：挺甜挺甜。甜字被浓重的鼻音包裹，使甜有了延伸和扩散。他一扭身道：

你吃，你也吃，咱一起吃。她说：你吃吧，我不吃，我还要到单位去，那还一堆事呢。

你别走，你一走，我多没意思。袁大光轻松地说着，只是嘴巴不轻松，使他的话像吃热水饺一样含混。

我、我。不等余美珍说话，他抓住她的手，来吃一口。小勺中剜出一块三角状西瓜瓤，直送她的口中，她想躲闪，可拉她的手一用力，由拉手变为揽腰，丝毫退缩不得，那红色三角犹如长舌直冲她的小嘴。她从没被人这样强制吃东西，哪怕是这类玩笑也没有，空白的经历使她只有一种选择，吃吧。况且人家是好意，搞艺术的爱搞花样，太执拗让人觉得不好合作，完不成任务或完成的质量不高，其责任都得自己兜着。心一松劲，口便张开，西瓜直塞口中，那是填鸭式，她感觉甜凉的东西直冲嗓子眼，她屏住呼吸加速咀嚼吞咽，可不知为什么，此时嗓子奇痒，她知道，此时一咳，就会把口中的食物咳入气管，那样会加重咳嗽。几乎是没吃出什么滋味，瓜瓤吞下去了，但不争气的咳嗽还是翻了上来，是一连串的咳嗽。真是难堪的咳嗽，感觉眼皮都在发胀，两边的太阳穴也向两边突出，就像要长出两只角那样胀疼。

咳嗽声和袁大光的轻敲后背几乎是同时，她感觉自己有些狼狈，但又无可奈何，任他抓着手、拍着背，感觉这个搞艺术的大男人挺婆婆妈妈的，挺会照顾人的。好一阵，咳嗽停了，她感觉袁大光在拥抱着她拍背，而拍背的手轻轻上来，使她呼吸变得急促。别，别。她想挣脱，但已不可能。感觉自己像失重一样被他抄腿抱起，感觉自己就是一棵白菜或一根大萝卜一样被放在床上，在她惊诧的瞬间，袁大光的手已袭上身来，就如那冰冷的小勺在剜她的胸乳。她慌乱、挣扎，但越挣扎越被他收拢，收入巨大的网中，网住她无声的惊叫和沉闷的羞辱。

一切嘈杂过去，她感觉周身被揉搓得汗渍渍的，但没有一处疼，像往日曲卷的树叶正舒坦地铺开，筋纹也挣脱般抻开，竟有一种解脱式的松弛、难言的舒展。她感觉脸和身体在充血，身如浮萍飘浮着，说话和四肢一样无力，无力到只剩一个"哎"字。袁大光的嘴贴着她的耳朵絮絮叨叨，丈夫老高多种版本的夸耀也从没这样的句式：我太喜欢了，克制不住，喜欢你，喜欢得受不了，你真是个好女人，好女人。

你干啥？你干啥呢！你干啥?!

你、你混蛋！

她终于找到一个发泄的字眼儿，可骂出口后又感觉自己很低下。

从高声骂到低声，直至沙哑，无奈地喘息。

她除了无奈，还多了一道无力，像是自己身上沾了狗屎，怎么折腾自己身上也散发臭味。

似一场硝烟过后，天空大地出现大片静谧。

静静凝定好久，她才认真想自己该怎么办？大呼小叫地报案，会有惩治袁大光的地方，会有人安慰自己，之后公司上下会沸沸扬扬，人们一下全知道这丑事，人们会添油加醋地议论；联欢会的事和自己提拔的事一起泡汤。世上这种缺德事肯定很多，如果自己不说，也许没那么严重。自己也没暴跳，也没急眼，自己是过来人，知道生理心理的事，自己不是烈妇，也没太那个那个的，否则他也不会得逞。她瞥了一眼袁大光，此时他缩在床边，像个饿了三天的蔫巴猴。

你打我，骂我，就是告我，都行，反正我是犯错了！可我也是太喜欢你了，你很性感……

刚才那位精神抖擞的艺术家，此时像低头耷脑的在逃犯。

真没办法。她到洗手间梳理一下头发，情绪也被梳理平稳。算啦。她走出洗手间，只对看她发愣的袁大光说了一句：再有这事，我立刻打110，报警抓你！

袁大光似接到大赦令一样，连连说：我向您道歉、道歉，不会了、不会了！

你们搞艺术的，真流氓！

她草草地收拾一下，像命令又像熟识很久似的命令：干正事吧。

余美珍一闪身走出屋外，她感到异样，为自己的窝囊事和窝囊话脸红，哎，怎么会这样！

这么大的事发生得这么短促而简单，打开她的身体就如打开一个反季的西瓜，怎么会这样？她又在内心乱骂一气，包括自己。之后又骂这倒霉的策划，骂了一圈儿还原回来，她很理智，觉得事只能这样了。她在路边狠狠掐了一把大腿，暗思忖：怎么就跟做梦似的，不疼不痒的，就是心跳得厉害，像自己做了坏事一样惶惶。好事坏事怕比较，她担忧自己精神出了点儿小问题，为什么不愤怒？愤怒了，可又终止。为何不急眼，急了，没用。来得突然，结束得也算意外。她由此知道自己是个敏感的人，换个时髦说词儿，那说词儿在《时尚女友》杂志读到的，即是一个"除了追求肉体，还追求内在精神层面的人"。

自己也算失去贞洁了，一块白布有了墨点，反复洗也有黑斑。自从那天有了这块黑斑，她觉得自己更加注意打扮，过去衣服开始看不上眼，她竟一反常态，上班时间逛起时装店，逛久了禁不住诱惑，比照时装画片，咬牙买了两件。她发现自己开始琐碎，变化是在化妆镜前，以前只是梳头之后，左右转脸看看便结束，此时她开始精心对眉毛和嘴角进行修饰，当然还开始贴切使用水质膏质化妆品。

此时包括看人，她都有了超乎寻常的善良开化。看单位几位熟视无睹的男士，竟觉得他们都比以前帅了几分。过去她对领导的拍打很过敏，不论是拍肩还是拍背，当然每逢这时她身子总酥热一下，现在如果拍打，她会木然。还有，一位当初暗恋自己的傻男生，都到中年同学聚会的岁月，才对她道出实情。她感觉，那是一种缺失的美好，如果那个暗恋男人此时大胆拥抱她，她不会拒绝。她吃惊这种感觉，自己是要学坏吧，怎么变骚了？她不想骚，她还要安稳地过日子。

快点结束吧，真没想到，自己会遇到只有电影、小说才看到的事，而且自己成了其中一个角色。她忽然想到，像自己这样的也许有很多，人家也没嚷没闹，所以无人知晓。事理证明，这种事是打不得、说不得、闹不得的。对，只能忍了。咳，就当被狗尿湿了裤子，洗洗拉倒。

心往宽处想，可几日里，总有瞬间的神情恍惚，如魔鬼附体，神思不宁，脑子总想着这倒霉的事。自结婚之后，自己有心事都要和爱人老高说说，老高在拿主意、分析事理上，见解一点儿不比她高，可他唠叨一番后，自己心里就开始敞亮，那敞亮的，不一定是老高打开的，可老高的絮叨，能帮她风平浪静，能帮她推云拨雾，怪不?

但这事，绝对不能对爱人说? 找扇啊!

哪个男人愿意听这个，当王八，明确的、一针见血的王八。火气暴躁的能抄家伙打上门去，火气蔫巴的，也会暗暗磨刀寻机报复。再老实再窝囊的人，一股邪火关不住，不知撒给她与他。如此这般，自己也许从此没安生日子。

那天之后，她内心像一件精美的瓷器，被撞击出一道看不出来的纹，看不出来，发现不了，可伤在哪儿自己清楚。她感到一种说不出的委屈，委屈的还有爱人老高，感觉自己的老高被人无形地欺负了，被人悄悄羞辱并无声地殴打一顿。

艺术家就是艺术家，主持词写得朗朗上口，这词只有了解公司情况、熟悉公司发展脉络的人才写得出来，既符合公司中心工作又贴切动人，那真叫艺术! 所有演出安排得细致得体，演出效果，空前精彩。往次的演出活动，有说好的有说一般的，最后归结众口难调。而这次公司大联欢，上下异口同声地叫好。一切预想都在兑现，并产生喜人的突破效果。

余美珍长舒一口气。可以说除了那天那事心有疙瘩，一切美不胜收。

公平地说，袁大光是极其敬业。那天之后，他一甩长发，几乎像个表针，一刻不停地运转工作。三天后余美珍去送水果时，见到她的第一句话是：我是写完了，谢谢你的服务。

往日她对服务一词很麻木，可此时她竟听出别的意味。当然袁大光神情认真没有猥琐，她还是故意苦笑了一下，说句不客气。

她心说：服务？烦透了，没有公司的事，我才不搭理你！这不，蹬鼻子上脸，他又得寸进尺地对她笑笑说：你这人，真好，我忘不了你。

她用鼻子哼了一声，哼出轻蔑、反抗和不平，反正哼的内容，比想到的多得多。她不想再见到袁大光了，包括他伸出要握一握的手。

她装作没看见，故意转身给自己倒水。

可袁大光没羞没臊一脸真诚，他说：有机会咱们再合作。

简直无耻。真是文人无行！

这次演出，公司重奖工会，夏主席考虑余美珍周六周日不休息，晚上加班加点，他一高兴，竟奖励余美珍5000元。奖励就大方地奖励吧，可夏主席神秘兮兮地，悄声把余美珍叫到他的办公室，轻拍拍余美珍的肩头说：我对他们说奖你3000，你这次是立大功的。她连说：谢谢主席，谢谢您！

不用谢，你是明白人，你这人挺好的。

她感觉夏主席拍她后背的面积在扩大，她想退缩，最终还是装傻。

那天回家，她给老高一个巨大的惊喜。她把存折上的

78000元，连同奖励的5000元一同给了丈夫老高，说：拿去，买车吧，钱大概够了。

老高不相信，抓住她的双手，小孩般地摇曳：媳妇，你这是真的，真让我买车啦？

老高最喜欢车。包括自行车、摩托车，特别是前年考下了汽车驾驶证，那想小轿车的心思比当初想媳妇还甚。老高多次不直接说，他总说做梦开车，开得多快多快，拉着媳妇、邻居和同学，去海边玩去。听这些话，余美珍不吱声，可脑子里出画面。是啊，有辆车也不错。可想到全家仅有的那点积蓄，最终她不言声。

当初老高在考证之前，她本想阻拦，可是街坊邻居几个男人都考取了驾驶执照，爱人没有驾照，好像矮人三分。考吧。但那天她面对着老高，把个人买轿车的利害分析到骨髓，她说：咱家三口，每天能用几次车，孩子上学不到五百米，你上班走也就二十分钟，骑车七八分钟，走路骑车当锻炼身体了。我呢，在家门口坐班车，赶上领导专车送了。买车不是不好，可一年下来花费一万多块，几年下来用那钱咱换套大房不好吗？

一番话轰得老高东倒西歪。老高虽是粗人，可也是那知道顾家过日子的人，况且媳妇说得在理，他也见弯就转，嘟囔一句：先不买了，有闲钱再说吧。

这"再说吧"让她舒服，起码她的话听进去了，目的达到了。她心静了些日子，可看到和自己同等条件的人家都买了车，特别是一些老邻居、老同学开车鸣笛或探出车门窗打招呼的样儿，心里又羡慕又眼热，吃不到葡萄再无法说酸。她暗暗存钱，哪怕买那最低档次车，也让人看着咱混得也不差。

自从在宾馆和袁大光发生那事，她最先担心忧心的不是自己的名声，而是老高的委屈。自结婚后老高处处让着自己，此时她感觉说话气短，是亏心，是歉疚，还有愧悔？这些日子，她就觉得亏欠爱人老高许多，买车，让爱人高兴，她心里安然。不这样做，她身上燥热。

于是她决定买夏利、奥拓、QQ那类车，那车省油、小巧，拉一家三口到处走走，多好！

其实，促使她买车的还有一个忌讳说不出口的原因，近日来她晚上总做梦，她梦见下班时遇到雨，还在雨中滑了一跤。那一跤摔得不是时候，偏偏在路口道边行人最多的地方，而且摔得不干脆，趔趄中自己想校正却偏向一侧，滑倒时裙子被重复卷起，露出白皙的大腿和该死蕾丝裤衩。好像正在茶艺馆门前，两台车好像刚刚停下，几位熟悉的男士正看全这尴尬的一幕。美珍当时恨不得钻地缝儿里，她知道人们在看她，她不抬头，决不，感觉内裤湿透了，挣扎起来，头也不抬不回，拼命向前走，走出这湿丑和难堪。

心情郁闷雨水也刷不尽的，内心深陷的一条脏泥鳅不时撩动，五脏六腑都在沼泽泥泞中，腐水败草气息浓浓返上来，干呃到窒息。

而最清晰最让她震惊的梦，是在梦中和陌生人约会，约会时竟有初恋的感觉，热热美美的，还拉手拥抱，可是在拥抱的一瞬间，那个陌生人忽变成老高。老高脸仍像往日一样平静，却质问她道：你怎么能和街口刘瘸子乱来，有本事你和电影明星，你忒丢人，你咋这么贱！

啊，她吓坏了。不可能啊，刘瘸子是小区收垃圾的，一个六十多岁又聋又瘸的老头儿，一年到头脏兮兮的，自己怎么可能和这样的人……可梦中的自己竟没急眼没反驳，甚至无言以对，那情景真别扭，她似乎想起，刘瘸子确实搂过她，摸过她，还在她下身摸出红红的湿湿的西瓜子，真是荒唐，这都是哪儿的事？

醒来她心口就疼，是惊的、吓的，郁闷的，说不清楚，反正心内有了巨大亏空，就如一下失去地气失去大地引力，周身浮动飘摇，不能自已。

自从她决定给老高买车后，如气球浮荡的心一下子找到凝定点，不再慌乱，也不再羞惭和自卑，似乎矮下去的身材一下子被汽车重新垫高，而且高出别人许多。

轿车买得异常顺利。她和老高看上一款西安铃羊。车体很大方，关键是省油。老高一直被能买车的兴奋情绪所笼罩着，他感觉自己在实现人生一大快事。老高车开起来很自信自如，他对她说，驾车就像帝王感觉，车是臣民，往哪指使，都是服从。那感觉，美！

因为有了车，老高晚上不喝酒不打麻将了，好像一下变了个人，晚上在床上也格外卖力，而且兴致高时间久，好像要用一切手段来哄她高兴。她的确很兴奋很满足，她觉得自己一下年轻许多。看老高有车后那高兴劲儿，她觉得一下子解脱了，回归到常态，像一切事都没发生一样。

可是，"可是"这两字真是可恶，那个留长头发的、吃西瓜用勺剜洞吃的袁大光，不久竟搬到余美珍家不远的二阳高档小区里，在超市她就遇到过他两次。第一次遇见，袁大光主动和蔼地打招呼，声音亲得发酸：美珍，来买东西啊，我搬这儿了，二阳小区 6 栋 3 门，有事咱联系。

她笑了笑，只说好好。彼此都有节制地礼貌着，或说有礼貌地节制着，之后迅速走开，像没遇见一样。第二次他们同时买棉纸，又迎头碰见，彼此点点头，可就在她决定快速躲开，在经过身边时，袁大光还是及时问候一句：买东西啊，你气色真好！她又点下头，便低头而去。那样子不仅表示勉强，而且突出敷衍，如此冷淡不愿意理睬。他该明白。

余美珍决定，再见到他时，一定形同陌路，不论他说什么，自己连眼球儿也不转过去。这样想着，自己也心虚，当初还不是自己主动请人家，帮助安排这安排那，像活祖宗供着，以致供出一个花流氓来，而自己当时为什么不大声呼叫，起码对他也是震慑，为什么不翻脸，不发作，摔东西……一切都结束了，结束的，像是一件久远的事。

久远的事结束了，可新发生的事又在鼻尖下。那天一早，老高开车刚出小区不久，因为小区高楼一栋接一栋，形成视线死角。尽管车开得不快，车刚出小区在拐过二阳小区时，手机响了，自己拿起手机的那个瞬间，驾驶的轿车竟和一个人迎头撞上了。他老高猛喊一声：哎！喊也是撞上了。

车头撞人，确切说是人撞车，但只要人和车发生纠纷，谁也不会同情车。老高驾驶技术不错，刹车也算及时。但是那人的胳膊，还是磕在前大灯顶部，人缓缓地向后跌坐，人跌坐得很慢，在他跌坐地下时，下意识地用手撑地，他以为这样可缓冲屁股与地的冲击，可支撑地的手成了身体后倾的唯一支点，这个支点承受力太大太集中，手腕骨折了。撞人的被撞的都有惊恐和埋怨，埋怨使他们的语气加重，声响加大，包括腾腾冒出的火气。但最终受伤的，在痛苦地骂，开车的开始道歉，路人都怒视开车的老高,斥责道:你道歉有啥用呀?快把人送医院!

慌乱中老高用车拉着伤者去了医院，全身检查，透视显示手腕骨折。责任归属是必须争论的。但老高在医院就承认：自己该负主要责任。

老高打手机，将情况告诉了余美珍。余美珍请假匆匆赶到医院，她知道开车撞人的严重性，也许要赔偿很多，赔得倾家荡产，也许会无尽无休地争吵，交通队还要罚款扣分扣车，也许更严重，会拘留的。她觉得老高出这种事，绝对是自己纵容的结果，也许她根本就不该答应买这倒霉的车。

当她火急火燎地走进医院处置室，焦急地见到那位被撞人时，她知道，此时安慰好被撞的伤者，是最明智的，她准备好一叠钱，买了水果，准备好一大堆安慰道歉的话。可是她和伤者一见面，愣住了，病床躺着一个披肩发的人，那人竟是袁大光。

袁大光一看到美珍，得知她和司机的关系，他的脸色立马由怨恨变为颓然、坦然，就像一场规格很高的演出突然停电，刚要愤怒叫喊，灯又亮了，而且亮得刺眼。

怎么，是你。

是我。这也许是该着，报应呗。说这话时，袁大光似乎很悠然，很自得。

伤得重吗？

不重。我身体结实，就手腕骨裂，养几天，基本就没事。

他轻描淡写，显然在宽慰余美珍，目光里有幸运和柔情。

你头发太长，脏了都不好洗。

你不喜欢长发。

不喜欢。

哦，我留短发不好看。几个朋友都这样说。

余美珍摇头，不语。

爱人老高来了，显然在单位请了假，一脸愁容，两口子在走廊说话。当老高得知美珍认识被撞的长头发，他紧皱的眉头一下舒展，他一拍大腿：老天帮我！不，美珍，我的好老婆，你在帮我啊，认识就好说话了，也容易说开。该花的钱咱得花，反正咱不亏待他就是！

你去忙吧，我在这里盯着。多亏认识，不然讹上你，够你小子喝一壶的。

怨我，都怨我。老高点头，就剩作揖了。

你呀，不让人省心。

是。

余美珍叮嘱老高：这个人爱吃羊肉串，下班你到新街口，去买新烤好的。他喝高度白酒，把咱家那两瓶好酒拿来。主食你甭管了，我回家做。伺候两天，该是没事了。

行，就这么着。

老高脚步轻松地走了。

中午余美珍买来馄饨和手撕饼，还有一盘鱼香肉丝。可她一进病房，就见袁大光已经起来，正坐在病房中间，一位理发师在给他剪发。一缕缕长发横七竖八躺在地上，头发剪得很短，见余美珍进来，他诡秘地一笑。

怎么，理发，剪短了？

是，有人不喜欢长的。

你真……

是。

余美珍闭紧嘴，不敢再说话，她觉得此时说什么，都有挑逗或引来挑逗。对，不能太熟络，还不能冷落，拿捏成了难题。可是他是病人，照顾吃饭总不能远远隔着。索性就这样了，这样一想，呼吸也渐渐顺畅了。

爱人老高惹出的麻烦此时已经不算麻烦，一切交涉变得简单。袁大光对来了解事故的交警说：事故责任在我这，我只低头寻思事，没靠边，可以说，不是车撞我，是我撞车。我没撞过人家，属于自作自受。

民警连连点头：您这样儿的，少见，有善心，这话，多善良。

这是实情。司机没有责任。是我自己不小心，这小骨折，不挡吃喝，一两个月就可恢复，我公费医疗，有保险，没事啦，结啦！

袁大光不像开导自己，倒像生怕揽不到责任。

最终民警一合大本子，握住袁大光的手笑道：都您这样，我们的活儿，好干啦！

剪短头发的袁大光并不难看，还显得年轻。他吃完饭不睡觉，在小本子上不住地写。余美珍不问。可他却认真地对她说：你知道吗？我在写诗，写你，写你和我。

这话让余美珍心乱，可她坚持着，不问，就是不问，哪怕一肚子疑惑。这些事，怪他吗？怪自己吗？也许要怪那无籽西瓜。

事情处理结果太简单了，简单得让老高吃惊。他敬佩妻子不动声色处理事情的能力，简直是力挽狂澜，将一盘死棋走活。老高分明看到被撞伤的、骂人的、披长头发的人竟和妻子很熟悉。这事真是太巧了。

晚上睡觉前，老高将开车撞人的经过又说了一遍，感慨加自责，他忽问妻子：你怎么会认识这么一个人？他一见你，就把责任全揽过去了，咋回事？

她静静地解释，是公司请他策划过一台演出，他挣过公司一笔钱，而这事是由我帮助联系，他当然得谢我。

一切都合乎情理，老高信了，继而很兴奋，情绪渐渐蔓延上来。她真想好好地配合老高，但周身木木的，任由他一个人独唱，她只是低吟附和。

唱累了，老高呼呼睡去。但她的低吟还在心底徘徊。这几天她还要面对袁大光，面对一个痴迷写诗的人，他写了一小本了。她不敢看病房那道眼神，眼神附录并传递诗的内容，她在挣扎，想从他的诗里走出，要快走，不然就走不脱了。她在似睡非睡时，脑海反复浮现的是，一个圆圆的西瓜正向她怀中徐徐滚来，那西瓜已经裂开，露出诱人的红瓤。此时她不知道是推开，还是接住。

角色置换

张老师的鼻血止住了。

拳头打来，他周身下意识收紧，想收紧成一个壳儿，但壳儿崩裂开来，头被撞击的瞬间昏沉。多亏了这昏沉弱化了疼痛，只觉鼻子火热，有滚热的液体流出。流出了听觉。那是低语：鼻子出血了，别打了。他知道今天的折磨结束了，疼痛莫名袭来，但有一种清凉的解脱。抬不起头来，四周喧闹着，似潮水在退去。有人拉他，他机警的睁眼看，是同时站在台上的宋庆宝老师，一个海外归侨，只因给他寄来的信封满是英文，里通外国罪名是跑不掉的，几次批斗之后才又加上一个特务标签，批判会后，全校的学生都叫他的大名，不过不是宋庆宝，而是外号"宋情报"。此时他扶了张老师一把，没事吧？张老师点头，活着就没事，于是宋情报搀扶张老师下台，台下两个学生手持木枪，押解他们去干活。

活计简单，将六块印刷厂排完版的浅浅木板盒子，用手推车送往印刷车间。两站地不算远，如果再穿过胡同会更近。宋情报主动抓过车把手，张老师助推，车悠悠地走。宋情报嘴里发出嘘嘘声：小心，别颠簸，这排版盒子怕颠。张老师去过印刷厂，那排的版，都是由一个个铅字组成，那是套红的号外，有最新的最高指示，那是晚报印刷的大木板盒，是几个检字工人一天的劳动。

走近道儿！两名学生熟悉路，走近道儿就是穿过一条胡同。可是胡同不仅路窄也不平整。张老师愣了一下，宋情报一拧车把将车推向胡同。胡同幸亏人少，已是下午四点多钟了，斜阳照墙上方，胡同里也亮了许多。两位老师早已熟悉这种监督劳动，不用监督他们也不会偷懒耍滑。此时的劳动化为专政是要有仪式的，身后的两名学生构成严肃仪式的完整性。两人没事无聊嬉笑，不时你打我一下，我推你一把，只有胳膊上鲜红的袖标显示着威严。笑着闹着，灵活起来，不时有个突刺，不时有个急挡。张老师可以随时回头看两个学生。那个小矮胖的学生，走路很笨。可是出拳很快，鼻子就是他打的。看得出他经常如此，见到张老师脸上没有表情。那瘦高个儿不动手，人家腿长，只抬脚踢。踢过宋情报多次。宋情报曾低声对张老师说：踢屁股，不疼，木头枪要命！是的，他们看见过，瘦高个儿抡起木枪打体育老师的腿，只一下就把人打瘫在地……

两个学生都穿着黄绿泛白的宽大咣当的军服。十五六岁的孩子端着木枪，那种军队练刺杀不伤人的木枪，振奋呐喊几个小时了，此时他们像小猫小狗放松打闹，两支木枪也快乐地交叉碰撞。

手推车吃力地前行，因为慢而变得吃力，也只有慢才平稳。

张老师低头推车，不时看看车上的密密麻麻铅字版，他知道很快这些就会上机器，印出一张张报纸，除了印刷厂的人，自己也算是最早看到最高指示的人。他知道明天一早，几万或几十万张号外会飞满城市各个角落。

木枪在交流，两个身影也在来来往往，胡同两面的墙壁都被他们充分利用，不遗余力撞击回弹，让一个个突刺神出鬼没起来。瘦高个儿本该强大些，可刺出去的木枪收回变得困难，小胖子不时借助手推车在一侧偷袭，一下子交手变得势均力敌，甚至小矮胖还扫中瘦高个儿两次小腹。游戏在升格为拼争，在模拟战场情景，乘胜追击和绝地反击同时展开。张老师的鞋被小矮胖踩过两次，这时瘦高个儿又撞张老师的腰，随着一撞张老师惊叫小心、别闹！

这话是没经大脑的。可瘦高个儿很烦这话，推你的车得了，敢管老子，他侧脸一吼：快推车！手中的木枪倒不出空来，不然削你屁股！

这一嗓子手推车走得快了，张老师再不回头看，低下头奋力推车，车悠悠像只小船顺胡同漂流。

两支木枪不再有猴子的嬉笑，都有恶狗暗暗的恼怒，有饿狼愣愣的发狠，木枪出击次数和愤恨程度成正比，二人已经没有语言交流，大声喘和低声骂此起彼伏。又是木枪的磕磕碰撞，又是惊叫怒骂的火起。小矮胖得手了，但瘦高个儿的反击又成功，小矮胖再次偷袭，瘦高个儿一枪刺中小矮胖的下巴。小矮胖嘶叫一声，彼此木枪成了无规则的抡打，你来我往利用胡同和手推车的窄窄空间，都被打中，都在叫嚣，都有哀鸣，都在竭尽全力，木枪搅在一起，同时升起狠狠的落下，竟落在木板盒上，顿时木板盒剧烈颠簸，排列整齐的铅字咆哮地蹦起，所有木板盒似失去平衡，在车上全部倾斜，一排排铅字像愤怒的蝌蚪，向四处散落。

宋情报停住脚步，回身看车上的惨状。张老师扶车的手在抖动，如他那颗落不下一再漂浮的心。两支木枪傻了，纷纷垂落在地，两只恶狠狠的公鸡，忽然忘记所有伤痕和疼痛，周身耸动的毛瞬间脱落撒了一地。死鱼眼睛盯着仍在倾斜的木板，盯着散落的铅字。此时那一片散落，竟变成子弹，射向他们二人，想躲都躲不开，子弹击中他们，他们身体开始抖动。

你们、你们怎么这样？张老师是抱怨是质问，更揪心不知所措的结局。宋情报搓搓手，神情异样，把要说的话又咽回去。他慢悠悠来回走了几步，突然冲两个学生怒吼：知道吗？你们知道吗？声音高得吓人。两个学生愣愣看着他，等待他的下文。这是什么性质？这是现行反革命！不是上纲上线，本身就是纲上线上的东西！知道吗？

这话张老师熟悉，这是瘦高个儿批斗会最爱说的话。

你们站好！低头！

随着宋情报的怒喝，两个学生自觉立正低头，他们已经知道事态的严重，严重到不可估量。

敌人会自己跳出来，跳出来就横扫！不服就斗、就狠狠打倒！

张老师又觉耳熟，这是小矮胖的口头禅，也是批斗会精彩点，但没有众多口号跟着，减色不少。

训斥在继续，已经由过失的罪状，向故意现行的由来已久的性质转变。胡同里的阳光消失了，四周黯然。在这声声谴责中似乎缺少什么，是拳脚，而宋情报愤愤的脸已经将要贴在小矮胖的脸上，接下来会有暴力和掩盖暴力进攻或者为暴力加油的口号。但张老师拉住了宋。张老师只觉得鼻子酸楚楚，不是要流泪，他想把鼻塞血块像擤鼻涕那样擤出来，可是血凝在那里沉重的酸疼一直延伸到额头上。他看到鲜红的袖标，这是颤抖的颜色，此时却是他发泄理由：你，你，把袖标摘下来！

两个学生听得清楚，但又不敢相信。宋情报一指袖标，厉声重复：摘下来！

他们顺从地摘下，放进裤口袋里。摘下袖标，这也是对革命阵营中犯严重错误人最严厉最醒目最流行的惩处。

我放松了革命警惕……

放屁！是故意破坏！

我、我没注意思想改造，破坏了革命工人的劳动成果，干了敌人高兴革命者痛心的事……

你呢？就你蹦得欢！

我也是，资产阶级思想严重，逞能、英雄主义，给革命造成损失！我一定要彻底悔过自新……

两位老师熟悉批判程序，而两个学生更能熟练地查找自己的错误和罪行，更能一层层上纲上线，一刀刀地切割自己血肉和灵魂。虽然没有高音喇叭，没有口号呼应，但这胡同里的批判、自我批判进行得有声有色、一丝不乱。

瘦高个儿自我批判时眼睛里有了泪水，小矮胖揭发灵魂时止不住抽泣。他们知道问题的严重，这是破坏最高指示发表，是破坏战略部署，是反动，是现行，是十恶不赦！

两个学生在斗私批修，在自我批判，在深挖灵魂深处的污泥浊水……

两位老师听着，年轻的宋情报在笑，可张老师在心疼，自己儿子也这么大，浑小子一个，真遇到这种事，自己该怎么办？

张老师不忍心继续下去，他切断他们的批判，大声强调一句：知道吗？你们就是破坏！而这句破坏二字，似是总结也似定性，让两个学生找到最可能出现的转机。瘦高个儿冲张老师躬身道：我们，不是故意的，我们有错！

不，我们有罪！请原谅我们这一回！小矮胖补充着，声音里有抑制的抽泣。

我看你们表现！快点，把地上的铅字捡起来！

宋情报命令着，这声音在学生听来无比温柔。二人马上蹲在地上捡崩落的铅字，四只手忙乎得像猫挠土鸡啄米。

张老师看看宋老师，他擦擦鼻子下的血痕，冲宋情报一眨眼，下巴摇摆一下。宋情报会意，他捡起地上的木枪，递给张老师一支。

咱们走，马上回捡字车间。快！宋情报命令着，张老师挥挥木枪：快推车走！

两个老师押着学生，两个最新的现行返回了捡字车间。车间主任一看车上木板，冲老师破口大骂。张老师过去和他耳语，接着宋老师又耳语。主任仍然低声骂，但目光在死死盯着两个学生，那样子似乎随时可以捶打一顿。

两个学生垂手站立，头使劲低着低着。

最后主任冲车间发喊：二班都他妈别下班了，连夜突击，捡字！都出来、出来，搬铅板！随着喊声，出来几个工人，麻利地从车上往下搬铅板。

张老师转身对两个学生说：就这样吧，我们回家，你们盯着，完事送印刷厂，也就没事了。

好！我们保证完成任务！瘦高个儿咬着嘴唇在表决心。

小矮胖眼圈微红，他不会说别的，只说谢谢张老师！谢谢宋老师！

张老师和宋情报心里一动，很长时间没人称呼他们为老师了。

宋情报有些感慨和激动，一拍小矮胖，想说的话没说出来。

张老师拉宋情报走，走出两步他忽然想起什么，对两个学生轻声说：听说明天批斗赵校长，记着，别使劲让他低头，他血压高，啊……

两个学生愣愣听着，木然地使劲儿点头。